LOBA NEGRA

LA TRAMA

Loba Negra

Juan Gómez-Jurado

Papel certificado por el Forest Stewardship Council®

Primera edición: octubre de 2019

© 2019, Juan Gómez-Jurado
Autor representado por Antonia Kerrigan, Agencia Literaria
© 2019, Penguin Random House Grupo Editorial, S. A. U.
Travessera de Gràcia, 47-49. 08021 Barcelona
© 2019, Fran Ferriz, por las ilustraciones

Printed in Spain – Impreso en España

ISBN: 978-84-666-6649-7
Depósito legal: B-17.500-2019

Impreso en Rodesa
Villatuerta (Navarra)

BS 6 6 4 9 7

Penguin
Random House
Grupo Editorial

Para Babs,
porque la amo

Para Arturo, Javi y Rodrigo,
por lo que sea

Un abismo

Antonia Scott nunca se ha enfrentado a una decisión tan difícil.

Para otras personas, el dilema ante el que ella se encuentra podría ser algo insignificante.

No para Antonia. Diríamos que su mente es capaz de trabajar a muchos niveles de distancia en el futuro, pero la cabeza de Antonia no es una bola de cristal. Diríamos que es capaz de visualizar frente a ella decenas de unidades de información al mismo tiempo, pero la mente de Antonia no funciona como en esas películas donde ves un montón de letras sobre la cara del protagonista mientras éste piensa.

La mente de Antonia Scott es más bien como una jungla, una jungla llena de monos que saltan a toda velocidad de liana en liana llevando cosas. Muchos monos y muchas cosas, cruzándose en el aire y enseñándose los colmillos.

Hoy, los monos llevan cosas terribles, y Antonia siente miedo.

No es una sensación a la que Antonia esté acostumbrada en absoluto. Al fin y al cabo Antonia se ha visto en situaciones como:

- Una persecución a gran velocidad con lanchas motoras de noche en el Estrecho.
- Un túnel lleno de explosivos en el que una secuestradora apuntaba a un rehén particularmente valioso a la cabeza.
- Lo de Valencia.

Su astucia le salvó el día de las motoras (dejó que los de delante se estrellaran) y su conocimiento (de aves en inglés) en el túnel. Sobre lo de Valencia, se desconoce cómo salió con vida (la única) de aquella carnicería. Se ha negado siempre a contarlo. Pero salió. Y no sintió miedo.

No, Antonia no siente miedo de casi nada, salvo de sí misma. De la vida, quizá. Su pasatiempo es imaginar durante tres minutos al día cómo matarse, al fin y al cabo.

Son sus tres minutos.

Son sagrados.

Son lo que la mantiene cuerda.

Es, de hecho, la hora. Pero en lugar de estar sumida en la paz de su ritual, Antonia está sentada frente a un tablero de ajedrez. Las fichas, blancas y rojas, al estilo inglés. Un alfil de Antonia tiene a su alcance el jaque mate.

Rojas juegan y ganan.

Una decisión sencilla.

No para Antonia.

Porque al otro lado del tablero está Jorge, mirándola muy fijo, con los ojos entornados. A través de esas medias lunas verdes se intuye todo el desafío y mala baba que caben en un metro diez.

—Mueve de una vez, mamá —dice Jorge, dando un ligero puntapié bajo la mesa de mármol—. Me aburro.

Está mintiendo. Puede que Antonia no sepa qué hacer. Pero reconoce la mentira.

Jorge espera, ansioso, para saber si moverá el alfil y le ganará, para poder iniciar una rabieta por haber perdido. O, por el contrario, que Antonia mueva otra pieza, para poder iniciar una rabieta por haberle dejado ganar.

De la parálisis la arranca una interrupción. Sobre la mesa, el teléfono muestra una cara rubicunda. Muy pelirroja y muy vasca. La vibración del aparato agita las piezas, furiosas, en los escaques.

Jon sabe que está con Jorge. Su tercera visita desde que el juez consideró darle una segunda oportunidad, en contra de la opinión del abuelo del niño. Está a prueba. Jon no llamaría si no fuera importante.

Antonia se excusa con un leve encogimiento de hombros, y se pone de pie para contestar la llamada. Dando la espalda a la frustración de su hijo y a la asistenta social que no deja de tomar notas con cara inexpresiva en una esquina de la habitación.

Por poco que le guste escaparse con un subterfugio, Antonia ya ha decidido que ése era un juego al que no podía ganar.

Y eso le gusta aún menos.

PRIMERA PARTE

ANTONIA

Puedes hacerte amigo de un lobo.
Puedes romper al lobo.
Pero nadie puede domesticar a un lobo.

GEORGE R. R. MARTIN

1

Un cuerpo

A Jon Gutiérrez no le gustan los cadáveres en el río Manzanares.

No es una cuestión de estética. Este cadáver es muy desagradable (parece que lleva un tiempo en el agua), con la piel cerúlea repleta de manchas violáceas, las manos casi separadas de las muñecas. Pero no es cuestión de ponerse exquisitos.

La noche es particularmente oscura, y las farolas que iluminan el mundo de los vivos, a seis metros por encima de ellos, sólo sirven para hacer las sombras más densas. El viento arranca extraños murmullos de los carrizos, y los ochenta centímetros de agua están tirando a fresquitos. Al fin y al cabo, estamos en el Manzanares, son las once de la noche y febrero ya asoma su grisácea pata por debajo de la puerta.

Nada de todo esto molesta a Jon de los cadáveres en el

Manzanares, porque está acostumbrado a las aguas gélidas (es de Bilbao), a los murmullos en la oscuridad (es gay) y a los cuerpos sin vida (es inspector de policía).

Lo que a Jon Gutiérrez le jode de los cadáveres del Manzanares es tener que sacarlos a pulso.

Si es que soy imbécil, piensa Jon. *Esto es trabajo de novatos. Claro que estos tres madrileños tirillas no pueden ni con sus propias.*

No es que Jon esté gordo. Pero media vida siendo el tipo más grande de la habitación va generando unos hábitos, quieras que no. El defecto de ayudar. Que se vuelve necesidad cuando ves a tres memos recién salidos de la academia hacer el pato entre los juncos, intentando sacar el cuerpo. Consiguiendo, casi, ahogarse a cambio.

Así que Jon se enfunda el traje de plástico blanco, se calza las botas de goma y se tira al agua con un *mecagüenvuestraputamadre* que deja las mejillas de los novatos color rojo bofetada.

El inspector Gutiérrez se acerca, a grandes zancadas, desplazando por igual el agua y a los polis primerizos, y llega hasta la isleta de vegetación donde ha embarrancado el cadáver. El cuerpo se ha enredado en unas raíces, y está sumergido en la corriente. Sólo asoman el rostro desvaído y uno de los brazos. Agitada por el río, parece que la víctima intente nadar para escapar al destino inevitable.

Jon se santigua mentalmente y hunde los brazos por debajo del cadáver. Está blando al tacto y la grasa subcutánea se menea bajo la piel como un globo relleno de pasta de dientes. El inspector jala. Con todas sus fuerzas de *harrijasotzaile*, de levantador de piedras. Hasta con trescientos kilos puede, en un día bueno. Afianza las piernas.

Se van a enterar estos novatos.

Sus enormes brazos se tensan, y ocurren dos cosas al mismo tiempo.

La segunda, que el cuerpo no se mueve ni un centímetro.

La primera, que el fondo arenoso del río se traga el pie derecho del inspector, que cae de culo en mitad de la corriente.

Jon no es un fulano con la lágrima fácil, de esos que se quejan sólo por vicio. Pero las risas de los novatos no las atenúan ni el ruido de la corriente, ni los murmullos del viento entre los carrizos, ni sus propias blasfemias. Así que Jon, con el agua hasta los hombros y el orgullo raspado, se permite un instante para eso tan humano de compadecerse de sí mismo y echarle las culpas de sus males a otro.

¿Dónde coño estás, Antonia?

2

Un cable

—Así no va a salir, inspector —dice una voz femenina junto a su oreja.

Jon se agarra del antebrazo de la doctora Aguado, que le ayuda a incorporarse. Las manos de los forenses le dan repelús, pero cuando tienes el culo hundido en el lecho arenoso te aferras a lo que te ofrecen.

—Creía que los cadáveres flotaban. Pero éste parece empeñado en hundirse.

Aguado sonríe. Rondará los cuarenta. Pestañas largas, maquillaje desvaído, piercing en la nariz, una pícara languidez en la mirada. Ahora con una chispa de alegría. Se ha echado novia, dicen las malas lenguas.

—El cuerpo humano es agua en más del sesenta por ciento. El agua no flota, así que primero se va al fondo. En las condiciones adecuadas de temperatura, las bacterias comienzan a descomponer el cuerpo en cuestión de horas. Estamos a cuatro grados, y el agua a unos seis, así que... más bien días. Los gases llenan el estómago e intestinos y *pop*. Arriba otra vez.

Aguado se arrodilla, sujeta con una mano el cuerpo e introduce la otra debajo, y va palpando.

—¿Quiere que la ayude, doctora?

—No se preocupe. Sólo necesito encontrar qué es lo que la está reteniendo.

Jon echa una mirada a la masa informe e hinchada. Flota bocabajo, semihundida, desnuda. El pelo, de un color indefinido, lo lleva muy corto. Jon se pregunta cómo narices ha sabido que era una mujer.

—¿Cómo narices ha sabido que era una mujer?

—Por muchos motivos, inspector —responde Aguado—. Por el ángulo clavicular, por la ausencia de protuberancia occipital, y porque, aunque usted no lo vea, ahora mismo estoy sosteniendo bajo el agua lo que, con total seguridad, es el pecho izquierdo de la víctima.

La forense se pone en pie y le pasa su linterna. Pequeña, pero potente. Jon la ayuda a orientarse mientras Aguado extrae unas tijeras redondeadas de la bolsa impermeable que lleva colgando del cuello. Vuelve a agacharse, y forcejea debajo del cadáver. De pronto, con un movimiento brusco, éste se libera y asciende por completo a la superficie.

—El asesino le ató un cable al muslo —dice Aguado, señalando una línea fina y hundida en la parte de atrás de la pierna—. Seguramente con un peso. Ayúdeme a darle la vuelta.

Ahora el cuerpo no pesa, y girarlo no les lleva más esfuerzo que pasar una página, la última. Los ojos han desaparecido, comidos por los peces. El rostro parece una máscara que quiso Carnavales y encontró fatalidad.

Antes de venirse a Madrid, cuando todavía pateaba las calles malas del *botxo*, Jon se creía más duro. En Otxarkoaga todo era ruido de cristales, nidos de manzanas que se acaban por pudrir. Allí, cuando veía un muerto, Jon no sentía una punzada de desánimo, ni un apretar de dientes, ni un qué te ha pasado, quién te ha hecho esto.

Allí se sentía funcionario.

Aquí se siente responsable.

Maldita Antonia.

Arrastrándolo por debajo de los hombros, Jon se abre paso entre los carrizos y lleva el cadáver hasta el terreno seco de la isleta.

—Sin causa de la muerte aún —dice Aguado, como hablando para sí misma. Hace una pausa, parece escuchar algo—. El nivel de adipocira es muy elevado. Al menos una semana sumergida, quizá más.

—En cristiano, doctora.

La forense señala los bultos y protuberancias bajo la piel azulada del cuerpo. El estómago, amorfo e hinchado, cuelga sobre el hueco del pubis hasta hacer desaparecer el vello.

—La adipocira se produce cuando un cadáver permanece sumergido en agua. Los microorganismos convierten la grasa subcutánea en jabón, para entendernos. Les diré más mañana, ahora tengo que ponerme a trabajar antes de que el contacto con el aire ponga en peligro las pruebas, inspector —dice Aguado, señalando la orilla.

Jon sabe cuándo lo echan. Hace un gesto, y los novatos se acercan a la isleta, provistos de una camilla y grandes plásticos transparentes. El cadáver está demasiado deteriorado como para meterlo en una bolsa estándar. El inspector les deja —ahora sí, ahora ya podrán— el trabajo sucio. Vadea a grandes zancadas de vuelta al murete que canaliza el río. En esa zona no hay escaleras ni modo habitual de subir, pero los policías han instalado una escala de cuerda, por la que Jon eleva sus ciento diez kilos de regreso al nivel de la calle.

Desierta, salvo por un hombre apoyado en un coche patrulla. Moreno, de entradas pronunciadas, bigote recortado fino y ojos de muñeca, que parecen más pintados que reales. Abrigo corto, color camel. Caro.

—Parece que refresca —dice Mentor, exhalando una bocanada.

El orgullo raspado de Jon cicatriza un poco. No hay nada que cure más la propia ignominia que ver a otro ser humano caer en una mayor. Y Mentor está *vapeando*.

—¿Y eso? —dice Jon, señalando al cacharro.

Mentor se introduce la boquilla entre los labios —finos, casi invisibles—, aspira y exhala de nuevo. El viento arrastra hasta Jon una nube con olor a mandarina.

—Ya estaba en tres paquetes al día. La semana pasada me encendí un cigarro en la ducha. Así que pensé que por qué no probar.

—¿Y funciona?

—Qué quiere que le diga. Me meto el doble de nicotina que antes, y tengo el triple de ganas de fumar. ¿Ha dicho algo Aguado ya?

—Que la víctima es mujer. Asesinada. Una semana en el agua, o más. Y que la deje en paz.

—Bastante comunicativa, para lo que suele ser. ¿No la ha notado más alegre estos días?

—Yo creo que se ha echado novia —dice Jon (él es las malas lenguas).

El inspector comienza a despojarse del traje de plástico, aunque rechaza la manta que le tiende Mentor.

—Espero que no se haya mojado, inspector. Esta zona del río no es demasiado recomendable para la salud.

—¿Y eso?

Mentor aguarda a que el inspector recupere su abrigo y sus zapatos de vestir, y le conduce hasta la orilla.

—En 1970 se rompió una tubería de un centro experimental secreto no lejos de aquí. Resulta que el Caudillo estaba empeñado en tener la bomba atómica como fuera, y tenía a unos cuantos científicos haciendo pruebas con plutonio. No fue público hasta 1994, pero más de cien litros de material radiactivo acabaron vertiéndose en el Manzanares por ese desagüe de ahí. —Mentor señala a un punto de la oscuridad—. Unos cientos de casos de cáncer aquí y allá, nada serio. Pero no es un sitio que yo elegiría para bañarme.

Jon no reacciona. Siente, por supuesto, que le pica la piel de todo el cuerpo, y que el pelo rojizo de la barba está empezando a caerse. Pero no piensa abrir la boca. No sea que, al hacerlo, se le desprendan los dientes.

Mentor, muy serio, mira el reloj.

—¿Dónde está Scott?

—La llamé hace más de tres horas —contesta Jon, cuando comprueba que, después de todo, el envenenamiento por radiación no ha hecho aún acto de presencia.

—Tampoco es que sea imprescindible que venga. Sólo hemos apartado a las autoridades competentes y movilizado a la unidad Reina Roja en plena noche por ella.

—Eso es injusto —protesta Jon, con energía—. Podría...

La vehemencia es de puertas para fuera. Por dentro, Jon tiene la duda asomando tras las cortinas.

Han pasado siete meses desde que Antonia y Jon rescataron a Carla Ortiz. El caso había dado la vuelta al mundo, tanto por la misteriosa desaparición de la heredera como por lo que sucedió después entre ella y su padre. De Antonia Scott y del proyecto Reina Roja, ni una línea en los medios. De Jon, poco. Al salir de la alcantarilla junto a Carla se protegió la cara de los flashes de los fotógrafos. Una foto borrosa, una flor sin olor.

No hay premios en el proyecto Reina Roja, sólo anonimato. Una vida sin nombre, un montón de ilusión. Y eso ya fue bastante premio.

El odioso Bruno Lejarreta, que pretendía hacer carrera televisiva en Madrid a costa del escándalo, se encontró con un problema. Ya no se podía hablar del inspector Gutiérrez. Cuando ya no te sacan ni en Trece TV, ha llegado la hora de volverte a casa con el rabo entre las piernas. *Uy, qué pena*, pensó Jon cuando se enteró. Y se abrió otra cerveza.

Los contenedores de basura matinales escarbaron durante unos días en el caso Ortiz. El cadáver de uno de los secuestradores había aparecido, pero el otro seguía presuntamente bajo los escombros del túnel de Goya Bis. Se preguntaron por su identidad. Esto. Y lo otro. Y lo de más allá. Todólogos y tuiteros hablaron sin saber del tema antes de pasar a hablar sin saber de otro distinto. La vida siguió, como siguen las cosas que no tienen mucho sentido.

El mundo pasó página.

Antonia no.

Antonia Scott *nunca* pasa página.

—Podría ser ella... —concluye Jon, señalando al cadáver, tendido sobre el plástico en mitad de la isleta. Los novatos han colocado seis focos halógenos potentes, con su pie naranja clavado en el suelo entre la vegetación. La oscura intimidad de la muerte se ha transformado en una deforme lección de anatomía.

Mentor sacude la cabeza con desagrado.

—Sólo es otro cadáver sin identificar aún. El sexto, si no recuerdo mal. Otro más que acabará siendo obra de un mal viaje o de un maltratador. Nada de nuestra competencia. Estamos perdiendo el tiempo.

Antonia no ha dejado de buscarla. Tirando de cada hilo. Analizando cada retazo de información. Insistiendo en que investiguen cada cadáver sin identificar que aparezca en Madrid o alrededores. Pero por más tiempo y recursos que ha dedicado, la mujer anteriormente conocida como Sandra Fajardo no aparece.

Antonia se ha negado a aceptar más casos hasta que no aparezca. Y eso es un grave problema. Por mucha manga ancha y crédito extraoficial que les diera el asunto Ortiz, han pasado siete meses.

El problema del crédito extraoficial es que es tan volátil como la memoria de los políticos. Que son los que le dan cuerda a Mentor.

—Tampoco es que haya habido otros casos —insiste Jon.

—Y usted qué coño sabrá, inspector —dice Mentor. Que entre la falta de cuerda, el frío y el mono de fumar, está *umore txarra*. Muy mala uva. Ni una sola de esas sonrisas suyas, fáciles y vacías—. Usted qué sabrá de las órdenes de arriba que he tenido que parar. O las amenazas oscuras en las que ella podría haber ayudado.

Jon se rasca el pelo —ondulado tirando a pelirrojo, habíamos dicho— y respira hondo. Llenar ese torso enorme lleva unos cuantos segundos y bastantes litros de oxígeno. Que son los que necesita para calmarse y no calzarle a su jefe una galleta que le mande dando vueltas al fondo del río.

—Hablaré con ella. Pero...

Jon se detiene a mitad de la frase. Mentor se vuelve hacia él, extrañado, y sigue la dirección de su mirada hacia el centro del Manzanares. Una luz flota corriente abajo. Fantasmagórica, si los fantasmas brillaran en rosa fosforito. La luz se va alejando de la isleta, pegada al talud de la orilla opuesta. Otra le sigue, flotando más hacia el centro. Y otra más se intuye río arriba.

A cincuenta metros de ellos, una cuarta luz parece saltar desde el murete que protege el río un poco más arriba, antes de impactar en la superficie con un lejano *plof*.

—Scott —masculla Mentor. Más enfadado que nunca. Se gira hacia Jon, y su mirada dice: «Vaya a buscarla y hágala entrar en razón».

La mano apretada en un puño de Jon dice: «Qué ganas tengo de cruzarte la cara». Pero como la lleva metida en el bolsillo del abrigo, no transmite el mensaje. Y al inspector Gutiérrez no le queda otra que obedecer e ir en busca de Antonia Scott.

3

Un puente

Así que Jon Gutiérrez entra en el puente de la Arganzuela (distrito de Carabanchel, Madrid) de un humor bastante agrio. Por la ignominia de la caída, por las horas, por el hambre, y por que a Antonia no hay quien carajo la entienda.

Ha ido siguiéndola río arriba, atisbándola a lo lejos. Una figura diminuta que, cada pocos pasos, arrojaba al agua una de aquellas luces, se detenía unos instantes y luego seguía su camino.

Jon ha acortado distancias despacio, dándole vueltas en su enorme cabezota pelirroja a cómo abordar la situación. Antonia Scott no es precisamente una persona razonable. Los argumentos resbalan por encima de ella como el agua por las plumas de un pato. Y más cuando lo que está en juego es encontrar al hombre que dejó en coma a su marido. El hombre que, según Antonia sospecha, estaba moviendo los hilos de Sandra Fajardo. Por llamarla de algún modo.

El misterioso, elusivo, mitológico señor White.

Mentor no había querido saber nada de la investigación de Antonia acerca de White. Jon pensó al principio que Mentor no creía en su existencia, que pensaba que el tal White no era sino una leyenda. O, aún peor, una obsesión de Antonia a la que había acabado poniéndole nombre. Pero todo el espacio que le había concedido Mentor durante aquellos siete meses probaba otra cosa.

Y luego estaban los susurros. Las miradas atemorizadas. Y una advertencia enigmática que le había hecho Aguado hacía unos días. En voz baja, apresurada, a mitad de pasillo.

—Sería mejor dejarlo correr.

Aguado desapareció antes de que Jon pudiera preguntarle nada, dejándole mosqueado cual pavo en Nochebuena. Y ninguno de sus ulteriores intentos de sonsacarle qué había querido decirle dieron resultado.

A pesar de todo, Jon se guardó sus reservas y dejó a Antonia actuar.

Ahora, el tiempo se ha acabado.

Jon entra en el puente de la Arganzuela, donde la noche no existe. La gigantesca estructura, ultrametálica, ultramoderna y ultracara tiene forma de canutillo de encuadernar. Está repleta de potentes focos que arrancan destellos metalizados del interior, creando un reflejo casi perfecto en la superficie del agua. Jon no ha sido nunca de apreciar la arquitectura contemporánea. A él le basta con que los puentes le sostengan —no es que esté gordo—. Pero aprecia la cantidad de luz, suficiente para operar a corazón abierto. Sumada al ruido que hacen sus pisadas sobre las lamas de madera del suelo, anunciarán su llegada.

A ver si dejas de escabullirte, neska.

Antonia Scott está en cuclillas en mitad del puente. Treinta y tantos. Vestida con abrigo y pantalón negro. Zapatillas de deporte blancas. Junto a ella, en el suelo, hay una bolsa de plástico verde, de esas que te dan en los chinos sin cobrarte los cinco céntimos de rigor.

Jon se aproxima, haciendo resonar sus pasos enojados en la madera un poco más de la cuenta.

Antonia alza un dedo que dice «no me interrumpas, es de mala educación», y detiene en seco a su compañero a pocos metros.

—Podrías haberme dicho que ya estabas aquí —dice Jon—. O al menos haber mandado un...

En ese momento le vibra el bolsillo. Acaba de recibir un WhatsApp de Antonia. Desde que ha descubierto los stickers, más de la mitad de sus comunicaciones se producen usando una de esas imágenes recortadas. La mitad de ellas son perritos con caras graciosas. Jon se pregunta qué clase de información pretende transmitir con el sticker de un carlino con sombrero.

—¿Se supone que esto es que has llegado?

—Entiendo —dice Antonia.

—Pues menos mal. Porque yo no comprendo nada.

Antonia no responde. Hurga en la bolsa, de la que saca un

paquete de varitas de plástico translúcidas y una botella de agua pequeña. Vacía la mitad de la botella sobre las lamas, y el líquido se escurre en los espacios entre ellas, cayendo al río que circula debajo. Coge uno de los cilindros translúcidos y lo dobla entre los dedos. Se escucha un pequeño crujido cuando la cápsula de cristal del interior se rompe, liberando peróxido de hidrógeno. Al mezclarse con el oxalato de difenilo, la varita desprende un intenso resplandor naranja.

¿Esta mujer viene a investigar un asesinato o a una rave?, se pregunta Jon.

—¿Edad aproximada de la víctima?

—Aguado no me lo ha dicho. Estaba comenzando a...

Antonia levanta de nuevo el dedo. Irritante.

Jon es de esos que cuando se irritan pasan al contraataque. Preventivo. Por deporte. Por sus huevos morenos. Pero Antonia está comportándose de un modo extraño esta noche. Y el estándar de extrañeza —el *extrandar*, como lo llama Jon— con Antonia Scott es muy alto.

Antonia introduce la varita luminosa en el interior de la botella semivacía. Enrosca el tapón, se pone de pie. Duda un instante, alzando la nariz, pendiente del viento. Cuando éste amaina un momento, Antonia arroja la botella al agua, y observa el recorrido que hace el resplandor naranja río abajo. Sus ojos parpadean varias veces, como el diafragma de una cámara de fotos.

Jon ya ha presenciado eso antes. Sabe que Antonia está haciendo un dibujo mental. Y ahora comprende por qué ha ido tirando botellas al agua desde distintos puntos.

—¿No había un método más ecológico?

Antonia, la mirada fija, le ignora.

La corriente parece dar un bandazo hacia la mitad de la distancia que les separa de la isleta, como si quisiera llevarse la botella hacia la orilla norte. Pero el minúsculo trozo de plástico acaba encallando entre los carrizos.

—Confirmado, doctora. La arrojaron desde el puente. La corriente cambia a mitad del recorrido. El peso que le ataron a la pierna no fue suficiente para mantenerla bajo el agua. A medida que se iba hinchando por los gases e iba ganando flotabilidad, tuvo que arrastrar el peso por el fondo hasta encallar en la isleta.

Guarda silencio unos instantes. Luego dice:

—Sugiero que suba aquí con el Luminol. Y pídale a Mentor que ordene apagar las luces del puente, si es tan amable.

Antonia se aparta el pelo de la oreja —negro y lacio, media melena—, dejando ver unos AirPods inalámbricos. Golpea uno de ellos con la yema del índice un par de veces para cortar la comunicación, antes de volverse a Jon.

—Así que por eso ninguna de las dos me hacía caso —protesta el inspector, dolido—. Al menos podrías haberme dicho que estabais hablando por teléfono. Me he frito las pelotas intentando sacar tu cadáver del agua.

Antonia enarca una ceja, sorprendida.

—Mentor me ha dicho que ese desagüe fue escenario de un vertido radiactivo —explica Jon, señalando frente a él.

—Eso es completamente falso —dice Antonia.

—Menos mal —suspira Jon.

—El desagüe del vertido radiactivo fue ese otro —dice

Antonia, señalando al siguiente, aún más cercano al lugar donde se sumergió Jon.

Jon vuelve a suspirar. Es un suspiro distinto.

—Adiós a mi fertilidad.

—No exageres. La cantidad que habrás absorbido será el equivalente a siete u ocho radiografías. Tu esperma está bien. Además, creía que no querías tener hijos.

—Me gusta tener las opciones abiertas.

—Los niños no traen más que miseria.

En ese momento se apagan las luces del puente, y de pronto son dos figuras en la oscuridad. Una, inmensa, se agita inquieta. La otra, minúscula, saca el móvil del bolsillo y enciende la linterna.

—Veo que la visita a tu hijo ha ido muy bien —dice Jon, sacando a su vez una linterna del bolsillo. Una de verdad—. ¿Qué estamos buscando?

—Manchas de sangre. Especialmente en los bordes metálicos.

Paradójicamente, a veces es más fácil ver las manchas de sangre a oscuras. El Luminol ayuda mucho, una sustancia milagrosa que esparcida sobre la escena del crimen es capaz de hacer brillar la sangre y otros materiales orgánicos bajo una luz ultravioleta. A falta de Luminol, cuando la sangre es ya vieja puede adoptar tonalidades caprichosas que van desde el marrón al negro, dependiendo de la superficie donde haya caído, el tiempo transcurrido y la oxidación a la que se haya visto sometida. En estos casos Antonia y Jon prefieren trabajar a oscuras, centrándose sólo en el pequeño círculo de luz que está frente a ellos, peinando la zona poco a poco.

Ver menos para ver más.

—¿Por qué no has bajado? Te estábamos esperando —reprocha Jon, sin dejar de pasar la linterna por las superficies cercanas. Está intentando comprender el comportamiento de Antonia. Lo cual nunca es sencillo.

—No sé nadar.

—Hay ochenta centímetros de agua. Incluso tú haces pie.

—Suficiente para ahogarte. Incluso tú te has caído.

Jon aprieta los labios. Desearía que la Reina Roja no hubiera visto caer de culo a su Escudero, al hombre que se supone que tiene que protegerla. También desearía estar en casa frente a unos callos a la vizcaína. Y que el veinteañero con el que ha estado tonteando por Grindr se decida a quedar con él de una vez. Y la paz mundial.

Como dice amatxo, te jodes y bailas.

Y eso es lo que toca con Antonia. Sacarla a bailar. Aunque sólo ella oiga la música.

—No es propio de ti quedarte tan lejos de la escena del crimen.

—A veces veo mejor desde la distancia —responde Antonia.

Por el rabillo del ojo, el inspector Gutiérrez percibe los síntomas de su compañera, síntomas de que su particular cerebro está funcionando a más velocidad de lo aconsejable. Son ya muchos meses en los que ha aprendido a leer la particular rigidez de los hombros y el cuello. La respiración entrecortada. La voz una octava más aguda. Los dedos que se abren y se cierran sin que ella se dé cuenta.

Jon se lleva la mano al bolsillo de la chaqueta, donde

aguarda la familiar forma cuadrada de la caja de pastillas. Pero no llega a sacarla. En lugar de eso, se agacha y sigue explorando la barandilla con lentitud. Centímetro a centímetro.

No.

No hasta que ella lo pida.

No tiene más tiempo para pensar en ello, porque ha encontrado algo en el borde de la barandilla. Una mancha marrón, reseca.

—Mira aquí.

Antonia se da la vuelta y se acerca a él. Ahora están agachados, ambos, bajo la barandilla, mirando hacia arriba.

—¿Esto es lo que buscas? —pregunta Jon.

Antonia parpadea varias veces. Otra señal que Jon ha aprendido a leer. Es como cuando escuchas el disco duro de un portátil, zumbando, mientras el cabezal busca la información.

—Podría serlo. La mancha es compatible con que el asesino arrojara a la víctima desde aquí.

Por el extremo del puente llega Aguado, con las herramientas necesarias para continuar el trabajo. Ambos se ponen de pie, para dejarle espacio, y apagan las linternas.

—No quieres comprometerte, ¿verdad? Es eso.

Antonia asiente, en la oscuridad.

—No quiero verla. No quiero, si no es ella.

Jon sabe, porque lo ha vivido, que la mirada acusadora de los muertos a veces te arranca promesas que no se pueden cumplir. Antonia le hizo una a un adolescente desangrado, en una mansión desierta, hace siete meses. Una promesa que colisionaba con la que le había hecho a Marcos, su marido, de que nunca volvería a hacer nada que les pusiera en peligro. Ha roto ambas.

—Yo también sé lo que es mirarles a los ojos, bonita. Pero en este caso no hubieras tenido que preocuparte. Se los han comido los peces.

—No veo cómo eso pudiera hacer que me preocupe menos —dice Antonia, que es al sarcasmo lo que Superman a las balas—. La ausencia de globos oculares reduce las posibilidades de identificación.

Jon tarda en contestar. Porque lo que tiene que decirle a continuación a Antonia, lo que le ha encargado Mentor que le diga, no va a gustarle nada.

Lola

Centro Comercial Paraíso, Marbella

Lola Moreno salva la vida por un cúmulo de casualidades. La primera es que el cochecito de bebé que está mirando a través del escaparate de Prenatal es de color azul marino. Si hubiera sido de color claro, el cristal no hubiera reflejado la pistola que ha alzado el hombre a su espalda. Si no fuera la esposa de quien es —y supiera que el asesinato cabe dentro de lo posible en su vida—, es poco probable que su reacción hubiera sido tan adecuada.

En lugar de quedarse clavada, de darse la vuelta o enfrentarse a su agresor, Lola se arroja al suelo justo a tiempo de que las tres primeras balas de la Makarov hagan añicos el cristal y conviertan en harapos la capota del cochecito.

Salva la vida... momentáneamente. *Poco dura la alegría en casa del pobre*, le dice siempre su madre. Lola Moreno, que viste vaqueros de Balmain, jersey suave de cachemir y bolso de Prada, no es pobre, pobre.

No es pobre de dinero.

Pobre de tiempo, ya es otro tema.

Treinta kilos de vidrio del escaparate se derrumban sobre Lola, que se cubre la nuca con las manos, confiando en que Tole se encargue del asunto. Que para eso le pagan, y muy bien.

(Lola está gritando algo al respecto, pero no se entiende.)

Anatoly Oleg Pastushenko cobra bien. Tan bien que se ha podido permitir volverse adicto al café de Starbucks. Por lo de mantenerse alerta. El problema es que las dieciocho cucharadas de azúcar de cada Frappuccino Venti le han vuelto lento y descuidado. *Gordo de reflejos*, dice Yuri, que a veces equivoca las palabras en castellano con gran acierto.

Llevar una bebida enorme en la mano en la que tienes que sacar la pistola también es un obstáculo para un guardaespaldas, y sobre todo si en la otra vas mirando en el móvil cómo quedó anoche el Spartak. Por muy rápido que tires al suelo ambas cosas, el asesino armado tarda menos en girarse hacia ti que tú en desenfundar.

A Tole le alcanzan cuatro de las cinco balas.

Una en la pierna, cuando el asesino aprieta por primera vez el gatillo, casi sin apuntar. La que más dolió.

La segunda y la tercera abren un par de agujeros en la chaqueta negra, para alojarse en el pulmón izquierdo y en el bazo, que revienta. A Tole le va a resultar mucho más difícil respirar y luchar contra las infecciones en los seis segundos que le quedan de vida. Esas dos balas no duelen nada, no obstante. La adrenalina y el dolor de la primera bala no dejan sitio.

Tole logra sacar el arma entre el tercer y cuarto disparos de su contrincante. Él dispara una vez, consiguiendo sólo rozar el brazo del asesino y haciéndole perder la puntería. La cuarta bala rebota en un letrero de la pared y acaba rodando, inofensiva, cayendo por el hueco bajo la baranda de cristal hasta el piso de abajo. Desde donde suben los gritos y las carreras de la gente que ha escuchado los disparos. Donde un aburrido empleado de la limpieza la barrerá mañana, sin darse cuenta, junto con el resto de los desperdicios.

La quinta bala —la que le mató— abre un agujero perfecto sobre la ceja izquierda de Tole, cavando un surco en su cerebro, perdiendo fuerza a medida que la va frenando la masa encefálica, y deteniéndose sin llegar a alcanzar el hueso parietal.

Cae.

Lola deja de gritar a tiempo de ver el rostro de Tole desplomándose en el suelo, sobre un charco de Frappuccino, a escasos centímetros de ella. Una pompa escarlata asoma de entre sus labios sanguinolentos. La mirada amable y leal de su chófer y guardaespaldas, que cada mañana desde hace seis años ha estado viendo en el espejo, es ahora de asombro e incomprensión. Tole, muerto a los cuarenta y siete sin haber hecho gran cosa en la vida, ni haber cumplido ninguno de sus sueños.

Ese pensamiento no pasa por la mente de Lola ahora, claro. Ni lo hará después, cuando cruce descalza el parking del centro comercial, con los pies sangrando, tratando de sobrevivir. Lo hará esta noche, cuando se acurruque en un cuarto de baño para llorar —tapada con una chaqueta robada, temblando de miedo— y no lo consiga.

La pompa en los labios de Tole revienta, salpicando las mejillas de Lola de minúsculas gotas de sangre y saliva. Y eso —más que los disparos, más que la necesidad de proteger a su hijo no nacido— dispara su respuesta de estrés agudo. Esa pompa, que ha reventado con el último aliento de Tole.

Cuando las envidiosas se cruzan con Lola a la salida de los restaurantes caros y las tiendas de moda, se codean entre ellas. Codazos que significan «mujer florero», cuando las codeantes son españolas. «Esposa trofeo», cuando son inglesas o rusas.

Lo cierto es que Lola tiene más tiempo que otras mujeres en los treinta y tantos (según Lola, veintimuchos) para ir al gimnasio. Y eso vuelve a salvarle la vida cuando:

- Se incorpora haciendo un *burpee*, apoyando las manos en el suelo, sacudiéndose de encima los cristales, e impulsándose hacia arriba con un movimiento explosivo de glúteos y recto femoral (Zumba, miércoles de 11.00 a 11.45).
- Consigue saltar por encima del cuerpo de Tole de un salto vertical sin perder el equilibrio (Body Balance, martes de 12.15 a 13.00).
- Lanza un doble gancho de codo al pómulo del asesino (Cardio Box, lunes y viernes a las 10, su favorita).

Por pura casualidad —y porque Lola se tropieza un poco—, el doble gancho de codo impacta las dos veces, aunque no con mucha fuerza. Lola es alta. Metro setenta y cinco. Pero no ha pegado un puñetazo de verdad en su vida, y lo del Cardio Box está bien para que un ama de casa endurezca el culo, no para romper pómulos. Aunque el asesino se echa un poco hacia atrás, confundido.

También se le mueve un poco el pañuelo que le tapa la boca.

Lola tarda medio segundo en reconocerle.

Un segundo entero en darse cuenta de que está jodida.

Menudo percal, piensa.

Cuando nuestro cerebro se enfrenta a una amenaza, la médula adrenal nos suministra una descarga inmediata de catecolaminas en el torrente sanguíneo, ofreciéndonos de inmediato energía para luchar o huir. Lola ya ha luchado —esos dos débiles ganchos de codo han sido el pobre resultado—. Ahora el terror le exige la huida.

Al levantarse, perdió una de las sandalias de Miu Miu. Al darse la vuelta despavorida, se resbala sobre los cristales y se cae de bruces al suelo. Vejigazo, que dicen en Marbella. Pierde la otra sandalia cuando intenta incorporarse, clavándose las esquirlas de vidrio en los pies desnudos. Ignora el dolor, porque siente demasiado miedo como para ceder a él, y vuelve a levantarse, ofreciendo a su asesino un blanco perfecto mientras huye hacia la salida de emergencia al final del pasillo.

El asesino, que se ha recuperado ya de los dos golpes en la cara, alza la pistola y aprieta el gatillo. El jersey rosa es una diana fácil a tan poca distancia, pero es requisito indispensable para que una pistola dispare que haya balas en el cargador. El de la Makarov sólo albergaba ocho. Tres al cristal, cuatro al cuerpo de Tole, una al segundo piso. Así que el esperado *blam*, *blam*, *blam* se convierte en un inofensivo *clic*, *clic*, *clic*. El asesino maldice —está acostumbrado a otras armas con más cartuchos— y se mete la mano en la cazadora para sacar un segundo cargador que nunca creyó tener que usar. Forcejea con la corredera de la pistola y logra meter el cargador, pero no tiene tiempo de disparar al cada vez más alejado jersey rosa, porque a su espalda suena un:

—¡Manos arriba!

Y el asesino alza las cejas —seguro que está pensando *¿en serio? ¿Manos arriba? ¿En serio?*— y se da la vuelta. El guardia de seguridad de la joyería Chocrón —revólver en mano, bigote en labio superior, barriga cervecera en cintura— ha salido de la tienda y le está apuntando.

El asesino no le da oportunidad. Dos disparos en el pecho, uno en la cabeza. Aún le quedan cinco balas. Se gira hacia Lola antes de que las rodillas del guardia toquen el suelo. Dispara, pero la cuarta bala sólo encuentra el marco de la puerta de emergencia, que ya se ha cerrado a la espalda de Lola, ahogando el grito de frustración del asesino.

Pero no, Lola no está a salvo, aún no.

Ni por asomo.

4

Una videollamada

Antonia está de muy mal humor, y la abuela Scott lo nota.

—Estás de muy mal humor, niña. Lo noto —dice.

Está en la cocina untándose una tostada de mantequilla y mermelada frente a la videocámara de su iPad. La mermelada, de frutos rojos, casera y repleta de azúcar, parece salirse de la pantalla. Antonia se abstiene de recordarle que no debe tomar azúcar, ni grasas. La abuela Scott se limitaría a decirle su edad. Noventa y tres para noventa y cuatro, el mes que viene. Y como una rosa.

No, Antonia no dice nada de las tostadas. Ya ha renunciado a controlar los niveles de azúcar y colesterol de la abuela. En realidad, lo que le molesta es que la anciana pueda atiborrarse, mientras ella tiene que contar hasta la última caloría. A pesar de que los sabores muy dulces son los únicos que llegan a atravesar el muro de su anosmia, para ella se han acabado.

Kummerspeck.

En alemán, el beicon de la tristeza. El peso que ganas cuando eres infeliz.

Desde que volvió al trabajo hace siete meses intenta no abandonarse. Compensar los excesos de tres años comiendo basura procesada. Una tostada como ésa le iría directa al culo, con su forma de rebanada y todo.

Así que está en la cocina de su ático de Lavapiés, con café de cápsula por desayuno. Muerta de envidia.

—La noche no ha ido bien —se limita a responder.

La abuela entrecierra los ojos, se acerca a la pantalla. Se acaba de dar cuenta de algo.

—¿Me estás llamando desde casa?

Antonia apoya el iPad sobre la mesa para poder enterrar la cara entre las manos.

—Me he venido a dormir aquí. No tenía sentido ir al hospital tan tarde.

No le dice que es la cuarta noche seguida que duerme en casa. Que cada vez pasa menos tiempo acompañando a Marcos.

No le dice que ha comprado un colchón hinchable, que enchufa cada noche y recoge cada mañana. Que lo mete en el armario para que la luz del sol no sea testigo de su vergüenza.

No le dice que se ha vuelto cada vez más difícil ver a su marido, tomar su mano para quedarse dormida a su lado. Que la figura, cada vez más cansada y encogida, la piel cada vez más áspera y fría, le resulta una acusación insoportable. Que la compasión que antes sentía por Marcos, la culpabilidad, la pena, se ha ido transformando en resentimiento.

La empatía por la desgracia ajena tiene un límite. Pasado

el cual comienzas a sentir que su infortunio es un acto de maldad, cuya víctima eres tú.

Eso tampoco lo dice. Puede que Antonia Scott sea el ser humano más inteligente del planeta. Pero eso no le da la sabiduría para saber qué hacer ni la fuerza para afrontarlo.

Antonia no dice nada, pero la abuela no necesita escucharlo.

La abuela sabe.

—Ayer vino el del gas a hacer la revisión anual. Un chaval apuesto.

Sólo la abuela Scott es capaz de revestir la expresión inglesa (*nice ol' chap*) de un matiz lujurioso, incluso con su dentadura postiza.

—Por Dios, abuela, que le sacas cuarenta años.

—Treinta y ocho, niña. Pero si vieras qué huchita —dice, dándole un bocado a la tostada—. Y está viudo, el pobre. Igual le invito a cenar un cordero a la menta una noche de éstas.

La abuela Scott considera que su cordero a la menta tiene propiedades afrodisiacas irresistibles. Antonia no se escandaliza, sabe bien que la abuela coqueteará con el enterrador mientras esté echándole tierra sobre el ataúd.

—Adonde yo quería llegar... —continúa la abuela.

—Sé perfectamente adónde querías llegar —interrumpe Antonia—. No necesito a ningún hombre en mi vida.

—Tonterías. Mira lo que estoy leyendo. Es un test interesantísimo.

La abuela alza una revista. Antonia lee nueve de las doce letras de la cabecera. Con su fuente Franklin Gothic y su discreto rosa fucsia. El resto de las letras las tapa la frente de una señora rubia. Antonia no comprende cómo puede estar tan sonriente si se está mordiendo el pulgar.

—«¿Ha llegado la hora de encontrar macizo? Descúbrelo en cincuenta preguntas.»

—¿Pretendes diseccionarme con ese burdo instrumento?

—No te hagas la interesante, niña. Mira, la pregunta tres...

Antonia la deja hablar un rato, hasta que la abuela se da cuenta de que no está escuchando.

—De acuerdo. ¿Qué es lo que te ocurre?

Su nieta empieza a hablar.

Habla de su problema de incomunicación con Jorge. De lo insoportable que le resulta la manera en la que su hijo la mira, sin confiar del todo en ella, pretendiendo que sea algo que Antonia no comprende demasiado bien, algo a lo que ninguno de los dos está acostumbrado.

La abuela asiente, y no dice nada.

Antonia cuenta cómo se siente respecto a su marido en coma. Aquí usa muchas evasivas. Es cinturón negro en mentirse a sí misma, y blanco amarillo en expresar su realidad.

La abuela asiente, y no dice nada.

Antonia se mosquea.

—Llevo diez minutos hablando sola.

—Llevas diez minutos compadeciéndote de ti misma. No te crie para que fueras una boba gimoteante. En mí no vas a encontrar compasión, niña. Si quieres llorar, ve a apoyarte en Jon. A él le pagan por prestarte ese hombre enorme y musculoso.

—Ya —dice Antonia, cuando logra recuperarse de la virulencia del ataque de la abuela, que ha envuelto su habitual franqueza con lija y la ha entregado a martillazos—. Con Jon no van demasiado bien las cosas tampoco. No es que me esté apoyando demasiado con Mentor. Anoche...

—Oh, eres tan cabezota —interrumpe la abuela—. Escucha, y escúchame bien, Antonia Scott. Sólo hay una solución a tus problemas, a todos ellos. Déjalo.

Antonia parpadea, asombrada. La anciana continúa.

—Cometiste un error, hace años. Marcos murió por tu culpa.

—No está muerto, abuela.

—Las dos sabemos lo que ponen los informes médicos. Las dos sabemos que sólo sigues aferrándote a él porque no reconoces tu error. Pero tu marido ya no está. Enfermaste por no querer admitirlo. Enfermaste de soberbia, y eso alejó a Jorge y obligó a tu padre a quitártelo.

La abuela hace una pausa para darle un trago a un vaso que hay sobre la mesa. Parece zumo de grosellas, pero conociendo a la abuela, seguro que es zumo de otra clase. De los que envejecen en roble.

—Por no estar junto a él desde que nació, no has aprendido nada de cómo debe ser una madre. Sobre todo la lección más importante. No acertamos nunca, niña. Hagas lo que hagas, te equivocarás. Y cuando crezca, te echará la culpa de todos sus problemas y defectos. Así es. Así somos.

Antonia comprende esta última parte muy bien. Al fin y al cabo, ella culpa a su padre de muchas cosas.

—Así de crudo, ¿eh?

—Mientras no te permitas equivocarte, seguirás creyendo que eres una mala madre. Que le fallas a tu marido. Que eres una mala investigadora porque no encuentras a alguien al que nunca antes ha conseguido acercarse nadie. Seguirás atascada y muerta de miedo. Tu único reino será el aislamiento y la soledad. Déjalo.

Antonia tarda unos segundos en ubicar dónde ha escuchado esa frase antes, hasta que recuerda qué fue lo primero que le pidió Jorge que vieran cuando los de Servicios Sociales le permitieron volver a estar con él. Una película incomprensible con muñecos de nieve que hablan y una princesa que no consigue salir del armario. Dos horas de su vida que nunca recuperará.

—¿Acabas de citar a Elsa, abuela?

—Y muy orgullosa —dice la abuela, levantando el vaso que definitivamente no contiene zumo de grosellas.

Antonia suelta un soplido de disgusto, que le alborota el pelo del flequillo. Su habitual media melena se ha convertido ya en un pelo que le rebasa los hombros y que está exigiendo un corte. Ni para eso ha encontrado tiempo.

—No creo que tengas que preocuparte por mi obsesión. Sólo tengo unas horas antes de que Aguado emita un informe oficial y le confirme a Mentor lo que todos sabemos. Que el cadáver del Manzanares no es el de Sandra Fajardo.

—Ni siquiera sabéis su nombre aún, ¿verdad?

Todavía puede escuchar a Sandra, en el túnel a oscuras. Con aquella frase que sigue sin poder descifrar.

Tú, que lo recuerdas todo, ¿no recuerdas a quién has hecho daño? ¿Qué secuelas dejó tu batalla contra el mal?

—No tengo nada, abuela. Todo lo que rodeó al caso de Ezequiel era falso. La parafernalia religiosa, el *modus operandi* tan rebuscado... todo mentiras, cortinas de humo. Y sigo sin comprender por qué. Sólo sé que tiene que ver con White.

La abuela da otro trago y esboza su sonrisa beatífica, su sonrisa de anuncio de caramelos. No lamenta ni un poquito que Antonia tenga que abandonar su objetivo.

—Ese hombre es un loco, Antonia.

No, abuela, no lo es. Es mucho más. ¿Por qué nadie es capaz de verlo?, piensa Antonia.

Pero no contesta.

Está deseando colgar.

Está deseando volver al salón y sentarse, con las piernas cruzadas, para tener sus tres minutos. Nunca los ha necesitado tanto.

—¿Sabes qué va a encargarte Mentor ahora?

—No lo sé —dice Antonia, meneando la cabeza—. Cualquier tontería.

—Alegra esa cara, niña. Verás como al final te lo pasas bien.

Lola

Lola corre, escaleras abajo, repitiéndose una información imprescindible.

Siempre son dos, siempre son dos, cuando van a por alguien siempre son dos.

Un retazo, captado de pasada en el salón de su casa, mientras ella sirve blinis de anguila y jarras de kissel, y le pasa la roílla a la encimera. Conversaciones que van subiendo de tono a medida que la noche avanza y el volumen de las voces va ahogando el sempiterno sonido de fondo de Perviy Kanal, sintonizada a través de la parabólica instalada en el tejado del chalet. Hombres peligrosos y bocones, fanfarroneando delante de ella, como si no existiera. El chochito de Yuri. Que apenas habla ruso, parece. Qué más da lo que oiga.

Lo cierto es que no lo habla demasiado bien, a pesar de que lleva seis años estudiando, pero lo entiende casi todo. Al menos comprende lo bastante para haber captado a uno de los amigotes —o socios, porque vienen a ser lo mismo, al menos con Yuri— cuando describía el método de actuación propio de los sicarios, sin imaginarse nunca que ella iba a ser el objetivo.

Una moto o un coche espera fuera. Un sitio público, pam, pam. *Luego el pistolero corre hacia el vehículo que espera fuera, mientras el de la moto monta guardia y cubre la salida. Después*, brum, brum, *acelera y* da svidaniya. *Si te he visto no me acuerdo*. Esa última frase la dijo en español, a los rusos les encantan las expresiones en español.

Lola, que se conoce al dedillo el centro comercial, sabe lo que habría hecho ella. Dejar el vehículo con el motor en marcha en el parking, salir por la puerta de emergencia.

Lo que quiere decir que está huyendo en la dirección incorrecta.

Un ruido dos pisos más arriba se lo confirma. El asesino está siguiéndola. Para asegurarse, Lola se asoma por el hueco de la escalera. El disparo no la alcanza por pocos centímetros. La detonación le llena los oídos, resuena por las paredes revestidas de hormigón.

Lola se maldice, sigue corriendo hacia abajo. Se está quedando sin escalones, sin opciones, sin sitio. La escalera termina en una puerta de emergencia, que da a la parte trasera del centro comercial.

Y al parking.

Detrás de ella se escuchan los pasos del asesino, bajando a toda velocidad. No hay tiempo que perder. Lola abre la puerta, y ahí está, diez metros por delante de ella, atravesado en la calzada.

Un coche con el motor en marcha.

Lola no se para a ver quién conduce —porque ya lo sabe—, se limita a correr y meterse entre los coches aparcados. No hay muchos tan temprano —la hora punta a mediodía, cuando los guiris vienen a comer primero y a quemar plástico en Gucci y Valentino después—. Así que Lola se tiene que agachar y correr entre ellos, intentando ocultarse. Vagamente consciente de que sus pies van dejando huellas sanguinolentas en el asfalto.

A sus espaldas se oye cómo se abre la puerta de emergencia. Lola, agachada detrás de un Prius nuevecito, se ha quedado sin coches tras los que esconderse. El siguiente está a tres plazas de distancia.

Rompe a llover. A jarrillos.

Lola está paralizada, temblando de miedo, sin saber qué hacer, cuando la ventanilla trasera del Prius estalla en mil pedazos. Lola suelta un grito aterrorizado, y se echa al suelo. No puede ver al asesino, no puede correr hacia otro coche, está demasiado lejos. El único camino es reptar bajo el Prius. Se arrastra con los brazos, notando en las manos y en los codos —colándose a través del jersey de mil doscientos euros— la textura pringosa del aceite de motor.

El coche pierde.

Lola también.

Los cortes en los pies le han hecho verter mucha sangre, y no ha desayunado esa mañana. La idea era tomarse un café después de comprar el cochecito. Dicen que trae mala suerte tan temprano. Lola sólo está en el tercer mes de embarazo. Con ropa holgada, apenas se le nota. Pero tiene tantas ganas de tener este niño. Y es tan impaciente.

Que trae mala suerte.

Lola comienza a notar la cabeza ligera y la visión borrosa. Le falla la fuerza en los brazos, el suelo tira de ella con fuerza hacia abajo. Prometiendo paz.

No, joder, no me puedo desmayar.

Hay algo dentro de ella que aprecia la idea de desmayarse y dejar que le disparen sin ser consciente de ello. Fundido a negro, *sacabó*. Fácil, indoloro.

No.

Se vuelve a incorporar. El aceite, mezclado con la lluvia, ha dejado una mancha iridiscente y resbaladiza sobre su mejilla, que se escurre al interior de su boca abierta. El sabor es dulce.

No dulce bueno.

Escupe.

Sigue arrastrándose. Repta entre los coches y se refugia bajo el de al lado, justo a tiempo. Hay unas botas frente a ella. Botas gruesas, negras. Una de ellas está manchada de sangre.

La puntera del pie derecho está a menos de un palmo de su cara.

Si se mueve un poco, me trinca.

Si se agacha, me trinca.

Alguien llora por Lola, triste y quedo. Es ella, claro. No hace ningún ruido, apenas se mueve, pero llora desconsolada, por la tremenda injusticia que es morir de esa manera, atrapada bajo un coche, sucia y sola.

Entonces suena la sirena. No a lo lejos, como en las películas, sino muy cerca, muy fuerte. En la manzana de al lado, como mucho.

Las botas se alejan.

Una puerta que se cierra de golpe, el motor de un coche acelerando y desapareciendo en la distancia.

Lola se deja caer de nuevo —un breve descanso, pues no puede detenerse, la amenaza no ha terminado— y sigue llorando.

No deja de llorar, ni siquiera cuando el móvil le vibra en el bolsillo de los vaqueros.

Ya ni se acordaba de que lo tenía.

Es un mensaje de Yuri.

Vienen a por mí. Ya sabes qué hacer.

So idiota. Estúpido, papafrita de los cojones, piensa Lola. Si tuviera delante a su marido le arrancaría los pelos recién reimplantados en Turquía.

¿Ahora me pones sobre aviso? ¿Ahora?

5

Unas prisas

¿Lo bueno y lo malo de Bilbao?

Lo malo de Bilbao es que no hay un sitio como el Attack. Donde apañar la tensión y el dolor genital en un par de horitas de cancaneo si culeas de estribor.

Lo bueno de Bilbao es que no hay sitios como el Attack, de los que Jon sale con el alma pocha y sintiéndose mucho más solo de lo que estaba cuando entró.

Pero más ligero, que todo hay que decirlo.

Que lo que él quiere es que le conteste el mozo del Grindr, pero después de unos cuantos chats, parece habérselo tragado la tierra. Y parecía majo. Y el inspector Gutiérrez, que es monógamo en serie, no quiere comerse una manzana dos veces por semana con ganas de llorar. Lo que quiere es amor civilizado, pero no lo encuentra.

Jon se abrocha la chaqueta al salir, con el pelo aún chorreando de la sauna. El abrigo no se lo pone, porque está a sólo seis minutos de casa. El universo, ubicándote al lado de la tentación, y tal.

Optimista irredento, como siempre, Jon enciende el teléfono. En el Attack los móviles hay que dejarlos en el ropero, junto con todo lo demás, por razones obvias. A ver si hay suerte y le salta un mensaje del mocito.

Lo que saltan son cinco llamadas de Mentor.

Seis, con la que está entrando ahora mismo.

—Son casi las dos de la madrugada —dice Jon, al descolgar.

—Espero que haya preparado a Scott como le pedí.

—Ya tiene el informe de Aguado —suspira Jon.

—Lo que nos temíamos. La mujer no es Sandra Fajardo, así que les relevo del caso.

—¿Y eso no podía esperar a mañana?

—No, porque ha surgido algo muy importante. Necesito que vayan a Marbella.

—Pues eso, mañana a prim...

—Ahora, inspector. Créame, esto es muy urgente. Y muy, muy grande. Vaya a buscar a Scott y pónganse en marcha. Les daré los detalles por el camino.

Jon abre una boca de metro. O bosteza, no hay manera de reconocer la diferencia. Son ya dos noches seguidas acostándose tarde. La anterior pescando cadáveres. Ésta, con sus cosas de marica. Y uno tiene una edad. Así que la orden le hace la gracia justa.

—Seis horas de viaje.

—Con ese coche, si le pisa bien, cuatro. Y tenga cuidado.

—¿Acaba de pedirme que le pise y que tenga cuidado en la misma frase?

—No son incompatibles.

—Me caigo de sueño.

—Si necesita un empujón químico, en la guantera del coche puede encontrar lo que necesita.

Lo que faltaba. Dos drogadictos en el equipo, por el mismo precio.

—Mi cuerpo es un templo, oiga.

—No se puede afirmar eso con un colesterol de 283, inspector.

—Se suponía que los análisis médicos eran confidenciales.

—Eran bastante confidenciales. No se estrelle —ordena Mentor. Cuelga.

Así que media hora después tiene a Antonia en el asiento del copiloto del Audi A8. Negro metalizado, lunas tintadas, llantas de aleación, cien mil euros y pico. Jon le ha bautizado como *Reinamóvil*, un mote que sólo le hace gracia a él.

—Si estás cansado puedo conducir yo —se ofrece Antonia, la voz un retrato de inocencia.

Éste es el tercer coche que les ha dado Mentor, después de que Antonia estrellara el primero en una persecución a más de 250 km/h. El segundo lo estampó Jon contra el Rolls Roice de sir Peter Scott, el padre de Antonia, en un pronto. Pero tal como lo ve Jon, eso también fue culpa de ella.

Motivo por el que Jon no piensa volver a cederle el volante hasta el siglo veintidós.

—Tú descansa, bonita. Tú descansa.

Antonia se recuesta en el asiento, contrariada. Cierra los ojos y finge dormir.

Jon mira el reloj y piensa en *amatxo*. En cómo estará. Con setenta y un años que tiene. Y con el bingo Arizona cerrado. Con qué se entretendrá. La pobre, tan sola.

Tan sola, claro, porque le da la gana. Que contra todo pronóstico no ha querido salir de su piso en Bilbao para ir a Madrid con su hijo. Que dónde va ella a su edad, y que vete tú si quieres, que te da igual que me muera aquí sola. Y que no, *ama*, que es que el deber me llama y tal. Y que no se viene. Dejándole a cargo de planchar sus propias camisas por primera vez en cuarenta y tres años. Es un decir, que ahora las plancha la tintorería. Y más con el sueldazo que le paga Mentor todos los meses. Casi cinco cifras. Pero que la echa de menos, vaya.

Tengo que llamarla.

El que llama —cuando van por la A-4 a la altura de Valdemoro— es Mentor. Al iPad de Antonia. Por FaceTime.

Ella coloca la tablet en el soporte del salpicadero, y acepta la llamada.

—Se preguntarán ustedes por qué les he mandado a Marbella en plena noche.

La webcam le acentúa a Mentor las entradas y las bolsas de los ojos. Parece haber envejecido diez años de golpe. Y sigue *vapeando*.

—La verdad es que no. No hay nada como seiscientos kilómetros para estirar las piernas.

—Usted mantenga los ojos fijos en la carretera, inspector.

—Y usted no le eche el vaporcito a la cámara, que no se ve nada.

—Había varios asuntos donde reclamaban a la Reina Roja ahora que hemos desistido de la búsqueda de Fajardo —dice Mentor, ignorándole—. He tenido que rechazar o demorar su participación en ellos. Ha surgido algo, una oportunidad como hacía mucho tiempo que no teníamos.

Mentor alza una fotografía impresa frente a la cámara. Sacada de un pasaporte, parece. Un hombre joven, moreno, de unos treinta y cinco años. Nariz ancha, pelo corto. Labios gruesos.

Yo le daba, piensa Jon.

—Éste era más o menos el aspecto de Yuri Voronin hasta hace un par de días.

Mentor alza otra foto.

—Éste es su aspecto ahora mismo.

Es una foto de gran resolución, tomada con flash. Demasiada resolución. Se ven los hombros de Yuri, y la barbilla de Yuri. Incluso, haciendo un esfuerzo para diferenciarlo de la sangre y el hueso, alcanza a distinguirse el pelo de Yuri. Lo que no se ve es la nariz, ni los ojos, ni el resto de la cara de Yuri, porque se la han volado con una escopeta.

Ya no le daba, piensa Jon. Y aparta la mirada.

—¿Calibre 12? Con balas de cerámica, diría yo —aventura Antonia, acercándose un poco a la pantalla.

—Qué bien hicimos en mandarte a un colegio de pago —confirma Mentor, enseñando más fotografías. El cuerpo aparece derrumbado sobre un cristal. Desde más lejos parece como si le faltara media cabeza, porque le falta media cabeza—. Yuri Voronin era un empresario ruso legítimo, a todos los efectos —continúa Mentor—. Tenía una empresa de importación. Productos agroquímicos, fitorreguladores, acaricidas. Los traía de San Petersburgo hasta Algeciras o Málaga. También hierro, aluminio y otras materias primas. En los últimos meses se había centrado en el Funduk.

—¿Qué es eso de Funduk?

—Significa avellana en ruso —dice Antonia.

También sabe ruso, piensa Jon. *Cómo no.*

—Es la Nutella rusa —aclara Mentor—. Al parecer hace furor en la Costa del Sol. Incluso la están exportando a Francia.

—La Nutella engorda —aporta Antonia, a la que le resuenan las tripas sólo con pronunciar esas siete letras.

—El Funduk más. Los rusos no han sucumbido a la tontería buenista de quitarle el aceite de palma, así que sabe a lo que tiene que saber. Dicen que por eso está teniendo tanto éxito.

—Déjeme adivinar —pide Jon—. No le han matado por vender leche, cacao, avellanas y azúcar.

—No, me temo que no. Creemos que Yuri Voronin era el tesorero del clan Orlov. El principal exponente de la mafia rusa en España.

—¿Por qué matar al tesorero? ¿Descuadró una columna de Excel?

—Esa pregunta es importante, inspector. Déjeme que le haga yo otra. ¿Qué sabe del crimen organizado en la Costa del Sol?

—Que no es ninguna broma —responde Jon.

Aunque no estuviera dentro del ámbito de experiencia de

Jon cuando tenía un trabajo de policía normal, lleva muchos años leyendo las circulares internas. Conoce las redadas casi semanales. Los millones de euros y de kilos incautados. Las decenas de muertos, que van en aumento y que nunca alcanzan los titulares. Porque por encima de todo hay que proteger lo que nos da de comer. Y en este país lo que nos da de comer es vender sol y playa.

—No, no es ninguna broma en absoluto. Aquello es un caos, inspector. Colombianos, suecos, argelinos, kosovares, todos peleándose por su trozo de pastel. Por encima de todos, los rusos, cortando el pastel. Es una guerra, y vamos perdiendo.

—¿Por lo de siempre?

—Nada de fondos para las fuerzas locales. Bandos. La UDYCO por un lado, el GRECO por otro. La Guardia Civil a su bola. Envidias.

—Por lo de siempre.

—Aquí es donde entran ustedes, inspector.

Mentor muestra más fotografías. Una mujer de pelo castaño claro y ojos azules. Rostro ovalado. Incluso en la del DNI se puede ver que es guapa de narices. *Y eso que las hacemos a mala idea.*

—Lola Moreno Fernández. Nacida en Fuengirola en 1989. Estudió un módulo en secretariado, coqueteó con ser modelo, puso copas, gogó. Nada de provecho. Hace seis años se casó con Yuri, y ahora vive en un chalet de cinco millones de euros.

—Demasiado guapa para ir de luto —dice Jon—. ¿Qué ha declarado?

—No gran cosa. Esta misma mañana intentaron matarla

en un centro comercial, a la misma hora que a su esposo. Se cargaron al chófer, y ella ha desaparecido.

—La policía la estará buscando.

—Y también los sicarios de los Orlov, así que ahora mismo tenemos una carrera contrarreloj. Su misión es ganarla. Por eso les mando a Marbella con tantas prisas, antes de que el rastro se enfríe. Lola Moreno es nuestro único vínculo con Yuri Voronin. Si descubren por qué mataron a su marido, si descubren por qué intentaron matarla a ella, quizá podamos abrir una grieta en la armadura del clan Orlov. ¿Alguna pregunta?

Jon suelta un gruñido de negación.

Antonia no dice nada.

Todos saben que está a disgusto. Que ella lo que quiere es quedarse en Madrid, buscando a Sandra Fajardo. O como se llame.

—No pareces muy entusiasmada —le reconviene Mentor, que no va a dar su brazo a torcer.

—Los mafiosos son aburridos —dice ella, encogiéndose de hombros.

—Venga ya. Esto será como lo de Valencia.

—Tú y yo recordamos Valencia de forma bien distinta.

Mentor carraspea.

—Una situación caótica como ésta es precisamente el paradigma por el que se creó el proyecto Reina Roja. Si alguien puede desatascar este lío, eres tú, Antonia. Os he dejado toda la información actualizada en el servidor. Mantenedme al tanto —pide Mentor, antes de colgar.

El coche se queda en silencio. El habitáculo reforzado del Audi A8 es una obra de arte. Ni siquiera se oye el murmullo de las ruedas sobre la carretera, a medida que el potente vehículo va devorando kilómetro tras kilómetro.

—Yo voy siempre de negro —dice Antonia, al cabo de un rato.

Jon la mira, extrañado.

—Has dicho que esa mujer era demasiado guapa para ir de luto. ¿Y yo?

Y tú... y tú ya deberías dejar el luto, piensa Jon. Pero dice:

—A ver cómo te explico esto —poniéndose muy serio—. Puede que tú no vayas para modelo. Pero cuando te da por sacar la sonrisa, ni todas las Lolas Moreno del mundo te llegan a la suela de los zapatos.

Y ahí está.

Antonia sonríe.

Su sonrisa de diez mil vatios, marca registrada.

Jon se da cuenta de que es la primera vez en meses que la ve sonreír, y eso le derrite el corazón. Ahora mismo tiene un coulant de chocolate en el centro del pecho.

Ay, bonita. Lo difícil que eres, y lo mucho que te haces querer.

6

Un letrero

Lo primero es lo primero. Y lo primero es desayunar.

Jon roza el codo de Antonia para despertarla. Suave. Antonia se revuelve, incómoda.

No soporta que la toquen, pero esta vez no dice nada.

Jon no sabe si es un avance. Quiere creer que sí.

—Estamos cerca. Vamos a parar aquí.

Antonia se despereza en el asiento, se frota los ojos. Están aparcados frente a una cafetería. Y no amanece.

—No es la dirección correcta.

—Ya te digo yo que sí. Tengo un *tripa-zorri* que no veo. O me das un café y un bocata, o te vas a ver la escena del crimen tú sola.

Ella echa mano a la guantera. Debajo del manual de instrucciones del coche, hay un sobre rojo. Antonia lo abre, y de su interior saca una bolsita con píldoras blancas. Se las muestra a su compañero.

—No sé si te lo ha avisado Mentor, pero...

—Mira, bonita, no me toques los huevos. Que bastante tenemos con lo que tenemos. Guárdatelas para ti.

—¿Difenilmetilsulfinilacetamida? Si me das una de éstas, me estallaría la cabeza.

—¿Darte yo a ti drogas? ¿Estamos locos? —dice Jon, saliendo. Con portazo.

Antonia lo encuentra dentro, encaramado a un taburete. Desde atrás parece una aceituna gris pinchada en un palillo. No es que esté gordo.

—Al final vas a tener razón. Este sitio es carísimo —dice Jon, con la boca llena—. Diez euros por un montado y un café con leche.

—Un pitufo mixto y un mitad —encarga Antonia al camarero, cuando éste se aproxima.

Voces a la cocina. El tubo de la cafetera. Ruido de platos que aterrizan frente a ellos.

—Cinco euritos —dice el camarero.

Antonia le da un codazo a Jon para que pague.

—Oiga —dice Jon, tendiéndole el billete gris—. Yo le he pedido lo mismo y me ha cobrado el doble.

El camarero señala un letrero tras él. Pequeño. A mala idea.

AVISO: SI NO SE PIDEN BIEN LAS COSAS,
COBRAMOS EL DOBLE.

Y, más abajo, las traducciones al malagueño. Así Jon descubre lo que significan un largo, un mitad y un nube. Y las otras seis variedades locales. Se caga en todo lo cagable por dentro, calla por no hacer ruido, pasa página. Otra más en su negra historia con los camareros.

—No es posible que hayas visto el cartelito.

Antonia ataca el bocadillo. No debería, pero...

—Me entrenaron para verlo todo.

—¿Todo? ¿De cada sitio al que entras, de cada situación? Ella se encoge de hombros.

—Es lo que soy.

—No es lo que eres. Es lo que haces, bonita. Si te crees otra cosa, acabarás *zoro*. Loca. —Le da un sorbo al café—. Más loca, me refiero.

—Es lo mismo.

—No lo es. Lo contrario no te daría permiso a fallar.

—Es que no lo tengo.

Jon apura el café.

—*Tabernari*, un vaso de agua, haz el favor. Ése me lo puedes cobrar triple.

El camarero le fulmina con la mirada, pero luego echa un ojo a la arquitectura de Jon y acaba poniéndole el vaso. Lo más caliente que puede.

—Antonia... ya sé que estás enfadada conmigo, con Mentor, con el mundo entero. Pero no pasa nada por fallar. No hemos encontrado a Sandra, no hay señales de White. Pues nada. La vida sigue.

Los segundos pasan, mecidos por el sonido de la tele y el parpadeo de la tragaperras. Antonia tarda semana y media en contestar. Cuando lo hace, no le mira a los ojos. Mira a la taza vacía y a las acusadoras migas del plato.

—No sabes lo difícil que es ser yo.

Jon suelta una risotada. Nasal. De mosqueo.

—Claro que no, no te jode. Nadie sabe lo que es ser otro. Pero tú tienes algo especial. Algo valioso, que no puedes desperdiciar. El único superpoder que yo tengo es reconocer a distancia unos Manolo Blahnik.

Antonia le mira, extrañada.

—Bajo ciertas circunstancias, el identificar con precisión el calzado de una sospechosa...

—No te soporto.

Cuando se ponen en pie, el informativo de la mañana de Canal Sur empieza a desgranar los titulares.

«La policía sigue sin pistas sobre el fallido atraco ayer a una joyería en el Centro Comercial Paraíso. Los atracadores mataron al vigilante de seguridad y a un cliente del centro que...»

Jon y Antonia se miran. Ninguno habla.

7

Un triángulo

Fuera, el aire está más templado. No pide bañador, pero tampoco abrigo. Y amanece, por fin, y el sol incendia el capó de los coches.

Jon conduce hasta el centro comercial. Queda hora y media para que abran. El parking está vacío, salvo por un coche patrulla, atravesado entre siete plazas. Que no hay nada que le divierta más a los policías que dejar muy claro que las normas de tráfico no les afectan. Uno de paisano, con la placa colgada al cuello y una carpeta bajo el brazo, espera junto a la puerta de emergencia. El acceso a la zona de la investigación se ha delimitado con varios metros de cinta blanca, cruzada de rayas negras.

Jon se acerca y le enseña la placa.

—Soy el inspector Gutiérrez.

—Los de Madrid, ya. Pasen, pasen —dice, alzando la cinta.

Es un hombre joven, aunque los treinta no los cumple. Alto, moreno, fibroso. Ojos amables en rostro afilado. Cara de hambre, pero en guapo. Algo cargado de hombros. Adelanta la mano para estrechársela a Jon cuando ambos han pasado por debajo de la cinta.

—Subinspector Belgrano. Y usted es... —dice, volviéndose hacia Antonia, tendiendo la mano de nuevo.

Se produce un momento incómodo en cinco tiempos, a saber:

Antonia mira la mano del subinspector Belgrano, sin hacer el más mínimo amago de estrecharla.

Antonia mira a Jon.

Jon hace un intento balbuceante de presentarla, hasta que se da cuenta de que se han olvidado de acordar su tapadera.

El subinspector guarda la mano en el bolsillo de los vaqueros.

Antonia se lleva la mano a la mochila bandolera y saca una identificación de color azul marino.

—Scott. De la OCO.

Belgrano pone cara de debería sonarme pero no caigo.

Antonia aclara.

—Organised Crime Office. Europol.

La Europol. Como la Interpol, pero en Euro. Europol. No podías haber escogido otra agencia, cariño, piensa Jon, poniendo los ojos en blanco por dentro. Sí, él es capaz.

—Vaya, es usted la primera que conozco —se sorprende Belgrano.

—No somos muchos. —Se encoge de hombros Antonia.

Tirando a pocos, piensa Jon. *No llega a mil en toda Euro-*

pa. Y oficiales de enlace con una chapa como esa que te ha dado Mentor, todavía menos. Si alguien pregunta por ti, va a ser muy raro que no te conozca nadie. Pero bueno, aquí parece haber un ambiente menos hostil que con Parra.

—Pues qué suerte poder contar también con ustedes. Que aquí necesitamos toda la ayuda posible. Suban, suban. Pero cuidado en la entrada de la escalera, hay una huella de sangre, no la pisen —dice Belgrano, adelantándose para sujetarles la puerta.

Definitivamente menos hostil.

La escalera no tiene otras luces que las de emergencia. A pesar de ello, el triángulo amarillo de marcación de pruebas destaca en el suelo, junto a una marca roja en la que se distingue, nítido, el apoyo del talón y un par de dedos. Hay otro triángulo varios escalones más arriba. Entre medias, hay más pisadas sanguinolentas, aunque muy pocas de ellas completas.

—Hay varias huellas sin marcar —apunta Antonia.

—Bueno, todas pertenecen a la señora Moreno.

—¿Cómo lo saben? ¿Han podido comprobarlo con la desaparecida?

Belgrano parece avergonzado.

—No, pero hemos deducido...

Antonia y Jon guardan silencio, y le miran.

—Verán. La verdad es que nos hemos quedado sin triángulos —admite por fin—. Y había muchas huellas. Hemos preferido usarlos arriba, en el escenario principal.

—¿Está intacto?

—Desde Madrid nos avisaron de que no tocáramos nada,

hasta que no llegaran ustedes. El juez ya ha pasado y se han levantado los cadáveres, eso sí, ahí no se podían quedar. El resto está tal cual. La planta está cerrada hasta mañana.

—¿Y los de la científica?

—En el chalet del marido, con el otro cadáver. Empezaron por aquí porque es un sitio público. Y somos muy pocos, no podemos cubrir dos escenarios a la vez.

Los tres comienzan a subir, con Belgrano encabezando la marcha. Antonia en medio. Jon detrás, algo retrasado (no le gustan las escaleras).

—Van cortos de presupuesto, entiendo.

—Ni se imagina. En Málaga contamos con ochenta efectivos menos de lo que Interior tiene asignado. Pero no nos mandan a más gente. Los cadetes, todos a Madrid o a Sevilla. Y ya le digo que lo que Interior tiene asignado no vale ni para tomar por culo.

El subinspector pronuncia *nipatomahpohculo* con un acento cerrado. De Málaga no. Del interior. Granadino.

—Tendríamos que ser el doble, por lo menos. Para poder ir tirando. Literalmente. Que nos dan diez balas para las prácticas cada mes. Si quiero tirar más, me las tengo que pagar yo.

Jon, que ha vivido mil y una batallas con el presupuesto en la policía, se olvida de que ahora gana el cuádruple que el subinspector Belgrano y se pone a despotricar de los sindicatos apesebrados y de los tontos por ciento de Interior, que no saben más que mirar por el duro y no por la gente, a lo que Belgrano responde de manera enérgica, sin darse cuenta de que, por debajo de ellos, una cabeza privilegiada se desliza entre ambos policías y abre la puerta de la escalera con la idea de hacer algo de provecho.

—¡Oiga! ¿Adónde va? No puede salir ahí sin que haya un agente...

Jon le agarra del codo con delicadeza.

—Oiga, Belgrano... Si quiere ver algo realmente curioso, quédese aquí. Déjela trabajar —luego añade, por seguridad—: Y si no, también.

8

Nueve disparos

Antonia esquiva el intercambio de obviedades y abandona la escalera para entrar en la planta superior del centro comercial. Pero no aborda la escena como siempre. Hoy va a probar algo distinto. Quizá así...

Cierra los ojos.

El sueño, ese reborde de la vida que uno no posee, le ha dado la espalda desde hace meses. Esta noche no ha sido una excepción. Una cabezada larga, tenue, semilúcida, en el coche. Plagada de imágenes perturbadoras, que no han ofrecido reposo ni consuelo alguno. En los últimos meses, el descanso ha sido un lujo que no ha querido concederse. Y cuando el resto de su cuerpo se rendía, cuando los ojos le ardían, ya de madrugada, ahítos de datos, exhaustos de tragar hora tras hora de imágenes de cámaras de seguridad, en busca de Sandra, en busca del rostro que puebla sus pesadillas, cuando sus músculos gritaban tras tantas horas de inmovilidad y Antonia cedía...

Su mente se empeñaba en sabotearla.

Le dice que está quemada. Que ya no le queda nada dentro, que ha fracasado.

Por eso se ha resistido con uñas y dientes a aceptar otros casos, a volver a empezar el viejo juego sin haber acabado la partida anterior. Incluso a acercarse a los cadáveres como el del Manzanares hace dos noches. Quizá por temor —no miedo, porque Antonia no tiene miedo a casi nada— de que al echar otra vez a rodar los dados, descubra una verdad que sospecha sobre sí misma y que la abuela le ha confirmado. Que todas esas pamplinas sobre el deber y la responsabilidad sean sólo frases huecas. Que lo que importa, lo que de verdad le importa, es el poder. La responsabilidad es sólo el IVA incluido al final de la factura.

Y luego está lo otro. El problema principal.

Abre los ojos.

La luz de la mañana entra a través del gigantesco ventanal que cubre la pared este del edificio, convirtiendo el lugar en una inmensa cámara, de la que sus pestañas son el obturador y su cerebro es la película.

Cierra los ojos.

La imagen permanece en su mente, tan nítida como si tuviera los ojos abiertos. Menos saturada. Más manejable.

Su respiración se entrecorta, su pulso se acelera, la sangre ruge en sus oídos.

Puede con ella. Puede, por sí misma.

Intenta clasificar los elementos de la escena.

El escaparate, roto, astillado.

Los cristales, formando una cama deshecha en el suelo.

La marca junto a ellos donde hubo un cadáver, ya retirado.

Otra marca de cadáver, algo más lejos.

El bolso, los casquillosdebalasonmuchosporquétantos disparosestonoesunaejecuciónnormalnecesitonecesitolas cápsulas.

—No las necesito —se miente.

No funciona.

No extiende la mano. No busca a Jon con la mirada, aunque sabe que está unos metros tras ella, sin quitarle el ojo de encima, listo para acudir cuando ella reclame su dosis, la dosis que sólo él está autorizado a darle.

No pide nada.

Se lleva la mano al bolsillo de los pantalones, procurando que Jon no la vea. Con la punta de los dedos saca dos cápsulas rojas.

Por favor, que sean suficientes. Por favor, que baste con dos.

Rompe la gelatina de la primera con los incisivos, liberando el ansiado polvo amargo, y lo recibe debajo de la lengua, dejando que la mucosa absorba el cóctel de substancias químicas y lo lleve a su torrente sanguíneo a toda velocidad. No basta. Muerde la segunda.

Cuenta hasta diez, dejando una respiración entre cada número, descendiendo un peldaño cada vez, hacia el lugar donde necesita estar.

De pronto el mundo se vuelve más lento, más pequeño.

La electricidad que le hormiguea en las manos, el pecho y la cara se disuelve.

Ha vuelto. Ha vuelto la claridad. Y junto a ella, una extraña dicha, mezclada con miseria.

Antonia busca en su diccionario de palabras imposibles para entender lo que siente.

Kegemteraan.

En malayo, la alegría de tropezar. El sentimiento simultáneo de placer y desconsuelo cuando sabes que has hecho algo que no deberías.

Ya lidiará con el desconsuelo más tarde. Ahora, Antonia se sumerge en la claridad, en la que los monos de su cabeza se agazapan, en silencio, a esperar sus órdenes. Siguen enseñando los colmillos y revolviéndose, pero en silencio.

Ahora habla ella.

—El asesino disparó primero al cristal.

—¿Cómo lo sabe? —dice el subinspector Belgrano, en voz baja, desde la puerta.

—Shhh. Calle y aprenda —dice Jon.

Antonia da tres pasos hacia la tienda de Prenatal. Extiende el brazo, forma una pistola con los dedos índice y pulgar. Con su pequeña estatura, parece una niña jugando a polis y cacos.

Coloca mejor los brazos, busca el ángulo. Frente a ella está el cochecito con la capota destrozada. Hay otro a la izquierda, un carrito de paseo de color rosa.

—¿A qué hora fue el ataque?

Jon le da un codazo a Belgrano para que responda.

—A las 11.21. Lo sabemos por el registro de las cámaras

de abajo, es el momento en el que la gente se pone a correr y a llamar a la policía.

Antonia mira al suelo, a la sombra que proyectan su cuerpo y su brazo. Mira de nuevo al frente.

—Ella le vio. Quizá en el reflejo del cristal. Por eso se agachó. ¿La tienda estaba cerrada?

—La empleada estaba en el baño cuando sucedió. Había puesto un cartel de VUELVO EN CINCO MINUTOS. Menos mal, porque encontramos una de las balas incrustada en el mostrador.

—¿Y las cámaras de este piso?

—Nada. Alguien saboteó la grabación —dice Belgrano.

—Vaya, qué oportuno —masculla Jon.

Antonia da un paso hacia un lado. La tienda de Prenatal es la última antes de la escalera de emergencia. Antes de llegar, a la izquierda, hay un pasillo que lleva a los baños. Detrás, sólo la barandilla de metal y cristal que se abre sobre el segundo piso. La tienda anterior a Prenatal es la joyería Chocrón. Está también precintada, junto al acceso a las escaleras mecánicas. Hay más tiendas en el resto de la planta, pero no están a la vista, ya que esa parte del edificio hace esquina.

Un lugar idóneo para un asesinato. Una ratonera, con pocos testigos, y una salida sencilla.

Vuelve a levantar el brazo, con el índice extendido.

—Disparó. Falló.

Se gira hacia la derecha. Sus pies pasan por encima de los triángulos de señalización de pruebas.

—El primer cadáver, el de la izquierda, es el del chófer de la señora Moreno, ¿verdad?

Belgrano consulta sus notas.

—Anatoly Oleg Pastushenko. Nacido en Georgia en 1971. Ex policía en Tiflis. Lleva viviendo en España desde hace varios años. No lo sabemos con precisión. Oficialmente tiene la residencia desde hace siete años. Fue el primer empleado del señor Voronin, el marido de Lola.

—¿Sabemos cuántos disparos recibió?

—Cuatro balas, según el informe forense. Dos en el torso, una en la cabeza, una algo por debajo de la rodilla izquierda.

Desde la posición del asesino, Antonia da tres, cuatro, cinco pasos hacia delante, se vuelve, se agacha un poco. Saca un bolígrafo de la bandolera, lo introduce por el extremo vacío de uno de los cartuchos, lo alza hasta la altura de sus ojos. Reconoce los caracteres cirílicos, las tres letras inconfundibles. M-A-K.

—El arma del asesino era una Makarov de 9 milímetros.

—Sí, lo hemos confirmado —dice Belgrano—. Por aquí abundan, por desgracia.

Y tanto. Después de que el célebre ingeniero Makarov la diseñara en los cincuenta, la Unión Soviética y muchos de los países satélites convirtieron aquella pequeña pistola en el arma reglamentaria del ejército y de los cuerpos de policía. Y no paró de extenderse. Ahora, desde China hasta Cuba y desde Ucrania a Zimbabue, hay millones de unidades en servicio, prácticamente idénticas y utilizando una munición compatible. Barata, desechable, ideal para pasar desapercibido y no dejar rastro.

Antonia vuelve a incorporarse y repasa la escena.

Parpadea varias veces.

—El chófer disparó también —anuncia.

Belgrano da un respingo.

—No nos consta que el chófer estuviera armad...

Jon vuelve a hacerle callar.

—Y creo que alguien ha intentado ocultarlo —avisa Antonia.

9

Una decepción

Antonia vuelve sobre sus pasos, se arrodilla, pone las manos en el suelo, pega la nariz a las losetas.

—Jon, ven aquí, por favor.

El inspector Gutiérrez se acerca a ella.

—Dime si hueles a lejía.

Jon no necesita agacharse y hocicar el suelo. Huele a lejía, y mucho. Asiente con la cabeza ante la pregunta de Antonia.

—Hasta yo puedo olerlo —dice Antonia—. ¿Le han pasado el Luminol?

—La científica ha estado aquí, pero en su informe no decía nada de que hubiera habido un disparo de respuesta, ni nada de sangre que no fuera de las dos víctimas o de la mujer —dice Belgrano, confundido.

—El asesino sangró en este punto. No mucho, apenas unas gotas.

Hasta Jon, que lleva ya mucho tiempo junto a Antonia, se asombra ante la deducción.

—¿Cómo...?

Antonia señala al suelo, y luego al escaparate.

—Cuenta los casquillos. Tres balas en la primera secuencia de disparos.

—Cuando el asesino iba a disparar a Lola Moreno. Y falló.

—No te quedes ahí. Observa el comportamiento de las balas. La primera destroza el cristal, pero las tres atraviesan la capota del cochecito, a seis metros de distancia. Es un blanco pequeño. ¿Qué te indica?

—Sin dispersión entre los disparos. Con una nueve milímetros. Precisión. Mucha —concluye Jon.

—La mano del sospechoso no tiembla, aunque no acierte. Falla el objetivo principal, ahora tiene que hacerse cargo del chófer.

—El chófer, que con ese currículum es más bien guardaespaldas.

—Se gira un poco hacia él. El chófer era torpe, descuidado. Llevaba un móvil en la mano y un café en la otra —dice Antonia, señalando a la mancha reseca del suelo—. Pero el asesino no está dispuesto a correr riesgos, así que su primer tiro es instintivo. Por eso le acierta en la pierna.

—¿Cómo sabes que el de la pierna es el primer disparo?

—Mira la marca del cadáver. Observa la posición y las manchas de sangre del suelo. No hay retrosalpicaduras, no hay pisadas del chófer sobre su propia sangre, no hay marcas de autoarrastre, nada. Eso quiere decir que no avanza ni un centímetro después de recibir el primer disparo.

—Los otros dos tiros fueron en el torso, lo que indica precisión. Y el de la cabeza, aún más.

—Exacto. Así que, el primer disparo en la pierna, al girarse por instinto hacia el chófer, el chófer cae de rodillas, recibe un disparo en el pecho, o los dos. Al final de esos dos disparos, o entre medias, él realiza el suyo. Y luego se desploma.

—Vaya. ¿No lo tienes claro?

—No puedo deducirlo todo —dice Antonia.

—Menuda decepción.

Ella tuerce el gesto con perplejidad, pero reconoce el intento de humor. Las pastillas ayudan.

Premia a Jon con un leve estiramiento de los labios. Casi media sonrisa.

—Pero sigues sin explicarme cómo has sabido que el chófer disparó.

— Fácil. Mira los casquillos del suelo. Al girarse el asesino hacia el suelo, crea una segunda zona de disparo. Y ahora cuenta los casquillos de esa segunda zona.

—Cinco.

—El chófer recibió cuatro disparos. El primero sabemos que fue en la pierna. El último el de la cabeza. Dos acertaron en el pecho. Pero el asesino, que tiene una gran precisión, hace un disparo cuya bala no aparece. Si hubiera disparado en esa dirección...

—... la bala habría acabado en el chófer, en la pared o en el suelo —concluyen ambos al mismo tiempo.

Jon se rasca la cabeza.

—Así que el chófer dispara, da al asesino, le hace perder la puntería de forma que falla uno de sus disparos, que se pierde vete a saber dónde, y finalmente recibe el tiro en la cabeza.

—Eso es.

—Nunca lo hubiera adivinado.

—Menuda decepción —dice Antonia—. Pero alguien ha vertido lejía en el suelo. Alguien que no quería que encontráramos muestras de ADN válidas.

El hipoclorito de sodio en una superficie no porosa aniquila los restos de sangre. En presencia de la lejía, el Luminol se limita a reaccionar por toda la superficie, brillando como un árbol de Navidad. También pasaría inadvertida esa sangre para pruebas más complejas como la fenolftaleína o el inmunoensayo de hemoglobina.

—¿Alguien más ha tenido acceso a la escena del crimen? —pregunta Jon a Belgrano.

—No, claro que no —protesta el subinspector—. Cuando recibimos el aviso vino un zeta enseguida, pero ya era tarde. El asesino se había ido. Y después ha habido agentes de uniforme protegiendo la escena.

—Entonces ¿él mismo vertió lejía sobre su propia sangre? O tenía un cómplice que ha logrado burlarles.

—El vigilante de seguridad no era —dice Antonia, señalando a la segunda marca de cadáver.

Belgrano lee en sus notas.

—Mateo Lorente. Riojano. Vino a Marbella a vivir hace un par de años, con su mujer y su hija, cuando le salió trabajo de segurata. Y ya ven.

—Daño colateral —dice Antonia, con frialdad—. Sigamos.

—Oiga, que los seguratas también son personas —se ofende enseguida Belgrano (sin duda tiene cuenta en Twitter).

El inspector Gutiérrez respira hondo e intenta dulcificar la voz, como cuando hay que hablar con un chihuahua con problemas neurológicos (tuvo cuenta en Twitter).

—Si el papa Francisco hubiera estado haciendo pis detrás de una maceta y hubiera caído en el fuego cruzado, la señora Scott lo consideraría daño colateral.

Antonia se inclina hacia Jon y le susurra.

—Quizá en el caso de un dignatario internac...

—No ayudas.

—Lo siento. —Y, alzando de nuevo la voz—. Sabemos que la víctima, la señora Moreno, huyó por las escaleras.

—Se dejó las *andalias* —dice Belgrano, señalando a las sandalias del suelo, para dejar claro que él también tiene dotes de observación—. Descalza y con los pies heridos. Y el coche en la puerta. Las llaves todavía las tenía el chófer.

—No lo entiendo — dice Jon—. Intentan matarte y huyes a pie, sin dinero, sin el bolso, sin coche y sin zapatos.

Antonia se acerca de nuevo al montón de cristales, entre los que ha quedado el bolso de Lola Moreno, la mitad de su contenido esparcido por el suelo. Con la punta del bolígrafo, los remueve hasta localizar, semienterrada, una pequeña cartera de plástico azul. En su interior hay dos tubos de color rojo. En uno de ellos alcanza a leer TIMESULIN.

—Y no acudes a la policía —insiste Jon—. Tiene que estar muy asustada. O esconder algo muy sucio.

—¿Ninguna señal de ella desde anoche? —pregunta Antonia.

—No, señora. Hemos radiado su descripción a todas las unidades y mandado zetas a dar vueltas por los alrededores pero nadie la ha visto.

Antonia saca su iPad y consulta la ubicación del Centro Comercial Paraíso en Google Maps. Activa la vista tridimensional. Al sur del complejo está la AP-7, al oeste una urbanización. En las otras dos direcciones hay monte. Kilómetros y kilómetros de monte, que se extienden hasta las faldas de la Sierra Blanca. Sin más lugares habitados entre medias que la Funeraria San Pedro y el Cementerio Virgen del Rocío.

—Pues si no quieren que acabe aquí —dice Antonia, señalando los dos macabros puntos en el mapa—, mejor que la encontremos antes de cuarenta y ocho horas. Porque la señora Moreno es diabética y está embarazada.

—Mala combinación —dice Jon, chasqueando la lengua.

Lola

Había una vez una niña que creció en un hogar triste y sin amor, donde la comida sabía a cenizas y el futuro era negro. Una niña a la que sus padres abandonaron pronto. Una niña que, cuando creció, conoció a un príncipe azul, venido de tierras muy lejanas, que la llevó a vivir a un palacio de mármol blanco y una pechá de muebles...

El padre de Lola era contable y la madre es peluquera. De pequeña le dieron todo el cariño que les permitieron sus horarios de clase obrera. Nunca faltó en casa un plato de ajoblanco y unos boquerones, y un abrazo *sudao*. Eso, de diario. En Navidad, gazpachuelo, chivo y bienmesabe antequerano, todo hecho por mamá. Y abrazos limpitos, con olor a Farala y a Brummel. Debajo del belén, un Furby, la granja de Playmobil, un tamagotchi, depende del año. Si venían malas, sólo un billete de mil pesetas. Se murió la tía Julia, ciega y medio sorda, y una de las abuelas, medio ciega y sorda del todo. Luego papá, el año pasado, de un infarto. Mientras dormía.

Y ése fue todo el drama.

No da para Dickens.

Había una vez una niña que creció en un hogar triste y sin amor, donde la comida sabía a cenizas y el futuro era negro, se repite Lola. Es sólo una versión de los cuentos que se narra Lola a sí misma en las noches en las que no puede dormir, en las que le persiguen las dudas o los remordimientos. Comienza a contarse ese cuento y el sueño termina llegando.

Aunque esta noche lo que le persigue es gente que quiere matarla.

Si ya lo sabía yo, se lamenta Lola.

Rebobinemos.

Cuando las sirenas están casi encima (y el ruido de la moto de los asesinos se desvanece), Lola sale de debajo del coche, atraviesa el parking y comienza a caminar campo a través. Sin mirar atrás, sin preocuparse de sus pies sangrantes hasta media hora después, cuando el dolor se impone al miedo y a la adrenalina.

Para entonces se encuentra en mitad de ninguna parte. Ha recorrido una trocha embarrada y atravesado un sendero de tierra sin haberse cruzado con una sola persona. El suelo está blando después de la lluvia reciente, y no hay nadie en kilómetros a la redonda.

Unos minutos más tarde, escucha el motor. No se para a ocultarse, no lo piensa dos veces. Está al borde de un camino. A un lado un bosquecillo de encinas y pinsapos, al otro un terraplén en el que el terreno desciende diez o doce metros en ángulo pronunciado. Lola se deja resbalar por el terraplén y se acurruca detrás de unas matas, justo a tiempo. El ruido del motor se detiene, y una puerta se abre. Alguien camina hasta el borde del camino, aunque Lola no se atreve a mirar quién es. Sólo lo escucha arriba, respirando fuerte. Por un momento pasa por su cabeza la idea de levantarse y de pedir ayuda. Luego Lola siente que la figura oscura la busca o la *olfatea*, y tiene la certeza de que no quiere que la descubra.

Así que permanece quieta.

Sólo se permite dar vueltas en la falange a su anillo de bodas, usando la yema del pulgar, como único medio para calmar su ansiedad.

Cuando la figura oscura vuelve a su coche y reanuda la marcha, Lola aún tarda un largo rato en ponerse en pie. Teme que el hombre aquel no estuviese solo, que haya dejado atrás a algún cómplice que ahora se arroje sobre ella, aprovechando que se confía.

Cuando se atreve a levantarse, no sucede nada.

Sólo silencio, roto por el cántico de unas pocas cigarras tempranas. No deberían surgir hasta la primavera, pero el cambio climático ha desajustado sus relojes internos, los mismos que les hacen dormir en la tierra durante diecisiete años exactos. Si surgen demasiado pronto, son pasto de depredadores.

Lola sabe todo esto, porque lo vio en un documental de La 2 una vez. Y es mucho más espabilada de lo que da a entender su aspecto, su currículum, su actitud sumisa.

Al fondo del terraplén hay un pequeño arroyo, casi siempre reseco, pero que en estos días de febrero borbotea perezoso, reticente. Obligado por las circunstancias. Lola desciende hasta él, recorre la orilla y busca un lugar para recobrarse. Una piedra algo más grande, curso arriba, le ofrece descanso apurado para nalga y media. Lola sumerge los pies en el agua. El frío del arroyo es como cuchillas de afeitar entre los dedos. Pero Lola resiste. No es plan de esquivar las balas y morir de sepsis.

Lola se quita el jersey, manchado de grasa, y se saca la blusa. Novecientos euros en Michael Kors. Ahora va a hacerle un apaño distinto. Usando los dientes, logra convertirla en tiras largas e irregulares. El tafetán de seda es lo que tiene, los hilos de distintas densidades parten mal.

Por qué coño no me habré puesto hoy unos tenis, se lamenta. No por última vez.

Saca los pies del agua, y atiende a sus heridas. En una de ellas aún quedan restos de cristales. Dos trozos cuadrados, que se han incrustado en el hueso. Lola los arranca con los dedos resbaladizos, notando el crujido cuando salen, permitiéndose un grito sordo que rebota por las paredes del terraplén y por la superficie del arroyo, sin otra respuesta que un breve parón en el canto de las cigarras. Después se envuelve los pies muy despacio con las tiras de la blusa. Intenta seguir un patrón en espiral, aunque los vendajes improvisados se enrollan, empapados en la sangre y el agua que chorrean sus pies. Le lleva casi una hora, pero al final logra una cierta compresión, torpe, pero fuerte. Puede mover a duras penas los dedos de los pies, y eso es lo único que recuerda que hay que hacer, de una vez que su madre se hizo un esguince de tobillo tras resbalar en el pelo cortado de la peluquería. Por no barrer más a menudo.

El proceso hubiera sido más sencillo si se atreviera a usar el teléfono para buscar en internet, pero lo tiene apagado. No puede permitirse que la localicen.

Cuando acaba, se pone de nuevo el jersey y da una cabezada, apoyada contra el árbol. Más desmayo que intención. Al despertar es ya media tarde, su estómago ruge, la sangre le martillea en las sienes. Bebe, agachada, con la boca directamente en el curso del agua, que sabe a tierra ácida y a corrupción. Eructa, con el estómago lleno de agua, a falta de otra cosa, y se acaricia el vientre, donde el niño —tiene que ser un niño, por supuesto, un pequeño Yuri— reclama su alimento, extrayéndolo de ella.

Sin comer puede pasar unas horas. Incluso en su estado, aun con su enfermedad. Pero sin pincharse la insulina, la cosa se complica. Conoce bien los síntomas de la hiperglucemia, pues su madre se los hizo repetir una y otra vez de niña, en cuanto le diagnosticaron la enfermedad. No es que los haya sufrido nunca, porque siempre ha sido cuidadosa. Pero los conoce.

Empieza por el dolor de cabeza, la sed, las ganas de orinar mucho, piensa, masajeándose las sienes.

Resuelve lo último detrás de un árbol, antes de volver a ponerse en marcha.

No sabe adónde ir, pero no puede quedarse junto al arroyo. Ahora las temperaturas son suaves, pero por la noche bajarán hasta los ocho grados. Y Lola es friolera, y sin cobijo sabe que puede morir.

Así que camina, de vuelta al camino, y de ahí al punto más alto que encuentra. El terreno, accidentado, sube y baja con lomas pronunciadas, un aperitivo geológico antes del plato principal: la Sierra Blanca, al fondo del paisaje. Y, entre medias, un edificio bajo con tejado rojo.

Allí está Lola, ahora.

Le cuesta mucho decidirse a entrar, porque es muy consciente de su aspecto desastroso. Ni siquiera dándole la vuelta al jersey se pueden ocultar las manchas de grasa. Disimular, sí. Ocultar, no. Así que Lola merodea por la puerta, en la esquina del aparcamiento, hasta que unas cuantas mujeres de ojos enrojecidos salen a fumar. Lola entonces se confía a la suerte, y entra en la funeraria decidida, sin mirar a la mujer de recepción —que está ocupada intentando estafar a una viuda vendiéndole flores a precio de tinta de impresora—, sin cambiar mirada alguna con nadie. Rogando por que nadie se fije en sus pies, vendados y mugrientos de polvo y barro.

Aunque, sinceramente, ¿cuándo fue la última vez que te fijaste en los zapatos de alguien?

La funeraria consta de varias salas, cada una con su muerto dentro y sus vivos fuera, en unos sofás bastante más incómodos que el ataúd. En la sala más al fondo no hay nadie fuera, pero sí un par de gabardinas y chaquetas abandonadas sobre los sofás. Ningún bolso. Lola pasa deprisa junto a la primera chaqueta —es azul marino, no pega con los vaqueros, qué se le va a hacer—, la agarra, se la echa sobre los hombros, se encoge como si le abrumase la muerte de un ser querido, se frota los ojos, vuelve sobre sus pasos, se refugia en el lavabo de señoras. Tercer cubículo. Los pies, encogidos cada vez que entra alguien. Pestillo echado.

Había una vez una niña que creció en un hogar triste y sin amor, donde la comida sabía a cenizas y el futuro era negro, se repite, mientras espera.

Pasan las horas. Las funerarias no cierran nunca mientras haya familiares que velen. Los de los dos muertos que esperan en la sala uno y la sala dos se atrincheran en el interior, dejando el campo libre a Lola, que sale hacia la una de la mañana. Trastabillando, casi sin fuerzas. La cabeza le estalla.

La mujer de recepción está de espaldas, viendo algo en la televisión. El volumen está muy bajo, pero Lola cree reconocer un programa musical de esos que buscan talentos sin éxito.

Sigue caminando hacia la sala tres, donde hay una habitación vacía, sin féretro tras el cristal. Unas cuantas sillas. Una mesa. Un teléfono fijo.

Lola marca el móvil de Yuri, y contiene el aliento, esperando la confirmación de lo que ya sabe.

Apagado, o fuera de cobertura.

—Está muerto —dice, en voz baja—. Está muerto, el muy gilipollas.

Había una vez una niña que se quedó sola.

10

Otra escena

A la hora en la que Lola está semiinconsciente junto al arroyuelo, Antonia Scott y Jon Gutiérrez llegan a las puertas de la propiedad. Ha sido Jon quien ha tenido que arrastrarla hasta allí.

—Deberíamos estar buscando a esa mujer —protesta Antonia.

—¿Cuántas probabilidades hay de que los que mataron al marido sean los que han intentado matarla a ella, cariño?

—Muchas. Todas —admite.

—¿Entonces? —dice Jon, torciendo el morro. No es propio de ella actuar de forma tan ilógica.

—Sólo quiero volver a Madrid cuanto antes —dice Antonia, cruzándose de brazos.

El sitio tiene tela. Marinera, y de la otra. Gusto, algo menos.

La Urbanización Solfiesta, a quince minutos en coche del centro de Marbella, no es un lugar exclusivo, retiro de altos ejecutivos y millonarios árabes, como La Zagaleta. Solfiesta sólo es cara. Las edificaciones parecen arrojadas en mitad de ninguna parte, con la planificación urbanística hecha por un niño que hubiera volcado el cajón de los juguetes. Se intercalan por la ladera, sin orden ni concierto, muretes de ladrillo y paredes encaladas, protegiendo el acceso a viviendas que rivalizan entre sí por ver quién exhibe el mármol más feo y ostentoso.

Son casas de folclórica, de futbolista de mitad de tabla, de ganador de Eurovisión.

—El paraíso de lo hortera —dice Jon, cuando aparca en la puerta. La tarde, pegajosa y gris, amenaza tormenta y vuelve el entorno más deprimente.

Antonia apenas levanta los ojos de la documentación que le ha pasado el subinspector Belgrano.

—Las casas son casas.

—Vamos, reconoce que tiene que chocarte un poco —dice Jon, asomándose por la ventanilla para llamar al telefonillo—. Tú, que siempre vas con tus camisetas blancas y tus chaquetas negras. Hay estilo.

Antonia espera hasta leer la última letra de la última hoja del dossier —cincuenta páginas leídas en nueve minutos— y cierra la carpeta con gesto cansado antes de contestar.

—Cuando conocí a Marcos, elegía yo mi ropa. Fue él quien me convenció de dejar de hacerlo.

—¿Por eso siempre te pones lo mismo? —dice Jon, que

siente un ramalazo de ternura al imaginar a Antonia entrando al Primark y cogiendo lo primero que encontrase. Combinando según Dios le diera a entender. De pronto la comprende un poco más. Así es con Antonia, para conocerla tienes que ir armando las piezas del puzle con pequeños detalles que uno va captando.

Y no parpadees, que te los pierdes.

—Al parecer la gente me miraba por la calle. Según Marcos, con el negro uno no puede equivocarse.

Lo que está lleno de equivocaciones es el chalet de los Voronin Moreno, tal y como comprueban Antonia y Jon cuando el portón de acceso a la finca se abre con un zumbido. Se bajan del coche. Hay una estatua de niño meón en el jardín, un felpudo con el escudo del Spartak en la entrada, un timbre en el que suena *Kalinka* cuando lo aprietas.

—Pasen —dice Belgrano, abriéndoles la puerta.

Dentro, la fiesta continúa. Hay columnas de estilo romano en el salón, un grifo de cerveza junto a la mesa de billar al fondo. Una barra de *pool dancing*. El forro de los sofás imita piel de vaca.

Dios mío, estoy en el infierno.

Antonia tira de la manga de su compañero con suavidad, y éste se inclina un poco hacia ella.

—Creo que comprendo lo que querías decir —dice Antonia, señalando las luces led de color rosa que hay bajo la mesa de centro. O el gato de la suerte moviendo el brazo sobre ella, el gesto es ambiguo.

—Aún hay esperanza para ti, cariño.

Un pequeño detalle: la casa está patas arriba.

Los cojines rajados, su relleno esparcido por doquier. El barril de cerveza, extraído de su sitio y volcado. Si hubiera libros, estarían caídos de las estanterías. La única concesión a la cultura es un centenar de películas y videojuegos alfombrando el suelo, las cajas abiertas y pisoteadas. Copias piratas, por descontado.

—¿Esto han sido ustedes?

—Estaba así cuando llegamos —dice Belgrano—. Alguien buscaba algo con muchas ganas. Síganme, les llevaré hasta el cadáver.

Antonia y Jon rodean el sofá, pisando con cuidado sobre los restos de los Blu-ray. Para no resbalarse en el suelo de parquet ajedrezado, sobre todo.

—¿Ni una huella? —pregunta Antonia, que ve restos del polvo revelador encima de la superficie azulada de los discos.

—Las de los dueños de la casa. Esa gente usó guantes.

Pasan junto a la televisión de 98 pulgadas. Está encendida, emitiendo un canal de noticias ruso.

Jon siente una punzada de envidia, él que es tan de quedarse sopa viendo sus series. *Frente a una de ésas se tiene que dormir de escándalo*, piensa.

En el jardín trasero, al que se accede por una corredera de cristal en el salón, el horror continúa. Mucho césped artificial. Sillas de plástico barato y forro verde. Una fuente con un par de delfines saltarines escupe agua sobre una de las dos piscinas. La grande.

Porque hay dos. Una con forma de riñón. La otra, circular. Pequeña, climatizada y vallada.

—Pregúntenme para qué es esa piscina pequeña. Pregúntenmelo —dice Belgrano.

—Para el perro —responde Antonia.

El subinspector la mira, sorprendido.

—¿Cómo...?

Antonia señala un cuadro de la familia, pintado a mano, que cuelga en una pared del salón. Yuri, Lola y un perro del tamaño de un autobús. Marrón, de pelo muy largo y máscara negra sobre los ojos y el hocico.

—Eso es un pastor caucásico. Nacen en las montañas. No soportan el calor.

—Creía que no te gustaban los perros —dice Jon.

—No me gustan nada —admite Antonia—. Pero, por alguna razón, yo les gusto mucho. Así que procuro saber todo lo que puedo sobre ellos.

Jon abre el recinto vallado de la piscina y mete un dedo en el agua.

—Está fría.

—La asistenta me ha dicho que mantienen la piscina todo el año a veintidós grados para que el perro se refresque —dice Belgrano, algo mohíno porque su revelación no ha obtenido la sorpresa que él esperaba.

—¿Dónde está el perro?

—Estaba encerrado en el recinto de la piscina cuando llegamos. Hecho una furia. Embistió varias veces contra la valla cuando nos acercamos. Los de control de animales tuvieron que dormirlo para poder llevárselo a la perrera.

—¿Y el cadáver?

—A la vuelta.

En el extremo contrario del jardín trasero, al volver una esquina, encuentran una barbacoa, una mesa de cristal —hecha añicos— y un cuerpo sobre los restos de la mesa. Alguien lo ha cubierto piadosamente con una manta isotérmica. Sólo asoman los pies, descalzos. Con las plantas sucias.

Jon se vuelve hacia Antonia, esperando instrucciones. Está más rígida de lo normal, pero aun así no le pide una de sus pastillas rojas. El inspector se extraña. Puede sentir su tensión, la energía de su cerebro privilegiado cargando el aire a su alrededor de electricidad estática. O igual es sólo que está a punto de llover, y él se lo imagina todo. *Lo más seguro.*

Lo que no se está imaginando es que no le ha pedido nada.

Algo no va bien, percibe Jon.

Antonia le hace un gesto —un inclinar de la cabeza suave, casi una súplica—, y Jon retira la manta que cubre el cuerpo.

Yuri es un hombre de treinta y muchos, con cuerpo fibroso de adolescente. Los abdominales, marcados. El torso, desnudo. La cara, desaparecida. Las moscas, pululando por los restos.

Sólo lleva un bañador de Superdry. Negro, que contrasta con la piel lívida del torso. A cambio, la espalda está violácea. Han pasado treinta horas desde la muerte, así que la sangre ha abandonado las zonas superiores del cuerpo para acumularse, en ausencia del bombeo del corazón, en las zonas inferiores.

La que no está esparcida por la pared, salpicando el suelo, los restos de la mesa y el saco de briquetas, se entiende.

Jon da un respingo. Seco. Mezcla de asco y horror. Casi una arcada.

—¿Su primer muerto? —dice una voz femenina a su espalda. Matiz burlón.

—Mi primer escopetazo, Chispas —dice Jon, al volverse.

Detrás de ellos hay una mujer de mediana edad, vestida de uniforme. Más fuerte que alta, pelo negro recogido en un moño tan apretado que hace daño al mirarlo. Tiene los ojos oscuros, las pupilas desiguales, como tinta derramada. El rostro severo. Hay una cierta precisión en ella. Cuando adelanta la mano para saludar a Jon lo hace con un gesto breve y rápido, sin malgastar esfuerzo alguno. Como si se reservara para algo que la está esperando.

—No sabe la suerte que tiene. Comisaria Romero. De la UDYCO Costa del Sol.

—Soy el inspector Gutiérrez. Y ésta es...

Jon señala a Antonia, pero ésta no ha hecho ademán de girarse para saludar a la recién llegada, y sigue estudiando la escena.

—Ya sé quiénes son. Me han insistido mucho desde Madrid en que serían de ayuda. Ya pueden serlo, he tenido que discutir con el juez de instrucción para que no levantaran el cadáver hasta que llegaran ustedes. Es altamente irregular.

—Se lo agradecemos, comisaria.

—El señor Voronin ya tenía que estar en la morgue, en manos del forense.

—Tampoco hay dudas de la causa de la muerte, ¿no?

Romero sonríe, una media sonrisa cómplice.

—No demasiadas. ¿Su colega es muda?

—Sólo introvertida. Verá, la señora Scott tiene sus métodos. Son algo particulares, pero ofrecen resultados.

—También me han avisado. Espero que sea cierto. Estamos necesitados de resultados.

—Ya nos han dicho que están un poco solos por aquí.

La comisaria escupe una carcajada. Desabrida, sin ápice de alegría.

—Inspector Gutiérrez... siéntese un momento, que voy a contarle una historia de terror.

11

Un acelerón

Antonia apenas ha registrado la conversación que tiene lugar a su espalda. Está demasiado ocupada intentando hacer que el mundo vaya más despacio.

Los monos de su cabeza se habían calmado por la mañana lo suficiente para procesar la escena del centro comercial. Pero al entrar en el chalet, los monos le dejan claro a Antonia que sólo estaban haciendo la pausa del bocadillo. Tan pronto como ve el salón arrasado, su cerebro se empeña en absorber, clasificar, ordenar. Se empeña en encontrar un sentido.

No funciona.

En su cabeza

(los monos exigen. Los monos se pelean

por su atención plena, chillando,

sosteniendo cosas en alto),

la jungla se ha convertido en frenopático miserable.

Sola frente al cadáver de Yuri Voronin, Antonia Scott se agarra los codos, intentando abrazarse para calmarse, para ordenar a los monos. Lo único que le responde su cuerpo es el deseo imperioso de consumir más pastillas.

Pero ya ha tomado dos esta mañana.

Una tercera cápsula no bastará. Tampoco una cuarta.

Sabe que tiene que hablar con Jon de lo que le está sucediendo. Buscar ayuda. Pero no puede.

Hay una palabra para definir cómo se siente.

Bakiginin.

En carelio, idioma que se habla desde el golfo de Finlandia hasta el mar Blanco, la tristeza del constructor de paredes. El contraste entre la necesidad de alejar a todo el mundo de tu vida, y la imposibilidad de hacerlo.

La invocación de la palabra ayuda a Antonia a calmarse momentáneamente. Aparta la mano del bolsillo, donde las yemas de los dedos ya rozaban otra pastilla roja.

Intenta centrarse en el cadáver.

Hay algo extraño en su postura.

Caído de espaldas sobre la mesa, que tuvo que hacer trizas al caer. El disparo, sufrido a bocajarro, las salpicaduras de sangre

(los monos levantan los objetos, ululan,

intentando hacerse escuchar.

Uno de ellos no debería estar allí)

y sesos en la pared, el bañador, la lividez de la piel.

Algo no encaja. Algo está mal, muy mal.

—No sé qué es. No...

La información la desborda. Cierra los ojos, se queda atrapada dentro de su cabeza. Rodeada por

(monos)

los datos, que ahora sólo significan ruido y confusión.

Antonia sale corriendo.

12

Un aviso

La comisaria Romero se acomoda —es un decir— en una de las sillas de jardín, al otro lado de la piscina. Jon hace lo propio.

—Tiene usted un acento curioso, inspector.

—Podría decir lo mismo.

La comisaria le echa una mirada larga.

—Sólo me preguntaba qué hace alguien de tan arriba aquí abajo.

—Pues echar una mano. ¿Vamos a seguir jugando a *Ocho apellidos vascos*, o me va a contar esa historia de terror?

Romero saca del bolsillo el móvil, lo apaga con un gesto, lo vuelve a guardar.

—Según tengo entendido, les han pedido que ayuden a localizar a la señora Dolores Moreno, la mujer de la víctima. ¿Sabe por qué?

Jon sacude la cabeza.

—Sólo nos han dicho que es importante para la investigación.

—Verá, inspector. El día a día en la UDYCO es un poco diferente al que hacen el resto de los compañeros. Nosotros tenemos una cierta... relajación con respecto a los protocolos. No miramos tanto el día a día, como el largo plazo. Si me permite que le pregunte, ¿en cuántos casos ha trabajado?

Jon se encoge de hombros.

—No tiene más que entrar en mi ficha y mirarlo.

—No es mi estilo —dice Romero—. Prefiero que me lo diga usted.

—Unos cuantos.

—¿Importantes?

—Algunos.

—Lo digo porque una, aquí abajo, también escucha cosas. Rumores en los foros y en los grupos de WhatsApp. Como lo de ese inspector sin nombre que sacó a Carla Ortiz de una alcantarilla. Pelirrojo, fuertote, dicen. No es que esté gordo.

—Me pregunto quién podría responder a esa descripción —dice Jon, aparcando un camión de inocencia en su voz.

La comisaria está empezando a ponerle nervioso. Salvo el momento en el que ha apagado el móvil, permanece totalmente quieta en la silla. La espalda recta, las manos apoyadas en los muslos. La gorra del uniforme la sostiene debajo del sobaco izquierdo, en la postura que recomiendan las ordenanzas. A la luz mortecina del crepúsculo, parece no mover más partes del cuerpo que los labios y la mandíbula.

Es como un muñeco de ventrílocuo a pilas.

—No crea que intento examinarle, inspector. Estamos muy agradecidos de que nos hagan caso en Madrid, para variar. Pero quisiera explicarle que las cosas aquí son distintas. Imaginemos, por imaginar, que una rica heredera hubiera desaparecido. A ustedes les encargan encontrarla. Siguen las pistas, la localizan con vida. Mueren seis compañeros por el camino, pero eso es parte del trabajo, supongo.

Ajá, piensa Jon, que comienza a comprender.

—Le aseguro que...

—No me asegure nada —le interrumpe la comisaria—. Aquí las cosas son diferentes. Nosotros no tenemos que buscar a los malos. Sabemos quiénes son. Nos los cruzamos por la calle a diario, en los bares. En el hiper. Sus hijos y nietos van al mismo colegio que nuestros hijos.

—Lo que sucedió con...

—Silencio, inspector. No he terminado. A ustedes les piden detener a un asesino en serie, lo detienen. Yo no puedo aspirar a acabar con la mafia rusa. Aquí el trabajo consiste en ir recabando pruebas contra ellos, poco a poco, despacio. Encontrar testigos, pasito a pasito. Conseguir que declaren. Mantenerlos vivos hasta que lo hagan. Después también, si cuadra y no sale muy caro.

—Es un trabajo de muchos años —dice Jon.

—Es una guerra —le corrige Romero—. Cuando llegaron aquí, hace un par de décadas, parecían un grupo de alegres jubilados que venían a ponerse tibios de cazón y a bailar *Los pajaritos*. Resulta que hacían más cosas. Se pusieron a montar empresas. A comprar equipos de fútbol. A construir mansiones horteras como ésta. Y todo el mundo contentísimo. El dinero de los rusos es inagotable. El problema, claro, es de dónde viene.

Ésa Jon se la sabe. La santísima trinidad del mafioso.

—Drogas, extorsión y prostitución.

—Los crímenes que cometen en Rusia sus compañeros producen muchísimo efectivo. El dinero viaja sucio hasta Belice, las Caimán, Delaware. Rebota en los paraísos fiscales y vuelve a entrar limpito en el continente, a través de una telaraña de sociedades impenetrable. No tan buena como la de Google y Apple, pero casi.

—Y después acaba convertido en mármol —dice Jon, señalando la fachada.

—Esto son minucias. El chocolate del loro. Las mafias han montado aquí una franquicia de blanqueo. Marbella y Málaga son la penúltima parada antes de que vuelva el dinero al sitio de donde salió. A San Petersburgo, a Moscú. A la dacha de Putin.

—Rusia es un estado mafioso, lo sabe todo el mundo —afirma Jon, con el conocimiento de causa que le otorga haber visto un documental de HBO.

—¿Sabía que Litvinenko estuvo en Marbella antes de que el Kremlin se lo quitara de en medio?

Jon recuerda el caso. Era un espía del KGB que levantó la liebre sobre la conexión entre la mafia y el gobierno ruso. Alguien le endulzó el té con polonio radiactivo y convirtió sus riñones en una sucursal de Chernobyl.

—Creía que había muerto en Londres.

—Pasó por aquí unos meses antes. Yo misma le entrevisté. Entonces era inspectora, como usted. Nos enseñó muchas cosas, y hemos aprendido muchas más en estos quince años. Sabemos que la mafia rusa no existe. Que son un centenar de organizaciones de trece países. Con un millar de complejas alianzas. Los georgianos odian a los uzbekos, pero les apoyan contra la Tambovskaya. La Tambovskaya está en guerra con la Malyshevskaya, pero sólo en Rusia. Aquí se toleran.

—Menudo berenjenal.

—Y podría seguir toda la noche, y para el desayuno la mitad de la información estaría obsoleta. ¿Comprende lo que pretendo decirle, inspector?

Jon se rasca el pelo, sopesa lo que acaba de escuchar.

—Creo que sí. No quiere que le agitemos el gallinero.

Romero asiente, despacio. Dada su economía de movimientos, es el equivalente a un gran aspaviento.

—El año pasado tuvimos cuarenta y seis muertos, inspector. Cuatro más que Madrid. En una provincia con millón y medio de habitantes.

—¿Cuántos de ellos relacionados con su negociado?

—Tuvimos dos ajustes de cuentas con bombas. Asesinatos a tiros desde motos, desde bicicletas, con asalto a mansiones como ésta. Con secuestro, con mutilaciones faciales a lo Joker, con Kalashnikov, en restaurantes... Y al salir de un bautizo.

—¿Como en *El Padrino*?

—Como en *El Padrino*. Las cosas se están complicando mucho por aquí últimamente. Odios soterrados, rencillas a punto de estallar.

—Si es que no han estallado ya —dice Jon, haciendo un gesto con la barbilla en dirección al cadáver.

—¿Sabe cuántos policías he perdido desde que soy comisaria?

Jon no tiene ni puta idea. Sabe cuántos han muerto en su tierra desde que él juró el cargo. No los mataron rusos, la verdad. También a ellos les daban un discurso del estilo. Empezaban con lo del arrojo y tesón y la estricta observación de las reglas. Y acaban exigiendo que no pisarán callos.

—Supongo que ninguno —dice Jon. Alarga las palabras, como si fueran una goma dada de sí.

—Y así pretendo que siga siendo, inspector. Esto es un pueblo. No hay dónde esconderse. Cada vez que conseguimos información relevante, es a costa de ocultarla a la Guardia Civil, al GRECO, incluso a otros policías por si dan el chivatazo a los malos. Cuando se la llevamos al juez o al fiscal, siempre nos dice que no es suficiente. Cuando hacemos una redada e incautamos una tonelada de farlopa, no sale en la tele. Cuando logramos sentar a alguien en el banquillo, casi siempre perdemos. Y no nos mandan ayuda, sólo cuando alguien en Madrid tiene una brillante idea. O quiere apuntarse un tanto. Así que dígame, inspector: ¿por qué les han mandado aquí, a usted y a esa mujer que los dos sabemos que no es de Europol?

El cambio de tema es tan brusco que casi suena la aguja rayando el vinilo.

—Ya se lo he dicho. —Jon le sostiene la mirada, incómodo—. Nos han dicho que Lola Moreno es importante, y que hay que encontrarla.

Romero tarda en responder el tiempo que tarda en poner su explicación bajo un flexo y hacerle media docena de agujeros.

—Que Lola Moreno es importante, es verdad. Lo que no se imagina es cuánto, ni por qué.

—Y usted no va a contármelo.

—No, mientras no decida que puedo confiar en ustedes. Mientras tanto...

No llega a terminar la frase, porque en ese momento pasa Antonia corriendo frente a ellos. Jon no pide permiso a su superiora, ni se disculpa. Se limita a hacer una inclinación de cabeza en dirección a la comisaria, y sale en busca de su compañera.

11 (bis)

Un frenazo

Antonia sale de la casa a la carrera. Se apoya en el coche, se lleva la mano al bolsillo, y hace algo que llevaba años sin hacer por propia voluntad. Desde los tiempos del entrenamiento. Desde los tiempos en los que el control de sus capacidades era una batalla imposible de ganar.

Saca una cápsula azul.

La muerde con saña.

Pasan seis segundos.

Siete.

Diez.

Los monos se desvanecen.

El mundo se vuelve un lugar plano, gris, uniforme.

Antonia, de pronto, está vacía. Ya no existe el ruido ensordecedor, ni la velocidad.

Mientras dure el efecto de la cápsula azul, cuya compleja

química ha sido diseñada para anularla, Antonia no es más que una persona normal. Recién levantada.

El poder ha desaparecido, pero no la angustia.

Su mente está restringida a una sola idea al mismo tiempo. Y ahora sólo es capaz de pensar en una cosa.

Lo estoy perdiendo, piensa Antonia, mientras lucha por recobrar el aliento. Siente arcadas, boquea con avaricia, intentando tragar aire. Las lágrimas que le caen de las mejillas le entran en la boca.

No es sólo que no pueda controlarlo. Es que lo estoy perdiendo por completo.

13

Un silencio

A Jon Gutiérrez no le gusta Antonia Scott.

No es una cuestión de amor. Jon la quiere, eso por descontado. Antonia está llena de virtudes, por debajo de sus rarezas. Es incapaz de hacer daño, es torpe de una manera adorable. Es de una cabezonería irritante —para un bilbaíno, ya tiene que serlo—. Es generosa y valiente hasta la inconsciencia. Y pertenece a una especie en peligro de extinción: la de aquéllos que creen que la justicia se defiende, no se espera.

Es compleja, tiene hábitos desagradables. Está callada cuando no debe, habla a destiempo y normalmente es para meter la pata. Las pocas veces que muestra algo parecido al afecto, no tarda ni medio minuto en ofenderte. *Te lo da y enseguida te lo quita.*

Nada de todo eso molesta a Jon de Antonia. Moriría por ella.

Lo que a Jon Gutiérrez le jode de Antonia Scott es no poder consolarla.

Ves a tu compañera, a tu amiga, hundida y llorando, sola, encerrada en un coche, con los zapatos sobre el asiento y abrazándose las rodillas. Te remueve cosas. Una opresión en el pecho, una electricidad en los antebrazos. Una incomodidad en los pies, a los que de repente desagrada el contacto con el suelo.

Con cualquier otra persona, vas y la abrazas. *Ven para acá*. La entierras en tus brazos enormes, capaces de levantar piedras gigantescas o de partir nueces en el hueco del codo.

¿Qué haces con una persona que no soporta que la toquen, que rehúye cualquier contacto o cualquier muestra de afecto?

¿Qué haces con Antonia Scott?

Te quedas quieto. Y por dentro te crecen los males *larritasun*. Angustia, coño, angustia.

Intentas entenderla, sin conseguirlo. Porque sabes que hay una distancia insalvable. Defendida por muros que ella misma levanta. Y te preguntas, qué será esta vez. Qué ocurrirá en esa cabeza imposible y maravillosa. Qué estará viendo, qué batallas estará librando.

Y llamas a la ventanilla, con suavidad. A ver si hay suerte y te abre.

Piu, piu, saltan los pestillos.

Hay suerte.

Jon entra, se sienta en el asiento del conductor. Palpa la tristeza en el aire. Viscosa, llena de textura. Se podría grabar un videoclip de Maná aquí dentro. Antonia tiene los ojos inyectados en sangre, la piel del color del papel viejo.

La tentación de extender la mano y tocarla es acuciante, pero Jon sabe que no es el camino.

También lo es la tentación de hablar. De explicarle que tiene que aguantar, que lo que sea que esté acechándola puede que siga haciéndolo, que sólo queda resistir. Pero Jon sabe que no es el camino.

Así que no dice:

—Nuestros demonios nunca se van, Antonia. Sólo nos queda ser aún más fuertes.

Y ella no le contesta:

—Estoy cansada, Jon. Cansada de las personas que son crueles con los demás. Cansada de todo el dolor que percibo. Son como trozos de cristal en mi cabeza, que no puedo quitarme.

Y él no responde:

—Seré tonto, gay. Hasta puede que gordo. Pero, a Dios gracias, aquí estoy. Aquí estoy.

No se dicen ninguna de esas cosas, porque la vida no es una película, donde un millón de complejas emociones se empaquetan en un diálogo impecable, mientras Michael Giacchino, Thomas Newman o Quincy Jones subrayan todo con una emocionante banda sonora.

No dicen nada, y sólo se sientan en el coche, juntos. En silencio.

14

Un código

Las lágrimas se secan.

Jon baja la ventanilla. En este rato ha llovido y ha escampado. Un olor fragante entra por la rendija, aliviando la tristeza. O cambiándola de sitio. Con cierto humilde consuelo: el que cuando ya nada subsista del pasado que ahora es nuestro presente, los olores perdurarán aún, cargando nuestro recuerdo.

—Petricor —dice Antonia.

—¿Cómo dices?

—El olor después de la lluvia. Se llama petricor.

Jon no entiende muy bien por qué, pero intuye que lo que acaba de suceder —esa palabra que Antonia ha compartido con él— es importante. No quiere estropear lo que no comprende, así que continúa esperando a que ella vuelva a hablar.

Para darle tiempo, se lleva el coche lejos de la urbanización. Ya es de noche. Recorre unos cuantos kilómetros, sin rumbo. Se para en un área de servicio vacía. Al fondo se ve la línea de costa de Marbella, convertida en un rosario brillante e idílico. Que no se vean los edificios ayuda. Más cerca, un letrero de Repsol les sirve de luz de contra y les permite verse las caras.

—Aquí hay algo que anda muy mal —dice Antonia, por fin.

—Pues, chica, recapitulando... Un señor al que le han volado la cabeza. Y otros dos en la morgue cosidos a balazos. Los tres en una mañana.

—No es sólo eso. Las mafias son violentas, pero nunca tan públicas. Lo de esta mañana, ahora esto. Hay algo más aquí.

—He conocido a una señora muy curiosa. La comisaria Romero.

—¿Hostil? —pregunta Antonia.

Siempre que llegan a un sitio es igual. Siempre hay alguien, de los de su lado, que no está cómodo con su presencia.

—Se pone al pairo. No va a dar la lata, siempre que no le revolvamos el gallinero. Por lo que he entendido, aquí puede estallar una guerra en cualquier momento.

—¿Y por qué es curiosa?

—Me ha hecho una pregunta muy extraña. No la mierda de siempre. Querían saber por qué estamos aquí.

—Nunca preguntan eso.

—No. Preguntan quién eres. Preguntan de dónde venimos. Preguntan cómo vamos a ayudar. Sobre todo, preguntan cuándo nos vamos.

Pero nunca *por qué*. El porqué suele ser jodidamente evidente.

Antonia parpadea. Su gesto habitual suele ser acelerado, cinco abrir y cerrar de ojos. A velocidad de ala de colibrí. Esta vez lo hace a cámara lenta. Eso, y su tono de voz despacioso, hacen saltar a Jon sus alarmas de consumado policía.

—Llama a Mentor.

Si no me hubiera pasado unas cuantas noches por el parking de la Fever, incautándole bolsas de maría a las cuadrillas, diría que esta chavala va cocida, piensa el inspector Gutiérrez.

—¿Estás bien, cielo?

—Por supuesto que sí —responde ella, el jueves siguiente.

Jon no dice nada. Pone el teléfono en el manos libres del coche, y obedece.

Mentor contesta al sexto timbrazo. Su voz resuena por los ocho altavoces del Audi como si estuviera dentro.

—No es un buen momento.

—Oiga, que aquí hay gente muerta —protesta Jon.

—Estoy en Bruselas, inspector. Una reunión de jefes de equipo. Han surgido... problemas.

Jon y Antonia se miran, extrañados.

—¿Qué clase de problemas?

—Problemas con compañeros de otros países. Nada que pueda contar por teléfono. Ya les explicaré cuando vuelvan. Y ahora, si me disculpan...

—¿Por qué estamos aquí? —pregunta Antonia.

Pausa. Desde el otro lado de la línea llegan ecos distantes de voces preocupadas.

—¿Qué te pasa en la voz, Scott?

También lo ha notado, piensa Jon. Con una punzada de envidia. A Mentor sólo le han hecho falta cuatro palabras, a través de un teléfono, a dos mil kilómetros de distancia. Menuda relación. Con su rosario de cuentas infelices, que callan más de lo que dicen.

—Scott —insiste.

Antonia le hace un gesto a Jon para que conteste.

—No queremos robarle tiempo en su reunión. Pero nos dijo que le tuviéramos informados. Y Antonia está...

—Le he preguntado a ella, inspector —responde Mentor con sequedad.

Pausa. En el coche se oye la respiración pesada de Jon. Que quizá la fuerza porque aborrece el silencio.

—Estoy cansada, eso es todo —responde Antonia.

Pausa. Más larga. Al otro lado las voces se difuminan, como si Mentor se estuviera alejando por un pasillo enmoquetado.

—Está bien. ¿En qué puedo ayudarles?

No se lo cree. Y yo tampoco.

—En saber por qué tiene tanto interés en Lola Moreno —le dice Jon.

—¿No hay rastro de ella?

—Ninguno. Pero hemos visto las ganas que tenían de acabar con ella y con el marido. Le resumo: bastantes ganas.

Mentor suelta un suspiro de adicto en el que caben varios anuncios de Marlboro, de esos que ya no emiten porque está feo matar personas.

—Parecía un caso sencillo, Scott —dice Mentor, más para

sí mismo que para ellos—. Encontrar un ama de casa y volver. Algo fácil para que olvidaras tu obsesión particular con ese fantasma tuyo.

Antonia no responde.

—Sólo queremos saber dónde nos estamos metiendo —tercia Jon—. Por qué eligió este caso.

—No te lo dirá —dice Antonia.

—Sabes que no puedo hacerlo, Scott. Y menos por teléfono.

Antonia mira a Jon, y luego a la pantalla del móvil.

—Asumo la responsabilidad.

—No te corresponde tomar esa decisión, Scott.

—Entonces dime sólo el código alfanumérico. Yo le explicaré el resto.

Pausa. Eterna. Al otro lado de la línea, Mentor parece estar regresando sobre sus pasos, las voces preocupadas están cada vez más cerca.

—Si os pido que regreséis, no vais a hacerme caso, ¿verdad?

A Jon le vienen imágenes de un bóxer, en una cocina, con un hueso de jamón. Un bóxer al que hay que ajusticiar antes de que suelte la presa.

—Ya sabes la respuesta.

Al otro lado, las voces preocupadas son ahora gritos preocupados. Quizá es eso lo que hace que Mentor se rinda.

—A la mierda. Con una condición. Encontradla pronto, y volved cuanto antes a Madrid. Me vais a hacer falta. ¿De acuerdo?

—Estamos deseando regresar.

Mentor hace una última pausa, como si evaluara si esas tres palabras son un compromiso válido. Dice, a su vez, otras tres.

—Uno. Cinco. Foxtrot. —Y cuelga.

15

Un oído finísimo

Jon se vuelve a mirar a su compañera. Las cejas levantadas, las manos apretadas contra el volante. La cara, de pasta de boniato. De quedarse de plástico. Por un lado viene el mundo, por el otro su comprensión, en dirección contraria. La vía, de sentido único. Al volante, cómo no, va Antonia Scott.

—¿Te importa explicarte, cari?

Antonia sorbe por la nariz, se pasa la mano por el regazo.

—Es posible que no te lo hayamos contado todo.

—Es posible que me haya dado cuenta —dice Jon con suavidad.

Una suavidad exquisita. De las que envuelven borrascas.

—No me encuentro muy bien —dice Antonia, masajeándose el puente de la nariz.

—Es posible que me haya dado cuenta de eso también.

—Pero no quiero hablar de ello.

—¿Podemos saltarnos toda esta parte?

—¿Qué parte?

—La parte en la que te paras a pensar en elegir qué vas a contarme. Te marchas a algún sitio de dentro de esos ojitos verdes tuyos y vuelves medio minuto después, con medias verdades. Omisiones, eufemismos.

—Yo no hago eso.

—Sí lo haces.

Antonia dedica treinta segundos a pensar cómo rebatirle lo del medio minuto.

—Hay un software —dice, al final.

—¿Cómo dices?

—Un software. Un programa informático. Cuando comenzó el proyecto Reina Roja, en Bruselas se inició un proyecto paralelo. Mucho más secreto.

—¿Más?

Antonia mueve la mano para que no la interrumpa. Se ha convertido en un seiscientos sin frenos por una cuesta abajo suavecita. Al tran tran, pero imparable.

—Los responsables del proyecto se dieron cuenta de que la mera existencia de los equipos no bastaba. Era tener un arma sin tener una diana. Así que crearon un software especial. Se llama Heimdal.

—¿Como el negro macizo de las películas?

Antonia, que no ha pisado un cine en lo que va de siglo, le ignora.

—Cuentan que Odín se encaprichó de nueve gigantas mientras paseaba a la orilla del mar. Se acostó con ellas, y ellas se combinaron para darle un único hijo.

—Se combinaron. ¿Como un Power Ranger?

—Yo tampoco entiendo lo de la paloma y no te digo nada —continúa Antonia—. Las nueve mujeres dieron a luz a Heimdal, y le alimentaron con lo mejor que tenían. Cuando creció, Heimdal descubrió que tenía una vista que alcanzaba hasta los confines del mundo, y un oído tan fino que era capaz de escuchar crecer la hierba. Así que Odín le asignó como guardián del Bifrost, el puente de arcoíris que lleva a Asgard, el hogar de los dioses. Y Heimdal debe avisar si se acercan los gigantes.

Jon escucha, ahora muy serio, porque comienza a entender qué puede hacer un programa al que han nombrado con un dios nórdico con un oído finísimo.

—El software tuvo también nueve madres. Nueve estados de la Unión, entre ellos España. Se invirtieron doscientos millones de euros en el desarrollo y otros quinientos en crear el mayor superordenador de Europa. Lo instalaron en Barcelona, enterrado cincuenta metros por debajo del Mare Nostrum V.

Jon sí que ha oído hablar del Mare Nostrum, el superordenador científico. Y que enterraran un superordenador debajo de otro tenía mucho sentido.

—Así podían justificar el consumo eléctrico, las entradas de personal, todo. Qué listos.

—Supongo que te imaginarás qué es lo que hace.

Jon se lo imagina.

Y es una pesadilla.

Pero quiere que ella se lo diga.

Antonia se lo explica. Con todo detalle. Cómo cada vez

que entramos en internet, Heimdal está mirando. Sabe lo que hacemos, lo que buscamos, lo que compramos. Cada email que enviamos, cada fotografía que compartimos en nuestro grupo de WhatsApp. Cada mensaje de texto, cada publicación en Facebook. Todo analizado, guardado, medido y pesado. Cada gesto de amor, cada frase de odio, cada posado frente al espejo, cada paja frente a la pantalla. Cada vídeo de gatos, cada orden a Siri, cada canción, cada retuit, cada me gusta.

Todo.

—Sabía que Estados Unidos hace eso con sus ciudadanos. Pero nunca me imaginé que aquí fuéramos a hacer lo mismo —dice Jon, con la voz tan cansada como el alma.

—Europa no iba a quedarse atrás, Jon.

—No puedo creerme que digas eso.

—Es la verdad. Es un sistema imperfecto. Trajeron de Estados Unidos a un experto en reconocimiento de imágenes, y muchos matemáticos para ayudar con los cifrados, pero está aún lejos de los americanos. No se puede analizar todo. Pero al menos podemos acceder a información clave cuando la necesitemos.

Jon menea la cabeza. Sigue sin poder creerse lo que escucha. Siente como si estuviera viviendo en un episodio de *Black Mirror*.

De pronto, una piecccita cae en su sitio. *Plim*, línea.

—Dime una cosa. Cuando entraste en la cuenta de email de Carla Ortiz para localizar su teléfono, me dijiste que tenía la contraseña pegada con un postit en el reverso del cajón de su escritorio. Como todo el mundo, dijiste. No había ningún postit, ¿verdad? Usaste Heimdal.

Antonia no contesta. Ni a sus preceptivos treinta segundos, ni a los cincuenta, ni al minuto y medio.

Jon se baja del coche. Deja la puerta abierta, da una vuelta alrededor del coche a grandes zancadas.

Necesita respirar.

—Joder. Joder, joder y joder y me cago en todos los santos en un garrafón y Jesucristo de tapón —grita Jon, a nadie en particular. A la noche. Al letrero de Repsol. A las pintadas en la pared de la gasolinera.

Le sobra la corbata. Le sobra la chaqueta. Se quita las dos, las arroja al suelo. Estira los brazos. Las costuras de algodón egipcio de su camisa blanca crujen cuando Jon vuelve a encogerlos, hinchando dos bíceps tamaño balón de fútbol. Se sienta encima del capó del Audi. La suspensión protesta.

Antonia sale del coche y se sienta a su lado. La suspensión ni se inmuta.

—Hubiera preferido que no me lo dijeras —dice Jon, y es cierto. De alguna manera, el silencio incómodo y reconfortante de hace un rato, el silencio de quien se limita a esperar que las cosas se arreglen por sí solas, era preferible a cargar con el peso que Antonia acaba de echarle sobre los hombros—. Tengo que procesar todo esto.

—Piensa en todo el bien que podemos hacer.

No es eso en lo que Jon está pensando.

—¿Sabes lo que puede hacer Heimdal a los que son como yo?

—¿Vascos?

—Maricas, cielo.

—Estamos en el siglo veintiuno. Las cosas ya no son como antes.

Jon suelta una carcajada sarcástica.

—Si hay algo que tengo claro es que siempre hay alguien que quiere que las cosas vuelvan a ser como antes. Siempre.

Se agacha y recoge la chaqueta y la corbata. Sacude y manotea las dos frente a los faros de xenón. Un millar de motas de polvo bailan, rabiosas, en el haz luminoso.

—Hay algo más —dice Antonia.

Cómo no iba a haberlo.

—A ver —suspira Jon.

—Heimdal no sólo monitoriza las comunicaciones. Su función primordial para el proyecto Reina Roja es coordinarnos. Combinar todas las bases de datos de los ciento once cuerpos policiales de Europa en una sola.

—En una sola a la que sólo tenéis acceso unos pocos. Por eso llevas el iPad a todas partes.

—Por eso y por el Angry Birds.

Jon dedica cinco segundos de silencio al torpe intento de humor.

—Está bien. Hay una base de datos. ¿Eso es todo?

—Heimdal analiza posibles casos donde podamos ser de utilidad. Atestados policiales, denuncias, llamadas a Emergencias. No sólo por la información que llega, sino por lo que podría suceder.

—Espera un momento. ¿Me estás diciendo que una inteligencia artificial decide dónde tienes que ir?

—No decide. Propone. Es cada Mentor quien decide. No hay ningún ordenador que pueda sustituir a las personas.

—¿Y qué es lo que proponía esta vez?

—Mentor nunca me cuenta por qué estamos aquí. Me dice lo menos posible al principio, para no condicionarme.

—Por eso le has preguntado el código. 15F. ¿Qué significa?

—«Posible confidente encubierto de primer nivel.»

—Hostias —dice Jon, soltando un silbido.

De pronto todo cobra otro sentido. Un sentido con filos peligrosos.

—Heimdal tenía marcado a Yuri Voronin. Su muerte hizo saltar una alarma en el software. Voronin era el tesorero del clan Orlov. Orlov es la delegación de la Tambovskaya en España. Nunca habíamos tenido un confidente tan valioso.

—Si Voronin era un chivato, explicaría la brutalidad de su ejecución. Y que intenten matar a su mujer —razona Jon.

—Y también que la comisaria Romero tenga tantas ganas de saber por qué hemos venido.

—No creo que quiera contárnoslo. Si han matado a su confidente, estará loca por saber quién se ha ido de la lengua.

—Entonces tenemos que encontrar a Lola Moreno cuanto antes. Es la única que puede arrojar luz en este berenjenal.

Jon se mete en el coche y enciende el motor.

—¿Berenjenal? No, cari, no. Esto no es un berenjenal. Es un campo de minas.

Lola

Quiere llorar, en un velatorio vacío, la ausencia del hombre del que está locamente enamorada. Quiere llorar por ella, que no sabe qué hacer. Por el niño que viene. Por el miedo y el cansancio.

Quiere llorar, pero no lo consigue.

Había una vez una niña que perdió lo que más quería, a un príncipe encantador, valiente y generoso.

A Lola le gusta presumir de marido. No de lo que le compra, eso sería vulgar. Presume de que nada puede sufrir que él no sepa solucionar. De lo divertido que es. De su desempeño en la cama.

—Mi marido me lo come como si ahí abajo tuviera unas gambas a la plancha.

—Los bajitos son especialistas en bajarse al pilón. Supongo que se esfuerzan más para compensar —sentenciaba la peluquera.

Una peluquera distinta, no su madre. A su madre ni le

deja acercarse a su pelo. No es que se lleve mal con ella, es que donde hay confianza da asco. Pero se quieren, *cuidao*. Lola la llama todos los días. Casi siempre para alabar a Yuri.

—Es muy tierno y muy cariñoso.

O bien:

—El otro día me trajo flores.

O bien:

—Me ha dejado una nota en la nevera diciéndome que me quiere antes de irse a trabajar. —Esto, por teléfono, con el café en la mano.

Y su madre:

—¿Seguro? Mira que los rusos tienen la mano muy larga.

Y su madre:

—Mira que los rusos son unos *encogíos*.

Y su madre:

—Mira que los rusos...

Lola piensa que no hay nada más racista que un andaluz. O al menos, que su madre, que tiene todo el día la nacionalidad en la boca. Ella lo que quería para su hija era un buen malagueño, médico o dentista, que le comprara un apartamento en Torroles para echar los veranos.

Y Lola también, no te jode. Pero se encontró con Yuri.

Había una vez una niña que bailaba en una discoteca, y unos cuantos tipos intentaron violarla a la salida, piensa Lola. Ya la tenían arrinconada contra la pared, con las bragas por las rodillas, por más que ella intentaba defenderse. Pero Yuri pasaba por allí. Y los otros eran siete. Malagueños, seguro. Dentistas, a lo mejor. No iban con la bata.

Yuri entró como un vendaval, sin preguntar. Se llevó un

navajazo y una hostia. Lola se llevó una hostia. Los otros siete se llevaron bastantes. Salieron corriendo como pudieron.

En Urgencias, mientras esperan para que les atiendan, Yuri le dice cómo se llama. Le dice que tiene veneno en la piel, que está hecha de plástico fino. Intenta robarle un beso.

Un instante después, con la cara ardiendo por un guantazo y dolor de cadera por un rodillazo que ha esquivado a tiempo, comprende que Lola ha definido los límites de su agradecimiento.

Un mes después, se casan.

Lola es la mujer más feliz del mundo.

Había una vez una niña que ayudó a un príncipe a edificar su castillo, se dice Lola, intentando en vano encontrar una postura menos incómoda. Tiene el culo destrozado, la cadera insensible.

El suelo de terrazo no es mucho mejor que la primera cama que compartió con su marido. Que Yuri no tenía dónde caerse muerto. Vivía en un apartamento cerca de la playa, con tres georgianos merdellones que no hablaban ni papa de español.

A Lola, *enchochá perdía*, el arreglo le da igual el primer mes. La segunda vez que le viene la regla y tiene que aguantar porrazos en la puerta del baño mientras se cambia la compresa, a Lola le entra la *jartura* y llama al orden a Yuri.

—Necesitamos un piso para nosotros solos.

—Mi jefe me paga poco.

—Pues que te pague más.

—No es tan fácil.

—A ver, pero tú qué haces.

Yuri se lo cuenta. Con su acento eslavo, repleto de erres arrastradas, de subidas y bajadas. Pero con un español que ya quisieran muchos. Clarito, clarito.

—Doy palizas.

—¿Cómo que palizas?

—Palizas. Alguien no paga a mi jefe, mi jefe me manda. *Pim*, *pam*. Le suelto una piña, *da?*

Lola mira de arriba abajo a Yuri. Que no llega al metro setenta, que la talla S de camiseta le va holgada. Lola se cree lo que le cuenta. La pinta no la tiene, no. Pero de cabeza es *majarón*, *majarón*. Cuando se le cruza, lo ve todo rojo y ya puede tener enfrente a siete como a veintisiete. Y a veces vuelve a casa y lo primero que hace es llenar la ensaladera con hielo y meter la mano dentro.

—Pues ya lo estás dejando. A tu jefe le dices que te busque otra cosa.

—Pero, Lola...

—Que lo dejas. Que no ganamos para *yelo*.

Eso fue hace seis años. Seis años y cuatro meses. Se acuerda bien de la fecha. Fue poco antes de su cumpleaños, y Yuri se lo juró como regalo.

Había una niña que hace seis años no tenía nada.

Lola cree que, por fin, va a lograr romper a llorar. Nota las lágrimas agolpándose tras los ojos. El sollozo enroscado en la garganta, como una tenia asfixiante y codiciosa.

Los ruidos la interrumpen.

Lola escucha unas voces que entran, preguntando. Voces de tono inconfundible, arrogante.

Vienen a por mí.

¿Cómo es posible?

Lola pierde unos segundos valiosísimos en intentar entender cómo la han encontrado. Si ha sido muy cuidadosa, no ha encendido el móvil. Incluso llamó a Yuri a través del...

El fijo.

El fijo de la funeraria.

Si es que soy imbécil.

Las voces se acercan, se mezclan con las de la sala de al lado. No hay tiempo que perder. Tiene que escapar. El problema es por dónde.

La sala no tiene ventanas, ni ningún sitio donde esconderse.

La única puerta es la que da al vestíbulo. Salir por ahí sería echarse en brazos de sus perseguidores.

Con el corazón galopándole en el pecho, Lola escucha cómo las voces que le llegan amortiguadas a través de la pared contigua se trasladan ahora a la entrada. Los tonos se elevan, no sólo por la cercanía. Parece haber una discusión entre las voces.

Entonces Lola se da cuenta de que sí hay otra puerta. La que lleva a la sala acristalada en la que se exponen los ataúdes. Cruza la habitación, gira el pomo, rezando por que no esté cerrada. No lo está.

Lola se cuela en la sala y cierra la puerta justo cuando se abre la exterior. Un rectángulo de luz se dibuja en el suelo, sobre la mesa camilla e ilumina brevemente el rostro de Lola tras el cristal. Lola vislumbra unas manos fuertes, una pistola, una figura oscura, quizá la que antes bajó del coche en el camino de tierra. Sabe que, cuando la encuentren, está lista.

No se queda a darles la oportunidad.

Agachada, se introduce detrás de las cortinas —burdeos grisáceo, devoradas por el tiempo y por el polvo— que ocultan la salida al túnel de servicio. Aquí no hay puerta, sólo un hueco por el que los empleados de la funeraria introducen los ataúdes a través de un pasillo oculto. El mismo por el que Lola se escabulle, en dirección a la parte trasera. Hambrienta, agotada, deshidratada. Sin rumbo, pero no perdida. Sin esperanza, pero no desesperada.

Había una vez una niña que no iba a dejarse coger.

16

Una promesa

El hotel era bueno, el descanso ha sido malo.

Jon no ha podido dormir gran cosa. Revolver de sábanas entre ducha y ducha. Mucho sudar, mucho dar vueltas. Mucho darle vueltas.

Las palabras que Mentor le había dicho el día en el que le reclutó le rebotan por el cráneo como *pilotak* en un frontón. Sólo que ahora tienen un matiz mucho más oscuro.

El proyecto Reina Roja se creó para acabar con objetivos especiales. Asesinos en serie. Criminales violentos especialmente escurridizos. Pedófilos. Terroristas. Sin ataduras, sin jerarquías, había dicho Mentor.

Sin responsabilidades públicas, añade Jon.

Por eso quería alguien como yo. O al menos como el yo que plantó la droga en el maletero del chulo. Alguien a quien le importe más la justicia que la ley.

El problema es quién decide lo que es justo.

El problema es que no estoy seguro de seguir siendo esa persona.

Lo que Antonia le ha contado es aterrador. Y, sin embargo, real. En un mundo en el que el límite del bien está cada vez más difuminado, en el que hemos rendido nuestra privacidad y nuestro intelecto a una red social y a un buscador, la existencia de Heimdal era inevitable.

Ya lo están haciendo las empresas. Si hablas de queso con tu pareja delante de tu altavoz activado por voz, un rato después te encuentras un anuncio de Idiazábal mientras navegas.

Pero Heimdal no va de vender queso. Va de identificar a los ciudadanos peligrosos.

Y la Historia nos enseña que, eso nunca, nunca ha salido mal, piensa Jon.

Se lleva las preocupaciones al desayuno, y luego al coche, donde espera a Antonia durante un par de horas. Han quedado a las diez, pero él ya está abajo a las ocho menos algo. Poniendo disco tras disco de Sabina, aprendiendo que ciertos engaños son narcóticos contra el mal de amor.

No sabe qué hacer. Por momentos siente la tentación de arrancar y largarse.

A tomar.

En diez horitas, en casa con *amatxo*. Aguantar un rato de bronca, normal. Cenar *kokotxas*, ahogarlo todo en *ardo beltza*.

Pero Jon no es de ésos.

Bien lo sabía el hijoputa de Mentor cuando me escogió. Que amatxo *no crio a ningún* beldurtia. *Ningún cobarde, gallina, capitán de las sardinas. Cómo me caló.*

Es cierto, le parece una monstruosidad aquello en lo que está participando. Pero —y Jon es dolorosamente consciente de la incoherencia y el cinismo de la idea, en el momento en el que se posa en su cabeza—, si de verdad Heimdal tiene que existir es mejor que lo tengamos *nosotros.*

Ay, qué difícil es todo, la madre que me...

Jon está acostumbrado a cabalgar las incongruencias. Ser policía y homosexual es un compromiso, aunque no debiera. Se le juzga dos veces. Antes, cuando lo del conflicto, tres. Que te puedes llevar el tiro y el escupitajo, vamos. Las aristas de tu vida son más afiladas que las de otros. Y haces las paces con ello, porque no quedan más. Porque lo has escogido tú, y porque sabes que si caes, caerás luchando y con un *kagoendiós.*

Y si no puedes parar el río con las manos, tampoco vas a dejar de buscar peces. Y, sobre todo, no dejas a tus compañeros para que se ahoguen.

Aquí llega Antonia. Diez minutos antes de hora. En alguien que siempre llega tarde, es muy de agradecer.

No se dan los buenos días. Tampoco es que lo hagan nunca, pero hoy notan que no lo hacen.

—¿Estás segura de que quieres ir al funeral de Voronin? ¿No prefieres que vayamos a buscar a Lola Moreno?

—La policía ya está controlando los sitios habituales. La casa de la madre, los amigos. No, déjales a ellos que pateen las calles. Prefiero ir a conocer al hombre del que huye. ¿A qué hora empezaba la ceremonia?

—A las once. Vamos con tiempo. Así echamos un ojo según van llegando.

Han dicho vamos, pero no arrancan.

Sigue habiendo un elefante en el asiento trasero, apoyando las patas en el respaldo.

Jon no sabe por dónde abordarlo.

Es ella la que lo hace. De la forma más estúpidamente adorable posible.

—¿Estás enfadado?

Jon sonríe. Hay muchas maneras de estar enfadado. Puedes albergar ira. Puedes guardar rencor. Puedes sentir despecho. O puedes tener la certeza de que alguien a quien quieres lleva mucho tiempo tomándote por gilipollas. Ahora lo que necesita es hacérselo entender a Antonia Scott. Para ella es un rompecabezas lo que para él cae de cajón.

—Sigo procesando. Lo que me contaste anoche es muy gordo. Tengo que pensar sobre ello y tomar decisiones. Pero quiero que me prometas una cosa. Piénsalo bien, porque de tu respuesta depende que sigamos por aquí o que tiremos para Madrid.

Antonia asiente, despacio. No las tiene todas consigo.

Jon tampoco. Pero está dispuesto a darle esta oportunidad.

—Ya soy mayor, cari —dice—. Me dejan llevar pistola. Soy el que te cubre ese culo escurrido que tienes.

—Lo sé.

—Lo hago por que quiero, ya no me obliga nadie.

—También lo sé.

—Pues si quieres que siga haciéndolo, no vuelvas a mentirme. A partir de ahora, se acabaron los secretos. Ayúdame y te habré ayudado. ¿Estamos?

Y claro, qué va a contestar ella.

Aslan

Aslan es un hombre amable, vaya eso por delante.

No hay más que verlo. Sentado en la terraza del Kristin, como cada mañana. Mirando al mar, tomando tostadas de pan moreno, salchichas bratwurst, huevos fritos. Hoy no hace sol, así que los guardaespaldas han recogido la sombrilla. Los escasos turistas que pasan por el paseo marítimo le ven inclinado sobre el plato, enfrascado en su alimento. Si alza la vista y su mirada de ojos grises se cruza con alguien, dedica una educada sonrisa, una inclinación de cabeza.

Es una inclinación pausada, elegante. Aristocrática. Aslan está moreno por el sol, un moreno denso, de jubilado motivado. Hace un contraste espectacular con su melena blanca, que lleva peinada hacia atrás. Cortada con esmero hasta casi rozar los hombros. No ha perdido ni un pelo en toda su vida. Esa melena y su nombre —*Aslan*, león— le garantizaron su apodo de *vor v. zarkone*, de ladrón en la ley.

Aslan Orlov, La Fiera.

Usa una fuente para la comida y un plato para comérsela, cortándola con precisión. Dedos largos y cremosos. Resetea el plato con cada bocado. Ni una miga en los bordes, el tenedor y el cuchillo regresan al mantel en posición de firmes. Una esquina de la servilleta limpia la comisura de los labios antes de volver a cubrir el regazo.

Siempre da las gracias por cada atención, por cada servicio, siempre deja propina. Gentil, casi cariñoso.

—¿Desea algo más, señor Orlov?

—No, gracias, Karina.

La camarera le retira la fuente y, al hacerlo, golpea inadvertidamente el vaso de agua, casi lleno. Se vuelca, derramando el líquido sobre el mantel y salpicando los pantalones de Aslan.

La camarera encoge la mano y el cuerpo con preocupación, casi como si temiera perderla. Casi como si supiera quién es el hombre al que sirve cada mañana. Lo sabe.

Aslan le dedica una sonrisa amarillenta.

—No te preocupes. Sólo es agua, ¿ves? Seca.

Cuida mucho las formas. Siempre lo ha hecho, desde su juventud. Dirigía un prostíbulo en San Petersburgo en los ochenta. Cuando llegaba una nueva esclava, robada de las granjas de Pskov o Chúdovo, siempre la trataba con amabilidad. Antes de violarla por primera vez —requisito indispensable para que no se rebelara— siempre se enjuagaba la boca con menta. En su ausencia, gárgaras de vodka.

—Hay que hacerlo, pero no tienen por qué sufrir más de la cuenta.

Uno de sus subordinados confundió su amabilidad con

debilidad, e hizo un comentario inapropiado durante la cena. Aslan sonrió con delicadeza y después le clavó el tenedor en la garganta. Una, dos, tres veces. La última de ellas retorció el tenedor, desgarrando la piel y creando un agujero por el cual el insolente pudo respirar un par de veces más, entre estertores sanguinolentos, antes de desplomarse. Aslan se limitó a limpiar el tenedor con la servilleta y seguir comiendo.

Nadie volvió a malinterpretar la amabilidad de Aslan Orlov.

Otro tiempo, otro país. No mejores. Otros.

Más serios, más pobres, más libres.

Aslan solía ser fuerte como un roble, pero nada es perdurable. Cuando pone en pie su larguirucho cuerpo tiene que pedirle permiso a sus rodillas. El traje es nuevo. Negro y a medida, un detalle con el lugar y el acto al que se dirigen. Le tira un poco en la barriga. Preferiría algo de ropa deportiva, uno de los chándales de tactel que habitualmente compra en el Carrefour por sólo quince euros. Ropa cómoda, benévola con sus articulaciones de setenta años. Pero hoy hay que mantener las formas.

Es importante.

No elige el Lexus ni el Ferrari para viajar. No son apropiados. Mejor el Maserati Quattroporte. Gris, elegante. Doscientos mil euros sobre ruedas, pero con clase. Conducirá Kiril, por supuesto. Y llevará a otros seis *bojevik* en los coches de delante y de detrás. Seis soldados. Les ha pedido que vistan discretos. Que se note que están, sin molestar.

Cada año que pasa, a Aslan le preocupa más su imagen. No le gusta que le reduzcan a un estereotipo. Cuando baja del coche frente a la iglesia ortodoxa, al otro lado de la calle, siente las miradas de la gente, de los asistentes al funeral, de los policías. A muchos los conoce. Algunos son nuevos. Hay un hombre grande y una mujer pequeña, sentados en un Audi. Ésos son nuevos. Del CNI, quizá. Los imagina buscando en sus notas, en la ficha policial, comprobando las fotos.

La mujer le señala. Está a sólo ocho metros, pero no puede ver si sus labios se mueven. Su vista ya no es lo que era. Sin embargo, imagina que sí. Estará leyéndole al otro su biografía. Dirá algo como esto.

Aslan Orlov, nacido en Leningrado en 1951. Cursó estudios en la Academia marítima Lenin. Entre 1967 y 1980 tuvo numerosos empleos, como cadete en la Escuela Naval, marinero en reserva. Pasa por la cárcel en 1985, seis años. Eso le da estatus como *vor*, como oficial de la mafia rusa. Seis años en la cárcel. Entre 1991 y 1998, asciende de forma imparable en la Tambovskaya, eliminando a muchos rivales en los años del plomo, cuando San Petersburgo se vuelve una ciudad sin ley. Se le atribuyen veintitrés asesinatos, ninguno probado.

En el año 2000 le mandan a España con visado griego, a dirigir la rama de blanqueo de la Tambovskaya.

No tenemos nada en su contra.

De todas esas frases, la única que le agrada es la última. Lo demás es *vakuum*. Vacío. Mera colección de fechas y lugares, verbos y sustantivos. No significan nada, no pueden atrapar nada. Ni al hombre ni a la esencia de lo que sucedió.

Le enerva.

¿Cómo puede reflejar un puñado de letras lo que fue crecer en Leningrado, entre el hambre y las ratas? ¿Cómo pueden atrapar la brutalidad de la Unión Soviética y del comunismo en unos cuantos caracteres? Solzhenitsyn necesitó tres mil páginas, y se quedó corto. ¿Cómo pretendes que alguien que está abrigado comprenda a alguien que tiene frío? ¿Lo que tiene que hacer para sobrevivir?

La gente le señala, le apuntan con el dedo. Pretenden juzgarle, cuando lo cierto es que no alcanzan siquiera a conocerle, y mucho menos a entenderle.

Aslan Orlov siente desprecio y rabia ante sus perseguidores, que tantos años llevan tras él. Los rostros cambian, los fracasos se mantienen. Pero saluda con la mano en dirección al coche de la mujer pequeña y el hombre grueso. Hay que mantener las formas.

Es importante.

La calle ya es un cenagal de coches de lujo, trajes baratos y mal gusto. Hombres de mediana edad, barrigas prominentes. Mujeres jóvenes en un segundo plano, muy maquilladas y silenciosas, les siguen, inseguras sobre las baldosas, esas baldosas de Marbella con su diseño acanalado, enemigas de los tacones.

Han venido todos. Una convención del mafioso, lo peor de cada casa. La acera concurrida, donde fuman, cuentan chistes y conspiran en voz baja, es como un mapamundi.

Aslan pasea entre ellos, saludando, por orden de importancia o de volumen de negocio.

Primero a los *vor* de otras *bratvá*, de otras hermandades. Rivales. Orgullosos.

Luego los colombianos. Alquilan sicarios, organizan secuestros, importan cocaína. Clientes. Melifluos.

Los argelinos, a los que les presta dinero para que importen el hachís. Subordinados. Mentirosos.

Los suecos, que pagan el triple por importar un kilo de coca hasta allá arriba. Siempre mendigando una bajada. Prescindibles. Tacaños.

Los kosovares y los rumanos. Ladrones, falsificadores, importadores de armas. Carne de cañón. Inestables.

Cuando se ha asegurado de que no queda nadie importante sin su reconocimiento, se para frente a la puerta de la iglesia, se estira la chaqueta y pone un pie sobre el escalón de la entrada. Es una señal no escrita ni acordada, que todos comprenden y siguen. Aslan se convierte en el vértice de la marea criminal que entra en la iglesia.

Dentro están los borregos. La plebe. Están los escasos amigos de Yuri que se han atrevido a venir. Están los asalariados del clan Orlov, que no se han atrevido a quedarse en casa. Son los recaderos, los encargados de sus restaurantes, los que conducen sus camiones, las que bailan en sus discotecas, las que limpian las mansiones y los que arreglan los coches.

Los que comen las migajas que caen de la boca de La Fiera.

Las instrucciones eran claras, transmitidas a toda velocidad en los grupos de Telegram, en ruso y en español. Asistencia obligatoria.

La iglesia está abarrotada.

Aslan la mandó construir y la pagó de su bolsillo, se trajo al pope desde la Madre Patria. Los iconos, algunos de los siglos XVI y XVII, los compraron o robaron de parroquias y museos de Ucrania y Bielorrusia. En un lateral está la roca de Pochayiv, una reliquia valiosísima. Según la leyenda, la hendidura de su centro la dejó el pie de la Virgen María en 1675, cuando bajó de los cielos para ayudar a los fieles en su guerra contra los turcos. Tres siglos de besuqueos de los fieles han hecho la hendidura más grande y a sus frailes custodios más ricos.

No me extraña que no se quisieran desprender de ella. Hicieron falta quince hombres armados con metralletas para conseguirla, recuerda Aslan, mientras se inclina a besarla con devoción.

Camina hacia un asiento en la primera fila.

Es un funeral extraño. Sólo una foto del muerto, colocada en un atril.

Sin ataúd, sin flores, sin la esposa del muerto.

No se ha hecho para ellos.

La ceremonia se ha hecho para Aslan. Para que mande el mensaje adecuado.

Cuando el pope pide un voluntario para decir unas palabras sobre el finado, nadie se mueve. El aire en la iglesia es pesado, denso. Y no por la profusión de velas, la escasez de luz, el techo bajo, el incienso, los cánticos que aún se enroscan en las columnas de piedra, resistiéndose a desaparecer.

¿Quién va a levantarse?

¿Qué van a decir?

«Yuri Voronin me ayudó a mover seiscientos kilos de cocaína en camiones modificados.»

«Yuri Voronin creó la estructura societaria con la que blanqueo mis ingresos por la prostitución.»

«Yuri Voronin me ayudó a mentir, a sobornar, a engañar.»

«Yuri Voronin me encargó un asesinato.»

Nadie va a hablar a favor de Yuri Voronin.

Tampoco Aslan, que se pone en pie, y se dirige al púlpito.
Un águila de bronce sobre un pie de mármol rojo del Báltico.
Sobre ella reposa una Biblia Peshitta. Una traducción directa
del siriaco. Más pura, más cercana a la palabra de Dios.

Sobre el libro abierto posa Aslan Orlov sus dedos largos
de aspecto cremoso. Comienza a hablar en ruso.

—Yuri era mi amigo. Un amigo muy querido, un hijo para
mí. Cuando Yuri salió de la Madre Patria, no tenía nada. No
vino huyendo de los enemigos que querían matarle por una
deuda de unos pocos rublos. Vino huyendo de la pobreza.
Trabajó duro, me dio todo lo que tenía.

Hace una pausa para respirar. Se fija en las caras más cercanas —su vista ya no es lo que era—, y no todo lo que ve le
gusta. Cuando saludó antes a cada uno de los invitados especiales percibió respeto y temor, pero es imposible —y muy
poco conveniente— sentir nada más cuando Aslan Orlov te
estrecha la mano.

Ahora, amparados por la muchedumbre, las miradas revelan lo que albergan los corazones.

Lo que Aslan ve es duda. Crisis. Oportunidad.

Orlov es viejo, piensan.

La Fiera ha perdido los dientes, piensan.

*Orlov tenía como lugarteniente a un traidor, a un soplón,
a una rata.*

Aslan carraspea.

Las lecciones hay que darlas con voz clara.

—Yuri se ganó mi confianza, la de todos nosotros. Era bueno en su trabajo. Prosperó. Una vez le salió particularmente bien un negocio. Cuando fui a su casa a felicitarle personalmente, vi que se había comprado un coche nuevo. Un precioso Maserati Quattroporte. Gris, muy hermoso.

Hay un leve murmullo. Todos han visto al *vor* llegar en ese coche. Los que no, se enteran por los cuchicheos.

—Yo le dije: Yuri, ése es un coche muy bonito. Y él me habló durante un rato de la velocidad, de los caballos. De la tapicería de cuero. Le dejé hablar. Cuando acabó, le dije: Tu coche cuesta más que el mío, Yuri.

Aslan se detiene, dejando que el peligro quede flotando en el aire.

—¿Sabéis lo que hizo Yuri entonces?

Los cuchicheos se han parado. El único sonido que se escucha en la iglesia es el del roce de la tela contra los asientos, cuando algunos se revuelven, incómodos.

—Se levantó. Se tambaleó un poco, iba un poco bebido, no mucho. Cogió la llave del coche, y me la entregó. Toma, *vor*. Es tuyo. Es tu coche.

Y ahora, la lección. En castellano, para que todos la entiendan.

—Yuri era un buen muchacho. Conocía el honor. Hasta que lo olvidó. Hoy estamos aquí para que nadie olvide.

Aslan abandona el púlpito.

Acaricia suavemente la foto de Yuri al pasar.

Enfila el pasillo central de la iglesia, que divide en dos el silencio sepulcral, el aliento que todos contienen mientras los pasos de Aslan resuenan, implacables. Nadie se mueve. No saben si seguirle o quedarse.

Aslan pasa junto a los policías, que estaban de pie junto a la puerta. La comisaria, sus subordinados. También los nuevos, la mujer pequeña y el hombre grueso.

Saben lo que acaba de suceder, pero no pueden hacer nada.

Se hacen a un lado para que pase.

El pope arranca de nuevo a cantar cuando Aslan sale, solo, a la calle. Los cánticos se ahogan cuando la puerta de la iglesia se cierra a su espalda.

Kiril está esperándole junto al coche.

El viejo *vor* no se sube a la parte de atrás, sino al asiento del copiloto. El tiempo del espectáculo ha concluido.

—¿Dónde está?

—No podemos encontrarla —dice Kiril.

—Si no aparece estamos jodidos. Maldito Yuri. Maldita zorra escurridiza.

—Tengo a todos mis hombres buscándola.

Aslan piensa. Piensa en la policía, en toda la atención que la muerte de Yuri ha generado. En las miradas de la gente, llenas de dudas. Inaceptables dudas.

El castigo para los que traicionan a la *Bratvá* es inapelable. La muerte para él y para su familia.

¿Cómo puede mantener Orlov su imperio si no es capaz de hacer cumplir la ley de la hermandad?

¿Cómo puede mantener Orlov su imperio si no es capaz de atrapar a una miserable ama de casa?

Quizá haya llegado el momento de reemplazarle, dicen esas miradas.

—Retira a tus hombres, Kiril. Necesitamos a alguien más. Alguien que no fallará.

—¿A quién?

Aslan dice dos palabras.

Chernaya Volchitsa.

Kiril se vuelve hacia él.

Llevan juntos más de treinta años. Aslan le ha visto degollar, destripar, disparar y descuartizar a medio centenar de seres humanos. Hacer daño sin dejar de sonreír, sin que detrás de esos ojos azules haya ni el más mínimo cambio. Le ha visto enfrentarse con las manos desnudas a hombres armados, riendo a carcajadas.

Nunca antes había visto esa mirada.

En la mirada de su lugarteniente, un psicópata nato, hay miedo. Y eso es lo que Aslan necesita.

—¿Estás seguro, *vor*?

Tendré que pedir permiso a Pakhan. Y será muy caro. Y peligroso.

Que me teman. Que sepan lo que ocurre cuando se me desafía.

—Estoy seguro. Llama a la Loba Negra.

SEGUNDA PARTE

LOBA

Si hablas a favor del lobo,
habla también contra él.

ALEXANDER SOLZHENITSYN

No sabe quién es ni dónde está.

Sólo existe el dolor.

No hay consciencia, no hay recuerdos de lo soñado. Nada de la tibieza de las sábanas, de la suave caricia de la almohada. La respiración pausada de una pareja, un amante. No hay resaca de una noche anterior ni el fastidioso zumbido de la alarma del móvil.

Sólo existe el dolor.

Un dolor máximo, inaceptable. Una corriente eléctrica que no deja espacio para el yo. Reclama cada hueso, cada músculo, cada centímetro de piel. Hasta la última terminación nerviosa de su cuerpo. No queda ni una brizna de ella. Sólo la injusticia de no saber qué pecados ha cometido para merecer esto.

El sufrimiento extremo dura unos pocos segundos. Se ate-

núa lo suficiente para que recuerde quién es. Qué es lo que ha hecho. Las vidas que ha segado. De su garganta reseca brota un ladrido rasposo, entre carcajada y lamento. Si este dolor que siente cada mañana al despertar es un castigo, se siente agradecida por que sea tan pequeño en comparación con el daño que ella ha infligido a otros.

Las sensaciones de su cuerpo van revelándole dónde está. En el suelo, duro. Parquet. Desnuda, salvo por un tanga. Bocarriba. El sudor le resbala por los pechos, repta por las colinas de sus abdominales marcados, forma un lago salado en el ombligo. Nota la corriente de aire que se cuela por debajo de la puerta, las vibraciones de pasos en el suelo. Una camarera llama a la habitación contigua. Reconoce el idioma. Español.

Madrid. Estoy en Madrid.

No hay tiempo para recordar. Lo más acuciante es conseguir moverse. Su cuerpo no responde, está paralizada.

Como cada mañana.

Le lleva una eternidad conseguir mover el brazo derecho. Comienza por los dedos, primero una falange, después otra. Después flexiona la muñeca, el codo. Cuando consigue que el hombro le obedezca, es un triunfo. Ahora es capaz de llevar la mano hasta los muslos. Bajo la piel fina, los músculos están tensos como cables de acero. Se masajea con insistencia el cuádriceps derecho.

La extremidad no responde. Sigue intentándolo. El esfuerzo es agotador. Aburrido. En la habitación a oscuras, lo único que ve es el reloj de la televisión. Marca las siete y once. Se centra en cómo van cambiando los minutos. Pasan diecinueve hasta que logra que se desbloquee la pierna.

Apoya una mano en la cama, dura, compacta. Suave al tacto. Sin usar. Sólo dormir en el suelo le permite conciliar el sueño. Haciendo palanca logra darse la vuelta. Arrastrándose con los codos y la rodilla derecha, logra llegar hasta el baño.

La ducha está a un lado de la bañera. Sólo se aloja en hoteles de cinco estrellas modernos, reformados. Una ducha independiente es imprescindible.

Se apoya en un codo para alzarse. Después de varios intentos, logra activar el mando, usando la punta de los dedos. El agua sale a toda presión, casi al máximo de temperatura. Se coloca debajo como puede, intentando que el chorro le golpee en la espalda, en el punto exacto donde el dolor irradia a todo su cuerpo.

Pasa el tiempo. Incluso llega a dormirse durante un breve instante, después del esfuerzo agotador. Se remueve, logra incorporarse lo suficiente como para sentarse. El agua caliente le deja la piel enrojecida, dolorida. Cuando ha obtenido todo el alivio que puede del agua, gatea hasta la cama. Alzarse hasta ella es un nuevo sufrimiento. Una negociación entre su cuerpo, el dolor y la gravedad. Todos exigen su parte.

Cuando se deja caer sobre el colchón, siente un inmenso alivio. La presión cede. Pero la tortura no ha terminado, sólo ha hecho una pausa.

Son casi las nueve cuando se abre la puerta de la habitación. El hombre es puntual, cualidad rara en un español. Claro que él es medio eslavo, hijo de una ucraniana. Así que no cuenta del todo.

Ella le mira, desde la cama. Está tendida de costado, pero se asegura de que sea él. Le contempla mientras se quita el abrigo.

—Date la vuelta.

El hombre se gira, con las manos alzadas. Es joven, no llega a los treinta, pero el pelo ya le clarea en la frente y en la coronilla. Un bigotito fino le cabalga el labio superior.

—Ya sabes qué hacer.

El hombre se quita el abrigo, la chaqueta. Se levanta la camisa, dejando ver un rollo de carne que le cuelga en la cintura. Incipiente, pero imparable.

Cuando ha comprobado que no está armado, ella le permite acercarse. Ya le conoce. Es la tercera vez que se encuentran. Pero en su situación de indefensión toda precaución es poca.

—Ven.

El hombre coge su maletín y se aproxima a la cama. Sus ojos recorren el cuerpo de la mujer con deseo, aunque no hace gesto alguno. No dice nada, tampoco, aunque en su entrepierna se forma un bulto evidente.

Ella saca la mano derecha de debajo de la almohada. Agarra la pistola con fuerza. Demasiada fuerza. Pero no va a dispararla. Sólo quiere recordarle al hombre a qué ha venido.

Él comienza a sacar varios objetos del maletín y a ponerlos en la mesilla de noche. Enciende la lámpara. Aparta las cortinas. Necesita luz para lo que va a hacer.

—¿Cuándo empeoró?

—Antes de ayer —responde ella—. Había estado casi bien hasta entonces. Al menos de día.

La culpa es de la L4 y la L5. Dos discos de su columna que nunca se recuperaron del todo tras un mal salto de un segundo piso a un camión en marcha. A cualquier ser humano le obligaría a una o varias operaciones y una rehabilitación de años.

Ella no está dispuesta a pasar por eso.

Su tiempo es muy valioso, como lo son sus habilidades. Sabe que el cuerpo le está gritando que quiere dejar de hacer lo que hace, pero ella no está abierta al diálogo.

Eso requiere medidas extraordinarias.

—¿Cuándo fue la última vez que te pincharon?

Ella se da la vuelta, ofreciéndole la espalda. Conteniendo un grito.

—Amsterdam. Hace cuatro meses.

Es mentira. Fue en Belgrado, hace tres semanas. Pero no funcionó como siempre. Tampoco va a decírselo, porque teme que no quiera darle lo que necesita.

Tampoco importa demasiado, porque la marca de las agujas aún persiste en la piel, blanca.

—Es muy peligroso —dice el hombre—. Demasiado pronto. Podrías destruir tu médula espinal por completo. Y entonces...

Ella ya sabe que es peligroso. Sabe que puede quedarse paralítica. No necesita que se lo diga un médico recién licenciado, que hace negocios bajo cuerda.

—Hazlo.

—Pero...

—El dinero está sobre la mesa.

El hombre se da la vuelta y mira a la mesa. Los cuatro billetes púrpura asoman del sobre abierto.

—Es tu cuerpo —dice el hombre.

El algodón empapado en alcohol está frío al tacto. El hombre restriega bien la zona lumbar. Cuando retira el algodón se fija en las cicatrices de la espalda. El álbum de recuerdos de su estilo de vida.

—Ésta es nueva —dice, recorriéndola con el índice. Una línea roja bajo el omoplato.

Un cuchillo. Ella aún siente el filo. El rostro del que le hizo eso todavía viene a atormentarla por las noches. No se ha confundido en la muchedumbre de caras que la acechan en la oscuridad.

—Avisa cuando vayas a entrar. No quisiera dispararte sin querer.

El hombre suelta una risa nerviosa. Luego apoya los dedos sobre ella, buscando el punto exacto. Avisa antes de introducir la aguja. Ella aprieta los dientes, aparta el índice del gatillo. Siente el metal hundiéndose en ella.

El hombre contiene el aliento. Tiene que introducir la aguja en el saco dural, sin llegar a tocar la espina dorsal. Un milímetro hacia fuera, y la inyección no hará efecto. Un milímetro hacia dentro, y ella no podrá volver a andar.

Va muy despacio hasta encontrar el punto exacto. Multiplicando el dolor.

Ella no se permite llorar.

Cuando comienza a apretar el émbolo, el cóctel de cortisona, analgésicos y otros esteroides entra en su cuerpo, con una promesa de alivio. De fuerza. De tiempo recobrado.

No se despide de él cuando recoge su dinero y se marcha. Al cabo de unos minutos, se pone en pie y camina hacia la ventana. Los rayos del sol iluminan su piel desnuda, mientras ella contempla los tejados frente a su suite. Un ave fénix le devuelve la mirada desde el edificio de enfrente. Sus alas desplegadas se recortan contra el cielo imposiblemente azul y engañoso del invierno madrileño. Ella envidia la inquebrantable fortaleza del bronce.

Entonces suena el teléfono sobre la mesilla. Ha llegado un correo electrónico a su bandeja de entrada.

Ella lo abre. Contiene un documento adjunto codificado. El programa está instalado en el propio aparato, de forma que sólo éste pueda leerlo.

Sus ojos verdes recorren el texto en cirílico. Instrucciones. Fotografías.

Sonríe.

Llaman a la Loba Negra.

1

Una madre

Lo del funeral no sirvió de mucho. Salvo para completar un álbum de cromos de mafiosos. La tarde la perdieron dando vueltas de un lado para otro. Antonia, en el asiento del copiloto. Intentando controlar un temblor imperceptible de su mano.

Sin decir palabra.

A la mañana siguiente se encuentran en el vestíbulo del hotel.

Antonia saca su iPad y le muestra la foto del cadáver de Yuri. La mano la tiene casi, casi, firme.

—Llevo toda la noche pensando en esto.

—Me alegro de que hayas dormido bien.

—No me cuadra. ¿Por qué matarle y luego registrar la casa?

Jon se rasca el pelo a conciencia.

—Hubiera sido un poco más fácil convencerle de que hablara primero.

—Orlov está buscando algo. Con bastante empeño.

—Quizá esto no sea sólo la ejecución de un chivato —dice Jon.

Antonia asiente.

—Podríamos preguntarle a la comisaria Romero.

—No te va a decir nada sobre su confidente. Nos ha dejado muy claro que, por lo que a ella respecta, estamos aquí para ver si casualmente Lola Moreno se nos mete dentro del coche.

—Pues vamos a tener que ir a ver a la madre.

—La policía ya ha hablado con ella, cari.

—No se me ocurre otra cosa.

—¿No puedes usar la magia fascista de tu iPad?

—¿Para qué?

—No sé, reorientar satélites a ver si encuentran a Lola Moreno. Satélites fascistas mágicos.

Antonia dedica varios minutos a explicarle a Jon el funcionamiento concreto de Heimdal, de cómo puede ayudar a las investigaciones de Reina Roja, de lo que puede y no puede hacer. Entrar en bases de datos, forzar la seguridad de cuentas de correo electrónico, emplear algoritmos de reconocimiento facial en grabaciones de seguridad, y unos cuantos trucos más. Todos en fase beta. Falibles.

—En resumen, que no hay función de fascista mágico.

Jon escucha atento, serio. Circunspecto vascongado. Luego aprieta el botón lateral de su teléfono y le habla al micrófono.

—Oye, Siri. ¿Fascistas mágicos existen?

—*He encontrado* Fast and Furious *Siete. ¿Quieres que la reproduzca?* —aporta Siri.

—¿Ves? Funciona igual de mal que el tuyo —dice Jon.

Antonia sonríe. Es una sonrisa de las buenas. De las que hacen que un hoyuelo se forme a cada lado de la boca, dibujando un triángulo perfecto con el que le parte la barbilla. De las que últimamente veía pocas.

Esta mañana está mucho mejor. Ya no quedan restos de la pesadez angustiosa que la envolvía el día anterior como una crisálida.

Jon sabe que algo no va bien con ella. Pero la mañana ha hecho eso que hacen todas las mañanas cuando llegan, prometernos unas horas distintas, nuevas, libres de quehaceres y pesares. Como saben todas las huerfanitas pecosas, el sol brillará mañana. Luego el día te recuerda que sigues sin tener padres, pero oye, el sol brillará mañana.

Así que Jon barre su preocupación bajo la alfombra.

Y se van a ver a la madre.

Todas las fachadas de la calle Salvador Rueda están pintadas en blanco. Salvo la peluquería Tere's. La peluquería Tere's tiene toda su fachada pintada en un malva obsceno. Por dentro, también, por si no tenías bastante.

Tere, la peluquera, no está pintada de malva. Salvo las uñas. Y un mechón de pelo. *Cuando tienes cincuentaytantos, el malva te queda regular*, piensa Jon. No lo dice porque no se insulta a las personas que colaboran en una investigación.

Pero coge una tarjeta de la peluquería para mandar un email anónimo, en pro del buen gusto.

—¿Cuándo fue la última vez que vio usted a su hija? —pregunta Antonia.

—Pero qué hartura. Ya se lo he dicho a la policía. Hace seis días. Lo único que quiero es que me dejen tranquila. Yo no sé nada —dice la señora, muy envarada, mientras se ahueca el pelo con la mano—. Me están espantando a la clientela.

Antonia y Jon se dan la vuelta y miran el local vacío y la calle desierta de febrero marbellí. Casi se puede ver una planta rodadora arrastrada por el viento.

—Es una mañana tranquila —dice Antonia.

—Ahora se animará la cosa, en cuanto se vayan ustedes. ¿Quieren una taza de café? Tengo una Nespresso.

—¿Me pondría un mitad, señora? —pide Jon.

—Si me lo pide así de bien.

Tere es una mujer guapa. No sólo considerando su edad, es una mujer guapa, punto. Su hermosura brilla por debajo de las mechas horteras. No es un cañón como la hija, eso tampoco. Pero se nota de dónde le vienen los mimbres a la niña.

Y es una de esas guapas. De las de hazme casito, piensa Jon, que ha participado en demasiados interrogatorios como para dejarse engañar. *Cumplido el trámite de decir que la dejemos en paz, está encantada con la atención que está recibiendo.*

La peluquera canturrea mientras la máquina zumba a diecinueve bares de presión.

—Sus compañeros han estado por aquí varias veces. También me han dicho que les avise si contacta conmigo de alguna forma.

Si viene por aquí, no va a hacer falta que avise. Dos policías de paisano están sentados en un coche aparcado a unos metros. En el edificio de enfrente, un par de señores de aspecto eslavo han alquilado un apartamento con vistas a la fachada malva obsceno de Tere's. Sentados en sillas de plástico en la terraza, con sus camisetas *sobafresh* y sus tatuajes en los brazos. Fuman y beben sin quitar ojo a la peluquería.

Si Lola apareciera por aquí, usted sería la quinta en enterarse, piensa Jon, asomado a la ventana.

—Hábleme de la relación con su hija —pregunta Antonia.

—Bien. La relación, bien. Bueno, ya saben, los hijos. Si tienen hijos, ya saben.

—Yo tengo uno. Y no sé.

—Pues ya sabrá. Les das todo el cariño que puedes, y ellos en cuanto crecen cogen el portante y hacen de su capa un sayo. Pero bien.

—¿No están muy unidas, entonces?

—No, si me llama todos los días. Pero que la niña hace lo que le da la gana. Si le habré avisado yo veces de que este muchacho no le venía bien.

—Usted no aprobaba a Yuri.

—Si es que es ruso.

Antonia ladea la cabeza.

—No comprendo.

—Pues está muy claro. A ver qué bueno iba a salir de ahí.

—Viven veinte mil rusos en Marbella. Supongo que no los conocerá a todos.

Tere sacude la mano, despejando posibilidades que no le agradan.

—Con la de chicos majos que hay aquí. Españoles como Dios manda. Y mi hija es una prenda. Podía estar con quien quisiera, que le tiran los trastos por la calle. Y a la niña le da por mezclarse con uno de fuera... Y ahora, ahí la tiene. Preñada y viuda. Ahora no habrá quien la toque ni con un palo.

—¿Las cosas iban mal con su marido? ¿No se querían?

—¡No, ni *ná*! Enamorada como una boba. Yuri esto, Yuri lo otro. Se pasaba el día hablando de él. Cosa más cansina. Era su hombre que cambiar. Así nos entretenemos. Todas queremos cambiar a alguien. Y luego: la vida. Nada.

—Me gustaría preguntarle por el día en el...

A Jon le salta una alarma en la cabeza. Levanta una mano e interrumpe a Antonia.

—Perdón. ¿A qué se refiere con que era su hombre que cambiar, señora?

—El muchacho ese era un *tirao*. Cuando lo agarró mi hija, le hizo un hombre.

—¿En qué sentido?

—En cuál va a ser. No tenía dónde caerse muerto. Y ahora miren cómo les va, con su casoplón en una urbanización, como los ricos. Si ya lo digo yo siempre. En el matrimonio, el hombre es la cabeza. La mujer es el cuello. ¿Dónde mira la cabeza? Donde dice el cuello.

—O sea que estaba al tanto de los negocios de su marido.

Aquí Tere se para. En seco. De estos frenazos que uno da cuando se ha pasado el semáforo y tiene que dar marcha atrás en el paso de cebra.

—Ay, eso yo ya no sé.

—¿A qué se dedicaba Yuri? ¿Lo sabe?

—Traía cosas de Rusia. La Nutella esa rara está buenísima. Mire, tengo aquí un poco —dice, sacando un tarro junto a la Nespresso. Le tiende una cuchara limpia—. Ande, ande. Mojetee. Si lo está deseando.

Jon asiste a la lucha entre dos fuerzas invisibles. El tirón gravitacional del tarro contra la fuerza de voluntad de Antonia, que mueve la barbilla de un hombro a otro con los ojos fijos en la pasta marrón.

—Pues yo sí que la voy a probar, con su permiso —dice Jon.

Odio atroz. Envidia malsana. El resquemor más amargo. Todo eso le envía Antonia a su compañero en una sola mirada. Lo cual hace que el Funduk le sepa todavía mejor.

—¡La Virgen, qué rica está! —dice Jon, con la lengua aún rebuscando restos entre los labios.

—¿A que sí? Ya le dije yo que tenía que dedicarse a esto, que se iban a forrar. Ésta es mucho mejor que la nuestra, que ya no sabe a nada.

Antonia levanta la mano para coger la cuchara a su vez, pero Tere se adelanta y la echa en un táper grande junto con la taza que ha usado Jon para el café. El ruido del metal al chocar contra la loza es el del corazón de Antonia rompiéndose.

—¿No está usted preocupada por su hija?

—Uy, claro. Muy preocupada —dice la señora—. Pero sé que estará bien. Ella siempre ha sabido cuidar de sí misma.

2

Un recado

—¿Has visto a los señores de la terraza de enfrente? —dice Jon, cuando salen.

—Me he fijado. Les va a dar una sobredosis de malva, si no dejan de mirar a la fachada.

—Son rusos. Seguramente vengan inmunizados de su patria.

Han dejado el coche en el paseo Marítimo, porque a Jon le apetecía estirar las piernas. Toca caminar. El aire huele a salitre y humedad. Es agradable. Incluso vuelve a Antonia ligeramente permeable al sarcasmo de su compañero.

—Ya he visto que te han puesto nervioso.

—La España viva —dice Jon.

—A mí me parece más preocupante su estado anímico.

—Estaba ahogándose en preocupación, sí.

—Cuando no sabes dónde está tu hijo, no reaccionas de esta forma.

La mirada de Antonia está perdida en un lugar muy oscuro.

Jon no tiene hijos. Tampoco ha extraviado nunca nada más grande que un agapornis que tuvo de niño. La jaula vacía una mañana, qué disgusto más grande. Se habrá ido a vivir la vida loca, tú tranquilo. *Amatxo* confesó años después que se lo había comido el gato, pero que no le dijo nada para no traumatizarle. *Luego que si salí marica,* ama, se quejaba él.

Antonia perdió a su hijo Jorge hace unos meses, durante las horas más angustiosas de su vida. Lo que sucedió en el túnel de Goya Bis la cambió. Jon lo tiene claro. Lo que está por ver es cómo.

—¿Has hablado con el niño?

Ella menea la cabeza.

—La próxima visita es dentro de once días. Mientras siga a prueba, me han dicho que el contacto diario está limitado.

—Ya verás como todo sale bien.

—No lo sé. La última visita fue... complicada. Estaba muy raro. Sólo quería provocarme. Deseando que me equivocara en algo.

—Quizá sólo buscaba una reacción por tu parte.

—Quizá no estoy hecha para ser madre.

—Cielo, ninguna estáis hechas para ser madres. Os ponen eso dentro, *pop,* sale un bicho que os trastoca la vida, y os creéis que las hormonas van a aparecer cantando Mocedades para haceros supermamis. Spoiler: no.

—Es sólo que no le entiendo. Y tengo mucho miedo de hacer algo mal.

—Es que no lo tienes que entender. Tampoco tienes que controlar todo, Antonia. Sólo tienes que quererle. Eso ya sería más de lo que tienen muchos.

Desde donde están ya ven el mar. Grisáceo, amenazante. Un peligro contenido a duras penas por dioses cansados, a punto de tirar la toalla. Por el horizonte, una tormenta se arrastra hacia ellos. Aprietan el paso para llegar al coche antes de que descargue.

—¿Crees que está en contacto con su hija? —pregunta Antonia, volviendo a la peluquera.

—Allá en mi tierra, en los tiempos en los que unos cuantos se escondían de la policía, las familias también se preocupaban —dice Jon, con el aliento entrecortado ante el aumento de velocidad—. Y ellos no llamaban, ni mandaban cartas ni emails cuando hubo. Hacían lo que se hace en los pueblos. Mandar el recado con alguien. Dile a los *aitas* que estoy bien, *muxutxus*, *agur*. Y ese alguien llamaba a otro alguien. Al frutero, a la hija de la vecina. Alguien con el que te vayas a cruzar y que te pueda susurrar una frase mientras te da dos besos.

—Eso explicaría la actitud de la madre —dice Antonia, tras reflexionar un momento—. Así que Lola Moreno sigue escondida. Sin bolso, sin tarjetas de crédito.

—Sin familiares conocidos más que la madre, que no la está ayudando, que sepamos.

—Está embarazada y es diabética. Tiene que pincharse insulina a diario.

—¿O si no?

—Convulsiones, pérdida de conocimiento, muerte. Por ese orden, obviamente —aclara Antonia.

—Pues como no nos pongamos a vigilar farmacias...

—Ya se me había ocurrido. Hay treinta farmacias en Marbella. No es posible.

—Eso sin contar conque la esté comprando ella misma.

—Quizá tendríamos que vigilar las casas de empeños. De algún sitio tiene que sacar el dinero.

—Igual. Pero estamos en las mismas. Aunque...

»La pasta que habría que vigilar es la de la *ama*.

—¿Por qué lo dices?

—Cielo, en mi vida he visto una peluquería con el suelo tan limpio.

Un relámpago ilumina la cara de Antonia, el parabrisas del coche y el escaparate de la tienda de recuerdos desierta frente a la que lo han aparcado. El trueno que le sigue viene acompañado de un jarreón de agua, gruesos goterones que estallan sobre el capó del Audi. Jon abre la puerta de su lado, pero Antonia se queda quieta junto a la suya.

Los monos reclaman su atención.

Jon entra, se quita la chaqueta, la arroja al asiento de atrás. Se pone el cinturón, activa el limpiaparabrisas. Contempla las escobillas perseguirse por el cristal con su *fiuc, fiuc*. Aprieta un botón en el reposamanos. La ventanilla del copiloto baja lentamente, revelando a una Antonia inmóvil bajo la lluvia.

—¿Subes? ¿O te viene bien una pulmonía?

Ella parece despertar y darse cuenta de que se está empapando.

—Eres un genio —dice, entrando en el coche.

—Lo sabía. Pero dime por qué.

—El cartel de la entrada de la peluquería. El cartel del horario.

Antonia se agarra el pelo, se lo estruja. Un chorro de agua cae sobre la tapicería y la moqueta del suelo.

—Bendita memoria fotográfica la tuya. ¿Qué ponía?

—Lunes, martes y jueves, de 11 a 13 h.

—Una adicta al trabajo.

—No hay peluquería del mundo que no abra los viernes, Jon. El sitio es una tapadera de blanqueo de dinero.

Tiene sentido, piensa Jon. *Voronin monta el local. La señora pasa un par de horas al día, tres días por semana. Da igual que no vaya nadie, ella declara que factura miles de euros, porque nadie exige un recibo o un tíquet de un corte de pelo. El yerno le paga un sueldecito y los «beneficios» van limpios a una sociedad del clan Orlov.*

—Tenemos que averiguar quién es el dueño de la peluquería.

—Preguntemos a Siri —dice Antonia, sacando el iPad y entrando en Heimdal.

Jon la mira de reojo.

Caray con la Scott. Lento, pero va aprendiendo, la muy cabrona, piensa, riéndose por dentro.

Lola

Había una vez una niña que creció en un hogar triste y sin amor, donde la comida sabía a cenizas y el futuro era negro, se repite Lola, y ha llegado a creerse que es cierto. No es una de esas mentiras blandurrientas, de esas que uno manosea insistente a ver si se sostiene. No, ésta es una mentira dura como una piedra, a tope de Viagra y embadurnada en coca. Se la ha repetido en tantas ocasiones, con tantas y tantas capas de detalles enrevesados, que ha logrado volver difusa la realidad. ¿Tenían en su casa que pasar hambre por las noches? ¿Su madre estaba a punto de que la desahuciaran cuando Yuri le montó la peluquería? ¿Salvó el leñador a Caperucita? ¿Encontró Goku las bolas de dragón? Todas las preguntas son una y la misma.

Si hay algo que Lola ha aprendido de este mundo moderno nuestro es que la verdad es indiferente. Sólo importa aquella versión de la realidad que coincida con tus deseos y aspiraciones.

Salvo cuando te encuentras sin dinero, durmiendo en el sofá de una amiga a la que no veías desde que hace siete años decidiste que eras demasiado buena para ella.

Son las siete de la mañana cuando Yaiza entra por la puerta. Llega de mal humor, agotada y cansada. Arroja al suelo la bolsa de deporte donde guarda la ropa que usa para bailar en las discotecas. Tiene todavía restos de purpurina en la cara.

—Me han despedido —dice, nada más entrar.

—No puede ser. Eres la mejor —dice Lola, cuando Yaiza se deja caer en el sitio donde su cabeza estaba hasta hace unos minutos.

—Tengo treinta y tres años. Soy una vieja. Y estoy gorda.

Yaiza ha echado cuerpo. Lo normal cuando duermes de día, comes de bote y bebes para olvidarte del día en el que se te ocurrió dejar el instituto porque sólo una idiota estudiaría, pudiendo sacarse una pasta meneando el culo a ritmo de *Dragostea din tei*.

—¿Quién te ha echado? ¿Samir?

El encargado de Copacabana ya era un imbécil cuando ambas bailaban allí.

—Ese hijo de puta sólo quiere carne fresca. Niñatas que poder tirarse en los camerinos —explica Yaiza. Tiene los ojos inyectados en sangre y las pupilas dilatadas. Cada noche necesita meterse más para seguir aguantando, bailando una canción tras otra durante horas, con sólo dos descansos de quince minutos.

—¿Qué vas a hacer?

—Volverme a Estepona con mis padres.

—Pero si no te hablas con ellos.

—No puedo quedarme aquí. Ya debo dos meses de alquiler. Dejé tres meses de fianza, así que el dueño me tiene que devolver uno si le doy las llaves mañana.

Lola siente cómo el pecho le hierve.

—Joder, tía. ¿No podías haber aguantado un poco más?

Yaiza la mira, boquiabierta.

—Oye, perdona si mi drama te viene mal ahora.

—Me dejas tirada, ¿por cuánto? ¿Por quinientos putos euros de fianza?

Lola está siendo muy injusta, y lo sabe. Todo el trato que han tenido desde que Lola dejó el curro de gogó han sido unos cuantos «Me gusta» en Facebook. Tuvo suerte de que Yaiza la acogiera cuando se plantó en su puerta hace dos noches, helada de frío, descalza. Con los pies destrozados. El tiempo que pasó sentada en la puerta de la calle esperando a que Yaiza volviera de trabajar se le hizo eterno. Nunca se alegró tanto de que a su amiga le haya ido mal en la vida. Tan mal que aún siga atascada en aquel apartamento en Albarizas. Un solo dormitorio, cocina americana y un sofá de dos plazas tan pegado a la tele que puedes cambiar de canal con las pestañas.

—Puede que quinientos pavos no sean nada para ti, guapa, pero es lo que tengo.

—¡No tengo adónde ir!

—Ya, yo tampoco. No tengo curro, no sé hacer nada y mis padres están los dos en el paro. Me toca limpiar casas o poner el culo en la rotonda de Guadalobón. Así que no me jodas.

—Estoy metida en un lío y no sé cómo salir.

—Mira, llevas una vida de princesita desde hace mucho, tía. Con tus fotitos en el Insta que si el coche nuevo, que si el spa. Que si estamos embarazados. Ya te he ayudado bastante. Arregla tus mierdas y déjame en paz.

No hay manera de arreglar lo que he roto, piensa Lola.

—Lo siento —dice. Pero es demasiado tarde. Yaiza se levanta y se aleja de ella, en dirección al dormitorio—. Tienes hasta mañana por la mañana.

—Escucha, yo...

Yaiza le manda un «No me gusta» en forma de portazo que hace temblar el espejo encima del sofá.

Lola se viste. La ropa, prestada por Yaiza. Sudadera con capucha, pantalones cargo con muchos bolsillos. Zapatillas cutres del Decathlon, que le están un poco justas. Hace una semana hubiera mirado esa ropa con horror. Sigue haciéndolo. Pero se la pone. Y es lo bastante holgada para que le quepa la tripa, que crece día a día.

Le queda una dosis de insulina. Duda si pincharse o esperar. Al final opta por hacerlo, porque siente los mareos y la deshidratación. No tiene su medidor de hemoglobina, pero no lo necesita para saber que su nivel de glucosa es demasiado alto.

Se baja un poco el pantalón y se pincha en el culo. Duele más que en los brazos, pero leyó una vez en internet que el efecto es más duradero.

Ojalá.

No puede comprar más. Sin receta, cuestan carísimas.

Pudo hacerse con unas pocas porque Yaiza le dejó cuarenta euros, pero ahora esa opción ya no existe. Tampoco hay manera de robarla, porque las guardan siempre en una nevera de la parte de atrás.

No sabría por dónde empezar. Lola lleva quince años sin mangar nada en una tienda. Atrás quedaron los tiempos en los que iba con las amigas a El Corte Inglés a meterse pintalabios en el bolso. Entonces ya sabía que lo más importante es estar buena. Y que ella estaba buenísima. Era lista, pero lo importante era lo otro. Sólo tenía que aprovechar su oportunidad.

Había una niña que esperaba a su príncipe azul...

Lola sacude la cabeza. No es el momento de ensoñaciones.

Es el momento de pensar qué hacer.

No tiene dinero, no tiene tiempo.

¿Opciones? Pocas.

Una.

Pero es muy peligrosa.

3

Una velita

—Y ahora la versión para *dummies*, cielo.

Antonia suspira y empieza, por cuarta vez. Intentando simplificar al máximo. Se han sentado a comer algo en La Bodega del Mar, ahora que ha pasado la tormenta. Jon se ha pedido un pez espada con pisto que le está sabiendo a gloria. Antonia, una ensalada de pollo que apenas ha tocado, porque está demasiado enfrascada en los líos de Yuri.

—Voronin crea una empresa en las islas Caimán llamada Balalaica Ltd. Ya no hace falta que se coja un vuelo al Caribe, se hace todo por internet. Constituirla le cuesta menos de doscientos euros.

—Balalaica. Lo tengo.

—Balalaica es la dueña de una empresa en Luxemburgo, que es a su vez dueña de una empresa en Irlanda, que es a su vez dueña de un local en Marbella.

—La peluquería Tere's.

—Todas esas empresas comienzan a cruzarse facturas entre ellas, y a hacerse transferencias bancarias por servicios inexistentes. La última de la cadena es la peluquería. En el último Impuesto de Sociedades, Tere's declaró unos ingresos de dos millones trescientos mil novecientos cuarenta y siete euros.

Jon suelta un silbido, agudo y musical.

—Eso son muchas permanentes.

—Hacienda cobra su veinticinco por ciento y no hace preguntas. Seguramente la madre de Lola dedique todas las mañanas un rato a llevar al banco los presuntos ingresos de la peluquería. En bolsas de basura.

—Seguro que son bolsas malva.

—¿Lo has entendido ahora?

Jon asiente.

—Lo había entendido a la segunda.

—Entonces ¿por qué me has hecho repetirlo cuatro veces? —protesta Antonia, con un quejido de frustración.

—Tienes que mejorar tus habilidades comunicativas.

Ella se echa para atrás en la silla, se deja caer como los niños pequeños, cuando se cruzan de brazos y amenazan con no respirar. Puede identificar once razones por las que Jon está equivocado, pero no es capaz de comunicar ninguna.

Jon se termina tranquilamente el pisto y hace un gesto al camarero, al que ha puesto sobre aviso antes en un aparte. El hombre trae un brownie de chocolate con una velita encendida. El restaurante al completo —dos jubilados alemanes, una mujer con un perrito, el camarero y Jon— destroza, arrastra por el barro, viola y asesina las dos primeras estrofas de *Cumpleaños feliz*.

—¿Quién te lo ha dicho? —dice Antonia, aún con los brazos cruzados.

—Aguado, hace tiempo. Lo tenía marcado en el calendario.

—No pienso comerme eso. Tengo que adelgazar.

—Los sabores dulces muy fuertes son de los pocos que notas, ¿no? Venga, un día es un día.

—No pienso ni tocarlo.

—Por lo menos sopla la vela y pide un deseo. Luego ya me lo como yo.

Antonia apoya los codos encima de la mesa, sin destrozar los brazos. Sopla la vela. No se apaga. Otra vez. Tampoco. La última. Ahora sí.

Jon coge una cucharilla. Ella también. Sin justificación alguna.

—No me sabe a cartón —dice, cuando se lleva la cucharilla a la boca. Muy sorprendida.

—El relleno está hecho con Funduk, señora —explica el camarero, mientras les recoge los platos—. Ahora les traigo los cafés.

En décimas de segundo, Jon se encuentra peleando por su vida a golpe de cubierto en un campo de batalla de dieciocho centímetros de diámetro. Antonia es más rápida comiendo dulces que pensando.

No hay problema que no solucione un brownie.

—¿Podemos procesar a la señora por blanqueo? —dice Jon, cuando calcula que se le ha pasado el berrinche.

—No —contesta Antonia, con resquemor residual—. La madre está a sueldo. Cuatro mil euros al mes.

—No está mal por ir a tocarse el papo a la *pelu* seis horas por semana.

—Además, la fiscalía no apreciaría determinados aspectos de la investigación.

—Te refieres al detallito de que toda la información la has conseguido de manera ilegal —dice Jon, señalando al iPad de Antonia.

—Y no ha sido fácil. El único vínculo entre la empresa irlandesa y la peluquería es el sueldo de la mujer. Si no te hubieras dado cuenta antes de que estaba vacía, no habría sabido por dónde empezar.

—¿Eso es un cumplido?

—A veces contribuyes —dice Antonia, raspando el plato con la cucharilla.

Te lo da, y enseguida te lo quita.

—¿Cuánto se lleva alguien por blanquear?

—No tienen un convenio.

—Pero por tu experiencia, ¿cuánto suele ser?

—Poco. Un uno por ciento.

—Pues la comisión de Yuri por la peluquería no da para mantener el tren de vida que llevaban éstos, cari. Así que seguimos sin tener nada.

Antonia se para a pensar. Incluso deja de desafiar a la física, intentando extraer restos de brownie del interior de la cerámica.

—Sólo hay dos caminos. El primero es ir a hablar con Aslan Orlov.

Jon la mira como si le acabara de proponer organizar la despedida de soltero de Hitler. Con presupuesto ilimitado.

—Enfrentarnos al principal sospechoso del asesinato. Que además es un capo de la mafia. Que tiene sicarios rodeándole constantemente. Que no va a decirnos nada. Saltándonos la prohibición de la comisaria Romero, que por ahora nos está dejando en paz.

—Es una opción.

—Que yo gane Miss Universo también es una opción.

Antonia analiza las posibilidades y dice muy seria:

—Eso no va a pasar.

—Pues lo tuyo tampoco. ¿La otra opción?

—Seguir el rastro del dinero. A ver adónde nos lleva.

—Te noto un pero en la voz.

—Hemos tenido suerte con la peluquería. Hay transferencias bancarias regulares que llevan hasta la sociedad irlandesa. No suele ser tan fácil. ¿Por qué te crees que la UDYCO, el Sepblac y la fiscalía no pueden parar a esta gente? Usan hasta el más mínimo recoveco, subterfugio, laguna legal y escapatoria que encuentran. Tienen ingentes cantidades de dinero para pagar a los mejores abogados. Bucear en la maraña que tienen montada llevaría meses. Necesitaría un hilo del que tirar.

—Podías empezar por el Funduk —dice Jon.

Antonia le mira, parpadeando muy rápido.

A veces contribuyo, piensa Jon, dando un sorbo a su café.

Grabación 01

Hace once meses

COMISARIA ROMERO: Voronin, se ha caído usted con todo el equipo.

YURI VORONIN: Comisaria, me temo que mi español no tan bueno. ¿Qué tú dices?

SUBINSPECTOR BELGRANO: No te hagas el tonto, Voronin. Hablas mejor que yo, que te he escuchado pavonearte en la barra del Astral.

YURI VORONIN: Será la presión.

COMISARIA ROMERO: Oiga, Voronin, esto hay dos formas de hacerlo.

YURI VORONIN: Yo no comprendo muy bien su idioma.

SUBINSPECTOR BELGRANO: ¡Que no te hagas el tonto!

COMISARIA ROMERO: Belgrano, siéntese. Es usted muy bueno, señor Voronin, lo reconozco. Nuestros expertos están asombrados. Lo que ha conseguido es un logro al alcance de muy pocos. Pero ya ha visto las pruebas. Podemos relacionarle con el envío de la semana pasada.

YURI VORONIN: Sólo soy un empresario honrado. Un hombre de negocios.

COMISARIA ROMERO: Sí, es lo que dicen ustedes siempre. Soy un hombre de negocios. Sólo trabajo para ganarme la vida.

YURI VORONIN: Es la verdad.

COMISARIA ROMERO: Entonces ¿cómo nos explica esto? *(Ruido de papeles sobre la mesa. Pausa de treinta y tres segundos.)*

YURI VORONIN: No tengo que explicar nada. No tengo nada que ver con esa empresa ni con ese envío.

SUBINSPECTOR BELGRANO: Ahora parece que sí que entiendes español.

YURI VORONIN: No voy a hablar con usted.

COMISARIA ROMERO: Hay pruebas que relacionan a su empresa con la empresa que embarcó el contenedor en San Petersburgo.

YURI VORONIN: Lo único que prueba esto es que he hecho negocios con una empresa que según ustedes ha cometido un error.

COMISARIA ROMERO: Esto es causa probable. Suficiente para que la fiscalía y el Sepblac actúen.

SUBINSPECTOR BELGRANO: Te van a meter un microscopio por el culo, Voronin. Tan dentro que te van a ver los empastes.

YURI VORONIN: He dicho que no hablo con usted. Dígale que no se dirija a mí.

COMISARIA ROMERO: Hable conmigo, entonces. ¿Qué cree que va a pasar cuando se investigue su negocio, Voronin?

YURI VORONIN: Nada. Ya sé cómo funciona justicia española. Oligarkh, tardan seis años. Mármol rojo, ocho años.

COMISARIA ROMERO: Los tribunales van lentos. Muy lentos. Es verdad. Ahora le tenemos en el punto de mira, Voronin. Puede que tardemos años, pero eso no es una buena noticia para usted.

YURI VORONIN: No comprendo.

COMISARIA ROMERO: Ya sabemos a lo que usted se dedica. Sabemos que es usted quien lleva la *obshchak*. La caja común. Usted tiene las llaves del dinero. Y hace sus pequeños apaños por su cuenta, ¿verdad? Encargos. ¿Cómo se llama en el lenguaje de los pijos, Belgrano?

SUBINSPECTOR BELGRANO: Eeeeh... No sé a qué se refiere, comisaria.

COMISARIA ROMERO: Ya lo digo yo. *Outsorcing*. Externalización. Ofrece servicios a los colombianos, a los suecos. Financieros. Logísticos. Asesoría. Se ha montado una franquicia del narco.

SUBINSPECTOR BELGRANO: Un puto McDonald's.

YURI VORONIN: No tiene ninguna prueba de eso.

COMISARIA ROMERO: ¿Belgrano?

SUBINSPECTOR BELGRANO: Escucha esto que grabamos el otro día.

(Ruido de conversación en otro idioma. Inaudible.)

YURI VORONIN: Eso es gente hablando. Todo el mundo habla de todo el mundo.

COMISARIA ROMERO: Es verdad. Todo el mundo habla. ¿Y qué cree que van a decir sus clientes cuando le pongamos bajo vigilancia constante? El procedimiento es muy claro.

Se congelarán sus cuentas, se procederá al análisis de su permiso de residencia.

SUBINSPECTOR BELGRANO: Ras, ras. Una cruz. Marcado.

COMISARIA ROMERO: ¿Y cuántos de sus clientes actuales querrán trabajar con un hombre marcado?

YURI VORONIN: Yo...

COMISARIA ROMERO: Sus clientes no querrán tocarlo. Y su jefe... Para Orlov usted será un peligro. Así que lo devolverá a Rusia. ¿A qué hora sale el próximo vuelo a Moscú, subinspector?

SUBINSPECTOR BELGRANO: Sale un Aeroflot mañana a las diez de la mañana. Te podrás pedir un *borsch* en la plaza Roja a la hora de comer.

(Pausa de cincuenta y dos segundos.)

YURI VORONIN: Yo no puedo volver a mi país.

SUBINSPECTOR BELGRANO: Pues te jodes.

YURI VORONIN: No lo entiende. Si vuelvo, me matarán.

COMISARIA ROMERO: Entonces va a tener que ayudarnos, Voronin. Tendrá que darnos algo.

YURI VORONIN: ¿El qué?

COMISARIA ROMERO: Información.

YURI VORONIN: *(Inaudible, en ruso.)*

SUBINSPECTOR BELGRANO: Yo no comprendo muy bien tu idioma.

YURI VORONIN: He dicho que no soy *shpik*. No soy un soplón. Si doy el soplo me matan aquí. No me hará falta coger Aeroflot.

(Pausa de veintisiete segundos.)

LOLA MORENO: Disculpe, comisaria. Me gustaría sugerir algo.

4

Un envoltorio

Doscientos mil.

Ése es el número de contenedores que pasan al año por el puerto de Málaga.

Tres millones.

Ésas son las toneladas que contienen.

Once.

Es el número de aduaneros del puerto.

Jon le muestra al guardia de seguridad de la terminal su placa, y éste abre la barrera.

—Busco al responsable —dice, a través de la ventanilla.

—Siga recto, justo al lado de la tolva está la oficina.

—¿De la qué?

—Un embudo gigante para el procesado de graneles —aporta Antonia.

—El edificio de chapa al lado de la grúa.

—Gracias —dice Jon. A la izquierda primero. A la derecha después.

Hay sesenta kilómetros de distancia desde Marbella a Málaga. Jon los ha cubierto en cuarenta minutos. De esos cuarenta, Antonia ha necesitado veintitrés para identificar la empresa importadora de Voronin.

—Tampoco estaba a su nombre —explica Antonia—. Es una empresa holding radicada en Barbados. La he localizado a través de una filial en Macao, que es la dueña de la casa de Yuri.

Antes o después los criminales tienen que tocar tierra. Alguien tiene que poseer las casas donde viven. Los coches que conducen. Las tarjetas de crédito que queman en joyerías y restaurantes. Pero las leyes las hacen personas y las personas son falibles. No es ilegal que Yuri viva en una casa de cinco millones de euros a nombre de una sociedad extranjera registrada en un paraíso fiscal. Mientras la sociedad no proteste, todos estamos contentos.

Podría ser ilegal la decoración. Ojalá lo fuera. Pero la propiedad, no.

Así que lo único que pueden hacer es seguir miguitas de pan para orientarse en el bosque.

Este bosque es de acero.

Es un espacio gigantesco. Doce kilómetros cuadrados de

recio hormigón vasco, repleto de enormes cajas de acero de seis metros de longitud. Apiladas hasta en alturas de cinco. Pintadas en colores primarios.

Hace pocos años una empresa privada, Noatum Maritime, se hizo con la concesión de la terminal de contenedores. El tráfico en Málaga se ha multiplicado desde entonces. Un ir y venir incesante de mercancías, que han ido poco a poco arañando cuota de mercado a los puertos cercanos.

El director de la terminal está de pie delante de su oficina. Lleva un portátil en una mano y un *walkie talkie* en la otra. Vestido con un chaleco naranja y un casco de seguridad blanco. Rubicundo, de piel tan clara y pelo tan claro que esperas que se dirija a ti en extranjero. Hasta que le oyes hablar con un empleado.

—Aliquindoi con la zona H4 sur, ¿vale? Cuando llegue mañana el *Karaboudjan* necesitaremos sitio. Que llenen primero la H5.

El director se vuelve hacia ellos.

—Son de la policía, ¿no? ¿En qué puedo ayudarles? Aduanas ha cerrado ya hoy. De hecho yo me iba ya.

—Sólo le robaremos unos minutos —dice Jon—. Verá, estamos investigando la actividad de una empresa de importación. Lemondrop Málaga Limited. Si pudiera usted ayudarnos...

—Me temo que no —interrumpe el rubio—. Para ver los impresos de importación necesitan ustedes de un oficial de aduanas. Tendrán que volver mañana.

El hombre se da la vuelta y se aleja a paso rápido en dirección a la puerta de las oficinas.

—¿Sabe su mujer que tiene usted un lío con una de sus empleadas? —dice Antonia.

El hombre se detiene, con un pie en el umbral. La espalda se envara.

Desanda el camino.

—Eso es una cochina mentira, señora —dice, bajando la voz, mirando a los lados.

—Pupilas dilatadas, pulso acelerado. Yo diría que no —le dice Antonia a Jon.

—Yo diría que tampoco —responde Jon, metiendo las manos en los bolsillos y alzando los hombros.

El hombre se acerca más a ellos.

—Oiga, no pueden decirle nada de esto a nadie. No quiero perder a las niñas.

—A nosotros nos da igual. Sólo nos incumbe la actividad de Lemondrop Málaga Limited —dice Antonia.

—Sus *metesacas* nos dan igual. Usted nos ayuda, nosotros nos callamos —ofrece Jon.

El hombre se pasa la mano por la cara, aún más enrojecida. Da un poco de pena, como un perrillo cuando no para de dar vueltas alrededor de la mesa. Sólo le falta menear la cola.

La decisión es fácil.

—Está bien, joder, está bien —se rinde, abriendo el portátil—. ¿Cómo ha dicho que se llamaba la empresa?

Jon se lo repite.

—Sí, son clientes de la terminal —dice el director, tras una búsqueda en su sistema—. De hecho ahora mismo tienen un TEU estacionado en la zona *hot*.

—¿TEU?

—Twenty-feet Equivalent Unit. Es como llamamos a los contenedores estándar. TEU, o *veinte pies*. Porque mide veinte pies, seis metros de largo. Al ser todos de la misma medida, se los puede pasar del buque a un camión o a un tren con facilidad. Por cierto, que éste tenían que habérselo llevado hace un par de días. Es raro.

Antonia y Jon intercambian una mirada.

—Ya casi estamos —dice el director, alumbrando a los letreros pintados en el suelo que indican las zonas—. Vengan por aquí.

La tarde oscura y nubosa se ha convertido en un anochecer temprano. Jon y Antonia siguen al director a cierta distancia. La suficiente para que Jon satisfaga su curiosidad.

—¿Cómo lo has hecho? —dice, en voz queda.

—¿El qué? —se finge tonta Antonia.

—Ya sabes qué.

Ella se encoge de hombros.

—Cada vez que preguntas algo de eso me siento como un mono amaestrado.

—Vamos. Si lo estás deseando.

Antonia suspira. Y empieza a recitar con cansancio.

—No lleva la alianza puesta, la marca en el anular es muy visible y reciente. Se ha abrochado el segundo botón de la camisa en el espacio del tercero. Ya has escuchado la conversación con su empleado. Es un hombre que presta atención a los detalles, se habría dado cuenta a lo largo del día al ir al servicio, así que ha tenido que desabrocharse la camisa hace poco. Además, cuando nos ha dado la espalda le he visto las suelas de los zapatos.

—¿Y?

—Lleva el envoltorio de un condón pegado en la suela izquierda. Quizá se le caiga antes de llegar a casa. Quizá no.

Jon contiene una carcajada. No piensa avisarle. Y sabe que Antonia tampoco. En momentos como ése, el inspector Gutiérrez es feliz. No se cambiaría por nadie. Qué pena que sean tan escasos.

—¡Es aquí! —dice el adúltero, alumbrando frente a él con la linterna.

El contenedor está al nivel del suelo, y tiene otros dos encima. Cuando llegan a su altura, el hombre lee del manifiesto de su portátil.

—GD772569. Venido de San Petersburgo hace tres días. Estaba prevista su recogida en el mismo día de su llegada, por eso está aquí en la zona de salida rápida, pero no han pasado a buscarlo. La importadora tendrá que pagar un recargo.

—¿Y no ha pasado la inspección de aduanas?

—No todos los contenedores la pasan. Vienen muchos, y los funcionarios son muy pocos. Y no se imaginan en Algeciras. Nosotros tenemos doscientos mil TEUS al año, ellos cinco millones. Andan muy cortos de personal.

Jon da una palmada en el metal, de color azul oscuro.

—Pues ha llegado el refuerzo. Ábralo.

El director menea la cabeza.

—No puedo hacer eso sin un funcionario de aduan...

—Ah, váyase a la mierda —dice Jon, agarrando los pestillos, tirando y empujando. A ver cómo demonios se abre esa cosa.

—No lo entiende. Incluso si encuentran algo, la ley es muy clara...

El chirrido de la barra de acero girando sobre sí misma ahoga las protestas del burócrata, que se da la vuelta, frustrado, y alza las manos al cielo.

—Yo me lavo las manos —repite—. Yo me lavo las manos.

Jon libera la barra de sus trabas. Tira con fuerza. Un nuevo quejido, estridente. La puerta del contenedor suelta trozos de salitre cuando comienza a girar sobre sus goznes.

El hedor les golpea en la cara.

Punzante. Venenoso.

No es nada que Jon haya experimentado antes. Heces. Orina. La podredumbre dulzona de la carne en descomposición. Todo ello mezclado, sólo que un millar de veces peor.

El director se lleva las manos a la cara para intentar contener las náuseas, pero no lo consigue, y el vómito se escurre entre sus dedos y cae sobre sus zapatos.

Jon tiene mejor suerte. Él logra darse la vuelta y apoyarse en un lado del contenedor antes de echar el contenido de su estómago al completo. Los retortijones son tan brutales que apenas tiene control de su cuerpo.

—No entres ahí —le dice a su compañera—. Que se encarguen los de la científica.

Antonia le esquiva, en dirección al rectángulo de oscuridad.

5

Un contenedor

Antonia, impasible, les mira luchar contra el hedor.

Ella no percibe gran cosa. Su anosmia no es una ausencia total de sentido del olfato. Casi todos sus receptores olfativos están muertos. Unos pocos permanecen, agonizantes. Apenas llegan a captar la miasma que brota de la puerta abierta del contenedor. Un recuerdo a perfume barato y dulce.

—No entres ahí —intenta retenerla Jon—. Que se encarguen los de la científica.

Antonia le ignora. Se agacha, recoge la linterna del suelo, donde la ha dejado caer el director de la terminal, y entra en el contenedor.

Los pies se le adhieren al suelo. Es de madera, pero está húmedo, pegajoso. Las paredes del interior son de acero, pero no están cubiertas de pintura anticorrosiva como el exterior. Así que Antonia puede ver las manchas de sangre en las paredes. Manos que se han posado y arrastrado, dejando cinco surcos irregulares en el metal acanalado.

A un lado, un dispositivo extractor de aire.

No debió de ser eso lo que falló, porque de lo contrario no hubieran durado tanto, piensa Antonia.

Los monos comienzan a chillar, recogiendo cosas de la escena e intentando contar su historia.

El cubo rebosante en un lado.

El depósito de agua, tirado en una esquina, desgarrado y cubierto de sangre.

El cuchillo en el suelo

Basta.

Antonia no puede permitírselo. Tiene que contener el asco —racional, no instintivo—, llevarse las manos al bolsillo. Abrir la boca en ese ambiente infestado de partículas en descomposición, muchas de las cuales son infecciosas.

¿Lo has olvidado? ¿Has olvidado el río?

Resuena la voz de Mentor en su cabeza.

No puedes domar un río. Debes ceder.

No, responde Antonia.

No voy a ceder el control.

Puedo.

Esta vez son tres las cápsulas rojas que se introduce en la boca. Tiene que usar los molares para romperlas y liberar la preciosa y amarga sustancia de su interior. Su entrenamiento la ha preparado para contar hacia atrás, dejando una respiración entre cada número, descendiendo un peldaño cada vez, hacia el lugar donde necesita estar. Pero la cantidad de droga lo cambia todo.

No cuenta hasta diez.

No desciende por las escaleras.

Cae rodando por ellas, hacia la oscuridad.

Donde le espera el silencio.

Antonia siente el cuerpo sacudido, como por un golpe de viento. Y después, la claridad la alcanza, de una forma que no había experimentado antes.

Es maravilloso.

Es aterrador.

Es *Chādanāca*.

En bengalí, el gozo atemorizador de bailar al borde de un tejado.

Es la misma calma que siente cuando la pastilla azul reduce sus capacidades, pero conservándolas. Por primera vez desde que comenzó su entrenamiento para convertirse en una Reina Roja, Antonia *ve* lo que ha ocurrido en una escena. No sólo lo deduce.

Lo ve.

Y lo que ve es una pesadilla.

Ve a las ocho mujeres muertas del suelo, saliendo de San Petersburgo. Jóvenes. Quizá hermosas, ahora es imposible saberlo. Atadas con bridas —los cadáveres aún conservan las marcas en las muñecas—. La novena no está atada, suelta a las demás. Tienen agua y comida, pero durante el viaje algo sale mal. Discuten. Pelean por la comida y los recursos. Una de ellas acaba herida en una esquina. Las demás la ignoran. Es la primera en morir.

Después otra, a la que las demás colocan junto a la primera.

Siete sobreviven al viaje. Pero nadie va a buscar el contenedor. El extractor de aire se queda sin combustible y deja de funcionar. Las mujeres golpean las paredes, intentando desesperadamente salir del contenedor.

Cuando se dan cuenta de que van a ahogarse, unas pocas se arrojan contra las demás. Bajo el haz de la linterna que brinca de un extremo a otro del contenedor, Antonia no ve los restos de sangre bajo las uñas, los pelos arrancados, la ropa hecha jirones. Ve a las mujeres peleando, ve el daño que se causan, cómo una golpea a otra contra la pared, antes de ser estrangulada por otra, consumiendo más deprisa los restos de oxígeno por los que se pelean. Hasta matarse entre ellas.

Salvo una.

A la última de ellas, la más menuda, Antonia la ve encaramarse al extractor de aire, rajar el tubo con las uñas.

Quizá.

Quizá.

Antonia se apresura hacia la mujer, caída de espaldas sobre el motor volcado del extractor. Está cubierta de sangre, tiene una horrible laceración en el rostro que ha desfigurado su frente y probablemente haya dañado un ojo. El vestido que lleva, que quizá fuera verde en otro tiempo, es ahora un guiñapo desgarrado que se sostiene sólo por una tira del hombro. Su pierna izquierda está colocada en un ángulo imposible. Rota por la caída desde lo alto del motor cuando se quedó sin oxígeno.

Nada importa, en realidad.

Lo único que importa es el pulso, tenue, que Antonia encuentra en su cuello cuando coloca los dedos sobre él.

Viva. Por poco.

La coge por los hombros, intenta arrastrarla, resbala sobre la sangre.

Llama a Jon, a gritos, con una voz extraña, metálica. Que nunca antes se había escuchado. Que no creía poseer.

Luego se desmaya.

6

Dos apaños

—Cuando su compañera ha caído al suelo, ¿se ha golpeado la cabeza? —dice el enfermero, señalando a su espalda.

Antonia está sentada en el interior de la ambulancia, aparcada en el exterior del muelle. Con la ropa, la cara y las manos llenas de suciedad. Una manta sobre los hombros caídos, la espalda arqueada. La mirada inerte, perpleja, desenfocada. Una mirada de mil metros.

—No lo sé. Yo diría que no —responde Jon—. Estaba intentando tirar de la mujer a la que se han llevado sus compañeros. Creo que sólo se desplomó por la falta de oxígeno.

El enfermero ladea la cabeza y tuerce el hocico. No le cuadra.

—Podemos descartar la conmoción cerebral. ¿Y tenía una cita con el oftalmólogo hoy?

—Eso seguro que no.

—Pues no he visto pupilas más dilatadas en mi vida. Así que si no ha sido el colirio ni una conmoción... Voy a tener que dar parte.

Jon se lo estaba temiendo. Lo último que necesitan ahora es que el enfermero le vaya con el cuento de las drogas a la comisaria.

Así que le apoya una mano en el antebrazo.

—Por favor. No.

Las luces naranja de la ambulancia que les iluminan parecen girar más despacio mientras el enfermero le mira de arriba abajo. Jon le devuelve el escaneo. Guapete. Cráneo afeitado. Perilla recortada con esmero. Un pendiente con la bandera multicolor deja las cosas claras. Y su siguiente frase:

—Estoy casado, inspector.

Las deja aún más claras.

Jon aparta el brazo con suavidad. No estaba ligando. Aunque no le hubiera importado. El tipo tiene ojos de buena persona, y ése suele ser el desagüe por el que el inspector Gutiérrez se cuela hasta las trancas. Luego resulta que el refranero es un embustero. Que la cara no es el espejo del alma. Que obras son amores. Y Jon vuelve a cerrar el corazón por derribo. Hasta los siguientes ojos bondadosos.

—Sáltate lo del informe —pide—. Está pasando por un mal momento, con la custodia del hijo y todo.

El enfermero estudia con suma atención la punta de sus botas, después a Antonia, y luego de nuevo a Jon.

—Dígale a su compañera que tenga cuidado con el próximo análisis de drogas —dice, poniéndose la chaqueta, y alejándose hacia los agentes de uniforme que esperan a la entrada de la terminal. Las cámaras de televisión le enfocan, los periodistas le apuntan con los micrófonos desde el otro lado de la cinta policial. El enfermero les dice que no con el dedo. Otro que no hará declaraciones.

Pues al final es buen chaval, piensa Jon, echándole una mirada de despedida. *Pues claro. Todos los buenos están pillados.*

Se vuelve hacia la ambulancia, preparándose para tener una charla con Antonia. Pero alguien se le adelanta.

—Oiga, señora —dice Belgrano. *Pom, pom*. Los nudillos en el suelo del vehículo—. Oiga.

Antonia no reacciona.

—Subinspector —llama Jon.

Belgrano se da la vuelta. No parece tan amigable como hace un par de días.

—Ah, Gutiérrez. ¿Qué es este desastre?

—Ya ve. Parece que el señor Voronin incluía la trata de blancas entre sus aficiones.

El subinspector resopla, se baja la cremallera de la cazadora, se pasa la mano por el pelo.

—¿Cuántas?

—Ocho muertas. Una viva. O casi. Se la han llevado al hospital en estado crítico.

—Joder, qué mal momento —protesta Belgrano—. Y a ustedes, ¿cómo les ha dado por venir aquí?

—Seguíamos una pista.

—Que les ha llevado hasta un contenedor.

»Dígame que había un funcionario de aduanas presente con una causa probable.

El inspector Gutiérrez se rasca el cogote y aguarda, en silencio, a que el tiempo ponga las cosas en su sitio.

—Bufff. A la comisaria no le va a gustar nada, inspector. No podremos usarlo contra Orlov. Y hubiera estado genial colgarle ocho muertes, la verdad.

—Qué quiere que le diga.

—Al menos han salvado a esa mujer. Podemos apañar el informe y decir que ustedes oyeron unos gritos y que no les quedó más remedio que intervenir.

Jon le mira, sorprendido.

—A la fiscal no le va a colar ni de coña —aclara Belgrano—, pero por lo menos se ahorrará usted que le expedienten.

—Se lo agradezco —dice Jon, tendiéndole la mano.

Por una vez está bien que juguemos todos en el mismo equipo.

Belgrano se la estrecha con fuerza. Y avisa.

—Lo que no se va a ahorrar es la bronca de la comisaria.

No, ya me imagino que no, piensa Jon, observando a Antonia. Que tiene un velo de alquitrán en la mirada.

—¿Está bien su compañera?

—Está bien —miente Jon, con gran aplomo—. Afectada por lo que hemos visto.

—Puedo llamar a una compañera de asistencia psicológica, si le hace falta.

El inspector Gutiérrez menea la cabeza para declinar el ofrecimiento. En cualquier otro momento hubiera pagado por ver la escena. Hoy se siente generoso.

Pobre psicóloga. Ahorrémosle el trauma.

7

Otra promesa

Al final todo es cuestión de manejar expectativas.

Por ejemplo, si tu intención es tener una charla muy seria con tu compañera, pero tu compañera no está, tienes que manejar la frustración.

Y Antonia se ha marchado.

Hay quienes se van de viaje y se olvidan al perro. Al abuelo en una gasolinera. Al niño pequeño, que tiene que enfrentarse solo a los ladrones con ingeniosas trampas.

Antonia se ha olvidado su cuerpo.

Así que Jon la ayuda a bajar de la ambulancia, la sube al coche, la lleva al hotel. La acompaña a la habitación, y sigue sin reaccionar. Se queda de pie, junto a la puerta. En ese lugar en el que todos los hoteles del planeta esconden a plena vista la ranura que activa las luces de la habitación. Donde palpas en la oscuridad mientras sostienes la maleta con la otra mano y la puerta con el culo.

Antonia se ha perdido en ese mismo sitio.

—Hay que joderse —dice Jon.

Entra en la habitación de Antonia y la lleva al baño. Sus ropas son un desastre, su piel tiene más centímetros sucios que limpios.

Así no puedo dejarla, o va a coger un cáncer de Ébola, piensa Jon, mientras le da al grifo del agua caliente.

Una vez, hace muchos años, su cuadrilla de la catequesis y él salieron a setas. Sería el año noventa, o el noventa y uno. Quince, tenía él. Les sacaba media cabeza y un cuerpo a todos los demás. No es que estuviera gordo.

Iban por el monte, más preocupados de decir tonterías que de los níscalos. En esto que uno de los chavales, el Gorka, que era un pieza, señala una rama baja de un roble. Un avispero. Y dice, a que no lo tocas, Jon. Y Jon, a que sí. Se acerca con el bastón de buscar setas, y roza el avispero con la contera. Y el Gorka dice, con la mano. Y el Jon, que si estamos locos. Y el Gorka dice que qué pasa, que si Jon es maricón.

Para Jon no había acusación peor. Estaba tan dentro del armario que las perchas no le dejaban ver la puerta. Así que tiró el bastón a tomar por saco, y dio tres pasos al frente, con el brazo en alto. Muy despacio.

Lo peor no fue el dolor de la docena de picaduras —una de ellas, bajo la ceja izquierda, le dejó el ojo cerrado una semana— ni las risas de la cuadrilla. Lo peor fue el miedo que sintió durante los tres pasos hacia delante. El plomo en el estómago que cargas en la distancia entre lo que te impulsa y lo que temes.

La angustia que sintió antes de tocar el avispero es ridícula en comparación con la que siente cuando levanta la mano para quitarle la camiseta a Antonia Scott. La coge del dobladillo, la levanta. Primero un brazo, luego el otro, y finalmente el cuello.

No hay reacción.

Con infinita delicadeza, Jon le quita el pantalón, los calcetines, el sujetador y las bragas. Parece mucho más joven sin su ropa, con el pubis depilado con láser, y los pechos del tamaño de un limón. Y sí, tiene celulitis en el culo. Pero no una cantidad como para renunciar a los brownies.

Tiene miedo de que se tropiece al entrar en la bañera, así que se limita a cogerla por la espalda y los muslos. Antonia es una pluma en sus manos, tan leve como si sus huesos estuvieran rellenos de aire. La deposita con cuidado en el agua caliente. El agua le empapa las mangas de la camisa hasta los codos, volviendo rosáceas las manchas de sangre.

Quema un poco al entrar.

Tiene que estar así.

Mientras la bañera se termina de llenar, Jon embute la ropa de Antonia en la bolsa de la lavandería. Piensa tirarlas mañana por la mañana, al igual que todo lo que lleva él puesto. Su traje gris marengo de lana fría hecho a medida, su favorito. Tres mil euros y pico. Pero no tiene sentido lavarlo. Puede que la tintorería saque la mugre, pero no hay manera de quitar el olor a muerte, eso Jon lo sabe bien. Puede tardar años en abandonar una casa. Un coche, jamás. Si alguien muere en un coche y se queda más de once horas en él, las compañías de seguros ni se molestan en mandar a un perito.

Envían el coche directamente al desguace, no importa el precio o lo nuevo que esté.

Jon hace un triple nudo a la bolsa. La mete a su vez dentro de la bolsa de basura del baño. Luego se dedica a Antonia.

Comienza por el cuerpo. Cubre la esponja de jabón —es verde, con aromas cítricos—. Frota con cuidado, insistiendo debajo de las uñas y en el cuello. Deja el grifo abierto y va quitando poco a poco el tapón, hasta que consigue que el agua alrededor de Antonia no sea un cenagal. Bajo la mugre, la esponja revela una marca en la espalda, del tamaño de una moneda de cincuenta céntimos. La primera bala que White disparó entró por ahí. La otra se alojó en la cabeza de su marido.

Jon reprime el impulso de pasar los dedos por la cicatriz. No es fácil.

Ocho gramos puede parecer un peso irrisorio.

Los ocho gramos de plomo de una bala de 9 milímetros, capaz de atravesar en un segundo cuatro campos de fútbol, eso ya es otra historia.

Si eres policía, piensas a menudo en esos ocho gramos. Iguales a los que tú cargas en la pistolera del hombro. Casi siempre con ansiedad. Pero a veces, si la has cagado a lo grande, la ansiedad se torna en anhelo.

Jon se pregunta si Antonia pensará alguna vez en el suicidio.

En el hombro izquierdo de su compañera hay otra cicatriz. Es más grande. Una estrella irregular de cinco brazos, retorcidos allá donde la piel había decidido cómo curarse.

Un médico llamaría a esto el orificio de salida. El inspector Gutiérrez no. Puede que los ocho gramos de plomo atravesaran su cuerpo, pero la bala sigue ahí dentro.

Viajando al corazón de Antonia.

Jon le lava el pelo varias veces, la saca de la bañera, la peina. Le pone el albornoz y las zapatillas. El suelo está frío. La lleva a la cama, la sienta en el borde.

Cuando se agacha para descalzarla, una gota cae en su frente. Jon alza la vista, y comprueba que Antonia está llorando. Jon se incorpora un poco, se sienta sobre sus pantorrillas, de modo que las cabezas se queden al mismo nivel. Antonia clava en él sus ojos de aceituna. Sus pupilas han vuelto a la normalidad. Las lágrimas siguen fluyendo.

—¿Dónde estabas?

—Lejos.

—Lejos, ¿dónde?

—No lo sé —responde ella—. Nunca había estado antes.

Jon piensa en todo lo que está mal, en todo lo que debería decir, en todos los silencios que se ve obligado a habitar. Decide que esta noche nada de todo eso importa.

—¿Y la mujer? —pregunta Antonia.

—Crítica.

Antonia sorbe los mocos, asiente, se tumba sobre la colcha sin quitarse el albornoz. Ya saben las reglas. El universo les cobra un precio enorme, pero no siempre manda la mercancía. No tiene sentido protestar ni perderse en un pañuelo de amargura. Sólo aceptarlo.

—Intenta descansar —dice Jon.

Se levanta, y va a hacia la puerta.

—Por favor. No te vayas —pide ella, sin darse la vuelta.

Jon se para, a mitad de camino. Siente la piel pegajosa, su ropa es un desastre. Apesta a lo mismo que ha dedicado tanto rato a quitar de la piel de su compañera. Ese olor a muerte que ella no percibe, pero que él no puede ignorar. Está cansado, triste, confuso y frustrado. Sólo quiere lavarse, por fuera primero y por dentro después.

Pero no va a dejarla sola. Porque de algún modo siente que él es el electroimán que está impidiendo que la bala alojada en el interior de Antonia siga libre su camino y alcance su corazón.

Así que apaga la luz y se tumba a su lado en la cama y la envuelve por detrás con sus enormes brazos. Es como sujetar una muñequita.

—Esas mujeres —dice Antonia.

Esas dos palabras bastan para evocar el horror de lo que han visto esta noche. Puede que el jabón haya sustituido el olor a muerte por un aroma de cítricos —¡frescor, sol y matices del Mediterráneo!, pone en la etiqueta—. Pero nada va a borrar la mancha de negrura del mundo. Nada va a conseguir eliminar la atrocidad de sus mentes y de sus corazones.

Antonia se remueve inquieta.

—Quien ha hecho esto, lo va a pagar —promete.

Un susurro suave emitido por una mujer minúscula y medio rota. Una mota minúscula en un universo indiferente.

Apenas perturba la oscuridad.

La oscuridad no sabe nada. Jon sí. Por eso un cubo de hielo desciende por su espina dorsal. No querría ser el destinatario de esa promesa.

Que Dios guarde al culpable de la ira de Antonia Scott.

Grabación 04

Hace once meses

SUBINSPECTOR BELGRANO: Esto es una mierda, Voronin. En Estos Papeles No Hay Nada.

YURI VORONIN: No puedo darles nada más concreto sobre Orlov. Ya se lo he dicho. Me matarían.

COMISARIA ROMERO: No le tocarán si nosotros no queremos.

YURI VORONIN: De Orlov no pueden protegerme.

SUBINSPECTOR BELGRANO: Somos la policía, Voronin.

COMISARIA ROMERO: ¿Cuántos soldados tiene Orlov?

YURI VORONIN: Ocho *bojevik*, dos *brigadir*.

COMISARIA ROMERO: Ocho soldados, dos jefes. No es gran cosa.

YURI VORONIN: No lo entiende.

SUBINSPECTOR BELGRANO: Es fácil. Nosotros somos cincuenta. Él diez.

YURI VORONIN: No son números. Esto no es Rusia. En Rusia tendría cien, tendría doscientos. Los que hiciesen falta. Porque aquello es el *Far West*, ¿comprende? En Tambov no entra policía. Se quedan fuera, custodiando. Fuman apoyados en el coche y miran hacia fuera, nunca hacia dentro, porque si miras hacia dentro puedes ver lo que no debes. Pero aquí no necesita un ejército *bojevik*. ¿Para qué? Aquí hay paz. Y tiene otros métodos.

COMISARIA ROMERO: Entonces no tiene miedo de sus hombres.

YURI VORONIN: Claro que no. A lo que temo es a una mujer.

El bar de carretera es la única opción.

Pasa la medianoche, y está hambrienta. Así que toma la salida 244 de la autovía Madrid-Cádiz, en mitad de Despeñaperros, y aparca lo más lejos posible de la puerta. Un mirador que debe de usarse sólo en verano se cierne sobre el desfiladero. El viento lo sacude con fuerza, pero no logra acallar el rumor del río, que corre raudo en dirección sur, cincuenta metros por debajo.

Gira la muñeca y el motor se detiene con una sacudida. Da una pequeña palmada en el depósito, a modo de reconocimiento a su montura. No le gustan las motos japonesas, siempre ha preferido el rabioso temperamento italiano de Ducati o Aprilia. El concesionario no tenía ninguna disponible, así que se conformó con la Kawasaki Ninja H2R. Pintada completamente en negro, salvo el logo de la marca. Le ha quitado los prejuicios.

—Sesenta mil euros.

—Tú das mí pintura también —dice ella, señalando una lata de aerosol metalizado.

El encargado del concesionario le alarga la lata, y ella arroja la tarjeta de crédito sobre el mostrador. Fabricada en titanio, sin límite de gasto. Los fondos no son un problema.

El encargado no puede contener una sonrisa de codicia al ver el famoso rostro del centurión romano. Pero le puede la conciencia.

—Ese modelo no es matriculable, sólo de competición. Si la Guardia Civil te pilla, te paran y te la inmovilizan.

Ella tarda un poco en descodificar lo que pretende decirle el vendedor. Su español es rudimentario, aunque comprende casi todo lo que escucha. Cuando asimila y procesa, decide:

—No importa.

Cumplido su deber cívico, el encargado se da la vuelta para introducir la tarjeta en el datáfono. Ella, mientras, se introduce la placa de muestra entre la cazadora y la camiseta.

Varias horas y doscientos cincuenta kilómetros después, aprovecha la parada en el parking desierto para colocar la placa de la matrícula. Es 0000 ABC, poco creíble en un examen detenido, pero tendrá que servir hasta que uno de sus contactos le mande una definitiva. De todas formas, si la Guardia Civil le hace señales en la carretera, será un placer ver cómo intentan seguirla. Uno de sus Renault Kadjar contra esta bestia de 310 caballos.

El último paso es darle con el aerosol metalizado al logo de *la marca. Requiere varias pasadas hasta cubrirlo por comple-to, con un par de minutos de tediosa espera entre cada una de ellas, y el resultado es un borrón antiestético de distinta textu-ra que el chasis. Merece la pena. Ningún testigo, salvo que sea un profesional, puede identificar una moto. Cualquier idiota es capaz de leer y recordar ocho letras.*

Tira el aerosol entre los arbustos, mete la pistola en el inte-rior del casco y la cubre con los guantes, antes de dirigirse ha-cia la puerta del bar. No carga más equipaje que la ropa que lleva puesta. Chaqueta y pantalón de cuero ajustados. Con refuerzos en los antebrazos, pero discretos, que puedan pa-sar por ropa de calle sin llamar la atención. En los pies, unas Dr. Martens con punta de acero. Todo tan oscuro como la moto. La única concesión al color son los lazos rojos de las bo-tas. No se pudo resistir.

Camina algo encogida.

No por el frío, aunque la temperatura en lo alto de Despe-ñaperros baja de cero. No, ella ha vivido veranos en Rusia que causarían una pulmonía a los inviernos españoles. Pero su espalda protesta por el tiempo encorvada en la moto. Quiere creer que es por eso. Quiere creer que esta vez la inyección de cortisona va a durar algo más que unos pocos días, antes de que las vértebras la vuelvan a dejar lisiada, convertida en un amasijo de dolor.

El interior del bar no le llama la atención. Ha estado antes en lugares como éste. Sobreviven en mitad de la nada a costa de ser un supermercado, una tienda de recuerdos, un urinario. Las paredes de ladrillo visto están cubiertas de trofeos de caza, fotos antiguas, banderas rojas y amarillas. Una de ellas, la más grande, tiene en el centro un águila con las alas plegadas. Le recuerda al escudo de Rusia, salvo que este pájaro solo tiene una cabeza.

Sólo hay un puñado de hombres en la barra formando un corro, viendo la tele y tomando cervezas. Se giran cuando entra, pero no dicen nada.

Ella se sienta en una mesa cerca de la puerta, pero con la espalda hacia la pared. El camarero le trae una carta. Está en dos idiomas, español y uno que querría ser inglés. No se atreve a pedir pulpo que va a una fiesta ni leones cocidos, así que se limita a señalar las fotos de la carta. El camarero se encoge de hombros y le trae un bocadillo con un filete de ternera dentro.

Ella aparta el pan y devora la proteína con calma, a bocados pequeños, mientras sigue un curso de español en su móvil. La aplicación le muestra varias fotos de objetos. «Selecciona la silla.» Elige la foto correcta, y el teléfono emite un sonido alegre como recompensa.

En la televisión, las noticias muestran una imagen que le llama la atención. No entiende casi nada —el volumen está muy bajo—, pero comprende el titular sobreimpreso. TRATA DE BLANCAS. Ésas son palabras que conoce en muchos idiomas.

Absorbe las imágenes con gesto serio. Los policías no permiten a los periodistas cruzar la línea, pero la cámara es capaz de captar retazos movidos de la escena. Los flashes de las cámaras iluminan a los enfermeros sacando cuerpos en bolsas para cadáveres de color azul. Con el zoom al máximo, un encuadre agitado capta a una mujer de corta estatura, envuelta en una manta, esperando en el exterior de una ambulancia.

Busca la noticia en su móvil, con ayuda de un traductor automático, tan malo como el que han usado para la carta del restaurante. Pero capta lo esencial.

Maldice en voz baja.

No son buenas noticias. Tendrá que modificar sus planes. Se suponía que sería una operación de veinticuatro horas. Llegar, ejecutar, conducir hasta Lisboa y regresar por avión hasta Moscú vía Rabat y Ankara. Salir de la ciudad en tres minutos, del país en cuatro horas, y de la Unión Europea en nueve. El plan hacía imposible que la atraparan.

Ahora va a tener que cambiar todo sobre la marcha. Correr riesgos. Improvisar.

Y no hay nada que odie más que improvisar.

Frustrada, se levanta en dirección al baño. No se le escapan los codazos y las miradas del grupo de borrachos de la barra. A la ida y a la vuelta.

Evalúa la amenaza.

Cinco. Treintañeros, barriga cervecera. Ingesta de alcohol elevada. Uno de ellos es grande. El de la derecha sabe pelear, quizá sea guardia de seguridad o haya estado en el ejército.

Nivel de amenaza: mínimo.

Le alarga un billete de veinte euros al camarero. Él lo coge, le dice algo en voz baja que ella no comprende. Pero la mirada hacia el fondo de la barra, donde está el grupo de borrachos, es significativa.

Ella asiente, coge el casco y sale, despacio. No ha hecho ningún gesto en dirección a los cinco hombres, pero sabe que saldrán tras ella. Todas las jaurías de alimañas son iguales, no importa en qué parte del mundo te encuentres. Perros. Uno a uno, no son nada. Cuando se juntan, se creen capaces de todo. Con derecho a todo.

La grava resuena bajo sus botas a un ritmo pausado a medida que ella regresa a su moto. No tiene tiempo para jugar, pero tampoco piensa darles la satisfacción de ver cómo le han hecho apretar el paso.

La puerta del bar se abre con un chasquido y un campanilleo. Hay voces que la llaman. Al principio sólo lujuriosas, después directamente amenazantes. Uno de los hombres se adelanta, otro de ellos le imita, después ya son cinco los que salvan la distancia que los separa de ella. Cada vez más deprisa.

Ella deja el casco encima del asiento de la Kawasaki. No se molesta en sacar la pistola de su interior, no es necesario. Sólo tiene que subirse a la moto, ponerla en marcha y arrancar. Sería lo más práctico.

Mientras se pone los guantes, lenta y meticulosamente, los borrachos la rodean, ladran a su alrededor. No entiende las palabras, pero el tono es inconfundible. Es cuestión de tiempo que el primero alargue la mano para tocarla.

Ella evita el contacto visual, no quiere provocarles. No del todo ajena al hecho de que no prestarles ninguna atención les está volviendo aún más agresivos. En lugar de subir a la moto, da un par de pasos hacia el borde del mirador. Sólo una exigua valla de ochenta centímetros de alto protege de una caída de cincuenta metros. La jauría se acerca aún más, creyéndola acorralada, babeando con anticipación.

Ha buscado mientras comía el significado del nombre del desfiladero. Despeñaperros.

Qué nombre tan curioso.

Echa un vistazo al reloj. Aún le quedan un par de horas de viaje. Pero la moto es potente. Será fácil recuperar el tiempo.

Sonríe.

Puede entretenerse unos segundos.

8

Un amanecer

A Jon Gutiérrez no le gusta despertarse.

No es una cuestión de horarios, porque su profesión le ha obligado a los turnos más extraños, periodos de ayuno, grandes comilonas, vigilias de cincuenta horas y siestas de once.

Jon tolera despertarse siempre que le permitan ejecutar su rutina favorita de hibernación. Programar la alarma del móvil una hora antes, darle a posponer cuando suena, tambalearse hasta el baño, mear durante lo que parece un siglo —mira, mamá, ¡con los ojos cerrados!—, tambalearse de vuelta a la cama, dejarse caer, apretar posponer cuatro veces más entre ronquidos y, finalmente, rendirse a las exigencias de la verticalidad.

Lo que a Jon le molesta de despertarse temprano es hacerlo de golpe. Un brusco chasquido eléctrico a mitad de camino entre ambos oídos. La luz del sol que te hiere los ojos. Un cansancio patológico. La amenaza de un día arduo. La certeza absoluta de que no habrá forma humana de volver a dormir, por más que te tapes la cabeza con la almohada.

Antonia está despierta, ya vestida, sentada en el escritorio, con el iPad en la mano. La tele, sin sonido, sintoniza el canal de noticias. Emiten imágenes del puerto de Málaga.

Demasiados cadáveres para hacerlo pasar por un atraco.

—¿Qué hora es? —pregunta Jon, con la garganta muy reseca.

—Casi las ocho. Ve a ducharte. Hueles fatal.

—Tú qué sabrás, discapacitada.

—*Sé* que hueles mal. Y lo que es peor, sé qué moléculas hay impregnadas en tu ropa y en tu pelo. Ve a ducharte.

Abrumado por el agradecimiento de Antonia a sus atenciones de la noche anterior, Jon se incorpora. A su ritmo, que es el de las placas tectónicas, el de los dinosaurios, el de las devoluciones de Hacienda. Cuando consigue enderezar la espalda —después de un montón de crujidos y chasquidos— se dedica a estudiar a su compañera.

Parece normal. Al menos todo lo normal que pueda parecer el ser humano más inteligente del planeta que es al mismo tiempo agente de una organización secreta europea con una actividad rayana en lo ilegal.

Así, sin comas, impresiona más.

—Quiero donuts —dice Antonia—. Ve a ducharte.

Jon no piensa marcharse de la habitación sin abordar lo que sucedió anoche.

—Antonia...

—¿Qué?

—No pienso marcharme de la habitación sin abordar lo que sucedió anoche.

—Anoche, ¿cuándo?

—En el contenedor.

—Me desmayé. Ve a ducharte.

—Eso ya lo sé. Te saqué de allí. Que por qué te dio el soponcio.

—Por una disminución del flujo sanguíneo en el cerebro, provocada por el shock emocional, la falta de oxígeno en el interior del contenedor y el esfuerzo repentino al agacharme para intentar arrastrar a la mujer. Ve a ducharte.

—¿Eso es todo?

—¿Te parece poco?

La explicación es exhaustiva. Pero no suficiente. Porque sigue sin explicar por qué tenía las pupilas tan dilatadas, si no había tomado ninguna de las pastillas rojas. Pero Jon se ha quedado sin energía, así que comete por segunda vez el error de dejar el tema para más adelante.

El sol brillará mañana.

—¿Qué estás haciendo?

—La sociedad que importó el contenedor es un callejón sin salida. Sólo es un intermediario. Pero de la recogida se encargaba una sociedad diferente. Está a nombre de un testaferro. Un armenio llamado Ruben Ustyan. Tiene su oficina aquí en Marbella. Ve a ducharte.

—Seguramente sólo sea un eslabón más de la cadena.

—Que nos llevará al siguiente. Ve a ducharte.

Es poca cosa. Pero después de lo sucedido anoche, Antonia está decidida a parar a Orlov como sea.

Jon se anuda la corbata. Puede que a esa ropa arruinada sólo le quede un último trayecto por el pasillo hasta su habitación, pero Jon va a asegurarse de que sea un recorrido digno.

Lola

Había una vez una niña que quería tener una capa para hacerse invisible. O una poción que le permitiera cambiar tu rostro con el de otra persona. O un mapa que le avisara de dónde se encontraban sus enemigos.

Ninguno de estos artefactos mágicos está al alcance de Lola Moreno, así que se echa la capucha sobre la cara y camina encorvada, como si tuviese frío. Lo tiene. Las tormentas han bajado aún más las temperaturas, dejando en el ambiente una humedad insalubre y pegajosa, han enfermado de otoño el invierno.

Hoy Lola ya no tiene dónde dormir.

El plazo que le dio Yaiza ha expirado. Ha dejado el apartamento hace unos minutos. Estuvo tentada de llamar a la puerta de su amiga y pedirle que la perdonase y le permitiese acompañarla a Estepona. Había alzado ya la mano e iba a golpear, cuando sus nudillos se detuvieron antes de rozar la madera. No había ningún futuro en tomar el camino fácil. Ni para ella ni para el niño. Tiene que ser un niño, por supuesto, un pequeño Yuri, un pequeño, guapo hijo de puta como el padre, bueno para nada. *O para casi nada*, piensa Lola, con una punzada de añoranza en la zona sur.

La energía y la determinación con la que abandonó el apartamento de Yaiza se ha diluido un poco mientras camina en dirección a Lomas Blancas. Tiene miedo. De pronto, empezar otra vez no le parece tan mala opción. Aunque sea en negro. Limpiar escaleras de nueve a ocho. Poner copas de diez a seis. Qué recuerdos de su época de camarera en la Dreamers y en Mirage. Cuando los clientes de madrugada, *empistelaos* perdidos, meaban contra la barra para no tener que ir hasta el baño. O la clienta que cagó entre dos altavoces del fondo de la pista. O todas las guiris que había que sacar del baño, borrachas como piojos, medio en bolas, empapadas en su propio vómito.

Hay que empezar otra vida, pero no va a ser ésta, le promete Lola al pequeño Yuri, acariciándose la tripa a través de los bolsillos de la sudadera. Sin saber si va a poder cumplirlo. Pero quién puede prometer promesas que no se pueden desprometer.

Camino de Lomas Blancas, a la altura del parque de los Enamorados, el corazón le da un salto, la boca se le seca.

Tiene su cara, seis veces más grande, mirándola de frente.

El camión informativo de la Policía Nacional era una broma recurrente entre los amigotes de Yuri. Un vehículo de seis ruedas que carga una pantalla de ciento cincuenta pulgadas. El LCD va reproduciendo los rostros de los delincuentes más buscados. Tres de ellos pertenecientes al clan Orlov. Debajo, un número de teléfono y una web en los que avisar si te los encuentras.

—Las fotos que usan son horribles. Son tan malas que me podría parar delante del camión y hacerme un selfie y no me reconocerían —se jactaba uno de los que solía ir a casa de Yuri a hacer recados. Un tal Fomin, Kolia, o Vania.

Lola mira su foto de dos metros de alto, su nombre, su fecha de nacimiento, y no tiene ganas de reírse. La foto es muy mala, pero es ella. Se la reconoce, y hasta sale bien. Y mira que nadie sale bien en su foto del DNI. Y el policía parado delante del camión lleva una metralleta, o como se llame. Negra, con un cañón enorme. Muy amenazador.

Como si alguna arma de fuego no lo fuera, si no la sostienes tú.

El camión está aparcado al otro lado de la calle, y el policía está mirando en su dirección. Y en caso contrario no hay manera de saberlo, que para algo llevan esa gorra calada hasta los ojos. Lola no puede darse la vuelta ni cambiar de dirección. Así que espera en el semáforo a que cambie el disco, con el estómago encogido. Si tuviese el móvil podría sacarlo y fingir que está consultando su Instagram, pero lo tiró a la basura después de lo sucedido en la funeraria. No duda de que vigilan, no sólo su terminal y el de Yuri, sino el de su madre y sus números habituales. Hoy es demasiado fácil como para no hacerlo.

El último coche pasa frente a ella —un Audi A8 enorme con las lunas tintadas—, el siguiente frena, el semáforo cambia de color, y a Lola no le queda más remedio que caminar en dirección al policía que custodia el camión.

No te pares. No te desvíes. Actúa normal.

Con el corazón acelerado y la respiración sofocada, Lola está muy lejos de sentirse «normal».

Ya está casi a la altura del policía. Tiene que reunir la mitad de su fuerza de voluntad para no mirarle a la cara. La otra mitad la emplea para contener el impulso de sacar las manos de los bolsillos y bajarse aún más la capucha de la sudadera.

—Hace rasca, ¿eh? —dice el policía, cuando pasa a su lado.

Lola tarda en comprender que la voz que se dirige a ella sólo hace un comentario amable. Quizá porque el pulso le retumba en los oídos como un concierto de Mayumaná.

—Mucha —dice ella, sin detenerse.

Lo rebasa. Y ahora pone todo su esfuerzo en controlar sus pies, que le exigen correr para alejarse cuanto antes.

Despacio. Despacio.

Media hora más tarde llega a su destino. Lomas Blancas es una urbanización de clase media, en la que se alternan casas unifamiliares y pareadas. Lola está agotada, mareada y sedienta. La ausencia de insulina le está pasando una costosa factura. Tiene la boca tan seca que la lengua le hace ruido al rozarla con el paladar.

No puede aguantar mucho más.

No consigue reconocer la casa. Una vez llevó hasta allí a Zenya, porque ella tenía el coche en el taller, pero fue hace más de dos años, y Lola está exhausta y confusa. *Es un pareado*, recuerda. *Casi al final de la calle*. Pero cuando llega al lugar que creía, más allá del segundo badén, todo le parece extraño.

Las piernas son incapaces de sostenerla por más tiempo.

Se deja caer en la acera, entre un contenedor de vidrio y un Peugeot, y se echa a llorar.

Joder, Yuri. ¿Cómo pudiste ser tan idiota?

—¿Señorita Lola?

Lola alza la vista, entre pucheros, y allí está Zenya. Una mujer de mediana edad. Gruesa, morena y de sonrisa triste. Viene en vaqueros y cazadora, cargada con un par de bolsas de la compra.

Lola intenta incorporarse, pero de nuevo siente la cabeza ligera, muy ligera. Tiene que apoyarse en el parachoques del Peugeot, salpicado de barro reseco e insectos aplastados.

—Venga adentro.

Zenya es una buena mujer. Llevaba con ellos cuatro años. Siempre ha cuidado bien de la limpieza de la casa, de la plancha y de los quehaceres. La tenían sin contrato, claro, porque Yuri era así. Pero le pagaban bien. Esta casa donde están ahora es la única aparte de la de Lola en la que trabajaba. Los viernes, como hoy.

—¿Quiere un poco más de café? —dice, acercándole la cafetera a la taza.

Lola deja que se la llene, no sin cierto reparo. Se siente humillada por tener que ir a pedirle ayuda a su asistenta, colarse en una casa que no es la suya y aceptar la hospitalidad involuntaria de otros. Aquí viven un cocinero y su mujer, cincuentones. Los dos están en el trabajo, explica Zenya. Lola se fija en una foto de los dos pegada con un imán en la nevera. Unas vacaciones en Roma. Ambos miran a la cámara con sonrisas plenas. Lucen pulseras idénticas.

Yo podría haber tenido eso con Yuri. Sólo quería eso.

Están sentadas junto a la isleta de la cocina, unida al salón en un solo espacio. Todo bien colocado, modesto, pero hogareño. Lola sonríe al ver que tiene una de esas televisiones minúsculas de 32 pulgadas. No le gustan las teles grandes. Le molesta ver los poros de la nariz de los presentadores, los dientes falsos y fluorescentes. Yuri compró una de ésas, gigantesca, que le hace sentir a Lola como si fuera el espejo de baño de un montón de desconocidos. Uno de los de aumento. Raras veces dan alguna alegría esos espejos.

A Lola le molestó que gastara más de diez mil euros en aquella tele. Hubiera preferido que le sorprendiera con un reloj, o una joya vistosa. Pero Yuri no era el colmo de la galantería ni de la sutileza. Cuando se acercaba su cumpleaños, ella insinuaba cuánto le gustaba algo. No había acabado la frase y Yuri le alargaba un fajo de billetes de doscientos euros, con una gran sonrisa.

Todo eso pasó.

La certeza líquida, venenosa, le recorre las venas. Aún más dañina allí, sentada en mitad de la perfecta vida de otros, que tú nunca tendrás.

—¿Por qué no me llamó, señorita?

Lola duda si decirle la verdad. Podría asustarse.

Pero no. Esa mujer es dura. Escapó de Ucrania huyendo de la represión del gobierno. No tiene sentido engañarla.

—No podía arriesgarme, Zenya —dice—. La policía seguramente tendrá tu teléfono pinchado.

Zenya le explica cómo le hicieron muchas preguntas, aunque ella poco sabía, porque no estaba en casa cuando ocurrió el asesinato. Fue ella la que descubrió el cadáver y les avisó.

—¿Dónde está Kot?

—Se lo han llevado a la perrera municipal. Yo no podía hacerme cargo de él —dice, con pesar.

Lola lo entiende. Es un perro de noventa kilos, que consume al año cinco mil euros de comida. Por muy bien que se lleve con Zenya —y es raro, porque a Kot no le gusta nadie—, la pobre mujer no podía meterle en su piso.

—Quiero proponerte algo —dice Lola.

Le explica a Zenya su plan, al menos la parte de él que debe conocer. Y para el que ella es imprescindible.

Zenya escucha, en silencio. Siempre escucha en silencio, con la cara ladeada, la barbilla apuntando un poco a la derecha de la persona que le está hablando. Como si no fuera del todo con ella. Lo mismo si le pides que meta los cacharros en el lavavajillas que si le pides que abandone su casa, su vida, su trabajo.

Un piso alquilado en el que vive sola y un único cliente con el que no va a poder mantenerlo. La decisión es fácil, piensa Lola. Y tiene razón.

Zenya dice que sí.

Pero pone una condición.

—Necesito cinco mil euros para mandar a mi país.

—La semana que viene te daré diez veces esa cantidad.

—No. Los necesito ahora.

—No tengo ese dinero.

—Lo necesito. Mi hermana necesita una prótesis para caminar, y es muy cara. Si me pasa algo, no podré ayudarla. Usted me da el dinero para que yo se lo mande por si acaso, yo la ayudo.

Lola se desespera. Intenta razonar con ella, explicarle que debe ser paciente. Pero Zenya no atiende a otras razones que las suyas.

—Está bien —dice Lola—. Te conseguiré el dinero. Reúnete conmigo mañana por la noche en la perrera.

—Señorita Lola, ese sitio está vigilado. No es una buena idea.

—Es una idea horrible. Pero no voy a irme sin mi perro.

9

Un testaferro

Nadie confundiría a Ruben Ustyan con un visionario.

Ni siquiera el propio Ruben.

En el año 2001, Ruben (con acento en la ú, como él siempre aclara a todo el que se encuentra) acaba de migrar a Italia. En Armenia no había futuro, ni trabajo. Y eso que Ruben no se cerraba a nada. A punto de cumplir cuarenta, había hecho un poco de todo. Un poco de carterista, un poco de camello, un poco de proxeneta. Llegó a Roma por un primo suyo, pero se quedó por la cantidad de turistas a los que podía desplumar en la Piazza Navona. Poco amigo de las fuerzas del orden, fue el primero en enfurecerse cuando el 20 de julio un *carabiniere* abatió a tiros a Carlo Giuliani, un manifestante antiglobalización.

—Eso de la globalización es terrible. Terrible. Hay que acabar con ella cuanto antes.

Obviando el hecho de que él estaba en ese momento ejerciendo una actividad empresarial en suelo extranjero con clientes plurinacionales —robaba carteras indistintamente a españoles, japoneses, americanos o quien se dejara—, el desafecto de Ruben Ustyan por la globalización se uniría a otras grandes predicciones históricas.

Como Alex Lewyt, inventor de aspiradoras, cuando dijo en 1955 que en diez años todas ellas funcionarían por energía nuclear.

Como Thomas Watson, presidente de IBM, cuando dijo en 1943 que en el mundo había sitio para cinco ordenadores, como mucho.

No, nadie confundiría a Ruben Ustyan con un visionario. Pero su nula capacidad de anticipación acabó probándose como una ventaja evolutiva. Durante un viaje de vacaciones en España un par de años más tarde, conoció a Aslan Orlov. ¿Cómo? La historia es muy larga, involucra una rueda pinchada, una cabra y una botella de vodka. Dejémoslo en por casualidad.

La Fiera miró atentamente a Ruben Ustyan. Bajito, cetrino. Con cara de rata, todo codos y rodillas. Los dientes, más grandes que la boca, le obligaban a adoptar una sonrisa perpetua. Reconoció en él a alguien sin imaginación, y le puso a regentar un burdel en Puerto Banús.

—Podemos fiarnos del armenio —dijo Orlov—. Es demasiado denso como para cagarla.

Orlov dijo, literalmente «denso como caca de oso», pero hay modismos del ruso que traducen mal.

Y así la vida de Ruben transcurrió sin pena ni gloria. Llevando las cuentas. Manteniendo una rotación de las mujeres, vendiéndolas a otros antros menos lujosos en cuanto daban síntomas de fatiga. Encargando latas de refrescos por palés. Un gestor de éxito en los años de la burbuja inmobiliaria.

Cuando el ladrillo reventó, Ruben fue el último en enterarse. El juego y la prostitución son los dos últimos vicios a los que renuncian los que se arruinan. Tardó tanto en enterarse, que para cuando le dijeron que había estallado la burbuja ya se estaba hinchando la siguiente.

—Menos mal que hemos salido de la crisis —le dijo Yuri.

—¿Qué crisis?

—Ponme otra cerveza, anda.

Yuri iba mucho por el burdel, a llevar recados, bolsas con coca para algún cliente, cosas así. Como matón de Orlov, tenía derecho a las mujeres gratis. Las bebidas había que pagarlas. Incluso con el descuento de empleado, Ruben calculaba que el ochenta por ciento del sueldo de Yuri acababa en su caja registradora.

De golpe, Yuri dejó de ir.

Ruben, picado en su cuenta de resultados, se lo recriminó un día que se lo encontró en la sección de perfumería de El Corte Inglés. Llevaba una bolsa en cada mano.

—Yuri, ¿qué te pasa? Llevo meses sin verte. ¿Te has enfadado conmigo?

—Ya no hago esas cosas. Estoy enamorado —dijo Yuri, con radiante imbecilidad.

Ruben se rio. Yuri era su cliente número uno. Si además de las cervezas, pagara por las mujeres, Ruben tendría un yate. ¿Quién había podido retirarle del vicio? Continuó riéndose hasta que sus ojos siguieron la dirección del dedo de Yuri. Apuntaba a una mujer alta y delgada, de pie junto al expositor de Louis Vuitton. La fotografía del luminoso mostraba a la actriz Léa Seydoux sosteniendo una flor. La mujer que trasteaba entre los perfumes, golpeando las tapas doradas con una uña pintada de rosa, era igualita a ella. Pero más guapa y menos francesa.

Ruben consiguió cerrar la boca con gran esfuerzo, al ver que ella se acercaba.

—Ésta es Lola, mi mujer.

Entonces llegó la proposición.

Han pasado años de esto. ¿Seis? ¿Siete? Ruben no se acuerda. Podrían ser cien. Para él todos los días son iguales desde aquel día. Más tranquilos, también. Pero más aburridos.

Aquel día Yuri le habló de un negocio nuevo que quería llevar a cabo. Ruben se volvió a reír, pensando en aquel matón de nudillos sangrantes montando un chiringuito con permiso de Orlov.

Dos semanas después, dejó de reírse cuando La Fiera le comunicó que dejara el burdel y que hiciera todo lo que Yuri le dijera.

Lo que Yuri le dice es que alquile una oficina en San Pedro Norte. Edificio Palomas. Un espacio interior, sin ventanas, de sólo un par de despachos. Un escritorio, una silla, paredes desnudas.

Yuri sienta a Ruben en la silla y le pone delante un ordenador portátil, para que se entretenga.

—¿Qué hago?

—No sé. Nada.

—¿Y si llaman? —dice, señalando el teléfono.

—Pues lo coges.

—¿Y qué digo?

—Que se han equivocado de número.

Ruben se rasca el cuello, se enciende un cigarro.

—¿Y cuánto vais a pagarme por esto?

Yuri se lo dice.

Es cinco veces lo que ganaba en el burdel.

Así que Ruben ahora es empleado de Yuri.

La mayor parte de su jornada laboral la pasa sentado en la silla de su despacho. Juega a Tetris, ve vídeos de YouTube sobre cosas interesantes. Hay un malabarista coreano que hace trucos desnudo —como quitar el mantel de una mesa agarrando la tela con las nalgas— que le tiene fascinado.

—Podría estar en mi casa.

—Tienes que estar aquí, por si te necesito —responde Yuri.

Y es verdad que Yuri aparece casi todos los días con un maletín, papeles o un notario bajo el brazo. Le pide que firme aquí, aquí y aquí. Ruben firma. Se pasa la semana firmando. Documentos con sellos azules en carpetas azules. Talones, préstamos, solicitudes. Credenciales, cartillas, transferencias. Contratos. Requerimientos. Poderes. Declaraciones.

Y escrituras. Muchas, muchísimas escrituras. Algunos días, hasta treinta.

Ruben ha dominado el arte de firmar sin mirar. Literalmente. Sigue jugando al Tetris con la mano izquierda, mientras va subiendo y bajando la derecha. Yuri le mete el papel en cuestión, dice «ya». Ruben firma, el notario certifica, Ruben sube la mano y vuelta a empezar. Todo ello sin quitar la vista de la pantalla.

Pieza amarilla, escritura, pieza azul, talón.

Ruben sueña con superar el récord mundial de 4.988 líneas. Por ahora va por la mitad.

—Sería más fácil si no me hicieras firmar tanto —protesta.

—No te quejes. Seguro que eres el hombre que más empresas administra del mundo. Igual de Europa, no sé.

—¿Cuántas? —pregunta Ruben, vagamente interesado.

Yuri hace un cálculo rápido.

—Algo más de siete mil.

—Soy un magnate —dice Ruben, pavoneándose—. Como Ramón Ortiz o Donald Trump.

—Claro, Ruben.

Yuri le da un par de palmadas en el hombro, y se va a guardar los papeles. Al fondo de la oficina hay un despacho de paredes de cristal. En su interior, enormes archivadores y un ordenador. Sólo Yuri entra ahí, solo él tiene llave.

Ahora, Yuri está muerto.

Ruben estuvo en el funeral, como todos. Recibió alto y claro el mensaje de Aslan Orlov. Corren rumores extraños acerca de la muerte de Yuri y de la asesina a la que ha mandado llamar para encargarse de la mujer. Aunque a él todo eso no le incumbe. Él es leal a la *Bratvá*, así que nadie puede tocarle.

Por eso sigue viniendo cada día.

Porque es su trabajo.

No sabe muy bien cuál es, ahora que ya no tiene nadie que venga cada día a traerle papeles para firmar, pero la fuerza de la costumbre es muy poderosa. En casa se aburriría, sin nadie con quien hablar.

Además, está lo del Tetris.

Así que llega, mueve el ratón del ordenador para salir del salvapantallas, y continúa la partida que había dejado en pausa el día anterior. Lleva mil doscientas líneas y no ha cometido más que un pequeño error en una esquina —las malditas piezas rojas, nunca hay manera de colocarlas— así que confía en que puede recuperarlo.

Llaman a la puerta.

Ruben no hace caso. Nunca viene nadie.

Siguen llamando, con insistencia.

10

Un directorio

El Palomas Building está lejos del centro. Es una de esas reliquias de los maravillosos años noventa. Una época en la que los mafiosos no venían de las estepas de Rusia, sino de las de Soria. Una época en la que no se escondían, sino que hacían campaña para la alcaldía en la portada de *As* y de *Marca*. Una época en la que ganaban, y edificaban sin control. Más de treinta mil viviendas ilegales, decenas de edificios construidos sin otro propósito que la rapiña. Casi todos sobreviven, a pesar de infinitas sentencias judiciales que exigen su demolición. Algunos, como el Palomas Building, abandonados a su suerte por un empresario sin escrúpulos.

No tiene portero. Tres cuartas partes de las oficinas están desocupadas. Al menos según el directorio de la entrada, en una indistinguible imitación del bronce.

—Ésa es la empresa de Ustyan. Servicios a Emprendedores, S.L. Octavo piso, puerta B —señala Antonia, cuando localiza la placa que busca.

—Serán mafiosos, pero guasa no les falta —responde Jon.

—Están creando empresas de la nada y facilitando su puesta en marcha. La descripción es técnicamente correcta —dice Antonia, apretando el botón del ascensor.

Jon suspira. Teatral.

—¿Crees que alguna vez serás capaz de reírte sin que tenga que explicarte un chiste? Una vez, sólo.

—Entra dentro de lo posible. Tú primero —dice, dejándole pasar al ascensor.

11

Un tobillo

Ruben maldice, se levanta, va hasta la puerta de la oficina. La abre con fastidio.

—Oiga, se ha...

Un muro blanco, un resplandor, un poco de vértigo. Ruben no sabe cómo llamarlo, salvo que ahora está tumbado en el suelo, agarrándose la nariz.

El puñetazo se la ha roto, haciendo brotar un chorro de sangre que se escurre entre sus dedos y se derrama en el suelo. Pegajosa, densa. Ruben se mira las manos cubiertas de rojo con incredulidad.

Es un hombre pequeño, asustadizo. Virtudes que benefician a un carterista. Que no impiden demasiado el trabajo del gerente de un prostíbulo, siempre que tenga a mano a hombres fornidos. Pero que dificulta mucho la defensa a un testaferro que lleva seis años sentado en una silla cuando esos mismos hombres fornidos se presentan ante su puerta.

Ruben los conoce. Los hermanos Fomin. Dos georgianos muy hijos de puta. Los dos son grandes, rugosos. Árboles con ropa. Con el pelo cortado al cero y los brazos tatuados. Un recuerdo de su etapa en el ejército.

No es lo único que se trajeron. También adquirieron conocimientos valiosos. Como el de aplicar presión sobre un hueso hasta romperlo. Eso es lo que están haciendo ahora, inclinados sobre Ruben. Uno le registra, el otro le pisotea el tobillo, con insistencia.

El testaferro está tan confuso que tarda en acordarse de gritar.

Su primer aullido sigue al crujido del peroné al quebrarse. Seco, desagradable. Como el ruido que hace el palo de un Magnum cuando lo partes en dos antes de introducirlo desdeñosamente en el envoltorio de aluminio.

Ruben chilla. El dolor es agudo, punzante, pero lo siente lejos de su cuerpo, como si le estuviera sucediendo a otro. Si Ruben chilla es por incredulidad. Ahí estaba él, tan tranquilo, hace sólo unos segundos, jugando en la pantalla de su ordenador y más dinero en el banco del que podrá gastarse en toda su vida.

—¿Qué hacéis? ¿Qué hacéis? —dice, como si no estuviera claro.

Y luego añade, porque no puede evitarlo, porque cada persona que ha estado alguna vez en su situación ha sentido la necesidad de decirlo:

—Pero ¿vosotros sabéis quién soy yo?

—Claro —dice uno de los Fomin. El más joven. Ruben cree que se llama Vadim. O Kolia.

—Tengo que hablar con Orlov. Tengo que hablar con Orlov —dice Ruben, tratando de levantarse, de regresar a su escritorio. Resbala sobre el tobillo roto, se cae, opta por arrastrarse.

Uno de sus asaltantes se adelanta, va hacia el escritorio, coge el móvil de Ruben y se lo guarda en el bolsillo. Claro que el testaferro no puede verlo, porque sigue tumbado bocabajo.

—Tengo que hablar con Orlov —insiste Ruben, dirigiéndose a los pies que cruzan delante de él.

Uno de esos pies se dirige a su vez a su pómulo derecho, contra el que impacta a gran velocidad. El crujido y el dolor no le dejan escuchar cómo el otro Fomin —Vadim, o quizá Kolia— echa abajo la puerta del archivo de Yuri.

Ruben pierde el sentido durante unos instantes. Pero cuando lo recupera, vuelve a su cantinela. Lo único a lo que es capaz de aferrarse en este momento. Pues ya habíamos dicho que Ruben Ustyan es un hombre sin imaginación.

—Por favor. Dejadme hablar con Orlov.

La perseverancia de Ruben alcanza su premio cuando uno de los Fomin abandona su trajín, marca un número de teléfono y pone el manos libres cerca de la boca de Ruben.

—¿Habéis acabado ya? —dice Orlov, con brusquedad.

—Aslan. Aslan, soy yo.

La voz de La Fiera cambia al escuchar a quien está al otro lado del teléfono. Se vuelve tranquila. Resignada.

—Ah, hola, Ruben.

Ruben suelta un jadeo alegre y aliviado cuando escucha al *vor* al otro lado. Por fin puede aclarar este malentendido.

—Aslan, están aquí los Fomin.

—Los he mandado yo.

El testaferro siente una humedad en la nuca, en los antebrazos, en la espalda. Percibe un olor penetrante, incluso con la nariz rota de la que no dejan de manar goterones, ahora más densos e intermitentes. Alcanza a girarse lo suficiente para ver que Kolia —está casi seguro de que es él— le está rociando con el contenido de una lata metálica.

—Diles que no me hagan daño. Yo no he hecho nada.

—Lo sé. Pero ya viste anoche las noticias sobre el contenedor.

—¿Qué noticias? —pregunta Ruben, con estupor.

Orlov suelta una carcajada.

—De verdad, Ruben, que siento mucho perderte. Es difícil encontrar tontos tan útiles como tú. Pero no tienen que quedar cabos sueltos —dice, antes de colgar.

Kolia recoge su móvil, se sienta sobre la espalda de Ruben, le agarra por el cuello y comienza a estamparle la cabeza contra el suelo. Con calma. Es un método excelente si no tienes prisa, equivalente a golpear un huevo en el borde de la sartén. Antes o después la cáscara se acaba rompiendo.

El testaferro pierde la consciencia entre el tercer y el cuarto golpe.

Cuando la recupera, sólo hay oscuridad. Cree que se ha quedado ciego, pero entonces aparecen las llamas.

Y después, los gritos.

12

Un poco de humo

—Tengo pruebas de lo que digo. El chiste del gato tampoco lo pillaste —insiste Jon, apretando el botón del octavo piso.

—Se ha subido al árbol. Es un código que su amigo y él han acordado para suavizar un shock emocional producido por una mala noticia. Por supuesto que lo pillé.

El inspector Gutiérrez pone los ojos en blanco. Es inútil.

Completamente a prueba de humor.

Aprieta de nuevo el botón del octavo, a ver si consigue que el ascensor vaya más rápido. En el hilo musical suena una versión de *Despacito*. Jon está convencido de que el infierno tiene que ser un lugar más benigno que éste.

—Deberíamos tener un código nosotros también —dice Antonia.

—¿Para qué?

—Para avisarnos del peligro, cosas así. Una palabra clave. Como «camafeos vaticanos», por ejemplo. Si uno de los dos la dice...

Jon levanta la mano para interrumpirla, se lleva el dedo a los labios.

—¿Has oído eso?

Antonia sacude la cabeza. Pero Jon sabe lo que ha escuchado. Un grito. Y un ruido sordo, como un saco de unos ochenta y cinco kilos relleno de carne y hueso cayendo desde más o menos setenta centímetros. Por poner un ejemplo. Y hay algo más.

Ya antes de que se abran las puertas, ha olido a quemado. A papel, a plástico, a churrasco. A barbacoa de tesorero de partido político.

Ding.

El pasillo está completamente a oscuras, y sólo la tenue luz que procede del interior del ascensor ilumina los jirones de humo, que cuelgan a media altura e invaden la cabina del ascensor.

Jon saca la linterna del bolsillo.

A su derecha hay una puerta, la de la oficina A. Cerrada. Al final del pasillo, la de la oficina B. Abierta.

Adivina de dónde procede el humo.

—Avisa a la comisaria y a Belgrano —dice Jon, en voz baja, sacando la pistola.

No hacía falta, los dedos de Antonia ya vuelan sobre el teclado. El mensaje sale antes de que Jon acabe de pedirlo.

—¿Qué hacemos?

Jon apunta al techo. El aplique está arrancado, los cables colgando, la bombilla rota en el suelo.

El que quisiera oscuridad, la ha conseguido.

—Camafeos vaticanos —dice Jon, caminando hacia la puerta. La linterna en la mano izquierda, agarrada como un puñal. La derecha apoyada en el antebrazo contrario, apuntando hacia delante.

—No es así como funciona —dice Antonia.

—Ya lo sé. Ponte detrás de mí.

El inspector Gutiérrez recuerda con mucha claridad lo sucedido la última vez que le dijo eso a Antonia Scott. Un Porsche Cayenne surgió de la nada, estuvo a punto de arrollarles y comenzó una persecución brutal de la que salieron vivos de milagro.

Jon siente un extraño hormigueo en el cuero cabelludo. Un centenar de insectos correteando entre su cráneo y su pelo. Que sólo se alborotan cuando las cosas no van a salir bien.

Respira despacio, por la boca. El humo no es denso, se está disipando. Sea lo que sea lo que lo ha causado, se está extinguiendo.

Jon Gutiérrez no cree en las casualidades. No cree posible que se declare accidentalmente un incendio en la empresa que van a visitar justo instantes antes de que ellos se presenten. Tampoco cree que entrar en un espacio oscuro potencialmente hostil enarbolando la única luz sea la manera más eficaz de coger al enemigo desprevenido. Más bien es tatuarse en las sienes una diana. También tiene presente que, a diferencia de los delincuentes comunes, la mafia rusa tiene acceso a armas cortas. Incluso rifles de asalto. De esos que, si te enfilan, te dejan arreglado de papeles en cero coma.

Así que Jon emboca la puerta de Servicios a Emprendedores, S.L. con lo que en el argot policial se conoce con el nombre técnico de «huevos de corbata».

—Quédate fuera —le ordena a Antonia.

El haz de luz de la linterna recorre la habitación tal y como le han enseñado en la academia. Esquina izquierda, esquina derecha, otra esquina, detrás de la puerta. Nadie.

Un escritorio vacío, una silla. Al otro lado de la oficina, lo que parece un segundo despacho. Una puerta. En el vano, un cuerpo. Negruzco, humeante.

—Su puta madre.

El taco funciona como un hechizo de invocación. Uno que se podría incorporar a palabras mágicas que hacen aparecer cosas de la nada. *Abracadabra, Dracarys, su puta madre.* Antonia surge de detrás de la protección del torso de Jon, ve el cuerpo tirado en el suelo y se lanza sobre él.

—Estate quieta, mujer. Todo el día igual —la previene Jon. Tiene aún que comprobar el cuarto del fondo.

Pasa por encima del cuerpo. Hombro por delante, pistola apuntando hacia abajo, de nuevo comprueba las cuatro esquinas.

Esquina izquierda, esquina derecha, otra esquina, detrás de la puerta. Nadie.

Sólo el despojo mortecino de una hoguera practicada en el centro de la habitación. Restos de polímeros derretidos, peste a queroseno y plástico quemado que vuelve el ambiente irrespirable.

Otros dos cuerpos en el suelo. Jon comprueba el pulso del primero. O más bien su ausencia. Del segundo no hace falta, el cuchillo incrustado en el ojo vuelve innecesaria la comprobación.

—¿Está vivo? —pregunta Jon, apuntando la linterna hacia Antonia.

13

Dos segundos

Antonia, de rodillas junto al cuerpo humeante, se da cuenta de que aún respira. Se vuelve hacia Jon para informarle, pero no llega a hacerlo. Escucha un ruido metálico, un *clonc* suave. Como cuando recolocas un cajón de chapa. Un rostro parece surgir de la nada, flotando junto a la cara de Jon. Un brazo le atenaza el cuello.

La linterna cae al suelo, rebota, se apaga con un chasquido.

La oscuridad ahora es total.

Antonia, a gatas, comienza a palpar en el suelo en busca de la linterna, mientras la negrura frente a ella parece cobrar vida, poblarse de estímulos amenazantes.

Un gruñido salvaje.

Un friccionar de cuerpos, de tela contra carne.

Un golpe. Metálico.

Un estrépito.

Un instante de incertidumbre, un silencio.

Un desplazamiento en el aire viciado del despacho cuando un cuerpo cae al suelo.

Un jadeo.

Un paso.

Otro paso.

Los dedos de Antonia por fin agarran la linterna, por el extremo de la bombilla.

No son los únicos. La luz se enciende, iluminando el interior de la mano de Antonia con un brillo rojizo y fantasmal.

—Suelta —dice una voz femenina.

Antonia abre los dedos, soltando la linterna.

Durante el breve instante en el que el haz de luz se refleja en su camiseta blanca, puede ver el rostro de una mujer joven, de ojos duros y afilados, que cortan en dos mitades la oscuridad.

Luego ella se echa hacia atrás, apuntando la linterna hacia los ojos de Antonia, que se endereza hasta quedarse de rodillas.

Una pistola aparece en la zona iluminada. Su cañón está a menos de seis centímetros de la frente de Antonia.

Ésta entorna los ojos.

Una Makarov de 9 milímetros.

—¿Quién? —dice la mujer.

Pronuncia la pregunta con un tono que no deja lugar a dudas. Contesta o te mato. Pero no es la primera vez que Antonia está enfrente del cañón de un arma. No es la primera, ni la décima. Y ella tampoco tiene dudas. Nunca se muestra miedo, nunca se cede.

—¿Quién eres tú? —responde a su vez.

El cañón de la pistola se adelanta hasta rozarle la frente, aunque Antonia no se mueve, salvo un pestañeo frenético, mientras intenta decidir qué hacer.

—¿Quién? —repite la mujer.

El dedo se curva sobre el gatillo. Está a punto de apretarlo. Sólo tiene un par de segundos.

Para otras personas, dos segundos pueden ser un periodo minúsculo.

No para Antonia Scott.

En dos segundos, Antonia evalúa tres posibles reacciones físicas, incluyendo:

- Rodar.
- Alejarse al suelo.
- Intentar agarrar la pistola.

Las desestima. Cualquier intento de atacarla desarmada está abocado al fracaso. La sospechosa acaba de matar a otros dos hombres voluminosos y reducido —Antonia puede escuchar su respiración— a otro aún más voluminoso. No es que esté gordo.

Intenta calcular mentalmente el tiempo de respuesta de la Policía Nacional en esta zona remota. Revisa en su memoria fotográfica la página del dossier para la misión que preparó Mentor. Pueden ser hasta cinco minutos. ¿Cuántos han pasado desde que hizo la llamada? Tres minutos y medio, con un margen de error de diez segundos.

Su única opción es ganar tiempo. Mantenerse con vida hasta que lleguen. Lo que Mentor llama la táctica CDS. Confunde. Distrae. Sonsaca.

—Yo no dispararía —dice Antonia—. Sería un grave error.

La mujer apaga la linterna, devolviendo la oscuridad, pesada y espesa.

Es lista. No quiere que me fije en ella.

—Yo no habla muy bien español —dice.

—Mi ruso tampoco es perfecto —responde Antonia en ese idioma. Con impecable acento moscovita.

La voz se vuelve más dulce, complaciente incluso, cuando ambas comienzan a hablar en ruso.

—¿Eres policía?

—Algo por el estilo. Mis compañeros están a punto de llegar.

Como si el universo estuviera esperando su señal, en ese momento comienzan a escucharse a lo lejos las sirenas de la policía.

—Nunca he entendido cuando pasa esto en las películas. —La voz en la oscuridad suena ahora algo más a la derecha de Antonia—. Tiene al protagonista a su merced. Suenan las sirenas y el malo se marcha. Se tarda lo mismo en apretar el gatillo que en no apretarlo.

Antonia sonríe, ante la lógica inapelable.

—¿Es lo que vas a hacer? ¿Vas a matarnos?

Hay un roce de zapatos en el suelo, un desplazamiento de aire. De pronto, la voz de la mujer suena junto a su oído izquierdo. La voz pronuncia las sílabas en ruso con una suavidad desconcertante.

Justo detrás de ella.

—Tienes suerte, policía. Hoy no estáis en el menú.

Antonia da un respingo de sorpresa.

Para cuando se ha recuperado, detrás de ella sólo hay oscuridad.

Se ha ido.

Se pone en pie, saca el teléfono de la chaqueta y enciende el flash. Jon está al otro lado de la habitación, tirado en el suelo bocarriba, desmayado. Antonia se arrodilla junto a él, le pellizca el tramo de piel entre el pulgar y el índice con una mano, le aprieta con fuerza bajo la nariz con la otra.

Jon vuelve en sí con un aullido de dolor. Tiene el labio inferior partido, y un hilillo de sangre se le derrama sobre la barba.

—¿Qué haces?

—Recuperación por estimulación sensitiva.

—Duele mucho.

—Es la idea —dice Antonia, que ya se pone en pie y regresa junto al cuerpo caído en el suelo—. Ayúdame a darle la vuelta.

—¿Seguro que es buena idea?

Ruben Ustyan está moribundo.

Eso Antonia lo sabe.

También sabe, porque ha estudiado sus heridas con detenimiento, que girarle sobre la espalda le causará un inmenso dolor.

De hecho, cuenta con ello.

Jon no sabe eso, ni tiene por qué saberlo. Hay decisiones que tiene que tomar sola.

—Ayúdame —insiste.

Giran a Ruben.

El armenio grita, con la voz ronca. El benceno que han prendido sobre su cuerpo ha quemado más del cuarenta por ciento de su piel, destruyendo la epidermis y alcanzando la capa de grasa. Las terminaciones nerviosas han quedado arrasadas por el fuego en buena parte de la espalda, pero las zonas exteriores, allá donde la ropa de poliéster se ha fundido con la piel, aún conservan los receptores de dolor. Es el mismo principio que ha empleado antes Antonia con Jon, salvo que mucho más despiadado. Los nervios se activan al mismo tiempo, enviando decenas de millones de señales de alerta al cerebro, incrementando su frecuencia cardiaca, dilatando sus maltrechas vías aéreas y circunvalando los daños del traumatismo craneal. Por desgracia, también reduciendo su esperanza de vida: de siete minutos a unos pocos segundos.

Trata de incorporarse. Antonia le agarra de la mano, a pesar de que el tacto de la piel quemada

(crujiente, caliente y áspera por fuera, craquelada

como un charco seco, resbaladiza al tacto por dentro)

le produce un inmenso asco.

—Tranquilo, señor Ustyan —dice.

—No he hecho nada. No he hecho nada. Dile a Orlov que no he hecho nada.

—Ya viene la ambulancia. No se preocupe —dice Jon.

Fuera pueden escuchar los gritos de los policías. El inspector Gutiérrez se pone en pie, alza las manos y avisa de su rango y su posición, porque no quiere llevarse un tiro.

—¿Ha sido él quien le ha hecho esto? ¿Orlov? ¿Él ha enviado a la mujer? ¿Sabe cómo se llama?

Ruben tose, jadea. Pelea por cada bocanada de aire. Su voz es lija. Mira a Antonia con los ojos muy abiertos.

—*Chernaya Volchitsa.*

14

Una réplica

La comisaria Romero no está nada contenta.

Es una mujer hierática, reservada, poco dada a mostrar sus sentimientos. Pero Jon es capaz de percibir su desaprobación porque le está gritando a dos centímetros de la cara. Con salpicón de saliva y todo.

—Le pedí que tuvieran cuidado. Que no removieran el avispero. ¿Y qué me encuentro?

Jon, que se ha sentado en el escritorio de Ustyan para que la comisaria pueda gritarle con más comodidad, se deja llevar. En parte porque en sus veinticuatro años en la Policía Nacional, Jon se ha llevado un montón de broncas. Y sabe que lo mejor es dejarles que escupan el veneno cuanto antes.

Literalmente, piensa Jon, descruzando los brazos el tiempo justo para secarse un perdigonazo de la mejilla.

Y, por la otra parte, porque se siente culpable.

En estos días ha estado documentándose sobre la comisaria. La primera de su promoción, la primera comisaria de Andalucía, un historial de redadas, detenciones e incautaciones impresionante. En el *Diario Sur* hablan de ella como la próxima jefa provincial. Después, inevitablemente, a Madrid.

Como todas las mujeres en esta profesión de mierda, la miran el doble o el triple. Así que tiene que esforzarse el cuádruple. Sin hijos. Sin pareja estable. Dura de cojones.

Debía de estar en su día libre, porque viene vestida de calle, con unos vaqueros y una blusa. También viene con el moño —igual de apretado, hasta el punto que Jon se pregunta si no será un casco—. Y desprendiendo una nube de mala leche que está consiguiendo echar a patadas el olor a incendio.

—Dos muertos en el centro comercial —recita, enrollando cada número y arrojándolo a la cara de Jon—. Ocho muertas y otra en el hospital, anoche en el contenedor. Otros dos muertos aquí esta mañana.

Belgrano le susurra algo al oído.

—Tres muertos. Ustyan ha fallecido camino del hospital. Eso hace un total de trece.

—Catorce. No nos olvidemos de Yuri Voronin —interviene Antonia.

Jon se pasa la mano por el cuello. Lo tiene dolorido e irritado en el punto en el que la misteriosa mujer de antes le hizo una llave de estrangulación que le dejó grogui. No sabe cómo decirle a Antonia que ahora es el momento de mantener un perfil bajo. Quizá no sea lo mejor, puesto que la última vez que ella le pidió lo mismo le acabó partiendo la cara a un superior. El ruido que su mano abierta produjo al impactar con la cara del capitán Parra aún mantiene a Jon caliente por las noches.

—No me olvido de él —dice Romero, sin quitar los ojos de Jon.

—Pero se olvidó de contarnos que era su confidente, comisaria. Y no sólo eso. Un confidente que traficaba con mujeres.

No vayas por ahí, piensa Jon.

—Es usted la consultora —se vuelve hacia Antonia, como si reparara en ella por primera vez.

—Antonia Scott —dice. También está cruzada de brazos y sentada en el escritorio, sólo que a ella le cuelgan las piernas.

—Me ha hablado Belgrano de usted. Dice que es un hacha con las escenas del crimen. Y una oye cosas. ¿Fue usted la de Valencia?

Antonia no contesta.

Jon se fija en sus manos. Vuelven a temblar.

—¿Le importaría hacernos una demostración? —insiste Romero, señalando la puerta del despacho a su espalda, iluminada intermitentemente por los flashes de los compañeros de la científica—. Así nos enteraremos de lo que ha pasado aquí.

—No soy un mono amaestrado.

La severidad del rostro de Romero se acentúa.

—Scott, permítame que le recuerde lo que está en juego. Llevamos cuatro años armando el caso contra Orlov. Cuatro años, mientras tenemos que lidiar con ciento cincuenta kilómetros de costa y trece mafias organizadas. Cada día que tardamos en cogerles, muere gente. Así que, si puede contribuir en algo, hágalo. Si no...

Antonia sigue atrincherada en un silencio al que ha dotado de ametralladoras y alambre de espino.

Voy a tener que salvarle el culo.

—Si me permite, comisaria —interviene Jon—. Yo se lo explico. Hemos llegado a esta empresa siguiendo una pista que vinculaba el contenedor en el que estaban encerradas las mujeres con una empresa, cuyo testaferro era el señor Ustyan. Hemos venido para interrogarle por el paradero de la señora Moreno, pero lamentablemente alguien ha decidido limpiar el sitio antes de que llegáramos. Sabemos que guardaban alguna clase de documentación, ordenadores. Todo quemado.

—Y esos dos estaban muertos. Y una misteriosa joven con acento ruso les ha atacado en la oscuridad. Una joven a la que no han visto ni pueden describir —interrumpe Belgrano—. Todo eso lo sabemos.

—Lo que no sabemos es cómo ha matado ella sola a los hermanos Fomin —dice la comisaria, arrugando la frente—. Que tienen una lista de antecedentes más larga que mi brazo. Dos bigardos con experiencia militar. Sin usar un arma de fuego.

—Muy deprisa —dice Antonia.

—¿Cómo dice?

—Los ha matado muy deprisa.

Romero se vuelve hacia Belgrano.

—Mientras los de la científica no digan otra cosa, trabajaremos sobre la hipótesis de que los Fomin se mataron entre ellos.

—Por supuesto, comisaria.

Jon procura no reaccionar. Imitar el hieratismo de la comisaria, pero intuye que en su rostro se tiene que estar notando que el desprecio no le ha sentado demasiado bien.

Es lo que tiene el ser de Bilbao. El cráneo braquicéfalo, el RH negativo, los puñales en los ojos cuando insultan a tu compañera. Pero se calla. Por que haya paz.

Por no liarla.

Aunque ya se va a liar sola.

—Un ama de casa no tiene que ser tan difícil de encontrar, inspector Gutiérrez —les despide Romero, dirigiéndose hacia el despacho para hablar con la científica—. Avísennos si usted o la *externa* se enteran de algo.

Romero convierte la segunda letra de externa en dos, una *k* y una *s*. Deliciosa, insultantemente separadas. Una obra maestra del corporativismo, condensada en una sílaba.

—Si se refiere a que no soy funcionaria, se equivoca, comisaria —ataja Antonia.

Romero se da la vuelta.

El aire se escarcha entre ambas.

—Ah, ¿sí? ¿Y puedo saber qué clase de funcionaria?

—Esa información está por encima de sus atribuciones.

El color desaparece de las mejillas de la comisaria Romero. Sus aletas de la nariz se hinchan levemente, y eso es todo lo que deja ver. Es una mujer con un autocontrol casi sobrenatural.

¿Y Jon, mientras tanto?

Pues no da crédito.

¿Comparado con lo que acaba de hacer Antonia?

El bofetón que le dio Jon a Parra es un beso en el trasero.

—Encuentren a Lola Moreno, que es lo que les han encargado —dice con voz gélida—. Y váyanse cuanto antes.

15

Un consejo

Ya en el coche.

—¿Se puede saber qué te pasa? —dice Jon, comprobando los daños en el espejo retrovisor. El labio está partido e hinchado, pero nada que no pueda curarse aplicando en la zona vidrio bien frío, en forma de botellín o de tercio—. Podrías haberle explicado la escena del crimen.

Antonia se abrocha el cinturón. Le cuesta hacerlo, con esas manos temblorosas, que su compañero finge una vez más no apreciar.

El inspector Gutiérrez pone rumbo a ningún sitio. Para llegar ahí tiene que esquivar los coches de policía y una ambulancia que no sirve para nada. Un municipal de uniforme le granjea el camino al final de la calle, que es donde han cortado el acceso a los peatones. Y por peatones se refieren a la prensa. Sólo hay una cámara de televisión local, que ya está recogiendo. Las noticias hoy hablarán de un derrumbamiento, una explosión de gas, un incendio con tres víctimas. No ha habido que lamentar daños materiales.

—No la he visto inclinada a creernos —responde Antonia.

—Yo te creo —dice Jon, acariciándose el cuello, aún dolorido—. Aunque no sé de dónde narices salió. Hice un barrido con la linterna antes de comprobar los cuerpos.

—¿Esquina izquierda, esquina derecha, otra esquina, detrás de la puerta?

—Es el procedimiento habitual.

—Ya lo sé. Y, al parecer, ella también. Estaba subida al archivador.

El archivador. Metálico, de cinco cajones. Metro y medio de alto. Jon rememora lo que hizo al entrar. Apuntar a cada una de las esquinas, pero al punto en el que se encuentran con el suelo. Que es lo que te enseñan en la Academia, porque no tienen previsto que te enfrentes con Batman.

—¿Quién demonios era esa mujer?

—Una profesional. Muy peligrosa.

Si no me dices más.

—¿Y no deberíamos asegurarnos de que Romero la busque?

—Los de la científica le explicarán que la mujer mató a los Fomin. Pero esa escena del crimen es irrelevante. No tenemos que encontrar a tu atacante. Tenemos que encontrar a Lola Moreno. La comisaria ha sido muy clara.

—Tú tampoco te has quedado atrás.

Antonia reclina la cabeza en el cristal, con agotamiento.

—No soporto que haya intentado responsabilizarnos. Sobre todo cuando su informante es directamente culpable de la muerte de esas mujeres.

—A ver, cariño. Te voy a dar un consejo. Por muy enfadada que estés, no puedes, repito, no puedes decirle a un jefe «yo mando más que tú». Aunque sea verdad.

Ella se frota el puente de la nariz entre el pulgar y el índice, con los ojos apretados.

—Estaba... no sé cómo expresarlo.

—¿Cómo expresar qué?

—Ese sentimiento. Cuando alguien te acosa para molestarte, pero de forma sibilina. Subrepticia, esperando una reacción negativa por tu parte. Tiene que haber alguna palabra en algún idioma para expresar eso.

Paran en un semáforo. Jon aprovecha para mirarla, intrigado.

—Intenta explicarte en *este* idioma, cari.

Antonia hace una de sus pausas valorativas de treinta segundos. Y luego otra, y otra más. El semáforo les permite el paso, pero no continúan la marcha. La calle está desierta en este lugar apartado. Jon se limita a parar el motor y observar cómo la luz va cambiando.

Verde.

Rojo.

Otra vez verde.

La vida es lo que pasa mientras esta mujer se decide a hablar, piensa Jon.

—A veces... a veces busco palabras en otros idiomas. Palabras que no tienen traducción. Es una cosa que tenía... Que tengo con Marcos. Capturamos sentimientos. Cuando encontrábamos una especial, nos la regalábamos. Yo encontraba más que él, claro. Y él tenía que anotarlas, las apuntaba, las apunta todas en un papel.

Jon aguarda. Paciente. Sin comentar el baile de tiempos verbales. Tan significativo en alguien con la enfermiza precisión de Antonia Scott. Sin comentar, pero notándolo. Cada vez habla más de su marido en pretérito imperfecto. Muchas veces Jon se pregunta (a escondidas, con las luces apagadas) cuándo será el momento para hablar con ella de eso.

No es fácil.

En la lista de los tabúes conversacionales con Antonia, el coma de Marcos está en el centro de un templo perdido en las junglas de Perú, protegido por tarántulas, lanzas y una roca gigante.

—Ponme un ejemplo —la anima a seguir, cuando se hace evidente que se ha encallado en la introspección en detrimento de la narrativa.

—¿De palabras especiales? No sé cuál elegir.

—La primera que te venga a la cabeza.

Está claro que no le hace caso, porque se lo piensa. Quizá descartando algunas demasiado personales. Quizá buscando el espécimen perfecto.

—*Boketto* —dice por fin.

Y se calla.

—Claro. *Boketto*. Me pasa mucho.

—No, a ti no te pasa.

—¿Cómo podría saberlo?

Antonia parece darse cuenta de pronto de cómo funciona

una conversación. Que hay que emplear términos comprensibles.

—Es japonés. Significa «ese sentimiento que te entra cuando te quedas mirando fijamente en la distancia y te pierdes dentro de ti mismo sin motivo aparente».

—Eso te pasa a ti, mucho —dice Jon, procurando no sonreír.

Antonia intenta no sonreír tampoco.

—Espera. Creo que esta otra te va a gustar. A ver si sabes en quién estoy pensando. *Backpfeifengesicht*. Es alemán.

—¿Y significa?

—Una cara que necesita urgentemente una bofetada.

Jon se queda parado, con la boca entreabierta, antes de mirar a Antonia a los ojos y pronunciar, al mismo tiempo que ella:

—Mentor.

Los dos se ríen.

—Creo que entiendo por qué te gusta este juego.

—No es sólo un juego. Es... más. No sé explicarlo.

Y ése es el problema, piensa Jon.

Alguien como Antonia, que vive encerrada en la prisión de su propio cerebro, percibe con mucha más claridad que los demás seres humanos una verdad inapelable. Que los límites de tu lenguaje son los límites de tu mundo. Aun sin expresarlo en estos términos, cualquier fanático de la lectura lo comprende de forma intuitiva, y por eso nunca puede leer lo suficiente.

Antonia lo ha llevado al extremo, aprendiendo una decena de idiomas, y buscando en aquéllos que no conoce las palabras imposibles de encontrar en los que sí.

Jon no es de leer libros ni de aprender idiomas. Es de ver

series y levantar piedras. Así que todo lo anterior lo resume en un socrático:

Esta chica tiene que conocerse un poco.

—En esto tuyo que es más que un juego, ¿vale si tiene más de una palabra?

—Un idiomatismo.

—¿Un qué?

—Una frase. Valdría si sólo tiene sentido en ese idioma.

—Entonces tengo una palabra para lo que te estaba haciendo Romero.

—¿Cuál? —dice Antonia, inclinándose un poco hacia él y abriendo los ojos con anticipación.

—Me estás tocando el coño.

Antonia se queda parada ante la grosería. Violenta, casi.

—¿Qué pasa, no te gusta?

—No me gustan los tacos —dice ella, frunciendo los labios con disgusto—. Empobrecen.

Jon pone los ojos en blanco. Menudo prejuicio. Cuánto bien le haría a esta mujer pasar una temporada en Bilbo. Poteando por Pozas y García Rivero. Salmón con piperrada en El Mugi, felipadas en el Alameda. Tres *txikitos* escuchando a la fauna local, y se le quitaba la tontería.

—Cielo, los tacos son cultura. Son capaces de precisar emociones que muchas otras palabras no pueden. Piensa en la comisaria Romero, por ejemplo.

Mira a Antonia, hasta que ella comprende que de verdad está pidiéndole que piense en la comisaria.

—Imagina que la tienes delante. Y ahora dilo: «Me estás...».

Ella sacude la cabeza. Se ha puesto roja y todo.

—No pienso decirlo. Me da vergüenza.

Jon se inclina sobre su compañera. Alcanza el tirador de su lado. Abre la puerta del coche.

—Hazlo, o te bajas.

Ella le mira, dudando si el chantaje va en serio. Comprende que sí. Mira al cielo, color uranio empobrecido. De nuevo las nubes amenazan tormenta. Decide aceptarlo, por no arriesgarse.

—Está bien. Está bien.

Y luego:

—Me estás tocando el coño —dice, en voz baja.

Inaceptable, piensa Jon, meneando la cabeza.

—Más fuerte. Tiene que llenarte por completo. No sólo estás diciendo cómo te sientes. Estás meando en tu territorio, levantando el muro de Berlín. Estás diciendo «por aquí no pasas, guarra». Otra vez.

Antonia toma aire como para aceptar un Oscar.

Y, por fin:

—Me estás tocando el coño —proclama, con la boca llena. La eñe rebota, enérgica, en el parabrisas.

Jon aplaude. Sobrio, como es él. Pero encantado por dentro. Siente que ha conseguido algo. Aunque no sabe muy bien qué.

—Así se hace. ¿Cómo te sientes?

—Como si hubiera capturado un sentimiento.

No hace falta que lo diga. Resplandece como si se hubiera tragado un fluorescente.

Pero sí hace falta que lo diga.

—Bien por ti —responde Jon, poniendo de nuevo el coche en marcha. Se acuerda, de pronto, que no sabe adónde ir—. ¿Qué vamos a hacer ahora?

El rostro de Antonia vuelve a su habitual tono sombrío, a medida que el mundo real desvanece el momento *My Fair Lady*.

—El rastro del dinero era nuestra única opción. Y nos lo han quemado.

—Todo pasa por encontrar a Lola Moreno. Empiezo a pensar si no se la habrá tragado la tierra. O si habrán hecho que se la trague.

—He considerado esa opción. No, los rusos no seguirían montando guardia frente a la peluquería de la madre. Y empiezo a pensar que no sólo la están buscando como venganza por la traición de Yuri. Creo que en todo esto hay mucho más de lo que parece a simple vista.

Jon se rasca el cogote con ímpetu. Se pregunta si habrá una palabra intraducible para cuando te frotas para estimular el flujo de las ideas. No le dice nada a Antonia, no vaya a existir.

—No sé. A veces las cosas son lo que parecen.

—Sí —dice ella, muy despacio—. A veces.

Lo que viene a querer decir que en tu mundo no, bonita. Pero como vives en el mío, va a haber que darte de comer algo, piensa Jon, alertado por la alarma de su estómago. Que no es de las que tienen botón de posponer.

—Pausa del almuerzo. Y luego le das todas las vueltas que quieras.

—No tengo hambre —miente Antonia.

—Hay cosas que son inevitables.

—Tienes razón. Hay cosas que son inevitables —dice Antonia, tras un par de segundos.

Jon se vuelve hacia ella. Ha escuchado la expresión en su cara antes de verla.

—No. Esa cara no.

—¿Qué cara?

—La cara de «me has dado una idea con lo que has dicho, aunque no tengas ni la más remota idea de qué es, y ahora mis procesos mentales están funcionando a toda máquina y no voy a molestarme en explicártelo». Es imposible que sea más molesta.

Antonia añade a la expresión una media sonrisa, probando que Jon se equivoca. Sí, la cara podía ser aún más molesta.

Luego saca el teléfono, llama a la doctora Aguado y le recita una lista de cosas que necesita. Jon no puede entender lo que contesta la doctora, aunque por el tono apresurado no parece que la llamada haya llegado en el mejor momento.

—Una cosa más —añade Antonia antes de colgar—. Necesito que busque en las bases de datos un nombre en clave: *Chernaya Volchitsa*. Loba Negra. Interpol, Europol. FSB.

Una pausa. Más tono apresurado.

—Ya lo sé. Haga lo que tenga que hacer. Ya nos preocuparemos de las consecuencias.

Lo que le hicieron entonces

En la cabina de observación del proyecto Reina Roja, Mentor conversa con un octogenario pequeño, tembloroso, calvo y medio ciego, vestido con una chaqueta de cuadros escoceses. El viejo no tiene muy buen aspecto. Tiene, más bien, un pie en la tumba y otro en una piel de plátano.

Tampoco nos quedamos con su edad. Quizá sea el genio neuroquímico más grande de su generación. Su nombre sonaría entre los candidatos al Nobel si no estuviera un tanto desequilibrado.

—No está lista para comenzar, doctor Nuno.

Al otro lado del cristal, una joven Antonia Scott, ajena a que en el futuro perderá un marido y le arrebatarán a un hijo, pone todo su empeño en ordenar una serie de números en secuencias lógicas. Tiene unos electrodos colocados en el cráneo, está vestida sólo con una bata de hospital.

—¿Cuánto tiempo lleva con el entrenamiento?

—Más que ninguno de los otros candidatos. Pero no consigo sacarla de su zona de confort. Es muy frustrante.

—¿Cómo ha reaccionado al compuesto?

El doctor Nuno alarga una mano sembrada de venas varicosas que parecen una tormenta de rayos púrpura y recoge el papel que le pasa Mentor.

—Los datos están muy bien. Mejor que bien, de hecho. Ningún otro candidato ha dado marcadores tan elevados.

—Y sin embargo no veo resultados. Sigue yendo demasiado deprisa o demasiado lento. La pastilla roja consigue que se centre, pero sólo por un tiempo pequeño.

Nuno carraspea, respira hondo, y entonces Mentor intuye que viene un discurso. Siente una fuerte tentación de mandar a los de seguridad que le reduzcan, le lleven a un callejón oscuro y le hagan desaparecer discretamente. Podría hacerlo. Y nadie protestaría.

—¿Sabe qué es lo que nos diferencia de los animales, Mentor?

—¿Las quinielas? —dice, porque cualquier respuesta que no sea la correcta no importa.

—La capacidad de razonamiento diagnóstico. Mirar los trozos de jarrón en el suelo y saber que eso era antes un jarrón, que estaba en la encimera, y que la pelota del niño junto a los pedazos tiene algo que ver con todo esto. Cambie trozos de jarrón por cadáver, si lo prefiere.

—Me quedo con el jarrón. Continúe.

—Los investigadores hemos intentado encontrar rastros del razonamiento diagnóstico en los animales. Comenzamos por los chimpancés y los bonobos. Seguimos por los delfines. Nada. Finalmente, alguien tuvo la brillante idea de probar con un cuervo. Le metieron un trozo de carne en un tubo de cristal, y observaron. El cuervo fue capaz de entender que tenía que usar una herramienta para acceder a la carne, y que para hacerlo tenía que evitar un tubo que estaba en medio, para que el trozo de carne no se cayera.

—¿Eso no es lo que hacen con los pulpos?

—No. Los pulpos son capaces de sacar comida de un tarro. Esto es algo mucho más complejo. Está el tubo, el agujero, la herramienta. Y los investigadores descubrieron que el cuervo era capaz de sacar el trozo de carne incluso cuando cambiaban el agujero de posición.

Fin del preámbulo, piensa Mentor para sus adentros.

—Los humanos no somos demasiado buenos en razonamiento diagnóstico. Como especie, me refiero. Hemos desarrollado una maquinaria cerebral complejísima, que busca atajos para funcionar. Así que lo que hacemos es contarnos relatos para simplificar el razonamiento diagnóstico. O para ahorrárnoslo. La Tierra es plana, a Paul McCartney lo cambiaron por un doble...

—El gobierno está montando una agencia de agentes secretos superinteligentes... —aporta Mentor.

—Incluso esa burda parodia que acaba usted de realizar es un ejemplo válido. Lo que hacemos aquí trasciende todo lo que se ha hecho nunca en el campo de la neurociencia.

—No necesito que me recuerde cuál es nuestro verdadero propósito —dice Mentor—. Lo que necesito es que me ayude a desbloquear a Scott.

—Si me escucha hasta el final...

—Espero que esto vaya a alguna parte —dice Mentor, apoyándose en el cristal.

Nuno vuelve a carraspear.

—Para demostrarle la importancia de las historias en el razonamiento diagnóstico, le contaré una.

Había un tendero judío en la Alemania nazi que llegó una mañana a su local y se encontró el escaparate cubierto de cruces gamadas e insultos racistas. Limpió la pintura con gran esfuerzo, y abrió la tienda. Al día siguiente volvió a suceder lo mismo. Así que, al tercer día el tendero se quedó toda la noche en vela, y cuando vio aparecer a los camisas pardas con los botes de pintura, se acercó a ellos y les dijo:

—Os doy diez marcos si pintáis ese escaparate.

Los camisas pardas aceptaron encantados el dinero, puesto que iban a hacer gratis el trabajo de todas formas.

Cuando se fueron, el tendero limpió el escaparate. A la noche siguiente, volvió a esperarles.

—Os doy nueve marcos si pintáis ese escaparate.

Y así continuó haciendo, noche tras noche, hasta que la última les ofreció un solo y triste marco por ensuciar el escaparate. Los camisas pardas se negaron. ¡No estaban dispuestos a hacer el trabajo por tan poco dinero!

Se fueron y nunca volvieron.

—¿Qué nos dice este relato sobre el razonamiento diagnóstico?

—Que el tendero podría haber cogido un tren con esos cincuenta y cuatro marcos y haber salido huyendo antes de que los nazis se cansaran de pintadas y le metieran en un campo de concentración —dice Mentor.

Nuno parpadea, sorprendido.

—Ése es, en efecto, un análisis del pobre razonamiento del tendero. Pero me refiero a que los humanos nos desviamos con mucha facilidad del diagnóstico correcto. Los camisas pardas no recordaban ya cuál era el auténtico motivo de sus afanes, porque habían sustituido la causa por un análisis consciente. Por aritmética.

—¿Y qué tiene esto que ver con Antonia Scott?

—¿Qué hace Cristiano Ronaldo cuando va a tirar a portería? ¿Piensa en echar la pierna hacia atrás, levantar un brazo para equilibrarse, apretar los abdominales para mantener recta la columna?

—Se limita a chutar el balón —dice Mentor, comprendiendo por fin adónde quiere ir a parar el doctor Nuno.

—Esta mujer es el ser humano más asombroso que ha existido nunca —dice el médico, golpeando en el papel que le ha dado Mentor con una uña larga, dura y amarillenta—. Si usted está fallando en guiarla hasta su pleno potencial, es porque está enseñándola a hacer diagnósticos con un pensamiento dirigido.

—Dígame qué he de hacer, entonces.

—Tiene que ayudarla a encontrar su relato —responde el doctor—. Si encuentra su relato, dejará de pensar en chutar, para limitarse a hacerlo.

Nuno parte el papel en varios trozos irregulares y los arroja al aire.

—Y entonces, *bum*.

16

Una lista

Lo que le pide Antonia Scott a la doctora Aguado es:

- Una lista de las personas a las que Lola Moreno sigue en Facebook e Instagram, junto con sus nombres y direcciones.
- Un archivo con los mensajes directos que se han cruzado en los últimos quince días, incluyendo aquéllos que hayan sido borrados por los usuarios (pero que la plataforma conserva para siempre).
- Acceso a los emails de Lola, con especial atención a cualquier actividad reciente.

Sólo hay dos opciones: La primera, a Lola la está ayudando alguien, en cuyo caso la información estará en sus redes sociales.

Aunque Antonia se va a volcar con todas sus fuerzas en intentar encontrar algo en esa información, será un trabajo sin recompensa. Pero sí que lo tendrá la última de las cosas que le pide.

Que nos lleva a la segunda opción.

O bien la protege alguna persona cercana en la que no hemos reparado, o bien está sobreviviendo en la calle como puede, piensa Antonia. *En ese caso...*

—Necesito que pinche cualquier llamada al 112 que se haga en Málaga provincia.

—Puedo enviar el archivo de audio en cuanto la persona que llame corte la llamada. Ahora están digitalizados. Pero serán demasiados.

Antonia no responde. El temblor en su mano derecha es cada vez más grande. La desliza entre su pierna y el asiento del coche, para evitar que Jon la vea.

—¿Scott?

La necesidad de una cápsula roja está de nuevo presente. Va y viene en oleadas, tanto más fuertes como intensos son los estímulos que debe afrontar, o más relacionados están con su entrenamiento. Los monos de su cabeza se vuelven aún más locos cuando llega a una escena del crimen, o cuando tiene que pensar en nuevas teorías sobre el caso.

Ahora mismo los pensamientos de Antonia van tan deprisa que su cuerpo está sufriendo un estrés máximo. Tiene las mejillas hundidas, profundas ojeras sobre los ojos. Esta mañana cuando se ha visto en el espejo no se reconocía apenas.

Necesita una cápsula roja. Pero se niega a tomarla.

—¿Puede filtrar por palabra clave? —dice Antonia, regresando a la conversación a duras penas.

—Sí, es posible. ¿Cuáles quiere que introduzca?

—Joven, embarazada, robo, farmacia, casa de empeños, hospital, supermercado, alimentación. Que llegue cualquiera que contenga dos de los resultados.

»Una cosa más —añade Antonia antes de colgar—. Necesito que busque en las bases de datos un nombre en clave: *Chernaya Volchitsa*. Loba Negra. Interpol, Europol. FSB.

Jon enarca una ceja al escuchar ese último. El Servicio Federal de Seguridad no es una entidad que se anime a compartir información con la Unión Europea.

—No es un buen momento para entrar en las bases de datos de Rusia sin autorización —dice Aguado—. Descubrirán que hemos sido nosotros. Y tendré que responder de ello.

—Ya lo sé. Haga lo que tenga que hacer. Ya nos preocuparemos de las consecuencias.

Lola

Había una vez una niña que lo tenía todo.

Se lo dijo a Yuri.

La mañana en la que murió, no. Esos momentos significativos y trascendentales justo antes de perder a un ser querido no pasan nunca en la realidad. En la ficción un padre puede transmitirle una verdad incontrovertible a su hijo, e instantes después sufrir un infarto. O que se lo lleve un tornado.

En la vida real, lo último que Lola le dijo a Yuri fue:

—¡Me voy de compras!

Yuri contestó algo ininteligible a través de la puerta del baño de invitados, que sólo usaba para lo que Lola no le dejaba hacer en el baño principal (Yuri comía mucho picante).

Y eso fue todo. Ni un triste beso, ni un *te quiero*.

En retrospectiva, el asesinato de Yuri era algo que se veía venir, y que se podía haber evitado. Es muy fácil predecir el pasado, tal y como saben todos los economistas, columnistas y sus cuñados, que sólo tienen que añadir un «estaba claro» al titular de ayer.

Pero es que Lola llevaba tiempo avisando a Yuri.

—Lo tenemos todo. ¿Qué más quieres?

Y Yuri no respondía.

¿Qué es lo que quiere alguien que lo tiene todo?

Más, como todo el mundo.

La sensatez de Lola no era constante, más bien se presentaba de forma vaga e intermitente. Como el propósito de aprender inglés, empezar dieta o apuntarte al gimnasio. El noventa y cinco por ciento de esos buenos deseos se materializan «mañana». Es cierto que Lola no le insistía mucho a Yuri.

La ingenua Lola, que creía estar enamorada de él. O que lo estaba de verdad. En lo tocante al amor, ¿acaso no es lo mismo creerse enamorada que estarlo de verdad?

Lola creía estar enamorada. Y creía que tenían que cambiar de vida. Quizá por eso tiró la píldora a la basura y agujereaba con un alfiler muy fino cada condón que entraba en casa. Porque inconscientemente quería quedarse embarazada.

Y se quedó.

Creyendo que eso haría a Yuri mover el culo.

Y movió el culo, claro. Salvo que el muy papafrita, el muy gilipollas, lo hizo sin contar con ella. Pensando por su cuenta, como si eso fuera una buena idea.

Y ahora aquí está Lola, metida en semejante percal.

Esa voracidad, ese querer más y más, es lo que ha hecho que Lola acabe perseguida y amenazada. Pero también puede ser la clave de su salvación. No es cuestión de buscar la ironía a la vida, sería demasiado fácil. Irónicamente.

Cae la tarde, pasan de las siete, y el sol ya se ha metido en la cuna del mar a roncar. Lola baja por la calle Enrique del Castillo y sale a la avenida Ramón y Cajal. Tuerce a la izquierda. Tres tiendas de telefonía más adelante está el local de Edik Gusev.

Por fuera le ha puesto un letrero de Instant Cash, pero por dentro todos los que son alguien saben lo que hay.

Gusev es un perista y un hijo de puta. En ambas profesiones ha alcanzado la excelencia.

También es conocido de Yuri. Amigo sería decir mucho, Yuri siempre le trató con amabilidad pero con distancia. Si hasta Yuri —que recogía por la calle a cuanto excremento social encontraba siempre que hablara en la lengua de Tolstói— era capaz de ver que Gusev era veneno, muy mal tenía que estar el percal.

La puerta de la tienda se abre con un *din don* mecánico, que no parece alertar a nadie. Lola pasea su mirada por los tostadores *¡seminuevos!*, las cafeteras *¡de ocasión!* e incluso un optimista *¡oportunidad!* al lado de una grabadora de CD.

Entonces aparece Gusev.

Tarda en reconocerla. Lola lleva días sin maquillarse, su pelo está fosco y sucio. Tiene unas ojeras del tamaño y forma de hamacas caribeñas.

—Un gusto verla, señora Voronin —dice, tras unos segundos de incertidumbre—. Está más guapa que nunca.

Gusev es un hombre pequeño, gordo, con una cara cuyo anterior trabajo parece haber sido de diana en una galería de tiro, de tantas pústulas como tiene.

—Hola, Gusev.

Los dos se quedan mirándose con cierto reparo. Lola sabe que le ha puesto en un compromiso al acudir a la tienda sin previo aviso.

—La echamos de menos en el funeral de su marido.

—Me fue imposible acudir.

—Estuvo muy concurrido. No faltó nadie.

Lola no necesita escuchar más. La obligación de Gusev es avisar a Orlov de que la ha visto. Quizá hasta cobrar una recompensa, si es que La Fiera ha puesto precio a su estúpida cabeza. Pero Gusev no es idiota. Sabe que Lola lo sabe. Y sabe por lo tanto que no se hubiera arriesgado si no fuera importante.

—¿Qué le trae por aquí tan de... imprevisto?

Gusev tiene un dominio del castellano mejor que muchos españoles, aunque se equivoca a veces. Y habla con voz baja, que gotea desagradables posibilidades.

—Necesito vender una pieza con urgencia.

No hace falta decir para qué.

—Veámosla, entonces.

—Aquí no —dice Lola, mirando de reojo a la calle.

Gusev asiente, va a la puerta y cierra con llave. Le da la vuelta al cartel de ABIERTO.

—Sígame.

La trastienda es un lugar apretujado, lleno de cajas y de monitores de seguridad. Mediría cuatro metros cuadrados si no estuviera atestada de cacharros. Hay trozos de muñeca, piezas de relojes, minas de bolígrafo. Videojuegos que ya nadie quiere.

Lola no se deja engañar. El almacén de Gusev está en otro sitio, lejos de miradas indiscretas. Sus auténticos negocios los hace por la noche, y consisten en comprar y vender todo. Todo.

—Una vez vendió el hígado de un niño —le había contado Yuri, mientras merendaban en un bar.

—Te lo estás inventando.

Yuri se encogió de hombros y se comió otro torrezno.

Lola no se lo había creído. Ahora se lo cree. Estar a tan poca distancia de Gusev en ese lugar cerrado hace que crea cosas muy oscuras.

—Veamos eso que tiene para mí —dice Gusev, ansioso.

Lola se agacha, como si fuera a atarse la zapatilla. Lo que hace es desatarse la pulsera. Se la ha enganchado al tobillo porque es todo lo que le queda.

La pulsera se la había regalado Yuri, cuando ella se quejó de que la que tenía, de oro rosa, no le combinaba con casi nada.

Yuri sonrió con suficiencia y le compró la pulsera. Una pulsera que no necesitaba, un derroche absurdo, un capricho de niña consentida.

Ahora es su salvavidas.

También es lo único que le queda de Yuri.

No quería desprenderse de ella bajo ningún concepto. Primero, porque nadie querría comprársela sin una prueba de identidad. Y segundo, porque está muy unida a ella. Aunque estar aquí sea una locura, necesita el dinero. Y Zenya se ha negado a aceptarla como pago. No queda otro remedio.

Se la tiende a Gusev.

El perista la sostiene a la luz, con ojo experto. El otro, entrecerrado y bizco, está clavado en Lola, que va recitando las bondades de la mercancía.

—Es de De Beers. Oro blanco de dieciocho quilates. Tiene treinta diamantes engarzados. Debe costar unos...

—Veinticinco mil euros, señora Voronin. Es un regalo de su marido, entiendo. Es una cosa demasiado bonita para comprársela uno mismo.

Le da otra vuelta en los dedos.

—Quizá algo más, está muy bien conservada. Y los diamantes han subido mucho de precio este año.

Lola no puede contener un suspiro de alivio al ver que Gusev no intenta rebajar el valor de la joya.

—Necesito cinco mil euros. Eso es todo. Si me da eso, se la puede quedar. Conseguirá un gran beneficio.

Gusev sonríe, y se pasa la mano por la camisa, que un día fue blanca, condecorada en la pechera por una mancha de huevo.

—Me temo que no puedo darle ese dinero, señora Voronin.

A Lola se le borra la sonrisa del rostro.

—¿Cuánto...? ¿Cuánto puede darme?

—*Nichego*. Nada —responde Gusev, agitando los dedos en el aire.

—Está bien —dice Lola, tendiendo la mano para que se la devuelva—. Ya buscaré otro sitio.

Gusev expande aún más su sonrisa. Tiene los dientes blancos. Bien cuidados. El efecto es extraño, en un hombre tan desastroso que se revuelca en la vileza.

—No lo ha comprendido —se da la vuelta y hurga en un cajón—. Me voy a quedar con la pulsera, y no voy a darle nada.

Del cajón ha sacado una pistola. La apunta a la cabeza de Lola, que se echa hacia atrás con terror. La espalda le golpea en la estantería repleta de cajas.

—No puede hacerme esto. Es... una descortesía. Nos conocemos. Yuri le ha ayudado cuando lo ha necesitado.

—Se equivoca de nuevo. Voy a hacerlo porque puedo. Y no mencione al *idiot* de su marido. Es un traidor a la *Bratvá*. Puedo hacer con usted lo que quiera. De hecho...

Los brazos de palillo de Gusev obligan a Lola a girarse. Una mano aprieta la pistola contra su nuca, la otra le hurga en el cierre de los pantalones.

Lola contiene un quejido. No quiere llorar. No quiere suplicar. No puede evitarlo.

Los dedos encuentran la manera de desabrochar los pantalones, se enredan en la goma de las bragas. Las uñas le arañan cuando se las baja. Lola siente un escozor infeccioso en la piel, que le hace soltar un respingo.

Gusev pelea con sus propios pantalones. Están ambos de pie y Lola le saca una cabeza, así que la penetración es imposible. Tanto más porque el pene lo tiene blando y fofo.

—Si hubiera sabido que venías me hubiera tomado algo para recibirte como te mereces —dice Gusev, mientras le restriega el miembro flácido contra los muslos—. Tú y tu marido siempre os creísteis mucho más que los demás, ¿verdad? Pues ahora no sois nada.

Agarra a Lola del pelo y la arrastra hasta la puerta.

—Corre, zorra. Huye. Quizá no llame a Orlov, después de todo. Como tú dices... sería una descortesía.

Grabación 06

Hace diez meses

SUBINSPECTOR BELGRANO: Hemos tenido demasiada paciencia contigo. Y ya se nos ha acabado.

YURI VORONIN: Espere un momento.

COMISARIA ROMERO: Es demasiado tarde, Voronin. Hemos venido a avisarle de que mañana presentaremos las pruebas a la fiscalía. El caso contra usted está preparado y tenemos pruebas suficientes.

LOLA MORENO: Les dije que yo podría ayudar.

SUBINSPECTOR BELGRANO: Señora, dijo que nos traería algo consistente. Y no hemos recibido más que basura.

COMISARIA ROMERO: Déjela hablar, Belgrano.

LOLA MORENO: No podemos ayudarles con lo que quieren. Pero podemos darles algo mientras tanto.

(Ruido de papeles.)

(Pausa de cuarenta y un segundos.)

COMISARIA ROMERO: Aquí está todo menos la fecha y el nombre del barco.

LOLA MORENO: Se lo diré. Necesito que nos dejen al margen de esto.

SUBINSPECTOR BELGRANO: Si cree que va a librarse con un soplo de mierda, lo lleva claro, señora.

YURI VORONIN: Son cuatrocientos kilos.

SUBINSPECTOR BELGRANO: Es hachís. A nadie se la pone dura el hachís.

COMISARIA ROMERO: Belgrano, si es tan amable. Ese vocabulario.

LOLA MORENO: Con el debido respeto, comisaria. Son cuatrocientos kilos. Es un alijo enorme. Y los marroquíes que lo traen son mala gente.

COMISARIA ROMERO: Señora Moreno. Este barco es un punto de partida. Voy a aceptarlo, como prueba de buena voluntad. Haremos la redada. Pero es poca cosa.

YURI VORONIN: Son cuatrocientos kilos.

COMISARIA ROMERO: No para de repetir eso, como si significara algo. Las cantidades no son importantes. Lo que importan son los sustantivos.

LOLA MORENO: Importantes, ¿para qué?

COMISARIA ROMERO: Si mañana cogemos seis toneladas de rubio marroquí, como mucho nos darán seis segundos en el telediario nacional.

SUBINSPECTOR BELGRANO: Y la mitad de los que lo vean se encogerá de hombros, y dirá «si es que tienen que legalizarla». Como si esa mierda fuera a hacer algún bien.

LOLA MORENO: ¿Y entonces?

COMISARIA ROMERO: Deme heroína. Deme cocaína.

SUBINSPECTOR BELGRANO: Y nada de moros. Los moros son un chiste.

YURI VORONIN: Puedo asegurarle que...

COMISARIA ROMERO: Conocemos muy bien la brutalidad y la represión de los delincuentes marroquíes, Voronin. Pero no compran titulares.

SUBINSPECTOR BELGRANO: Rusos. Eso es sexy.

COMISARIA ROMERO: O nos entrega a Orlov directamente, o tendrá que dárnoslo a trocitos.

LOLA MORENO: Lo que quiere es que trabajemos para usted.

COMISARIA ROMERO: Lo que quiero es limpiar esta playa de basura. Pero la cuestión, señora Moreno, no es lo que yo quiero. Sino lo que puedo hacerles si no me lo dan.

Lola

*Había una vez una niña que escapó a duras penas de un ogro
sucio y maloliente.*

Lola sale a la calle, con la ropa deshecha y las lágrimas
empapándole el cuello de la sudadera. Las luces de las farolas
le parecen imaginarias, el aire libre tenue, volátil, como si la
atmósfera estuviera a punto de desaparecer. Trastabilla calle
arriba mientras se abrocha el pantalón —las bragas le han
quedado enrolladas a media nalga, pero no es capaz de notar-
lo—. Sus pies apenas rozan las baldosas, ingrávidos. Una señora le habla con preocupación, pero las ondas de sonido se
pierden antes de alcanzar sus oídos.

Nada de todo esto es real.

Nada de esto está pasando.

Lola siente que sólo un hilo le ata al suelo, delgado y que-
bradizo como algodón de azúcar. Con una buena ráfaga de
aire se desengancharía del todo. Se elevaría y se alejaría de un
soplo, como los vilanos de los dientes de león.

Nada de todo esto es real.

No me han quitado mi única oportunidad de salir de todo esto. No puede ser.

Lola, que siempre sabe qué hacer. Lola, que guarda en su interior una frialdad árida, amarga como suelo de cementerio. Lola, que desde que era una niña hace planes para cuando se le acaban los planes, se ha quedado, por primera vez, en blanco.

Quizá por eso no se reconoce en lo que hace, se disocia de su cuerpo mientras éste se bambolea hasta el restaurante de la esquina, que a estas horas de febrero sólo sirve a un par de jubilados despistados. Se acerca a la primera mesa con el servicio puesto, y coge un cuchillo.

—Oiga. Oiga, señora.

Lola no escucha al camarero más de lo que oyó a la señora que la abordó en la calle.

—¡Señora!

El camarero no sale tras ella en un primer momento porque lleva una comanda en la mano (ensalada, calamares a la romana congelados). Para cuando echa a andar detrás de la intrusa, Lola está abriendo la puerta del Instant Cash. El camarero se frena al verla entrar, hace un silogismo apresurado —tiene, por supuesto, la licenciatura en Filosofía— y decide que lo mejor es llamar a la policía.

Todo se reduce a una simple elección, empeñarse en vivir o empeñarse en morir, piensa Lola mientras se abalanza hacia la trastienda, sobre un Gusev desprevenido.

Lo pilla ocupado, manoseándose la entrepierna mientras mira algo en su monitor. Lola no puede ver qué es, porque está ocupada a su vez en apuñalarle en el brazo y en la espalda. El cuchillo es uno de esos que los camareros te ponen para que te pelees con el filete hasta que le pides uno que realmente corte, así que el primer ataque no consigue más que escarbar la piel de Gusev y desgarrarle la camisa blanca con mancha de huevo.

El segundo le alcanza en el omoplato, que dobla la punta y desvía la trayectoria de la hoja, que se introduce entre el hueso y el músculo, se desliza entre éstos a lo largo de seis centímetros, desgarrando la carne y extrayendo un grito de dolor de la garganta de Gusev cuando Lola arranca el cuchillo, y la punta doblada destroza un buen número de fibras musculares en su camino.

El tercero da en el respaldo de la silla.

El cuarto se lo lleva ella, en su propio brazo, cuando Gusev se deja caer sobre ella. Mientras ruedan por el suelo, Lola se da cuenta de que el perista se ha meado encima, y la crudeza, la brutalidad de lo que está sucediendo se le hace por primera vez evidente.

Aún le queda dentro rabia para un último golpe, que se hunde en la tripa gruesa y dura de Gusev, fallando el ombligo por unos pocos centímetros. Ahí se queda, clavado hasta la empuñadura, mientras Gusev lo observa con incomprensión. Lola reconoce esa misma mirada de irrealidad, porque es la que colgaba de sus ojos hace menos de dos minutos.

Sorpresas te da la vida.

—He llamado a Orlov, *súka*. Puta zorra. Estás muerta, eres zorra muerta.

Lola se pone en pie, agarrándose el brazo herido. Se remanga la sudadera, y ve que no es más que un rasguño que apenas ha perforado la piel. Duele, pero no demasiado. No puede preocuparse ahora de eso.

Gusev, por el contrario, no tiene otra preocupación que el cuchillo que emerge de su tripa esférica como la bandera de Neil Armstrong de la superficie lunar. Se la agarra con las dos manos he intenta sacarla un poco, pero el dolor que le produce la hoja de sierra, de forma triangular, es insoportable. Aúlla de nuevo, mientras un par de arroyos de sangre brotan de los bordes de la herida y se dirigen dirección sur, tiñendo la camisa blanca de Gusev a su paso.

—Yo no haría eso. ¿No has visto nunca la tele? Te puedes desangrar si sacas el cuchillo —dice Lola.

Su pulsera está sobre la mesa. La pistola la encuentra en el cajón, tras pasar la pierna sobre el cuerpo sollozante del perista y rebuscar un poco. Una se la mete en el bolsillo del pantalón. La otra la apunta a la cara de Gusev.

—La caja fuerte.

Un perista tiene que tener mucho dinero en efectivo. Es su herramienta de trabajo. Pero Gusev no parece dispuesto a colaborar a la primera.

—No tienes quitado el seguro, zorra.

Lola le da la vuelta al arma, la estudia durante unos segundos, y finalmente decide que la palanquita colocada sobre las cachas debe de ser lo que está buscando. La empuja con cuidado, escucha un satisfactorio *clic* y la apunta a la cara de Gusev, que emite un aún más satisfactorio *argh*.

—Gracias. La caja fuerte.

—No pienso darte nada.

Lola levanta la pierna derecha lo justo para rozar un poco el mango del cuchillo con el borde de la zapatilla, provocando un nuevo alarido.

—Puedo hacer esto todo el día.

En realidad no puede, porque vuelve a notar cómo se está mareando de nuevo, y la boca tan seca que le cuesta mover la lengua. Tiene que pincharse, cuanto antes. El muy cerdo ha llamado a Orlov. Quizá el camarero haya llamado a la policía. Debe irse.

Pero no tiene la insulina, no tiene dinero para comprarla, no tiene el dinero para Zenya y ese hijo de puta le ha pasado el nabo por la pierna. Así que no va a marcharse de ahí sin quitarle lo que pueda. Aunque lo más lejos que vaya sea hasta el interior de un coche patrulla.

O de un coche fúnebre, piensa Lola, levantando de nuevo la pierna.

—Está bien. Está bien. Ahí detrás —dice Gusev, señalando un punto de la estantería.

Lola aparta de un manotazo un montón de películas antiguas, y descubre la caja fuerte. Hay un teclado numérico. Obtener la combinación le cuesta solo tres patadas a Gusev en las costillas. Le sale mucho más caro en segundos, pues se le va otro valioso minuto.

La caja se abre con un chirrido. Un olor golpea la cara de Lola, amargo y terroso. Una bolsa de cocaína del tamaño de una pelota de tenis, abierta sobre un montón de documentos en el estante superior, tiene la culpa.

En el inferior hay varios fajos de billetes de cincuenta euros atados con gomas. Unos papeles cuadriculados entre la goma y los billetes, con una anotación escrita a mano, indican cuánto hay en cada fajo. Lola se mete varios de ellos en los bolsillos de los pantalones cargo, disfrutando de los gemidos que Gusev emite durante la operación. Parece que el saqueo le está doliendo más que la cuchillada en el estómago.

—Estás muerta, eres zorra muerta —repite, algo más débil. Los párpados se le están cerrando, y los dedos en torno al cuchillo no aprietan ya con la fuerza de antes.

Se está desangrando.

Una gran pérdida, piensa Lola, dirigiéndose hacia la puerta.

Da un paso en dirección a la zona pública de la tienda, llega a poner el pie derecho fuera de la trastienda.

En ese momento es cuando el policía aparece en la puerta. Alto, con barba, cansado. Pone una mano en el tirador. Su cara pasa inmediatamente del hastío a la alarma, cuando ve a través del cristal a Lola con la pistola en la mano.

En ese momento, también, Gusev, que sigue tendido en el suelo, decide alargar la mano y atrapar el pie izquierdo de Lola por el talón. No tiene apenas fuerza en las manos ya, es un agarre débil. Los dedos resbalan sobre el cuero de las zapatillas de Lola, dejando tres surcos rojos en la piel blanca. Pero el pie había comenzado a levantarse, así que Lola trastabilla un poco, su diafragma se encoge por el reflejo del miedo, y eso hace que el dedo índice de su mano derecha se contraiga a su vez.

Blam.

La bala abandona el cañón en dirección al policía. Falla por milímetros su cabeza, la puerta de cristal se desintegra. El policía se aparta de la puerta, con un grito muy poco masculino, pero comprensible dadas las circunstancias.

Todo lo anterior ha sucedido en menos de tres segundos.

Lola se apoya en la pared para no caerse, apunta el arma hacia Gusev —que parece haberse desmayado—, vuelve a mirar el arma sin comprender. En sus ojos desmesuradamente abiertos se reflejan las luces azules del coche de policía. Fuera, se escuchan gritos.

JOOODER.

17

Una avenida

—Pues parece que al final ha aparecido —dice Jon, bajando del coche.

—Tú mismo lo dijiste —dice Antonia, uniéndose a él camino del cordón policial—. Hay cosas que son inevitables.

Jon y Antonia se presentan en mitad del jaleo con media hora de retraso. A ellos, claro, no les ha llamado la comisaria Romero para compartir los progresos en la localización de Lola Moreno. Quizá porque estaba ocupada rodeándola con dos coches patrulla y un furgón, que han cortado la avenida Ramón y Cajal y colocado a seis hombres armados, apuntando con sus pistolas a un escaparate de tres metros de ancho.

Antonia estaba volcada en los datos que le había mandado Aguado a su iPad cuando entró el archivo con la llamada al 112. Su intuición se ha probado cierta. Con suerte. La misma suerte que libró la cabeza del policía de la bala del escaparate. Que suerte no es más que muerte con una letra cambiada.

A ellos no les ha llamado nadie, y eso está provocando en Jon un mosqueo de campeonato. Se le nota en el paso fuerte, de romper asfalto, y en el rostro enrojecido. Pero una situación con rehenes no es momento para andar dando gritos. Menos aún cuando hay una docena de jubilados grabando el asunto en sus teléfonos móviles desde las terrazas de los edificios cercanos. Y eso que los altavoces del furgón ruegan a los curiosos que se aparten de las ventanas y vuelvan al interior de sus casas, crujido de estática, esto es un mensaje urgente del Cuerpo Nacional de Policía, crujido de estática, hay un sospechoso armado e igual se llevan un tiro, crujido de estática.

La gente es gilipollas, piensa Jon, con gran acierto.

La cara de Belgrano y de la comisaria cuando aparecen Antonia y Jon es acogedora. Como un gulag.

—¿Quién les ha avisado? —pregunta el subinspector.

—Lo hemos leído en Twitter —dice Jon.

—Su participación ya no va a ser necesaria —dice la comisaria Romero—. Ya hemos localizado a la sospechosa.

—Lola Moreno, el ama de casa. ¿Se ha apuntado a Al Qaeda? —dice Jon, señalando a las pistolas desenfundadas, a los policías parapetados detrás de los coches.

—Tiene un arma de fuego y ha disparado a un agente que

respondió a una llamada al 112. Se ha parapetado dentro de la tienda y amenaza con matar al dueño, un tal —Belgrano consulta su documentación— Edik Gusev, ciudadano ruso con permiso de residencia permanente en España.

—Les agradecemos su colaboración, pero a partir de aquí nos encargamos nosotros —dice la comisaria Romero. Gélida. Se está poniendo el chaleco antibalas encima del uniforme.

—Nos gustaría quedarnos como observadores hasta su arresto, comisaria —dice Antonia, con voz de corderito—. Si a usted le parece bien.

Romero observa a Antonia con extrañeza. Esperaba una lucha de poder, no una petición humilde. Tiene demasiadas cosas en las que pensar y demasiada gente mirando como para negarse.

—Procuren no interferir.

Jon se lleva a Antonia unos pasos más lejos.

—Veo que has recibido muy bien mis lecciones de civismo.

—No era momento para decirle ahora que me está tocando nada. Tenemos que quedarnos para ayudar en lo que podamos. Hay mucho machote armado por aquí —dice Antonia, mirando a su alrededor con inquietud.

Los policías están nerviosos, con las armas cargadas y la disposición de usarlas. Y son muchos. Quién suelte el primer tiro es lo de menos. La responsabilidad se diluye en el grupo. Y esa mujer de ahí dentro ha intentado matar a un compañero. Uno al que han llevado al hospital con un ataque de ansiedad. Eso que es tan común que suceda en una situación como ésta, y que nunca sale en las películas. Una ansiedad que no se va con el agente en la ambulancia, sino que se queda y se multiplica en los seis que quedan a sus espaldas. Enroscándose en sus espinas dorsales, extendiendo sus zarcillos ponzoñosos hacia los pulmones que respiran con más dificultad, rozando el corazón y acelerándolo, en su camino hacia el dedo índice curvado sobre el gatillo.

—Hay que sacarla de ahí como sea —dice Jon.

—Ha disparado ya —dice Antonia—. A un policía. Si no se rinde del todo, y pronto, sólo saldrá de una forma.

Lola

Había una vez una niña que estaba atrapada por culpa de la maldad de otras personas.

Lola está sentada con la espalda contra la estantería de la trastienda. Gusev se ha desmayado, respira muy despacio. Huele a meados y a sangre. Huele a derrota.

—Salga con las manos en alto —berrea un altavoz.

—Déjenme en paz. ¡Váyanse!

El dolor de cabeza sigue aumentando. Se ha instalado detrás de su ojo izquierdo, extendiéndose hasta las sienes. Es como tener unos alicates retorciéndose en su interior.

Y la sed.

Su saliva es espesa como pegamento. Su garganta parece cuero viejo, secado al sol. El deseo de beber se vuelve acuciante, desesperado.

En el despacho de Gusev sólo hay una botella de agua pequeña a la que le queda un culín. Por más que le asquee beberse las babas del perista, Lola cede al impulso primario y coloca la botella en horizontal, dejando que las preciosas gotas caigan sobre su lengua. Es un alivio breve e ineficaz. Y repugnante.

Lola se lleva la botella al ojo, mira a través del agujero hacia el fondo, como si pudiera llenarla mágicamente. Lo único que obtiene es una imagen por sextuplicado de Gusev agonizante, o muerto.

Lola le arroja la botella con desgana. Aterriza en el pecho del perista, desciende hasta los rollos de carne de la papada, y se queda ahí por un breve instante hasta resbalar al suelo por el otro lado.

Voy a morir aquí.

Voy a morir sola y encerrada con un cerdo repugnante.

Los síntomas de la hiperglucemia se han incrementado, a medida que la glucosa se va acumulando en su sangre. Se encuentra débil, desorientada. La visión borrosa. El vientre hinchado, no solo por el embarazo.

Y la sed.

Tiene todo el dinero que necesita dentro de la sudadera, pero ninguna manera de gastarlo. Piensa en las tiendas de su alrededor, repletas de agua y refrescos. Piensa en las tuberías que corren por las paredes, inalcanzables.

Voy a morir aquí.

Quizá sea mejor rendirme, aceptarlo.

Sigue teniendo la pistola en la mano —la causante de todo este lío—. Por un momento se le pasa por la cabeza utilizarla sobre sí misma, pero después se ríe. Una carcajada áspera como suegra de adúltero, como lima de presidiario. Hay un humor salvaje en esa risa que rebota por las estanterías aba-

rrotadas de licuadoras, calzoncillos usados, deshumidifica-
dores estropeados. Todos esos desechos de la sociedad de
consumo que quisieron ser algo, fracasaron y se resisten a
morir.

No voy a acabar como una yogurtera.

Seguir viva. Eso que cada día daba por sentado. Nunca fue
tan difícil.

Ojalá supiera cómo.

Entonces suena el teléfono.

El cencerreo metálico, maleducado, irrumpe, intruso en la
angustia contenida entre aquellas cuatro paredes con olor a
polvo, coca, sangre y orina.

Lola contempla el aparato con aversión y pasmo, como
quien encuentra un escorpión en un huevo Kinder. Lo deja
repicar, hasta que la llamada se extingue, abrupta.

Vuelve a sonar.

Extiende la mano. Descuelga con miedo, se lleva el auricular a la oreja como si de ella fuera a brotar un policía armado, o uno de los *bojevik* de Orlov.

—Escucha —dice una voz de mujer—. *Russki?* ¿Ruso?

—*Nemnogo.* Un poco.

—Hacer yo digo. Coge *pistolet. Ponimayesh?*

Ponimayu. Lola entiende. Pero no comprende nada.

—¿Quién eres?

—No tiempo. ¿Tú viva? ¿Tú quiere viva?

Lola respira hondo.

Oh, sí. Yo quiere mucho viva, piensa.

—Hacer yo digo.

18

Una salida

Romero da instrucciones a sus hombres. Los coches están cruzados en mitad del asfalto de la avenida. Es ancha, y en el tramo de calle frente a la tienda de Gusev hay media docena de árboles. Son los únicos ocupantes de una acera desierta. El restaurante de la esquina está vacío y a oscuras, los locales de telefonía, cerrados hace rato. Sólo el escaparate de Instant Cash permanece encendido.

—¿Dónde está el negociador?

—Han encontrado una en Cádiz. Ha negociado un caso de violencia de género —informa Belgrano—. Estará aquí dentro de tres horas, nos dicen desde la Jefatura Provincial.

—Tres horas —repite Romero, con hastío—. Tres horas para conseguir una profesional, que llegará hecha una mierda. Y así todo.

Jon se ha puesto el chaleco antibalas, y ha logrado que

Antonia se lo ponga también, tras mucho insistir. Junto a Belgrano y la comisaria, son los únicos que lo llevan. Otro rasgo de la alarmante falta de presupuesto. Jon leyó cómo hace unos meses los compañeros entraron en una nave donde los colombianos procesaban la droga y tuvieron un enfrentamiento armado. La paradoja es que los narcos llevaban chalecos y fusiles de asalto AR-15, mientras que los policías iban a pelo y con sus pistolas reglamentarias.

Nadie murió, porque los narcos se acojonaron. En un país donde las cárceles son hoteles de tres estrellas, te piensas dos veces disparar a la policía. Las armas son por si la competencia.

Nadie murió esa vez.

Pero el problema persiste.

—¿Qué hacemos? —pregunta Belgrano.

—No vamos a esperar tres horas. Haremos salir a la sospechosa.

—No va a hacer falta —dice Antonia—. Está saliendo.

—Hay movimiento, comisaria —dice uno de los policías parapetados tras el coche patrulla.

Una sombra aparece en la puerta.

—No disparen. Repito, no disparen —dice la comisaria—. No quiero ningún escándalo, ¿estamos?

—¡Salga con las manos en alto! —dice Belgrano, a través del megáfono. El aparato distorsiona su acento granadino, hasta volverlo menos amenazador de lo esperable. Pero hay poco de divertido en los cañones de las pistolas que apuntan al recuadro iluminado.

—¡Voy a salir! —contesta una voz. Hermosa, algo ronca.

Teñida por el miedo, pero no exenta de belleza—. Por favor, no disparen.

Lola Moreno está hecha un auténtico desastre. El pelo apelmazado y sucio, las ojeras marcadas, los labios cortados y secos. La piel deshidratada reluce bajo los faros encendidos de los coches, que recortan su sombra contra la pared de la tienda.

Y sigue siendo guapa, piensa Jon.

Él es el único de los presentes que no ha tocado su arma. Incluso la comisaria ha sacado su pistola. Y el subinspector Belgrano sostiene el altavoz con la izquierda, mientras que la derecha está apoyada en la funda que lleva en la cintura.

—No es una amenaza —avisa Antonia—. Que nadie dispare.

Lola lleva el arma en la mano, pero la sostiene por el cañón, entre el índice y el pulgar. Tiene los brazos en alto, la espalda encorvada. Camina muy despacio, alejándose de la puerta de la tienda.

—Señora Moreno —berrea el megáfono—. Tiene que tirar el arma.

—¡Lo de antes ha sido un accidente!

—Tiene que tirar el arma ahora, señora. Es nuestro último aviso.

Lola mira hacia ellos con los ojos abiertos por el miedo. Pero hay algo más en ellos. Los mueve de un lado a otro. Esperando.

—Pasa algo —dice Antonia.

Hasta ahora estaba de pie. Se agacha, muy despacio. Tampoco es que ofreciera mucho blanco. Una mano diminuta engancha el borde del chaleco antibalas de Jon, y tira de él hacia abajo también.

—Señora, no se lo voy a repetir. Tire el arma —dice Belgrano, invalidando su promesa.

—Ha sido un accidente. Juro que ha sido un accidente. Tienen que dejar que me vaya —dice Lola, entre sollozos.

Da otro paso hacia su derecha, alejándose más de la entrada de la tienda.

—Quieta, señora. ¡Tire el arma!

La comisaria Romero coge el micrófono de su *walkie talkie*, y aprieta el botón de emisión.

—Bravo Uno, permiso para disparo de incapacitación.

—¡No! —dice Antonia, intentando incorporarse. Jon la sostiene por la cintura.

—Bravo Uno, ¿me recibe?

Ruido de estática.

Silencio.

—Soler, ¿dónde cojones está? —insiste Romero, apretando dos veces más el botón de intercomunicación.

—Su hombre fuera —responde una voz de mujer. Resuena por el auricular de Romero, el de Belgrano, el de cada uno de los seis policías.

—Ésta es una frecuencia reservada a la policía —dice Romero, con un bufido—. Salga del canal o...

—Su hombre fuera. Yo uso su radio.

Los policías se miran entre ellos, con incomprensión. Romero y Belgrano intercambian una mirada algo distinta.

—¿Quién habla? ¿Está bien el agente Soler?

Romero hace un gesto con la cabeza a Belgrano. El subinspector deja el megáfono en el suelo y hace un gesto hacia uno de los agentes que están parapetados tras el coche.

—Hombre bien. Tú no mueve.

—Oiga, no sé quién es usted, pero...

—Rueda derecha —dice la voz por los auriculares.

A más de ochocientos metros por segundo, la bala revienta el neumático del Citroën C4 antes de que el sonido del disparo alcance a los policías congregados frente al Instant Cash. Cuando lo hace, se funde con el ruido de la explosión de la rueda, convirtiendo la detonación en ensordecedora. El coche patrulla se inclina hacia un lado, al tiempo que los agentes se tiran al suelo, buscando la procedencia del tiro y protegiéndose como pueden.

Jon también se ha arrojado al suelo. Sólo que él lo ha hecho cubriendo con su cuerpo el de Antonia. Que intenta revolverse y asomar la cabeza.

—Ahí arriba —dice Antonia, señalando a la azotea que está situada tras ellos.

Romero sabe dónde está el tirador. En el mismo sitio donde ella había apostado al agente Soler con un rifle de francotirador PSG1. Una joya de la precisión. El agente Soler tiene sólo veinticuatro años, pero es capaz de hacer maravillas con el arma. Puede acertar a una sandía a seiscientos metros de distancia. O más bien desintegrarla, porque el PSG1 usa una munición 7.62, capaz de atravesar un bloque de cemento de cinco centímetros.

Conseguir esa arma para la UDYCO Costa del Sol fue un

triunfo. Romero tuvo que insistir para que desde Madrid les enviaran uno de aquellos rifles de precisión, que suelen ir a unidades como los GEOS o para departamentos en ciudades como Bilbao o Barcelona. *En manos que sepan usarla, es un arma imparable*, había dicho Romero cuando el paquete llegó a la comisaría. Hubo fiesta.

Ahora hay menos.

—Tenéis que subir a la posición de Soler. Como sea —exige Romero, tirada en el asfalto, cabeza con cabeza con Belgrano.

El subinspector se arrastra por el asfalto en dirección al furgón, pero no llega muy lejos. De nuevo resuena la voz por los *walkie talkies*.

—Coche grande rueda izquierda. Coche pequeño rueda trasera.

Las detonaciones, muy seguidas, vuelven a resonar por toda la avenida Ramón y Cajal, despejando de curiosos y periodistas las inmediaciones del cordón policial. Y de molestos jubilados las terrazas. La rueda del coche revienta limpia, la del furgón, más pesado, lo hace enviando trozos de goma negra por todas partes.

—Comisaria, la sospechosa se está marchando —avisa uno de los agentes, que ve por debajo del coche patrulla cómo los pies de Lola se alejan de ellos.

—¡Deténgala! —ordena Romero.

El agente se incorpora un poco, levanta el arma.

Esta vez no hay aviso.

La bala le alcanza en el muslo izquierdo, entrando por detrás. La fuerza del impacto es brutal, quebrando su fémur en tres partes, y dispersando pequeños fragmentos de hueso en su salida. Quedan allí, blanquísimos, sobre la sangre y el asfalto, como una tirada de dados en la que la banca gana.

Cuando el sonido de la cuarta detonación se desvanece, hay un instante de silencio. Un instante congelado de quietud, que no paz. Un instante detenido de caras desencajadas, de ojos abiertos de par en par. Un instante de esa clase de miedo atónito, de soberbia abofeteada, que siente el cazador cuando se convierte en presa.

La cagamos, resume Jon.

El silencio lo desgarran los gritos del agente herido, que se agarra la pierna destrozada con ambas manos. Otro agente se acerca hacia él, se quita el cinturón, hace un torniquete en la pierna.

—Tú no mueve —repite la voz por los *walkie talkies*.

Lola Moreno, mientras tanto, ya ha alcanzado la esquina. Cuando llega allí, se encuentra a un cámara de televisión, parapetado en la esquina con la calle Enrique del Castillo. El cámara y la reportera que le acompaña la miran fijamente. Lola alza la pistola al cielo y dispara dos veces. El cámara y la reportera huyen.

Lola también. Se mete en el parque de la Alameda y echa a correr sin mirar atrás.

La cara de la comisaria Romero, mientras tanto, es pura rabia. Mejilla en al asfalto, dientes rechinando, puños apretados.

Todo su autocontrol y su hieratismo están ahora dedicados a mantener el cuerpo pegado al suelo. En lugar de empuñar el arma y liarse a devolver los disparos.

—¿Cuántas balas? —le susurra Antonia, al menos la parte de ella que consigue sobresalir de su abrigo de ciento diez kilos de bilbaíno.

—¡¿Qué?!

—¿Cuántas balas tiene el cargador? —repite Antonia.

Romero se fuerza a pensar. Pero no consigue recordarlo. Los gritos de su hombre en el suelo no le dejan pensar en otra cosa. Se llama Vázquez. Tiene mujer y dos niñas. Una vez vinieron por la comisaría. A ver dónde trabajaba papá, deteniendo a los malos.

—El modelo. Dígame el modelo —insiste Antonia.

—PSG1 —dice Romero, automáticamente. Trece formularios de solicitud rellenados hacen imposible que se olvide.

—Eso son cinco. Ha disparado cuatro —dice Antonia.

Le da una patada en la espinilla a Jon, que afloja los brazos durante un instante, lo suficiente como para que Antonia se ponga en pie y ruede hacia su izquierda.

El disparo cruza el aire que ella acababa de ocupar hace un segundo, hundiéndose en la puerta del coche patrulla y abriendo un agujero perfectamente redondo en la franja gualda.

—Y cinco —dice Antonia, con un jadeo.

Romero por fin reacciona.

—¡Tiene que recargar! ¡Moveos!

Hay que correr.

Nunca había disparado antes un PSG1, pero ha estudiado su funcionamiento. Es un arma potente, diseñada por los alemanes tras la masacre de Munich para que su policía fuera capaz de eliminar a distancia a enemigos armados.

Por desgracia, se tardan varios segundos en recargarla. La mujer pequeña la ha cogido por sorpresa. No contaba con que se levantara de golpe, y su cuerpo y el entrenamiento han hecho el resto. El dedo apretó el gatillo de forma instintiva, el cargador quedó vacío.

No se molesta en cambiar el cargador del fusil. Retrocede, apartándose del borde de la azotea, agachada. Pasa por encima del cuerpo inconsciente del agente.

Conoce bien las normas. No se mata a policías. Acercarse a él fue sencillo, dejarlo fuera de combate sin causarle daños graves algo menos.

Huir no va a serlo en absoluto.

Y menos después de haber herido a uno de ellos.

Puede oírlos en la radio, coordinando sus movimientos, pero no entiende buena parte de las palabras, así que se quita el cable de la oreja y arroja el aparato al suelo. Calcula que tiene al menos cuarenta segundos hasta que alcancen la azotea. Ha inutilizado el ascensor, así que al menos les llevará ese tiempo subir los siete pisos a la carrera. Otros siete segundos para reventar la puerta de la azotea, que ha asegurado con cuerdas.

Va a ir muy justa.

Corre hacia la pared oeste del edificio. Allí ha dejado la cuerda de escalada y los ganchos. Menos de cuarenta euros en total en la tienda de deportes dos calles más allá. Si comprueban las grabaciones de la cámara de seguridad, tendrán una idea de su aspecto actual. No ha sido una solución ideal. Pero ha tenido que improvisar. El mensaje en su móvil, enviado por la gente de Orlov, sólo contenía una dirección.

Estaba a seis minutos en moto.

Llegó en tres.

Demasiado tarde.

Ocurra lo que ocurra, Lola Moreno no puede caer en manos de la policía. No antes de que haya terminado con ella. Después la policía puede recoger lo que quede.

Se coloca el casco y los guantes. Comprueba dos veces el gancho de acero. No hay tiempo para mosquetones, arnés o frenos, así que bajará a pelo. Se pasa la cuerda por entre las piernas, por detrás de uno de los muslos, por encima del pecho y por detrás del hombro, y comienza a descender. Hay un motivo por el que esa técnica no se usa desde hace un siglo, y es que produce una intensa fricción. Puede manejar eso. Los pantalones y la chaqueta son de cuero grueso. Pero la tensión sobre la espalda, eso ya es otro asunto. Con cada nuevo salto, el dolor se incrementa. Sus piernas la impulsan hacia fuera, mientras las manos van soltando cuerda. Pero en el arco descendente, cuando sus pies se aproximan de nuevo al edificio, aprieta los dientes. Flexiona las rodillas cuando las suelas de sus botas rozan la fachada, pero no es suficiente. El impacto envía un latigazo por toda su columna, una descarga eléctrica que le hace gritar. A tres metros del suelo, está a punto de vomitar dentro del casco. No se suelta de puro milagro. Arriba oye los gritos de los policías, y es vagamente consciente de que alguien le ha hecho una fotografía o un vídeo desde una de las ventanas.

Los brazos le fallan en el penúltimo salto. El dolor le hace perder el agarre, y da una vuelta sobre sí misma, enganchada por la cuerda como un extraño yoyó en manos de un niño torpe. Consigue agarrarse en el último momento lo suficiente como para desplomarse de frente, no de espaldas. Es una caída de metro y medio, y no tiene manera de amortiguarla. El casco se lleva la peor parte. La visera, negra, se quiebra, dejando a la vista un ojo, que mira a lo alto de la azotea. Los policías asoman por el pretil, con las armas en la mano.

Impulsada por la adrenalina, logra sobreponerse al dolor de la espalda, rueda sobre sí misma y se pega a la fachada, *donde ofrece muy poco blanco a los policías de la azotea. La moto está cerca, aparcada detrás de un contenedor.*

Sólo un poco más. Sólo unos metros más.

Envuelta en una nube de dolor, alcanza la Kawasaki. Los 310 caballos del motor rugen, desbocados, cuando pone en marcha el motor.

Se oyen disparos, que no encuentran nada.

Unos segundos después, ya no está.

Aslan

Aslan es un hombre desconcertado, vaya eso por delante.

No hay más que verlo. Sentado en su terraza habitual del paseo Marítimo, frente a su desayuno favorito. Los huevos se han vuelto chiclosos, las tostadas, duras. Las salchichas, frías, revelan su verdadera naturaleza: ochenta por ciento grasa, veinte por ciento restos de carne.

Aslan ni siquiera ha tocado los cubiertos. Lleva más de una hora sentado, intentando comprender qué ha ocurrido. Por qué Lola Moreno no está muerta, como él había ordenado que ocurriese. Por qué la Loba Negra la ayudó a escapar de la policía, en lugar de limitarse a meterle una bala en la cabeza.

Le han detallado cómo ocurrió. Hasta el más mínimo pormenor. Y La Fiera sabe que ha causado inquietud en la comunidad. El mensaje que él había dado en el funeral de Voronin era muy claro. Nadie traiciona a Aslan Orlov y vive para contarlo. Kiril Rebo, su mano derecha, hizo correr la voz de que ella había llegado para consumar la venganza.

Ahora ha quedado en ridículo.

Aslan se retuerce en la silla. Después de una hora, hasta el más cómodo de los asientos de mimbre es una tortura para el culo huesudo de un jubilado. No le queda más remedio que llamar a San Petersburgo, y explicar lo sucedido. Tendrán que pedirle explicaciones a la Loba.

El teléfono suena varias veces, hasta que contesta una voz ajada, aguardentosa.

—Aslan. Qué dicha tan grande escucharte.

—*Pakhan* —le saluda Orlov, con respeto, con el título que se le da a la cabeza de la organización, al Padrino. Puede imaginarlo, al otro lado, con su sempiterno bastón de plata, con sus ojos ciegos y vacíos. Un libro, en braille, abierto en la mesa cercana.

—¿Qué puedo hacer por ti?

Orlov se lo explica, le cuenta el fiasco de la noche pasada. Incluso hay un policía herido, algo que traspasa todas las normas. El *pakhan* le escucha con amabilidad, sin interrumpirle.

—Todo está transcurriendo según lo previsto —dice el anciano, cuando Orlov concluye.

El mafioso, confuso, inclina la cabeza, mira a los lados con recelo. No comprende. Y muchos años en la *Bratvá* le han enseñado que no comprender lo que sucede es la antesala de una muerte segura.

—*Pakhan*...

—No sufras, Aslan. Comprendo tu desazón.

—No entiendo qué sucede. ¿Por qué no está muerta la mujer?

—¿Para qué te envié ahí, *vor*?

—Para establecer una...

—Te envié ahí para lavar nuestro dinero. Una labor que has desempeñado con cierta soltura.

—Sólo hago mi trabajo.

—Ah, pero ésa es la cuestión. Que tú no lo hacías. Lo hacía Voronin. Un simple *bojevik*, que en pocos años se convirtió en un mago de las finanzas. Era demasiado bueno para ser verdad. Y lo era.

Una sombra aparece detrás de Orlov. El mafioso se da la vuelta, sobresaltado, convencido de que vienen a matarle. Así ha sido siempre cuando te sientes *temnote*, en la oscuridad. Alguien surge de ella y te clava un puñal en la garganta.

Sólo que esta vez el puñal tiene el tamaño y la forma de un montón de papeles.

—Observa esos documentos que te acaban de entregar, *vor*. Porque comprenderás que la traición de Voronin es mucho más grave y dañina que la de hablar con la policía.

Orlov hojea los papeles en cirílico que le ha alargado Kiril Rebo con un encogimiento de hombros. Y no puede creer lo que lee.

—Esto significa...

—Esto significa que te ha estado robando. Vaciando la *obshchak* delante de tus narices, Aslan. Si esto llegara a saberse...

Orlov sintió un escalofrío descendiéndole por la espalda. Tener un chivato dentro de la organización era un peligro.

Un ladrón era un desastre inimaginable. Si corría la voz en la *Bratvá* de que la Tambovskaya se dejaba robar, sería lo mismo que pintarse una diana en la frente. En un mundo de alimañas, el más leve signo de debilidad era una condena.

—Fui yo quien envió a la Loba Negra una semana antes de que la reclamaras, Aslan. No tú. No son tus instrucciones las que sigue, son las mías.

—Si hubiera tenido conocimiento...

—Quizá no hubieras mandado a tus hombres a quemar los archivos de Voronin. Esa decisión fue incorrecta. Ahora será mucho más difícil localizar el dinero. Pero es la única razón por la que sigues vivo.

—La mujer de Voronin sabe dónde está el dinero —dice Orlov.

—La Loba lo encontrará. Y cuando lo haga, quizá sigas siendo el *vor*. O quizá no.

La comunicación se interrumpe, aunque Orlov aún tarda un rato en retirarse el móvil de la oreja y dejarlo sobre la mesa.

No ha eludido la sentencia de muerte por sus errores. Sólo la ha pospuesto.

Hasta que aparezca el dinero, si es que aparece.

Vuelve a estudiar los papeles. Las cuentas no dejan lugar a dudas. Aunque Voronin ha sido astuto, el rastro que ha dejado ha terminado por aflorar, aunque lleve a un callejón sin salida.

Un centenar de tarjetas de crédito anónimas, que han estado haciendo pagos de grandes cantidades durante meses.

Orlov maldice, no por última vez, lo estúpido que ha sido

confiando en Voronin. Él, que hizo todo por ayudar a ese patán.

¿Cómo ha sido capaz de engañarme de esta forma?

¿Y en qué demonios se ha gastado seiscientos cincuenta y tres millones de euros?

TERCERA PARTE

LOLA

Condenamos al lobo, no por su naturaleza,
sino por nuestra percepción.

FARLEY MOWAT

1

Un currículum

Jon Gutiérrez está aún dolorido.

No en la espinilla. Antonia Scott necesitaría media hora y un martillo para llegar a hacerle un moratón. Pero el alma, ay, el alma. El alma de Jon es de naturaleza frágil y quebradiza, y el hecho de que Antonia lograra engañarle y zafarse de él con tanta facilidad aún le tiene escocido. De un humor levantisco. Y la agenda de hoy no va a ayudar a que mejore en absoluto.

Hay un solo punto.

Llamar a Mentor.

Les ha convocado a los dos para una videoconferencia a la una en punto. Y les ha pedido que no salgan del hotel hasta entonces.

Jon ha aprovechado para cumplir con dos tareas pendientes.

Una.

Comprobar que el mozo del Grindr sigue sin dar señales de vida. Maldecir con desespero.

Otra.

Llamar a *amatxo*, que se ha desgranado en quejas contra la vecina del 2.º B, a lo largo de media hora. Jon, siempre dispuesto a chismorrear de la vecina —menuda lagarta, lengua bífida, pues anda la que montó con lo de los geranios—, escucha sólo con media oreja. Ya no le divierte tanto como antes poner verde a la susodicha. El agua apaga al fuego, y al ardor, los años. Esta enemistad vecinal que ya dura media vida se le antoja hoy un gasto de tiempo mezquino y ruin. Y se arrepiente al instante de pensarlo, porque no está bien ignorar a los que nos ofenden.

No sin permiso de amatxo. *Estaría bueno.*

Cuando cuelga, Jon se siente peor de lo que estaba al principio. Últimamente las llamadas a su madre se han convertido en una obligación, con sus propios ritmos mecánicos, oxidados y chirriantes. Y no debería ser así. A sus cuarenta y pocos tacos, Jon se ha independizado, por fin. Y no le gustan los peajes emocionales que vienen aparejados.

Jon es lo único que ella tiene.

Pero ¿y yo? ¿Qué es lo que tengo yo?

Como en cualquier relación asimétrica —y pocas no lo son—, una de las dos personas necesita más al otro. Y la balanza tiende a inclinarse, a echar más granos de arroz en el platillo que más pesa, hasta que la cadena se parte y el arroz se desparrama.

De pronto, Jon no está tan seguro de que estas reflexiones sean sólo sobre su madre.

Antonia le abre la puerta de su habitación a las 12.57. A las 13.11, Mentor sigue sin llamar.

Ahí están los dos, cada uno en un sillón, sin hablarse. Él mirando las noticias en su móvil. Ella, leyendo un libro. A su propio, desconcertante ritmo.

—¿Qué lees?

No es la primera vez que la ve inmersa en un libro de papel. Casi siempre, densos manuales de criminología. Sesudos análisis sobre serología o psicopatología en otros idiomas. Con títulos imposiblemente largos y aburridos. Jon los rebautiza en la mejor tradición española. *Mi vecino siempre saludaba. Limpiar manchas de sangre es fácil si sabes cómo. Soñando, soñando, triunfé asesinando.*

Pero este que sostiene ahora tiene un aire distinto.

—Te lo digo si prometes no reírte —exige Antonia.

Jon jura por lo más sagrado. Por *amatxo*, por el txuletón con patatas, por los trajes de raya diplomática.

Antonia le enseña la portada. Hay una foto de una zapatilla tirada en el suelo. Y un título que pone a prueba la hombría y el saber estar del inspector Gutiérrez.

Niños: manual de instrucciones.

Con expresión pétrea, Jon se pone en pie y mira por la ventana, que ofrece un precioso paisaje de patio interior marbellí, con sus churretes de humedad en las paredes, con sus charcos de rojo oscuro sobre el terrazo rojo claro.

—Será mejor que contengas esa sonrisa antes de que se te parta la cara por la mitad —dice Antonia.

—Estoy de espaldas a ti.

—Y el cristal es una superficie reflectante.

Jon se rinde. Se da la vuelta, con el arma humeante estampada en el rostro.

—Bueno, y qué. ¿Algún consejo útil?

—La verdad es que no. Un montón de variaciones de «escucha y haz lo que puedas».

—Eso te lo podía haber dicho yo por menos de veinte euros.

—Sí, pero tú no tienes fotos de bebés cada nueve páginas.

—Pues más a mi favor.

Cuando Mentor aparece en la pantalla del iPad, con casi una hora de retraso, tiene un aspecto horrible. Incluso Antonia, poco dada a comentarios sobre el aspecto ajeno, se da cuenta.

—¿Qué sucede?

Mentor se aclara la garganta y se retuerce las manos.

—Algo muy grave, Scott. Han muerto dos Reinas.

Jon y Antonia se miran, alarmados.

—¿Quiénes?

—Inglaterra y Holanda.

—¿Por eso estás en Bruselas?

—Ya no estamos en Bruselas. No puedo decirte dónde estamos.

Tras él no se ve más que una pared blanca, desnuda. La luz dicroica acentúa sus rasgos cansados. Lleva varios días sin afeitarse.

—Pero sí, por eso nos reunimos todos los jefes de equipo. La situación es muy compleja.

—¿Cómo ha ocurrido?

—No puedo entrar en más detalles.

—¿Necesita que vayamos? —pregunta Jon.

—¡No! —salta Mentor—. No, no necesito que vengan. No, hasta que la situación no se aclare un poco, lo que necesito es que se queden donde están, lejos de Madrid.

—Ha habido juego sucio —dice Antonia.

—No pienso decirte nada, Scott. No intentes manipularme, ya sabes que todos los trucos que conoces te los enseñé yo.

Antonia se repliega en la silla, contrariada.

—Aquí la situación tampoco es una bicoca.

—Lo sé. Tengo aquí la información que le pediste a Aguado —dice Mentor, mostrando unos papeles a la cámara—. Ya hablaremos de cómo lo has conseguido, Scott. Ha sido una irresponsabilidad por tu parte. Pero tengo mayores problemas ahora mismo. Y vosotros también.

—¿Ha encontrado algo sobre la mujer?

—Oh, sí. Te va a encantar.

Y así, Mentor comienza a leer.

—Olena Jovonovich, *aka Chernaya Volchitsa*. Hija de un campeón de sambo, el arte marcial ruso, y una Gran Maestra de Ajedrez. Nació en 1990 en Kstovo, a las orillas del Volga. Se la arrancaron de las manos a sus padres al nacer, diciéndoles que el bebé había muerto.

—Qué maravilla.

—En España también era costumbre hasta hace poco, no sé de qué se sorprenden —dice Antonia.

—La niña entró a formar parte de un programa secreto del KGB, entonces moribundo. Eran tiempos de paranoia, antes de que descubrieran que podían controlar el mundo con ordenadores. Querían crear el arma humana definitiva. Un experimento que ya habían intentado antes los nazis o los norteamericanos, aunque con menos éxito. Los rusos partían de los fallos de sus rivales. Estaban decididos a lograrlo, por eso secuestraron a cientos de bebés. Algunos fueron desechados. Otros sobrevivieron. Niños como ella, con una inteligencia y unas cualidades físicas excepcionales.

Jon cree detectar un deje nostálgico y celoso en la voz de Mentor.

Mejor cogerles cuando están frescos. Así no te saldrían agentes que deciden por sí mismos, piensa, mirando a Antonia.

—Cuando cayó el muro, el programa de los *Osobyye Deti* (Niños Especiales) quedó en manos del SVR, el Servicio de Inteligencia Extranjera. Cuando los niños crecieron, los jefes del SVR ya habían descubierto que para mantener su dacha en el campo, el Mercedes en el garaje y el aumento de pecho de sus *lyubovnitsa*, había que comenzar a vender activos.

—Por eso Asia y África se llenaron de armas automáticas y de misiles tierra-aire —dice Antonia—. Los traficantes hicieron su agosto con el dinero de dictadores y terroristas.

—Y cuando se les acabaron las bombas, vendieron a los niños.

—Eso me temo. Salvo que no eran niños, inspector. Eran armas. No sabemos el número exacto de *Deti* que le vendió el SVR a la *Bratvá*. Los informes varían. Media docena, una docena. Casi todos constan como muertos en las bases de datos del FSB.

—Casi todos —dice Antonia.

—Casi todos. Ésta no.

—¿Antecedentes?

Mentor se enciende un cigarro y rebusca entre los papeles.

—Hay muchas conjeturas, pocos datos confirmados. Dos muertos en Amsterdam, cuatro en Belgrado. Un juez asesinado en Moscú, otro en Daguestán. Todos ellos enemigos de la Tambovskaya.

—¿Testigos?

—Muy pocos. Todos coincidían en que una mujer desconocida surgió de la nada.

—Eso me suena —dice Jon.

—Por supuesto, no hay ninguna foto —dice Antonia.

Mentor sacude la cabeza.

—Ya tienes un segundo fantasma para tu colección, Scott.

—¿Algo más?

—El resto de la información que tengo es tan confusa e indistinguible de la leyenda que no merece la pena que te la transmita. Ejecuciones imposibles, enemigos abatidos a docenas. Casi todo falso, seguramente. Pero ha servido para que la Tambovskaya alimente el terror entre sus rivales.

—Tiene su propio Hombre del Saco.

—No es el Hombre del Saco —dice Mentor—. La Loba Negra es a quien manda a matar al Hombre del Saco.

Jon se pasa la mano por la cara, se cruza de brazos. Que él sólo es un chico de Santutxu.

—De puta madre. Éramos pocos y parió la prima de Keanu Reeves. ¿Tú no decías que los mafiosos eran aburridos?

2

Un aviso

—Una cosa más —dice Mentor, antes de colgar—. He decidido dar por concluida vuestra participación en el caso de Lola Moreno.

Antonia, que estaba perdida en algún lugar dentro de su cabeza, la levanta con extrañeza. Jon también, pero con perplejidad. Los tres saben lo que va a ocurrir a continuación. La única duda es qué palabras elegirá Antonia para mandarle a pastar.

—Eso no va a ocurrir.

Mentor se calla. Parece que el vídeo se ha quedado congelado, pero no, es sólo que ha optado por el silencio. Jon también. No se le ha olvidado la historia que Mentor le contó hace unos meses, la historia del perro al que tuvo que sacrificar porque había sido incapaz de controlarse. Así que le extraña que alguien que conoce tan bien a Scott haya elegido esta forma tan poco adecuada para comunicarle una decisión estúpida.

Pasan unos segundos incómodos. Segundos de esos marcados bajo la etiqueta «Si hablas, pierdes».

—Inspector Gutiérrez... —dice Mentor.

—A mí no me mire. Ya sabe lo que hay.

—Lo que hay es una situación imposible. Con demasiadas variables peligrosas. Están ahí solos, sin apoyo forense. El equipo de Madrid está ocupado ayudando a esclarecer lo que ha sucedido a Inglaterra y Holanda. Si no les mando volver, es por miedo a que les suceda algo.

—Tenemos que quedarnos aquí. Entendido. Pues ya que estamos, vamos a aprovechar el tiempo.

—Scott. Ya os habéis encontrado dos veces con esa mujer. Es un milagro que no haya ocurrido algo peor. No sois una unidad de intervención. Vuestras capacidades tienen un uso muy concreto.

—Venga ya. Esto será como lo de Valencia —dice Antonia.

—Tú y yo recordamos Valencia de forma bien distinta —suspira Mentor.

—Puede ser. Pero vamos a encontrar a Lola Moreno y a descubrir lo que ha pasado aquí.

—Eres demasiado valiosa para perderte por esto, Scott.

—¿Cuánto?

Mentor la mira con desconcierto.

—No entiendo.

—¿Cuánto de valiosa? Dime una cifra.

—No creo que...

—Me encantaría saberlo. ¿Cuánto valgo? ¿Como dos mujeres? ¿Tres mujeres? ¿Ocho mujeres muertas, como las del contenedor?

Jon recuerda el olor. La podredumbre. La sangre que tuvo que limpiar del cuerpo de Antonia, del suyo propio. La promesa que ella hizo. Un susurro suave emitido por una mujer minúscula y medio rota. Una mota minúscula en un universo indiferente. Apenas perturbó la oscuridad.

Y, sin embargo...

—Yo no elijo adónde ir. Qué hacer con esto —dice, tocándose la frente con el dedo índice. Suave y despacio.

—Eso no es justo.

—Tú eliges dónde entramos. Pues bien, yo elijo cuándo salimos. Y si no te gusta...

Hace una pausa.

—Si no te gusta, te puedes ir a tomar viento.

La cara desencajada de Mentor, con los ojos del tamaño de pelotas de golf, es lo último que queda en la pantalla, congelada por un instante, cuando Antonia corta la comunicación.

—¿Qué tal lo he hecho? —dice, volviéndose hacia su compañero.

El inspector se acaricia la barba, simulando pensar.

—Te doy un diez en la ejecución, un cinco por la elección del taco y un cuatro en oportunidad.

—¿Una media de seis con tres? —dice Antonia, con un mohín.

—Subes puntos por la cara que ha puesto. Digamos un siete.

—No está mal. Mejor que mis notas de la facultad.

Jon se pone en pie. Vuelve junto a la ventana, se mete las manos en los bolsillos. Emite con todo su cuerpo señales de «pregúntame qué me sucede» que hasta una radio rota como la de Antonia pueda captar.

—¿Qué ocurre?

—Ha sido divertido ver cómo le ponías en su sitio. Pero creo que tiene razón.

Jon no necesita ninguna superficie reflectante para ver la decepción en la cara de Antonia. Ni ojos en la nuca, como los del padre Carlos, en catequesis. Ése sí que tenía superpoderes.

—Tú también, no.

—No te estoy diciendo que lo dejemos —dice Jon, volviéndose hacia ella y alzando las manos en ademán conciliador—. Lola Moreno sigue siendo la clave para coger a Orlov. Pero ahora ha aparecido Xena, la princesa guerrera. Y busca lo mismo que nosotros.

—Ya nos la encontramos una vez. No somos su objetivo.

Jon se acaricia el cuello, que todavía guarda un recuerdo de ese momento.

—No somos su objetivo mientras no nos pongamos en su camino. Ya viste lo que pasó con el policía que se levantó.

—Nos hemos enfrentado a asesinos antes. ¿Qué hay de Sandra Fajardo?

—Una rata astuta que usaba el engaño. Eso podemos manejarlo. Pero esto...

—No es más que un ser humano. Escapó por los pelos.

—Descolgándose con cuerdas desde la azotea. No es nuestro campo, cari.

Antonia se cruza de brazos.

—¿Qué hacemos, entonces? ¿Nos encerramos en la habitación a ver la tele?

—Tampoco es eso. Pero la policía ya está haciendo el trabajo de calle. Y no va a ser la solución. Ahora tiene dinero, así que podrá esconderse. Sólo te pido que no corramos como locos por todas partes durante un par de días. Búscala aquí dentro —dice Jon, tocando el iPad—. Y aquí dentro —dice, señalando su frente.

Antonia clava la mirada en el minibar durante un largo rato. Los argumentos hacen cola tras sus dientes. Pero finalmente decide apretarlos y dejarlos encerrados dentro.

—Está bien. Déjame sola. Necesito pensar.

Grabación 11

Hace ocho meses

COMISARIA ROMERO: Esto no era lo que habíamos acordado.

YURI VORONIN: Lo que habíamos...

SUBINSPECTOR BELGRANO: Cállate, Voronin. Ya sabemos que eres un cero a la izquierda.

COMISARIA ROMERO: Es así, ¿verdad, señora Moreno?

LOLA MORENO: No sé de qué me habla.

COMISARIA ROMERO: Por supuesto que no.

SUBINSPECTOR BELGRANO: Seguís dándonos mierda.

YURI VORONIN: Es buena información.

COMISARIA ROMERO: No es la información que queremos.

SUBINSPECTOR BELGRANO: Os pedimos información sobre Orlov. Lo que nos estáis dando es chivatazos sobre sus rivales.

YURI VORONIN: Y usted cogiéndolos.

SUBINSPECTOR BELGRANO: Estáis eliminando la competencia.

Yuri Voronin: Quería cocaína, quería heroína. Ahí está. Armas, también. Los bielorrusos moverán algo el mes que viene.

Comisaria Romero: Queremos a Orlov.

Lola Moreno: No, comisaria. Ustedes lo que quieren son titulares. Es lo que nos pidió. Y eso es lo que le estoy dando. Lo que le estamos dando.

Subinspector Belgrano: Ay, el subconsciente.

Comisaria Romero: No es eso lo que...

Lola Moreno: *(Hablando a la vez, le interrumpe.)* Ya ha pasado por esto antes. En la Operación Oligarkh, en la Operación Mármol Rojo. Si coge a Orlov, tardarán diez años en juzgarle.

(Pausa de siete segundos.)

Subinspector Belgrano: Para entonces se habrá muerto de viejo o será demasiado viejo para ir a prisión.

(Pausa de tres segundos.)

Comisaria Romero: ¿Qué es lo que propone, señora Moreno?

Lola Moreno: Propongo que aumente la presión. Siga consiguiendo redadas, titulares. Deje de perseguir el pez gordo y hártese a peces chicos.

(Pausa de veintitrés segundos.)

Comisaria Romero: Supongamos que me interesa su propuesta. ¿Cuál sería el primero de esos peces chicos?

Yuri Voronin: Hay un envío que va a salir dentro de unos días. Serbios. Droga y dinero, destino Barcelona. Un coche lanzadera y un coche correo.

3

Una necesidad

Tan pronto como Jon se marcha, Antonia abre la puerta del minibar y se come las chocolatinas.

No han parado de llamarla con sus voces insinuantes y sus atractivos paquetes de colores desde esta mañana. Las engulle a grandes bocados, las baja con una Coca Light, eructa y se siente al mismo tiempo mejor y como una cerda. La dicotomía de la comida ultraprocesada. Antonia podría escribir un tratado al respecto.

En cuanto intercambia la necesidad de dulce grasiento por culpabilidad, otra urgencia diferente toma el control.

Lleva mucho tiempo posponiendo esta conversación consigo misma. Una especialidad en la que nunca ha destacado de forma positiva.

Antonia ha funcionado siempre como un cohete pirotécnico. Prendida su mecha, sólo puede ir en una dirección, quemando la pólvora, hasta estallar en una nube de magnesio, antimonio y sales de estroncio. Eso incluye no preguntarse durante el proceso qué es lo que va a suceder al final.

Pero ahora, incluso es capaz de ver que tiene un problema.

La electricidad que le hormiguea en las manos, el pecho y la cara está presente de forma casi permanente. Mantener su respiración controlada es más difícil, aunque no imposible. Pero el temblor de las manos ha ido aumentando. Ahora ni siquiera puede sostener el iPad con la derecha sin que las letras se emborronen en un baile incomprensible.

Cada vez le cuesta más controlarlo en público. Sabe que a Jon no puede engañarlo. Ya le ha visto más de una vez no mirando sus manos temblorosas de forma deliberada. O estudiándola con recelo, cuando cree que ella no se da cuenta.

Tres cápsulas, piensa Antonia. *Tres es todo lo que necesito. Sólo tres.*

Parecen pocas en comparación con las cuatro que consumió ayer sólo para mantener sus pensamientos bajo control. Abrió las cápsulas y echó el polvo en un vaso de leche, confiando en que la grasa del líquido le proporcionara una absorción más constante en el torrente sanguíneo.

Funcionó, a medias.

Las tres que quiere consumir hoy parecen pocas, salvo que se supone que sólo debería utilizar una en aquellos momentos en los que su cerebro no pueda manejar los estímulos externos ni el exceso de histamina que produce su hipotálamo.

Anụ ọhịa-azụ.

En igbo, idioma que hablan dieciocho millones de nigerianos, la bestia de tu espalda que se come tu comida y sólo deja que te alimentes de sus despojos.

Se quita la camiseta y el sujetador, se arrodilla junto a la bañera y abre el grifo de la ducha. Diez minutos de agua helada en el cuero cabelludo la dejan temblorosa y agarrotada, pero ha conseguido reducir la necesidad. Al menos hasta que acaba de secarse el pelo.

Anų ọhịa-azụ.

Antonia conoce muy bien el rostro de esa bestia. De los cientos de ellas que pueblan su cabeza, saltando de liana en liana y enseñándose los colmillos.

Sólo la vio una vez, en la vida real. Una mañana de domingo, en el zoo de Barcelona, acompañada por su madre. Pelo hirsuto y pardusco, cara negra. Brazos largos y delgados, larga cola prensil. Se movía como un fantasma por las cuerdas tendidas en su hábitat. En sus ojos azules había algo sobrenatural. No maligno, pero desde luego no amigable. Parecía saber demasiado para su propio bien.

Antonia lloró al verlo.

—Es un mono araña. Comen fruta. No te hará daño —dijo su madre.

Al ver que Antonia no dejaba de llorar, Paula intentó apartarla de la jaula, pero ella no quiso. Se quedó allí, sosteniendo la mirada de aquel fantasma sabio, que golpeaba el cristal con sus manos sin pulgares, como intentando advertirla de algo.

Fue la última salida que Paula Garrido hizo con su hija.

Una semana después ya no pudo salir del hospital. Un mes después, el cáncer ganó.

El monstruo lo sabía, pensó Antonia.

Anụ ọhịa-azụ.

Antonia no quiere ceder tan pronto a la ansiedad, pero necesita su mente despejada. Saca tres cápsulas de la bolsa, las mete en la cajita metálica. Por si acaso.

Sólo quedan otras seis.

Después tendrá que recurrir a Jon. Explicarle lo que ha estado pasando.

No se lo tomará bien.

Guarda la cajita metálica en el bolsillo de los pantalones, y la bolsa con las seis restantes la esconde bajo la cama. Prefiere afrontar a la bestia que hacer daño a Jon. Tendrá que ocurrir, antes o después. *Pero, como cantaban en aquella película, el sol brillará mañana.*

Menuda estupidez.

De pronto, las palabras de Jon vuelven a su cabeza con nitidez. Lo que había dicho acerca de la Loba Negra.

No somos su objetivo.

Entonces ¿cuál es?

Sólo hay una manera de averiguarlo.

Antonia se viste, sale al pasillo del hotel. Rehúye el ascensor y usa las escaleras, donde no hay ningún peligro de encontrarse al inspector Gutiérrez. En la calle sube a un taxi, y da una dirección de la calle Salvador Rueda. Una con la fachada pintada de malva obsceno.

Por el camino, programa en su iPad dos mensajes para Jon. Dos mensajes que le llegarán con dos horas de diferencia.

Va a odiarme por esto. Pero es la única solución.

El taxi se detiene frente a la peluquería Tere's. Antonia paga, se baja y se cambia de acera.

—¡Hola! ¡Mafiosos!

Agita los brazos hacia la terraza del segundo piso, donde hay un par de señores de aspecto eslavo. Sentados en sillas de plástico, con sus camisetas *sobafresh* y sus tatuajes en los brazos. Se asoman, perplejos, al escuchar los gritos de aquella desequilibrada.

—Me gustaría ver al señor Orlov. Díganle que sé dónde está Lola Moreno.

4

Un problema

A Jon Gutiérrez no le gusta el servicio de habitaciones.

No es una cuestión de comodidad. Te suben en una bandeja hipertrofiada un montón de comida. Tirando a fría, para que no te abrases. Sabes que va a saber exactamente igual que tu anterior pedido en ese hotel de la misma cadena, situado a mil kilómetros. Porque a nadie le gustan las sorpresas. Puedes degustarlos en la tranquilidad de tu habitación. Muy a menudo contemplando en alguno de los múltiples espejos la imagen de tu cuerpo en calzoncillos y calcetines.

La oportunidad del contacto humano es también apreciable. Abrirle la puerta a un desconocido, que invade tu espacio personal con una enorme sonrisa. Fingiendo no ver la cama deshecha, la ropa interior desperdigada. Escuchar cómo recita los platos solicitados. Asegurarle por tu primogénito que no necesitas nada más. Que ya has estado mirando la carta durante diez minutos antes de llamar. Jurar que llamarás para que recojan la bandeja. Saber que lo que harás será asomar la cabeza al pasillo, mirar hacia los lados como el inspector Clouseau, y deslizar la bandeja por la moqueta cuando no haya moros en la costa.

Nada de todo esto molesta a Jon Gutiérrez del servicio de habitaciones.

Si son todo ventajas.

Lo que a Jon Gutiérrez le jode del servicio de habitaciones es que le hace sentirse aún más solo. Soledad de náufrago, de muelle al alba, de estrella en la negrura. Soledad de domingo por la tarde, en pleno jueves. Que no calma la tele encendida, ni el constante tirar hacia abajo para refrescar en los mensajes de Grindr, ni el ruido del polvo en la 604. Ella, corriéndose con discreción. La discreción de una campana de bronce rodando escaleras abajo. Dos veces.

Que son las cuatro de la tarde, señora.

La soledad de Jon se convierte en una siesta, interrumpida de la peor manera. Con una llamada de teléfono de Mentor.

—Déjeme adivinar, ahora tenemos que enfrentarnos también a un albino malvado del Opus.

Mentor ignora su primera frase, como siempre. Jon ha decidido que la próxima vez que hablen le recitará la alineación del Athletic, a ver si se confirma la teoría.

—¿Está solo?

—Estoy solo —dice Jon, echando vinagre en la herida.

—Necesito hablar con usted sobre Scott. ¿Ha notado algo raro en ella últimamente?

Jon hace memoria de la última semana.

Sin orden particular. Sin ánimo exhaustivo.

Carreras fuera de la escena del crimen, botellas arrojadas al Manzanares, quedarse catatónica tras rescatar a una mujer agonizante de un contenedor lleno de cadáveres, enfrentarse en la oscuridad a una asesina, decir uno, no, dos tacos, ordenar el hackeo de la base de datos de un gobierno extranjero, atraer intencionadamente los disparos de un francotirador, rechazar el postre.

—Tendrá que ser más específico, oiga.

Mentor suelta un bufido exasperado. De perro al que le niegan el borde grasiento del filete.

—Me refiero a su comportamiento. A su físico.

Jon visualiza la mano de Antonia, temblando. Tratando de esconderse bajo la chaqueta.

—Es posible.

—Necesito estar seguro, inspector. Necesito que me cuente más cosas.

—Pues ya somos dos.

Jon puede escuchar al otro lado el chasquido del mechero, el humo largo y exhalado de una primera calada.

—¿Qué tal el *vapeo*? ¿Funciona?

—Oiga, inspector. La situación aquí es muy grave. Sé que trata de protegerla, pero necesito saber.

—Y yo necesito que me diga por qué coño pregunta. Así podré decidir cómo proteger a mi compañera.

Mentor hace una pausa de tres caladas y dos sacudidas en el cenicero.

—Está bien. Hemos detectado un problema en el alma-

cén de la sede de Madrid. En la cámara de seguridad refrige-
rada.

—¿Qué clase de problema?

—Faltan cápsulas. Cincuenta cápsulas rojas y diez azules.

Ajá.

—¿Ha hecho una lista de los que tienen acceso?

—Sí, es bastante corta. Sólo yo.

—Pues sí que es un problema.

—¿Va a ayudarme ahora?

*Primera regla de un interrogatorio. Haz tus preguntas en
forma de afirmación.*

—Cree que ha sido Scott.

—Si Scott quisiera adivinar el número de diez dígitos del panel numérico, podría. Podría también conseguir una copia de la
llave física. Incluso saltarse las medidas biométricas, incluyendo
mi huella dactilar. Pero hacer todo lo anterior sin ser detectada
por las cámaras de seguridad, está complicado, inspector.

Jon se rasca la cabeza con fuerza. No tiene sentido.

—Si yo me tomo una de esas cápsulas rojas, ¿qué pasaría?

—Pues efectos secundarios, sobre todo. Gastroenteritis,
enrojecimiento de la piel, casi seguro. Mareo, quizá. Dependiendo de lo que haya comido.

—Pero no me volverían más listo.

—El compuesto químico está fabricado a medida del cerebro de Scott. Lo único que hace es ayudarla a regular la
dopamina y el control de estímulos. Ella es el mecanismo,
inspector, no las cápsulas. De hecho creemos que no las necesita. El problema es lo que ella cree.

—¿A qué se refiere?

—Parte del compuesto está diseñado para estimular la liberación presináptica de ácido gamma-aminobutírico. Y su uso continuado demandará más presencia del compuesto en el organismo.

—¿Y en cristiano?

—Es adictiva de pelotas.

Ajá.

—Por eso no puede tomar más que una cápsula en la escena del crimen, que es el momento en el que su entrenamiento la ha condicionado para tener un máximo de estímulos. Más de eso sería muy peligroso.

Segunda regla de un interrogatorio. Vuelve a hacer tus preguntas una y otra vez hasta que obtengas respuesta.

—Y usted cree que ella podría estar detrás de todo —insiste Jon.

—Créame, me tranquilizaría. Por grave que fuese, sería asumible. Me preocupa mucho más que tenga que ver con lo que está pasando en el proyecto. Y ahora dígame: ¿ha notado algo diferente en Scott estos días?

Pues salvo el hecho de que no me ha pedido ni una sola cápsula, que tiene síntomas de abstinencia intermitentes y de que está más irascible de lo habitual...

—No, nada de nada.

—Está bien —responde Mentor, con la voz rezumando pesadumbre—. No le diga ni una palabra de esto a Scott, ¿me ha comprendido?

—Por supuesto que no le diré nada. ¿Por quién me ha tomado? —dice Jon, que ya se ha puesto los pantalones y va camino de la habitación de Antonia.

5

Una ecuación

El viaje ha sido corto.

Unos quince minutos, o menos. No le han vendado los ojos, ni puesto una bolsa en la cabeza. El cañón de una pistola apretado contra las costillas, sí, pero poco rato. El tiempo justo para dejar una marca en la piel, y dejar claro que la cosa va en serio.

El que se hayan saltado los procedimientos habituales en las películas no le resulta a Antonia nada tranquilizador. Es de donde suelen sacar sus ideas los aficionados. Los profesionales no le dan tanta importancia al hecho de que veas dónde te llevan, sobre todo si el viaje va a ser sólo de ida.

El sitio es más bien feo. No al nivel de la casa de Voronin, un monumento al mal gusto. Este lugar simplemente carece de él. Un adosado neutro, de paredes blancas y gres rojo en el suelo. Como un millar más de los que le rodean. No hay fotos en las paredes ni cuadros. Los muebles son funcionales.

La llevan a la cocina.

Sólo restos de sal en la encimera, una mancha de aceite aquí y allá. Un jamón a medio comer. Huellas dactilares en la cafetera de acero bruñido. Un hueso de aceituna olvidado, junto a la pata de una silla, hacen ver a Antonia que allí ha vivido alguien. La pila llena de agua, con un plato dentro.

Una sola persona, que usaba muy pocos compartimentos de la alacena, deduce, observando el polvo acumulado en algunos pomos, inexistente en los más bajos.

—Buenas tardes, señora. Me temo que no tengo el placer —dice una voz a su espalda.

Antonia se gira. Orlov. Moreno denso, melena blanca. Ojeras pronunciadas, que no tenía en el funeral. Algo más cargado de espaldas, quizá. Saturado de preocupaciones. Ha cambiado el traje caro por un chándal de diez euros. Marca TEX. Recién comprado, aún con la marca del antirrobo en la solapa derecha.

—Me llamo Antonia Scott —dice ella.

No adelanta la mano.

Él tampoco.

Lo que hace es un gesto hacia los dos *bojevik*. No hacen falta dos gorilas de noventa kilos cada uno para reducir a Antonia sobre la mesa de la cocina, cachearla, quitarle la mochila. Hubiera bastado con medio.

Ella se deja hacer.

Una a una van sacando sus cosas. Al menos las que ella ha dejado para que encontraran. Las llaves de casa, unos AirPods. Un cargador, varios cables. Una batería portátil. El iPad, unas gafas de sol. Su identificación de la Europol. Un paquete de Smint. Su teléfono móvil.

Ella se deja hacer. Incluso cuando le quitan la cajita metálica con las cápsulas del bolsillo.

—¿Qué es esto? —dice uno de los gorilas.

—Para mis dolores de cabeza —dice Antonia.

El gorila se encoge de hombros y vacía la cajita en la pila.

—Tú ya no necesitas más nunca.

Antonia intenta no gritar.

El iPad y el móvil reciben un par de martillazos en la encimera, tan cerca de la cara de Antonia que varios trocitos de cristal le golpean en las mejillas. Después van a hacer compañía a las cápsulas y al plato en remojo.

Por último, los dos gorilas atan a Antonia a los brazos de una de las sillas de la cocina, pasándole esparadrapo por las muñecas. La silla la aproximan a la mesa circular. Antonia aprieta los labios, rogando que la sitúen de cara al reloj, pero éste queda a su espalda.

Maldita sea.

Eso complica mucho las cosas.

Orlov se aproxima a la mesa y se sienta en la silla frente a ella, en ángulo perfectamente recto. Una disposición diseñada para reuniones serias, para que dos personas se miren y lean las intenciones del otro mientras negocian. O para un interrogatorio con tortura.

—La recuerdo. Usted estuvo en funeral, *da?*

—Creo que será más fácil si nos comunicamos en su idioma, señor Orlov —dice Antonia, en ruso.

—Vaya. No hay verdad en las piernas —dice Orlov, gratamente sorprendido. Una expresión común, ayudando a que el interlocutor se sienta como en casa.

—Ah, me temo que sus hombres ya me han invitado a sentarme —dice Antonia, señalando sus muñecas.

—Una precaución necesaria. Como ya sabrá, soy un hombre amenazado.

—Supongo que lo normal en su línea de negocio.

Orlov hace un gesto con las manos huesudas.

—Ha dicho a mis hombres que quería verme.

—Necesito hablar con usted.

—Estamos hablando. ¿Dónde está Lola Moreno?

—Ya llegaremos a eso. Antes me gustaría llegar a un acuerdo con usted.

El viejo sonríe. Es una sonrisa afilada.

—No sé qué es lo que le hace pensar que su opinión es importante.

—¿Acaso no lo son todas?

—Ésa es la mayor debilidad de Occidente. Un día decidieron que podían engañar a la gente repitiendo esa mentira hasta la saciedad. Llevan casi un siglo insistiendo. Expandiendo la mentira para que alcance hasta al miembro más inútil de la sociedad. Y ya ve lo bien que les ha ido.

—¿Es mejor usar la fuerza, cree usted?

—La fuerza son matemáticas, señora —dice Orlov, encogiéndose de hombros—. Ahora, por ejemplo. Observe.

Hace un gesto, y uno de los sicarios se coloca junto a Antonia y le da una bofetada. No muy fuerte, pero suficiente para teñir de sangre su labio inferior.

—Seguro que es usted capaz de resolver la ecuación que acabo de plantearle.

—Está bastante clara —dice Antonia, pasándose la lengua por el labio.

—Pues entonces responda a mi pregunta. ¿Dónde está Lola Moreno?

—No lo sé.

Orlov inclina la cabeza, con extrañeza. Entrecierra los ojos, que parecen desaparecer en el interior de ese rostro enjuto y lleno de cavidades.

Es como una morena, piensa Antonia. *Replegándose al interior de la roca.*

—¿Por qué ha venido, entonces?

—Porque quiero negociar con usted.

—Negociemos, entonces —dice Orlov.

Hace otro gesto.

Una nueva bofetada cruza la cara de Antonia, que nota cómo los dientes le castañetean con el impacto. Su oído derecho emite un zumbido desagradable.

—No me parece forma de negociar —dice Antonia.

—De nuevo, señora, vuelve a sobrevalorar su opinión. ¿Dónde está Lola Moreno?

—No lo sé.

Orlov se tironea de la oreja, asiente despacio.

—Está bien. Comencemos por lo más fácil. ¿Es usted policía?

—Algo por el estilo.

Uno de los gorilas le acerca a Orlov la identificación de Antonia. El viejo la deposita encima de la mesa.

—Europol. Es la primera vez que veo una de éstas.

—No somos muchos. Pero hacemos nuestro trabajo.

—¿Y cuál es su trabajo?

—Encontrar a Lola Moreno.

—Parece que tenemos entonces... ¿Cómo se dice? Conflicto de intereses.

—No tiene por qué. Podemos ayudarnos.

Orlov apoya los brazos sobre la mesa, se inclina un poco hacia delante.

—Explíqueme cómo, policía.

—Su problema no es con Lola Moreno. Era con su marido.

—Ah, Yuri. Cuando llegó no era nada.

Entonces Orlov emplea un término que va derecho al tesoro de palabras imposibles de Antonia.

Juyem grushi okolachivat.

En ruso, hacer caer las peras del peral dando con la polla en el tronco.

—Significa gandul, ¿verdad? —dice Antonia.

—Sí, disculpe. Habla usted mi idioma muy bien, quizá le exijo demasiado.

—No se preocupe. Lo que no comprendo lo deduzco por el contexto —dice Antonia, girando la cabeza y escupiendo un poco de sangre, que le chorrea por la comisura de los labios.

—Mujer lista. Gosha, tráele una servilleta.

Uno de los gorilas le alarga un rollo de papel de cocina. Orlov arranca un poco y se incorpora para secarle la sangre.

Aslan Orlov es un hombre amable, eso ya había quedado claro.

Antonia no sabe si le desagrada más el contacto de aquellos dedos largos de aspecto cremoso, o el hecho de que haya cortado el papel de cocina sin seguir la línea de puntos.

—Yuri era un gandul. De pronto, se volvió listo. Demasiado listo.

—Usted no necesita a Lola Moreno.

—Ella tiene que morir.

Antonia sonríe. Ha llegado el momento de jugar su órdago. Para eso ha venido.

—La Loba Negra podía haberla matado ayer. La tenía en el punto de mira. Y no lo hizo.

Orlov la mira con interés. Con cálculo. Hay pesos, medidas, cintas métricas en el escrutinio que le dedica.

—Es por eso por lo que ha venido.

—Yo creo que está claro —dice Antonia, que no tiene ni idea de lo que está hablando.

—Ahora comprendo su juego. Quiere cambiar el dinero por Lola Moreno. ¿Qué vale esa mujer para usted?

—Una vida. Supongo que para usted no es gran cosa. Ya vi los resultados de su ecuación en el puerto de Málaga.

—Fue usted —dice Orlov, abriendo la boca y los ojos muy despacio, como si comprendiera algo de pronto—. ¿Y también la que visitó a Ustyan?

—Culpable.

La Fiera echa la cabeza hacia atrás, y suelta una carcajada gutural, detestable. Suena como una vejiga inflada estallando al calor del fuego.

—Es irónico. ¿Sabe dónde estamos?

—No.

—En casa de Ruben. Estaba desocupada, así que era el sitio para tener una charla con usted. Usted lo mató con su intromisión, claro. Y ahora me ha dicho todo lo que necesito saber.

Se pone en pie, se acerca a su prisionera y se agacha hasta que sus narices casi se rozan.

Si Antonia pudiera oler, percibiría el tufo a linimento, a crema hidratante. A pomada para la artritis.

—No creo que sepa dónde está el dinero. Pero, por si acaso, voy a dejarla en manos de mis hombres. Les llevará un rato. Pero siempre consiguen que la gente hable —dice, dirigiéndose a la puerta—. Ya sabe. Matemáticas.

Antonia traga saliva —mezclada con sangre— y ruega por que sus propios cálculos no estén equivocados.

6

Una espera

El inspector Gutiérrez recorre la distancia hasta la habitación de Antonia, intentando contener el enfado que le está cociendo el hígado a baja temperatura. Sus pasos suenan a «me va a oír».

Los nudillos repiquetean, con impaciencia.

Nada.

Hay una camarera al fondo del pasillo, arrastrando un carrito. Jon le enseña la placa, le pide que le abra la puerta de la 512.

—No puedo ayudarle, tendrá que preguntar en recepción —dice la mujer.

Jon resopla, con desagrado. Nadie tiene respeto por la policía estos días.

Echa el cuerpo hacia atrás, alza la pierna y patea la cerradura con todas sus fuerzas.

—¡No puede hacer eso!

—Llame a la policía.

A la segunda patada la cerradura salta, llevándose por delante un trozo de marco. Jon irrumpe en la habitación, comienza a revolver todo. Tarda menos de un minuto en encontrar la bolsa con el alijo. Puede que otras cosas no se le den tan bien, pero esto... esto lleva décadas haciéndolo.

En ese momento llega un mensaje de Antonia.

> Jon, éste es un mensaje programado. Si lo recibes, significa que tengo un problema. Espera en el coche a mi segundo mensaje. Te rogaría que, cuando lo recibas, conduzcas como si fuera yo.

Debajo, un sticker de un pato con gafas de sol.

Es difícil explicar con palabras educadas los sentimientos que cruzan por la mente del inspector. Jon ya llegaba con un cabreo importante, que le había acelerado el pulso y predispuesto a la pelea. O al conflicto. El mensaje de Antonia llega con las calderas bullendo y la presión alta.

Los juramentos que profiere, camino del coche, son irreproducibles.

Entra en el Audi, aparcado a cincuenta metros del hotel, se quita la chaqueta, cierra con un portazo, se pone el cinturón, gira la llave para que el sistema eléctrico se active, sin llegar a poner en marcha el motor. Jura un poco más.

Fuera ya ha oscurecido.

Desde fuera, un observador casual que pasara junto al coche —con un habitáculo perfectamente insonorizado— volvería la cabeza con estupor. El espectáculo de un hombre gritando en silencio, como una televisión sin volumen, mientras intenta arrancar el volante a manotazos, no se ve todos los días. El observador casual aceleraría el paso enseguida, porque el hombre en cuestión es enorme. No es que esté gordo.

El desahogo no sirve para serenar a Jon. En absoluto.

Y lo que viene ahora, menos.

Esperar una llamada, un SMS, un WhatsApp o un mensaje de Grindr es un suplicio en nuestros días. Acostumbrados a la inmediatez, al doble *check*, a la respuesta instantánea, nos hemos vuelto caprichosos. Infantiles.

Véase el inspector Gutiérrez. Con el teléfono en la mano, comprobando cada pocos segundos que las cuatro barras que indican la cobertura estén llenas. Apretando los puños, mirando a su alrededor por si acaso Antonia decidiera doblar la esquina por arte de magia. El asiento del copiloto, dolorosamente vacío.

Esperar le vuelve indefenso, le encadena a un limbo extraño entre pausa y acción. Y como no recibe lo que espera, comienza a hablarse a sí mismo. Un *vamos, vamos, vamos*, intermitente, ineficaz. Entre cada exhortación, la amenaza crece. Lo que le está sucediendo a Antonia ahora mismo, mientras espera, se vuelve la peor clase de amenaza. Esa inconcreta, en la que el monstruo de la incertidumbre va mutando de forma, sin detenerse en ninguna concreta el tiempo suficiente como para poder decidir cómo enfrentarse a ella. Cada niño que ha existido y se ha quedado solo, conoce bien a este monstruo. Habita en el periodo que transcurre entre que gritamos, llamando a nuestra madre, porque las sombras han revelado una garra, un hocico sediento de sangre, y el momento en el que ella aparece. En esa espera, la madre ha muerto de mil formas horribles, dejándonos a merced de la oscuridad.

Cada instante de espera, cada segundo transcurrido, va encogiendo más y más a Jon, hasta transformar su ansiedad y su miedo en un único punto candente. Un agujero negro de violencia y desesperación, que devora todo.

Entonces, el mensaje.

Ven a buscarme, si eres tan amable. <u>Pincha aquí</u>.
PD: Espero no estar muerta.

Debajo, un sticker de un perro horrible enseñando los dientes superiores.

Jon arranca el motor y pisa el acelerador. Tan a fondo que el pie roza el asfalto.

Ojalá no te hayan matado todavía. Porque pienso matarte yo.

7

Una cocina

Antonia ha perdido la cuenta de las bofetadas.

Están siendo cautelosos. Saben que no pueden darle demasiado fuerte. Antonia pesa la mitad que cualquiera de ellos. Si se pasan, le partirán el cuello, o la cabeza, o algo peor.

Por ahora llevan una ceja y los dos labios.

No les está funcionando.

A ella, menos.

Antonia pierde la consciencia en uno de los golpes. No es mucho, sólo unos segundos. La despierta el sonido pulsante y desagradable de un carillón en el interior de su cabeza. La sacude, revelando que el sonido es en realidad un tono de llamada. No escucha la conversación, pero ve a los gorilas hablando entre ellos a través del reflejo de la cafetera bruñida.

Le cuesta mantener el ojo izquierdo abierto. La hinchazón de la ceja aumenta, a medida que los capilares rotos acumulan sangre. Ahí ya no siente dolor. De esa parte se encargan su nariz y, sobre todo, los dientes. Tiene que apretarlos fuerte con cada golpe, para evitar morderse la lengua o el interior de los carrillos. No lo ha conseguido todas las veces, y ya se ha lacerado el interior de la boca. Los músculos de su mandíbula acusan el esfuerzo. Al igual que los de su cuello, que tensa, cada vez, para poder acompañar la dirección de la bofetada.

A la décima, deja de parecer fácil.

A la vigésima, sólo quieres que te maten.

Con todo, no está funcionándoles. Antonia no les ha dicho dónde está el dinero. Sobre todo porque no lo sabe. Y algo les ha transmitido esa llamada. Algo *importante*. Antonia está segura de que lo es. Uno de sus monos quiere llamar su atención, mostrarle algo, pero una nueva bofetada le hace esfumarse.

—¿Dónde está el dinero? —escucha, a lo lejos.

—Me gustaría saber qué hora es —musita Antonia, en español.

—¿Qué? ¿Qué dices?

—La hora. Me gustaría saber qué hora es.

O, por lo menos, que me dierais la vuelta.

O que no me peguéis.

Se cumple una de las tres cosas, cuando uno de los hombres gira la silla bruscamente. Después de haber estado contemplando la esquina contraria de la cocina, con el convencimiento de que lo último que viese podía ser una baldosa, contemplar otra parte del mundo se antoja una bendición. En esto está, hasta que se fija en que el más alto ha sacado uno de los cajones de la cocina y está eligiendo objetos que pinchen, corten y trituren.

Así que no eran cautelosos. Sólo me estaban hablando, piensa Antonia.

El otro, aquel al que Orlov llamó Gosha, se decide por un instrumento de acero. Mareada, bizqueante, Antonia no puede ver bien de qué se trata.

Apenas si puede ver el reloj de la cocina, y eso que está a menos de tres metros.

—¿Vas a hablar ahora? —dice el hombre más bajo.

Le muestra el objeto que ha cogido antes. Es una pinza para marisco. Capaz de hacer trizas la quitina del exoesqueleto de los crustáceos decápodos. Como, por ejemplo, una langosta. O el meñique izquierdo de Antonia, cuya falange distal está apretando ahora mismo.

—¿Dónde está el dinero? ¿Lo sabes? ¿Lo sabe el poli gordo? Habla.

El dolor intenso en el dedo hace a Antonia abrir los ojos de golpe. Consigue fijar la vista en la encimera de la cocina. El lugar donde hasta hace un momento estaba la paletilla de jamón.

—Está bien, está bien. Voy a deciros algo —susurra Antonia.

El que sostiene la pinza la suelta, se agacha, acerca la boca al oído de su prisionera. El otro se acerca un poco también.

—¿Qué?

—Se acerca el infierno.

El más alto debe de intuir algo. Lo cual redunda en su perjuicio, porque cuando gira la cara ofrece un blanco perfecto para que la parte externa de la paletilla —denominada maza— le atice en pleno hueso frontal.

Antonia hace el cálculo involuntariamente. Un sistema de ecuaciones de fuerza para el impacto de un cuerpo de cinco kilos golpeando un cráneo.

Considerando que:

- La masa se desplaza a unos cincuenta kilómetros por hora.
- La superficie de contacto ha sido de unos 400 mm cuadrados.
- El espesor de un cráneo humano es de unos 6 mm y su punto de ruptura medio es de 150 newtons/mm².

La fuerza de impacto total es:
Ocho toneladas.

Antonia concluye el cálculo en el tiempo que transcurre entre el crujido del cráneo al romperse y el ruido del mafioso desplomándose al suelo. Muerto, con toda probabilidad.

—No estoy gordo —dice Jon, dejando caer la paletilla. Estoy lleno de odio.

El otro *bojevik* se pone en pie, se saca una navaja de mariposa del bolsillo, la abre y se abalanza sobre Jon. El inspector da un paso atrás, luego otro, esquivando como puede las cuchilladas, que cortan el aire con silbidos aguzados.

Cuando ha conseguido apartarle lo suficiente de Antonia —que era su objetivo desde el principio, y por eso no lo ha hecho antes—, Jon saca la pistola y la apunta a la cara del mafioso, que detiene uno de sus ataques a la mitad y deja caer la navaja, contrariado.

—Quiero abogado —dice.

Qué aprendido se lo tiene, piensa Jon.

—Déjame que te haga una pregunta. ¿Si yo te hubiera pedido un abogado cuando ibas a clavarme el pincho, qué hubieras hecho?

El mafioso se encoge de hombros, con una media sonrisa en su cara embrutecida. Ésas no son las normas.

—Ya veo —dice Jon, acercándose, poniéndole el cañón en la frente—. La ley te interesa sólo cuando está de tu parte. Debería pegarte un tiro.

El otro amplía más su sonrisa, convirtiéndola en una mueca burlona y desagradable.

—Tú no huevos.

—Tú no dientes —dice Jon, hundiéndole el puño en la cara.

El cuerpo del *bojevik* se convierte en una marioneta que cuelga de un único hilo invisible, meciéndole adelante y atrás, hasta que al final se derrumba, inconsciente.

Aprovechando la circunstancia, Jon le pega una patada en la boca, añadiendo otros tres mil euros a la factura dental.

Después se vuelve hacia Antonia.

No parece contento.

8

Un bufido

—Me alegro de verte —dice Antonia, ofreciéndole una sonrisa sanguinolenta.

Jon emite un bufido de despecho que ya quisiera la reina de Inglaterra.

No dice nada.

Se limita a ir a la pila del lavabo y poner los nudillos debajo del agua fría un buen rato. Luego se las lava con Fairy, pues aún tiene restos de manteca en las manos. Observa, con disgusto, que un reborde negro se le ha formado en el puño de la camisa de algodón egipcio. Así que dedica un rato a frotarlo con agua, consiguiendo, por supuesto, empeorarlo todo.

—Tu iPad y tu móvil están aquí, hechos cisco. ¿Cómo cojones me has mandado la señal de localización?

—Mira en la caja de los Smint.

Jon ve la caja, sobre la encimera. La abre, y dentro encuentra, entre los caramelos, un dispositivo GPS de los que se suelen colgar al cuello los ancianos con alzhéimer. Cincuenta euros en cualquier Media Markt.

—¿Estás enfadado conmigo?

Jon se ríe por lo bajo durante un rato, mientras rebusca en el congelador.

—¿Qué te hace pensar eso?

—Para empezar, que no me estás desatando.

Jon no encuentra hielo en la nevera, pero sí una bolsa de guisantes congelados del Mercadona, que son lo siguiente mejor en caso de contusiones y hematomas. Le acerca la bolsa a Antonia y la arroja encima de la mesa.

—Ahí tienes.

Antonia agita los dedos para llamar la atención sobre el esparadrapo que sigue fijando sus muñecas a los brazos de la silla.

—Apáñatelas —responde Jon, sentándose en el sitio que antes había ocupado Orlov.

Antonia se impulsa con los pies, produciendo unos sonidos bastante desagradables cuando la pata metálica de la silla roza con el terrazo, hasta colocarse frente a la bolsa de guisantes. Después dobla el espinazo hasta que su rostro se queda a unos pocos centímetros del ansiado frío.

—¿Te importa?

Jon alarga el brazo y empuja con un dedo los guisantes hasta que Antonia puede apoyar en ellos la cabeza.

—Lo siento —dice.

—Como no me des más datos...

—Desátame, por favor.

—Primero hablemos un rato.

—Ya te he pedido disculpas.

—Ya sé que no entiendes nada de lo que hacen los humanos —dice Jon, intentando revestir su voz de paciencia—. Pero procura comprender esto, al menos. Pedir perdón no es una varita mágica que se agita y borra de golpe nuestros errores.

Antonia no responde. Jon no sabe si está pensando, se ha dormido o ha muerto a consecuencia de los golpes. Al cabo de un rato se agita un poco, y cambia de postura.

—Marcos me decía eso a menudo.

—¿Y qué respondías tú?

—Que no veía el propósito, entonces.

El propósito.

Que no ve el propósito, dice.

—Seguir adelante. Tratar de no cometer los mismos errores. Decir la verdad.

—No te he mentido con esto.

—No. Con esto no.

Jon se saca el alijo del bolsillo. Abre la bolsa de plástico. La vuelca sobre la mesa. Después la caja de pastillas. La vuelca también.

Antonia se incorpora y las mira fijamente.

Lo que hay en sus ojos, Jon ya lo ha visto antes. En gentes de dientes marrones y escasa higiene personal. Esa derrota, esa sumisión. Ese vacío al que saltaron una vez y cuyo fondo no parecen encontrar. Ya no gritan, ni tratan de agarrarse a nada.

Con un esfuerzo, aparta la mirada.

—Has estado tomando las cápsulas a mis espaldas.

Ella no trata de justificarse ni de negarlo. Sólo le mantiene la mirada.

—¿Por qué?

—Ya sabes por qué. Porque no la encontramos.

Sandra. Todo vuelve a esa loca una y otra vez. Y a tu maldito fantasma. Tengo la impresión de que estamos jugando a un solo juego desde que nos conocemos. Y que las reglas no las hemos diseñado ninguno de los dos.

—Tú robaste las cápsulas del almacén en Madrid.

—No —dice Antonia.

Tiene un ojo medio cerrado, el otro no se aparta de él. No lo desvía a los pequeños cilindros rojos y azules desperdigados sobre el tablero. Jon no se engaña, tampoco. Sabe que ya los ha contado, que sabe cuántos hay. Cuál es el peso total, el número de pie del técnico que las encapsuló.

Quizá esto último no. Pero no me está mintiendo.

Sólo hay una forma de averiguarlo.

—Pero sabes quién lo hizo.

Antonia sonríe. La duda ofende.

—¿No vas a decirme quién te las dio?

—No.

Está diciendo la verdad.

Lo cual lo hace todo aún más complicado.

—Mentor está completamente paranoico ahora mismo.

—Dime que no le has contado nada.

—¿Tú qué crees?

Ella sacude la cabeza, la echa hacia atrás, exhala el aire muy despacio antes de volver a mirarle.

—Tienes razón. Lo siento. Tú nunca me fallas.

—Ahora sí —dice Jon. Se pone en pie, pasa por encima del cuerpo del mafioso alto. Coge unas tijeras del cajón colocado sobre la encimera, y se agacha junto a la silla de Antonia—. Ahora ha sido una disculpa de verdad.

—¿Es por lo de respirar hondo antes de pedir perdón?

Jon comienza a cortar el esparadrapo, fingiendo que no ha oído nada.

Te lo da y enseguida te lo quita.

—Estás hecha una mierda.

Tiene la cara hinchada por varios puntos. El peor, el del ojo. La camiseta empapada en sangre.

—Contusiones y cortes superficiales. Solo necesito analgésicos y un poco de hielo —dice, frotándose las muñecas.

—Me alegro. Porque esto se terminó —dice Jon.

Usando su enorme manaza, barre todas las pastillas de encima de la mesa. Las recoge con la otra y las arroja al fregadero.

—¿Qué has hecho? —grita Antonia, poniéndose en pie y corriendo hacia la pila.

Jon le bloquea el paso.

—Lo necesario. Estás perdiendo el norte, niña.

—¡Estoy haciendo mi trabajo!

—El contenedor, el despacho del testaferro. Ayer por la noche. Y ahora venir aquí.

—Si hubieras venido tú, Orlov no habría hablado conmigo.

—¿Y has conseguido sacarle alguna cosa? ¿Ha servido de algo la paliza, el engaño? ¿El ataque al corazón que me has provocado?

Ella baja la vista.

—Déjame pasar.

Antonia forcejea con Jon, durante varios segundos, intentando llegar a la pila donde las cápsulas se van poco a poco disolviendo en el agua sucia, hasta que se convence de que tendría más probabilidades de éxito derribando un muro a soplidos.

—No las necesitas —dice Jon.

Antonia está llorando.

—No lo entiendes. No sabes el sitio al que tengo que ir.

Jon mira a esa pequeña mota de polvo diminuta en un universo indiferente, y la rodea con los brazos sin admitir protestas.

—No lo sé. Pero estaré aquí cuando vuelvas.

Lo que le hicieron entonces

—Esta mujer es el ser humano más asombroso que ha existido nunca —dice el médico, golpeando en el papel que le ha dado Mentor con una uña larga, dura y amarillenta—. Si usted está fallando en guiarla hasta su pleno potencial, es porque está enseñándola a hacer diagnósticos con un pensamiento dirigido.

—Dígame qué he de hacer, entonces —pide Mentor.

—Tiene que ayudarla a encontrar su relato —responde el doctor—. Si encuentra su relato, dejará de pensar en chutar, para limitarse a hacerlo.

La sala es negra y está llena de luz. Paredes y techo están alfombrados de material aislante, tan grueso que no deja pasar el sonido. Cuando Mentor habla por los altavoces, su voz parece venir de todos sitios al mismo tiempo.

Ha estado esperando este momento durante semanas. El relato. La historia que conseguirá que ella deje de pensar.

Ése es el problema con la consciencia. Tú no le dices a tu hígado que segregue bilis, no le ordenas a tus riñones que generen la orina.

Sin embargo, puedes controlar los pulmones. Puedes pensar en respirar. Y cuando tomas ese control, a veces resulta casi imposible dejar de asumirlo. Tienes que pensar en respirar.

Mentor ha reflexionado sobre todas las metáforas que puede utilizar para conseguir que Antonia deje de pensar.

Cree haberla encontrado.

—No puedes domar un río, Antonia. Tienes que rendirte a la corriente, y convertir su poder en el tuyo.

—¿Controlar cediendo el control? No tiene sentido.

—No todo lo tiene, ni tiene por qué tenerlo. Ríndete al río, Antonia —dice Mentor.

Antonia lo intenta.

Antonia fracasa.

9

Un instante

Antonia vuelve a intentarlo.

Cierra los ojos.

Se sumerge en la última hora. En el tiempo que ha pasado hablando con Orlov. Recupera los detalles que ha obtenido de su interacción. La ropa, el reloj, los zapatos. Las pausas, las inflexiones de la voz. No encuentra nada, salvo lo que ya intuía. Que la persecución de Lola Moreno tiene que ver con algo mucho más complejo que un mero ajuste de cuentas, que salvaguardar el honor de la *Bratvá*. Orlov necesita algo, desesperadamente.

Algo que ella le ha quitado.

Un dinero que dio por sentado que Antonia conocía, hasta que ella cometió un error, que le demostró que mentía. Pero ¿cuál?

Sigue buscando. Sigue indagando en su memoria, en los

minutos, largos, pasados recibiendo golpe tras golpe, atada a aquella silla.

Retazos de información, casi toda inútil. Detalles de la vestimenta de los dos matones. La cadena que uno de los dos llevaba al cuello, un anillo grueso de oro —cuyo recuerdo aún perdura en el dolor de su ceja partida—. El teléfono móvil. La llamada.

La llamada que no pudo escuchar.

Pero sí que pudo verlos. Verlos a los dos, en el reflejo en el metal bruñido de la cafetera situada sobre la mesa. Gesticulando.

Lo viste. Si lo viste, puedes recordarlo.

Los monos aparecen.

Vuelven a presentarse frente a ella. Chillando, reclamando su atención. La rodean por todas partes.

Ahora está sola, en el interior de la cocina. En la representación que de ella ha hecho en su cabeza, en la que ya no está Jon. Y los monos están ahí. Subidos a las alacenas, a la encimera, dando saltos por el suelo, sosteniendo todos los elementos que han encontrado, agitándolos frente a su vista.

Todos y cada uno de ellos creen ser importantes, creen que tienen la solución, agitan su pequeña pieza de verdad afirmando que es la clave para la solución completa.

Antonia gira sobre sí misma, intentando aislar cada pieza de información, entenderla, ver cómo puede sumar al resultado final.

No puedes domar un río, Antonia. Tienes que rendirte a la corriente, y convertir su poder en el tuyo.

—No.

No puedo ceder el control.

¿No puedes, o no quieres?

Cierra los ojos.

Vuelve a abrirlos.

Ya no está en la cocina.

Tiene de nuevo siete años.

Está del brazo de su madre, en el zoo. Pide un helado. Ella accede a comprárselo. Mientras se paran en el puesto, Antonia para y mira por primera vez.

Las marcas del gotero del hospital en el dorso de la mano.

El vaso de agua en el que acaba de disolver el sobre de antibióticos.

La extrema lividez de la piel. El pelo, que ya no es el suyo, sino una peluca. La esclerótica amarilla. La tos seca, apática, de unos pulmones que se han rendido.

—Vamos a ver los monos, cariño —dice su madre, con la derrota asomándole por la comisura de los labios.

Las pruebas estaban ahí, delante de ella.

Lo supe. Lo supe entonces.

Ahora comprende por qué se echó a llorar delante de la jaula. Por qué de repente le asustó aquel animal que parecía guardar un secreto. Cuando era ella quien lo ocultaba desde el principio. El secreto de lo que era capaz de hacer.

Siempre he sabido cómo.

Pero tenía demasiado miedo de mí misma.

Cierra los ojos.

Vuelve a abrirlos.

Está de nuevo en la cocina.

Los matones se incorporan del suelo, guiados por una fuerza invisible que está haciendo que el tiempo vuelva hacia atrás.

Sentando a Antonia de nuevo en la silla, recomponiendo el esparadrapo cortado de sus muñecas, reduciendo la hinchazón de sus heridas.

De nuevo puede ver el reflejo de la cafetera.

Los ve hablar entre ellos.

Lee en sus labios. No ha captado todo, tiene la visión borrosa por los golpes y el mareo.

Pero capta una frase.

Abre los ojos.

Jon sigue abrazándola.

—Creo que sé dónde está Lola Moreno —dice ella, apartándose de él.

Jon frunce el ceño, se rasca el pelo con impaciencia. Ha habido demasiadas emociones ese día. Lo inteligente sería retirarse cuando aún van empatando.

—Vamos al coche. Pero antes pararemos en una farmacia —avisa, señalando el accidente en el que se ha convertido su cara.

Antonia asiente, agradecida, y se dirige hacia la puerta de la cocina. Tiene que saltar por encima de los dos *bojevik* para alcanzarla. Cuando pasa las piernas por encima del más alto,

aquel al que Jon golpeó primero, le invade una extraña certeza, que sólo puede expresar en forma de pregunta.

—¿Tú me quieres?

Jon le dedica una sonrisa cansada.

—Ay, cari. Te quiero tanto que todavía no te he matado.

Kot

Es el más pequeño de la camada.

Sus hermanos y hermanas son los primeros en comer, en encontrar el lugar más caliente para dormir. El pastor entra en el cobertizo, ve al pequeño y pasa de largo. Tras muchos años y muchas camadas, conoce cómo funciona la naturaleza. Siempre muere alguno. Esta vez la perra ha tenido ocho. Cuando llegue la primavera, con suerte, quedarán tres.

Los inviernos en Goris, en la provincia de Syunik, en Armenia, son duros. La temperatura alcanza los doce grados bajo cero, nunca asciende por encima de tres. Es un pueblo hermoso, agreste, perteneciente a otro siglo. Sí, hay coches y teléfonos móviles, porque el virus de la civilización infecta incluso los lugares más remotos. Pero el puñado de casas que se arraciman a los pies de las montañas Zangezur, buscando protección contra el viento, están ocupadas por gente diferente. Gente que convive con un fatalismo ancestral, atávico. Nacen entre un cielo vacío y una tumba abierta, y no arquean una ceja cuando uno no les contesta o la otra les reclama.

Por eso el pastor mira al cachorro con indiferencia. Otro en su situación habría llevado un platillo de leche al cobertizo, le habría envuelto con una manta. El pastor pasa de largo, y deja que la naturaleza haga su trabajo.

Bastantes preocupaciones tiene. El rebaño en invierno da mucho más trabajo. Hacinadas en el cercado, las ovejas piden agua y heno y producen enormes cantidades de estiércol que hay que palear. Solo con su hijo pequeño —el mayor murió en la guerra, hace diecisiete años—, el pastor no es capaz de nada más que de desplomarse en la cama, agotado, cuando ha cumplido todas sus tareas.

Cuando llega la primavera y las nieves desaparecen, el mundo se vuelve un lugar más amable. Las ovejas salen a ramonear, pastan la hierba baja de las laderas, y sólo hay que conducirlas de un punto a otro. Subido en el percherón, con una vara larga en las manos y un zurrón repleto en la espalda, el pastor ve recobradas las fuerzas y la dignidad. El sol devuelve parte de su fuerza a los miembros cansados, y la vida se vuelve soportable.

Los perros ayudarán, cuando llegue el momento.

El pastor caucásico es una raza antigua. Los soviéticos dicen que fueron ellos los que la crearon tras la Gran Guerra, mezclando varias razas de perros molosos de las montañas de Osetia del Norte junto con razas de Armenia y Azerbaiyán. El pastor tuerce la cara con desagrado cuando escucha esa mentira, repetida hasta la saciedad. Él tiene sesenta y tres años, y de niño creció con los *nagazi*, pues ése, y no otro, es su nombre. Y así lo hicieron su padre, y antes que él su abuelo. Típico de los rusos querer apoderarse de todo aquello que ven.

La tierra, las mujeres. Los niños.

Los *nagazi* son fuertes, tan grandes como un hombre adulto, a veces aún más. Dotados de una melena espesa y marrón con zonas negras y de unas patas grandes y altas, llegan a pesar noventa kilos. El pastor recuerda un ejemplar enorme, el abuelo de esta camada, que casi alcanzó los cien. Su inteligencia, su fiereza y su marcado instinto territorial los han convertido en protectores del ganado y de la familia. Y en esa tarea sobresalen en un aspecto por encima de todos.

Matar lobos.

El cachorro superó el invierno.

Una mañana gélida de comienzos de primavera, el pastor lo encontró en el exterior del cobertizo. Tenía una paloma entre las patas. Restos de nieve en polvo le cubrían el hocico. Mezclada con la sangre de la paloma, la nieve refulgía como rubíes sucios al sol del amanecer.

Miró al cachorro con sorpresa. Debía de tener ya doce semanas, y hacía cinco que creía que había muerto, devorado por la madre. Las perras sabían bien que no todos conseguían vivir, y se limitaban a acelerar el proceso.

—¿Ése no es el pequeño? —preguntó su hijo.

El pastor asintió.

—No sé qué haremos con él. Ya tenemos demasiados.

Habían sobrevivido cuatro cachorros. Con este, cinco.

Una camada especialmente fuerte. Y alimentar a cuatro perros de noventa kilos ya es bastante difícil. Entre todos pueden comerse treinta ovejas al año, además de pollos, hortalizas y fruta. Nada de pienso para los *nagazi*, no cuando tienes comida que crece y se reproduce a cambio de agua y hierba. No, si quieres que el rebaño sobreviva. Hace siete años, una manada de lobos consiguió entrar al cercado de los vecinos. Mataron a ciento veinte ovejas en una sola noche.

Aún tiembla al recordarlo.

Pero no pueden quedárselo.

—Lo bajaré al pueblo. Nikol me lo comprará.

El pastor hace una mueca de desagrado. Un animal como éste debe ser libre. No mercancía. No es un ser estúpido y servil como las ovejas.

Reprime el gesto de acariciarlo, con sus manos nudosas y agrietadas. No es un hombre sentimental. Pero sabe que, si lo hace, no permitirá a su hijo que se lo lleve.

Y bien sabe Dios que necesitan el dinero.

—Está bien.

—¿Cómo se llama? —preguntó Nikol, observando aquella bola de pelo, engañosamente plácida. Nikol es el dueño de un supermercado y un almacén de pienso para animales, y conoce muy bien el temperamento de los *nagazi*.

—No lo sé. Kot.

—*Kot*. Cachorro. Está bien —dice, alargándole un puñado de billetes.

Nikol cuidó del perro durante seis días, que fue el tiempo que tardó un adiestrador de Volgogrado en responder a su anuncio. Kot voló hasta Rusia en un carguero que salió de Erevan al día siguiente. En Rusia pasó tres semanas en la finca del adiestrador, un hombre cuyo negocio consistía en encontrar auténticos molosos de montaña y educarlos para servir a hombres adinerados. El adiestrador sabía lo que vendía. Aquellos perros eran orgullosos e inteligentes. No habían nacido para ser meros animales de compañía, para obedecer órdenes. En las prisiones rusas patrullaban las murallas, y si un preso las saltaba, los guardias los soltaban y los dejaban hacer. Fotos a todo color de los resultados quedaban siempre a la vista de los internos en los pasillos.

Así que había que domar su carácter, pero sin quebrarlos. Uno de aquellos *ovcharka* —el adiestrador usaba el nombre soviético con orgullo, pues creía que los soviéticos eran sus creadores— se dejaría matar antes que ceder.

Cuando el perro estuvo listo, el adiestrador colgó una foto en su página web, anunciando un ejemplar perfecto de *ovcharka*, nacido en las montañas nevadas. El precio serían cuatro mil dólares más desplazamiento, cien veces más de lo que Nikol le había pagado al hijo del pastor.

Al otro lado del mundo, un joven y borracho Yuri Voronin llamó a su mujer y la sentó en sus rodillas delante del ordenador.

—Mira, cariño. Creo que ya sé lo que necesitamos para nuestra nueva casa.

Lola

Había una vez una niña que fue a rescatar a su perro. Consi-guió sacarle y huyó con él a un lugar donde los hombres mal-vados ya nunca, nunca podrían alcanzarla.

Lola sabe que la pesadilla está a punto de acabar. Jack está a punto de huir de casa del gigante, descendiendo por la mata de habichuelas.

Las últimas horas han sido horribles. Consiguió escapar co-rriendo. La policía montó un operativo para localizarla, di-fundió su fotografía por los informativos, pero se centraron sobre todo en cómo iba vestida. Con dinero de sobra, Lola pudo hacer muchas cosas. Primero, entrar en un almacén oriental. La sudadera la arrojó a la basura. Vestida ahora con una gabardina de corte poco favorecedor y una gorra depor-tiva, con una mochila al hombro, su imagen poca relación guardaba con la fotografía que habían hecho pública.

Subió a un taxi que la llevó hasta Estepona. Allí le fue fácil encontrar un apartahotel donde no le pidieron el DNI, porque, claro, se lo había olvidado y mañana tenía una reunión importante para un puesto de trabajo aquí, le pagaré el doble por un par de días. Y no lejos había una farmacia de guardia donde le vendieron su preciada insulina. Lola se dio la vuelta y extrajo un billete de la mochila y lo introdujo en el cajetín metálico con mano temblorosa, temiendo que en cualquier momento el farmacéutico la reconociese. El farmacéutico la miró durante unos segundos más de lo necesario, pero acabó metiendo la insulina y las vueltas en el cajetín y cerrando con un chasquido.

Menos de dos horas después de haber disparado al aire en la esquina de la avenida Ramón y Cajal, Lola estaba llorando en la estrecha ducha de su habitación, incapaz de dejar de temblar de miedo y de ansiedad.

Apenas durmió esa noche, aunque atrancó la puerta con la mesa. No paraba de saltar al menor ruido, imaginando que ya estaban allí, que la habían encontrado. Consiguió conciliar el sueño cuando el sol ya clareaba a través de las persianas. De puro agotamiento. Durmió hasta bien entrada la mañana.

Se levantó, se inyectó la insulina, desayunó en una cafetería. Fue hasta un Mango, donde compró ropa cómoda, gafas de sol, vaqueros y zapatillas. A pesar de que iba caminando con la cara vuelta hacia la pared, a pesar de que cada mirada le parecía sospechosa, y que el tiempo que estuvo en la tienda no dejaba de volverse hacia la entrada, nadie se le acercó, nadie la reconoció.

La vida continuaba con una normalidad desconcertante,

después de todos los sucesos de los últimos días. Cuando se detuvo a comer en un restaurante de la avenida España, cargada de bolsas de la compra, perdió por un instante la consciencia de su situación, y buscó en el bolso recién comprado (que no contenía más que unos pocos billetes) el móvil para llamar a Yuri y ver cómo estaba.

Al instante, la vida le recordó la realidad con la sutileza de una pedrada.

Se echó a llorar sobre el segundo plato.

Seguía siendo una fugitiva de la justicia. No tenía identificación, ni modo de conseguir una. Tampoco amigos a los que recurrir, ni familia que no estuviese vigilada.

Podría huir, subirme a un autobús en dirección a Madrid, o Valencia, perderme allí entre sus calles, conseguir un trabajo, desaparecer.

No.

No voy a irme sin mi perro.

Regresar a Marbella era un riesgo muy grande, pero había recobrado las fuerzas y la confianza en sí misma. Y sólo tendría que estar una hora en la ciudad.

Una hora más, y se acabó.

Qué lugar tan horrible, piensa Lola, mientras rodea el recinto desde fuera.

La perrera municipal está a las afueras, al final de una carretera estrecha de un solo sentido. Las perreras comparten algo con los tanatorios, las residencias de ancianos y los cementerios. Las colocamos en el sitio donde menos probabilidades tengamos de verlos. Porque nadie quiere saber qué ocurre realmente tras esas vallas altas, aunque intuyamos que ocultan una realidad a la que no queremos enfrentarnos.

El tiempo, medido en dinero, es la droga más efectiva y peligrosa que existe. La dosificamos de forma cicatera y egoísta para dar la espalda a cualquier mínimo atisbo de sinceridad. El tiempo es nuestra justificación para el egoísmo que nos aísla de la verdad, de esa destrucción que causamos, la que carcome a otros, la que en última instancia nos carcome a nosotros mismos. *No tenemos tiempo*, nos decimos. Y así continúan los perros abarrotando las jaulas y los ancianos alzando el cuello arrugado y lleno de colgajos hacia la puerta cada vez que se abre.

No hay tiempo para la verdad.

Tampoco hay tiempo para Kot.

Como perro potencialmente peligroso —y pocos lo serán más que él— la ley dicta que, si no es adoptado antes de diez días, será sacrificado.

Lola ha comprado una cizalla en una ferretería de la plaza de las Delicias en Estepona antes de volver a Marbella. También unos guantes de trabajo para poder doblar los alambres de la valla.

Elige un punto en el descampado de la parte trasera y comienza a trabajar.

Abrirse paso hasta el interior le lleva menos de seis minutos. Tiene que cortar una buena porción de alambrada, porque luego debe salir por ahí con el perro, y no sabe si tendrán que correr. Tampoco quiere que se desgarre con los alambres.

Cuando recorta un agujero de casi ochenta centímetros de diámetro, arroja los restos a un lado y entra a la perrera.

No hay seguridad, ni personal en el recinto por la noche. Una hilera doble de jaulas ocupa el exterior del edificio bajo y destartalado. Es un paseo de los horrores. Lola aparta la mirada al ver la gran cantidad de animales, cuyos dueños decidieron un día que ya no tenían hueco en sus vidas para ese regalo de Navidad, para ese capricho de un hijo. Las jaulas están sucias y los animales, derrotados. La perrera es de gestión privada, y lo que sucede es lo esperable.

Muchos de los animales ni siquiera se inmutan cuando Lola se acerca. Unos pocos gruñen con desgana. Otro suelta un ladrido esperanzado que muere en cuanto Lola pasa de largo.

Otro de los cautivos se limita a ponerse en pie, cuando escucha sus pasos sobre el cemento.

Lola llega a la jaula y la abre sin esperar ni un segundo. No necesita llave, solo un pasador largo de acero.

El perro no se mueve. Incluso en la penumbra de la perrera, con la única luz de las farolas de la calle a un lado y de la carretera algo más lejos, el animal es algo impresionante. Alto como una mesa de comedor, ancho como una mesa camilla. La melena pardusca que le rodea la cara es gruesa y espesa. Sus ojos y sus hocicos están recubiertos de una máscara negra. En la semioscuridad, sólo se aprecia el brillo de sus ojos color café y el suave agitar de su lengua rosada.

Lola pronuncia su nombre.

—Kot.

Es como un besuqueo, con la «u» que te obliga a juntar los labios, las consonantes revolcándose, la lengua despuntando en la «k» y la «t».

—*Ko mne* —ordena, agachándose para que le pueda dar la bienvenida—. Ven aquí.

Adora que sólo responda a las órdenes en ruso.

El perro se acerca enseguida, y le lame la cara con avidez. Puede que sea una mole de músculo y hueso capaz de descabezar a un ser humano en pocos segundos. Pero en lo tocante a su dueña, no conoce otra emoción que no sea el amor.

—Mírate, perro tonto —dice ella, palpándole por la cabeza y el cuello—. Estás sucio. Te han quitado el collar. Y has perdido peso.

Kot no le reprocha que se haya marchado. Pero empieza a ponerse nervioso por la presencia de otros perros, ahora que sabe que ella está allí. La golpea con una zarpa del tamaño y solidez de una sartén pequeña. Sólo quiere avisarla, pero aun así consigue hacerle daño en la pierna. Así ha sido siempre su vida con Kot. Unas piernas cuajadas de moretones y arañazos.

—Basta. *Molodets*. Buen chico.

Se encamina hacia el agujero en la alambrada con el perro pisándole los talones.

—*Gulyat*. Ve fuera.

Kot se escurre al exterior tras olisquear un momento. Lola le sigue enseguida.

Al final del descampado, aparcado junto a la luz de una farola, ve el Ford Fiesta de Zenya, que le hace una señal con las largas. Está esperándola sentada al volante.

Menos mal. Esto se ha terminado, por fin, dice Lola, sin poder creerse lo fácil que ha sido todo.

Y hace bien. Cuando pone una mano en la manilla del coche, algo le hace darse la vuelta.

Kot ha puesto el cuerpo rígido e inclinado hacia delante. Saca pecho. De entre sus fauces brota un gruñido áspero y amenazador.

—¿Dónde tú vas, Lola? —dice una voz en la oscuridad.

Lola siente una bola de acero en el centro de su estómago. Reconoce esa voz. Esa falsa alegría.

Kiril Rebo da un paso al frente. Entra en el espacio iluminado, con su pelo rubio desleído, su cuerpo enjuto hecho de nudos forrados de piel pálida.

Esgrimiendo su sonrisa, sus ojos vacíos de escualo, y una pistola.

De las tres cosas, no es el arma lo que más aterra a Lola.

—¿Por qué? —dice Lola, mirando a Zenya.

—Me amenazaron con matar a mi hermana si no la entregaba, señora. Ella sigue allí. Y allí a nadie le importa si desapareces.

Lo comprende. Zenya ha hecho lo que tenía que hacer. Como ella misma. Como todo el mundo.

—Lo siento mucho.

Lola le dedica una sonrisa triste. En otro tiempo, hace tan solo unos días, quizá la hubiera insultado, amenazado, maldecido. Ahora ni siquiera sabe si sigue siendo esa misma persona, la mujer que era. O si alguna vez volverá a serlo. Está demasiado cansada. De todo. De todos.

—Está bien.

El gruñido de Kot se incrementa cuando un segundo matón se coloca al lado de Rebo. También sostiene una pistola, y no deja de apuntar al perro. Tiene la mano crispada y los ojos vidriosos. Se ha metido un gramo, por lo menos.

—Mejor tú controlas tu perro —exige Rebo, señalándolo.

—Solamente tengo que dar una orden —dice Lola.

—Nosotros sólo dispara, *da?*

Lola aprieta los dientes, reteniendo dentro la sílaba que lanzaría a Kot a la garganta de aquellos hijos de puta. Acabaría con uno, incluso aunque le acertaran los disparos. Lanzado al ataque para proteger a su dueña, haría falta mucho más que una pistola para detenerle.

Pero aunque mate a uno, el otro quedará en pie.

Y no va a dejar que maten a su perro inútilmente.

—Hagamos un trato. El perro se va con ella, yo con vosotros. *Khorosho?*

Rebo frunce el ceño, considera la propuesta. Dispararle al perro no es una buena idea. Ya han llamado la atención bastante sobre la organización en los últimos días.

—Está bien.

Lola abre la puerta del coche, y le ordena a Kot que suba. El perro la mira con desconfianza, pero acaba obedeciendo.

Lola se inclina sobre Zenya, y se saca con disimulo un sobre de la chaqueta.

—Llévalo donde te he dicho —le dice a Zenya, arrojándole el sobre—. Allí estaréis a salvo. Ya os alcanzaré.

Zenya abre el sobre. Ahí hay mucho más de cinco mil euros. Suficiente para la operación de su hermana y para desaparecer unos cuantos días.

—No dejarán que se vaya —dice, ahogando un sollozo.

—Ya me las apañaré.

Zenya arranca el coche, y sale del descampado. Llevándose con ella las esperanzas de Lola Moreno.

Se gira, lentamente, y se encara a Kiril Rebo.

—Ya está. Ya lo habéis conseguido.

10

Unos amigos

—Tú me sorprendes —dice Rebo— . Tú no sólo chochito loco de Voronin. No sólo adorno, *da?*

Lola guarda silencio. El reconocimiento laboral no está entre sus prioridades ahora mismo. Y lleva demasiado tiempo camuflándose a plena vista como para mostrarse de repente, en cuanto un psicópata armado le hace un cumplido.

—Nada tú dices. Bueno. Ya hablarás.

Lola se revuelve. Tenía la libertad al alcance de la mano, y la ha desperdiciado por un estúpido error. La rabia la consume por dentro. También el miedo, pero no quiere demostrarlo.

—¿Por qué no nos ahorramos el trabajo y me matas ya?

Kiril Rebo sonríe de nuevo.

Es la sonrisa más desagradable en la historia de las sonrisas.

Que se le congela en la cara cuando, por el extremo contrario del descampado, aparecen unos faros.

—¿Quiénes son ésos? —le pregunta el otro *bojevik*.

Rebo agarra a Lola por el brazo y la aproxima a él.

—¿Amigos tuyos? —dice, poniéndole la pistola en el vientre—. ¿Has llamado tú?

El cañón del arma le arranca un jadeo, la presión del acero transmite una oleada de electricidad y aprensión desde su vientre a su nuca. Siente el impulso —un hormigueo en las manos, en la punta de los dedos— de apartar el cañón de la vida que crece en su interior.

Todo lo que logra es sacudir la cabeza, aterrorizada.

Rebo se plantea correr hasta su propio coche, pero lo han dejado al otro lado para poder acechar a Lola en la oscuridad. Los faros están cada vez más cerca, y otros dos le siguen a pocos metros.

A su espalda aparecen dos más.

De frente, un coche patrulla y un Audi Negro. Detrás, otro coche patrulla. Los tres vehículos les rodean. Frenan en seco, los neumáticos resbalan sobre la grava con un sonido rasposo antes de detenerse. De los coches salen varios agentes, con las pistolas en la mano, que les apuntan parapetados tras las puertas.

—¡Policía! ¡Tiren las armas!

Más coches se acercan, con las sirenas encendidas.

Rebo mira a su alrededor, furioso. Sigue teniendo a Lola agarrada por el brazo, y la pistola apretada contra su costado. Los faros de los coches les han encerrado en un círculo de luz. Sus sombras se alargan en el suelo, gigantescas.

El otro *bojevik* está nervioso. Empapado en sudor, con la respiración agitada y el corazón en la garganta. La cocaína ha multiplicado su agresividad, su paranoia y su confianza en sí mismo hasta extremos peligrosos. Levanta la pistola, apuntando a las formas oscuras que se intuyen al otro lado del muro luminoso que han creado los faros. Hay gritos, confusión. Media docena de gargantas emiten sonidos al mismo tiempo.

El matón agita el arma, da un paso hacia uno de los coches patrulla.

Alguien dispara.

El tiro le alcanza en la espalda. El matón se revuelve, un segundo tiro le alcanza en el cuello, en trayectoria lateral. Arrancándole la tráquea, en una nube de sangre y cartílagos que flota durante un instante bajo la luz de los focos, para luego desvanecerse y caer.

El *bojevik* está muerto antes de tocar el suelo. Su cuerpo, sin embargo, no lo sabe. Aún se agita, entre espasmos y convulsiones, que hacen que su cara se restriegue contra la grava durante unos grotescos segundos.

—Quiero abogado —dice Kiril Rebo, soltando a Lola y tirando la pistola al suelo.

—Pero... ¿A vosotros os dan un cursillo con lo que tenéis que decir, o qué? —se oye decir a Jon, al otro lado de los faros.

Aslan

Aslan es un hombre que no se deja dominar por sus emociones, vaya eso por delante.

Cuando descubrió la traición de Voronin, meditó durante varios días antes de actuar.

Cuando tuvo que presentarse ante la *Bratvá* y sus socios en el funeral de su tesorero muerto, ponderó cada palabra que iba a decirles, sopesando las inflexiones, las pausas, incluso los movimientos de las manos. Ensayó delante del espejo del cuarto de baño, poniendo las manos sobre la pila del lavabo como si las estuviera apoyando sobre la mismísima biblia en la Iglesia ortodoxa.

Cuando tuvo que rendir cuentas al *pakhan* —con el secreto propósito de descubrir el enigmático comportamiento de la Loba Negra—, veló durante largo rato el cadáver de unos huevos fritos con tostadas antes de decidirse.

Ahora, sin embargo, es distinto. No sólo se ha arruinado su posibilidad de recuperar el dinero, tal y como le habían ordenado.

Además se han llevado a Kiril Rebo.

Aslan nunca ha tenido por nadie un afecto incondicional desde hace décadas. Alguna vez se ha escuchado decir en voz alta que un amigo es alguien a quien todavía no ha matado. De cara a la galería, sin creérselo del todo, pero sabiendo que tenía que vivir acorde a los principios que enunciaba. Caminaban por delante de él, como un escudo, pero exigían su precio. El secreto de una buena vejez no es otra cosa que un pacto honrado con la soledad, tanto más si eres un mafioso.

Pero si hay alguien por quien Aslan sienta algo parecido a la amistad, a una camaradería sana y real, ése es Kiril. A Rebo le ha perdonado hasta la última de sus infracciones, de sus atrocidades, que ha saludado como rarezas. Orlov siempre supo de sí mismo que era amoral. Y de Kiril, que era directamente malvado. Cuando era más joven, Aslan se había reído con sorna de los villanos puros a los que tan afecto era el cine soviético. Esos que agarraban a la virginal muchacha y soltaban una carcajada vesánica, que preparaba la entrada del héroe del proletariado.

Luego conoció a Kiril Rebo.

Cuando llegas a una edad determinada, con los pies en el zaguán, mirando hacia la salida, echas la vista atrás. Aunque no quieras. Orlov, que ha hecho siempre lo que la necesidad le dictó y el instinto le permitió, ha matado a una docena de personas con sus propias manos. Nunca disfrutó particularmente del proceso. Para él, lo único importante era el resultado. Bailar sobre la tumba del enemigo. Seguir bailando.

—¿Somos despiadados? —le preguntó un día a Kiril, delante de una botella de vodka. En el suelo, el cadáver del hijo de un rival. Once años.

—Tenemos buen gusto —fue la enigmática respuesta de éste.

Orlov lo comprendió, más adelante, cuando llegaron a España. El buen gusto no tiene que ver con la ropa que vistes o los muebles que pones en tu casa. Los zares atiborraron sus palacios de joyas y enseres que hoy les parecerían horrendos a las revistas de decoración.

El buen gusto no es moda. Es armonía. Y la mejor forma de conseguir ésta es a través del asesinato.

Por eso Orlov siente afecto por Kiril Rebo. Porque ha decidido, libre artista de sí mismo, amar lo que hace, sin fisura alguna.

Incluso para ser mafioso hay que tener talento, piensa Aslan. *Y no existe talento sin pasión.*

Orlov se debate consigo mismo, inquieto, sin acabar de encontrar acomodo en su sillón favorito. La terraza de su mansión en La Zagaleta cuelga sobre la colina. En los días claros se ve Gibraltar y las costas de África. Más arriba, a medio kilómetro, está la casa de Vladimir Putin en España. Nunca se ha encontrado con él, ni sabría qué decirle. Quizá esbozaría un tímido agradecimiento.

Ha caído la noche, así que la vista se limita a una masa de árboles, que revelan una luna tenue y el murmullo del viento entre sus ramas. Nada que ver, ningún lugar al que ir.

Sólo una decisión que tomar.

Hay cálculo en ella. Consecuencias y repercusiones. Una traición. Y quizá la única posibilidad de seguir adelante. De seguir bailando. A sus setenta años, con su paso renqueante y sus pies en el zaguán, pero resistiéndose a abandonar la fiesta. Porque al otro lado de la puerta de salida solamente hay frío, aullidos, dientes afilados en la negrura.

Aslan es un hombre que no se deja dominar por sus emociones, y por eso es capaz de coger el móvil y marcar un número que nunca creyó que volvería a usar.

Responde al primer timbrazo.

Estaba esperando su llamada.

—Tenemos que hacernos cargo del problema —dice Orlov.

—¿Ocurra lo que ocurra?

—Ocurra lo que ocurra.

Cuelga, y hace una nueva llamada. Tienen que ponerse en marcha, por si el primer plan falla. Y no puede recurrir a nadie más, porque no hay nadie más.

No era así como había visualizado su vejez. Creía que con la edad podría trascender la carne, sus deseos y sus miserias. Instalarse en un reino de serena inmaterialidad. En lugar de eso, sólo se ha visto arrastrado por su cuerpo aún más abajo, hacia el interior de su maquinaria. Su brutal, vengativa, chirriante y cada vez más oxidada maquinaria.

Se pone en pie.

11

Otra bolsa de hielo

Al final fue todo muy rápido.

Ambos van en el coche, de vuelta a Madrid, tal y como vinieron. De noche, viendo las rayas de la carretera perseguirse bajo el capó del Audi. Con una extraña sensación de irrealidad. Los hombros tensos, las piernas demasiado ligeras. Como el soldado que le da la espalda al barro y las balas, corriendo de nuevo sobre terreno seco.

Como si las cosas no pudieran ser tan sencillas.

—Las cosas no pueden ser tan sencillas —le dice Jon.

—Hemos hecho nuestra parte —dice Antonia, aunque sólo con media boca. Es sólo media metáfora. La otra media boca la tiene realmente tapada por una bolsa de hielo (otra distinta).

La primera bolsa de hielo la compraron camino de la perrera municipal. En la gasolinera, mientras Jon pagaba, Antonia llamaba a la comisaria Romero. La tensión entre las dos mujeres desapareció en cuanto Antonia le comunicó, muy seria y profesional y sin asomo de revanchismo oportunista, que sabía dónde iba a estar Lola Moreno dentro de unos minutos. La comisaria Romero, correcta y agradecida por su labor, le pidió un punto de encuentro y le dio instrucciones concretas.

Al menos así le refirió Antonia la conversación al inspector Gutiérrez.

—¿Cuál ha sido su frase de despedida, en palabras textuales? —preguntó Jon, que ya se conoce los resúmenes de Antonia.

—«No la jodan.»

—Ya veo. ¿Y dónde dices que es el punto de encuentro?

El punto de encuentro era una vía de servicio cerca de la perrera municipal. Una inclinación del terreno les daba cierta ventaja visual, así que cuando Lola salió del recinto con el perro, fue cuestión de acercarse por ambos flancos. En el intervalo que tardaron en llegar, estuvieron a punto de que la operación se diera al traste cuando la sospechosa estuvo a punto de subir a un Ford Fiesta que acabó marchándose sin ella.

La sorpresa fue que, mientras convergían sobre el objetivo, aparecieron los mafiosos. Capturar a una sospechosa armada, difícil de por sí, se convirtió en una situación con rehenes. Había siete armas apuntando a los rusos, por sólo dos de ellos. Cuando todo estalló, cuando todo el mundo comenzó a gritar al mismo tiempo, Antonia supo que no habría modo de evitar el derramamiento de sangre.

—Dieciséis muertos —fue el resumen de la comisaria Romero, cuando Kiril Rebo y Lola Moreno estuvieron esposados, cada uno en la parte de atrás de un coche patrulla.

—Ya. Bueno. Al respecto de eso... —dijo Jon, frotándose la nuca y mirándose las puntas de los pies.

Y así fue como informaron a la comisaria del modo en el que habían descubierto la localización de Lola Moreno. Y que la cuenta de cadáveres ascendía a diecisiete.

Hubo una conversación muy tensa, larga y desagradable.

—Tendrán que venir a declarar delante del juez. Ya les avisarán. Por ahora, me alegro de perderles de vista —dijo Romero, por todo agradecimiento.

Jon fue a recoger las maletas al hotel. Antonia se quedó en la escena hasta que se presentó un furgón de la policía judicial, aunque Jon regresó antes. Habían venido desde Málaga para trasladar a los detenidos a Madrid.

—Lo han solicitado desde allí. No creen que este entorno sea seguro para tomarles declaración —dijo Belgrano, cuando el inspector Gutiérrez le interpeló al pasar.

Los dos agentes de la policía judicial, ambos de paisano, esposaron a los dos detenidos a las barras atornilladas a la estructura en la pared del Citroën de color azul marino y blanco. Uno a cada lado. Los agentes cerraron la puerta lateral, subieron a la parte delantera.

Jon y Antonia también se pusieron en marcha. Adelantaron a la furgoneta tras la primera rotonda, y eso fue todo.

Jon no tiene prisa, no ha superado la velocidad permitida en ningún momento. Ha puesto *19 días y 500 noches* en el Spotify. Los altavoces del Audi les cantan historias de peces de hielo, de malas compañías que son las mejores, de rubias platino.

Apenas hablan, más que para intercambiarse dulces y otras porquerías envasadas que han comprado en la gasolinera (en la segunda, que iban con más tiempo). Ninguno de los dos está satisfecho. Cómo podrían. Pero éste es el trabajo por el que firmaron, en realidad. Ayudar en los márgenes, sabiendo que no habría recompensa ni satisfacción alguna. Y teniendo claro, también, que de no haber estado ellos, el resultado hubiera sido bien distinto.

Hacen una llamada breve a Mentor, para informar.

—Buen trabajo. Preferiría que no volviesen aún a sus casas —dice éste, cuando han terminado. No hay alegría en su voz—. Mañana por la mañana hablaremos de lo que está ocurriendo. Vayan a un hotel y descansen lo que puedan.

Cuelga.

Antonia se duerme, agotada.

Jon baja la música.

Lola

Había una vez una niña que fue capturada por unos mons-truos que la cargaron en un carruaje oscuro, camino de un castillo tenebroso.

Lola intenta estirarse, busca una postura cómoda. No la encuentra, porque no la hay. Lleva la muñeca derecha esposa-da a una barra atornillada al chasis del furgón, en un ángulo muy incómodo. Los cuatro asientos de la parte trasera están dispuestos de dos en dos, con la espalda apoyada contra la pared. A Kiril Rebo lo han colocado en el lado contrario, pero no en el asiento frente a ella, sino en el otro.

No hay ventanas, ni música. Ni posibilidad de dormir. Sólo mirarse.

Kiril lo hace. Clava la mirada en ella. Fija.

Hay algo en esos ojos azules desprovistos de vida que es capaz de robarte la tuya. A pequeños bocados.

Muerden. Esos ojos muerden, piensa Lola.

Cierra los suyos, e intenta pensar qué hacer.

No hay muchas salidas. La policía la interrogará, exigiendo que le cuente todo lo que sepa de la organización de Orlov y de cómo Yuri llevaba todos los negocios de blanqueo de la Tambovskaya en España.

Yo apenas sabía nada, agente. Lo que oía desde la cocina.

Retazos de conversación, captados de pasada en el salón de su casa, mientras ella sirve blinis de anguila y jarras de kissel, y le pasa la roílla a la encimera.

Casi siempre hablaban en ruso. Yo no sé nada, unas pocas palabras. Saludar, pedir la cuenta. Poco más.

¿Las empresas? Todas a nombre de Yuri, que yo sepa.

¿Nuestra casa? ¿Los coches?

¿Ruben Ustyan? Nunca he oído hablar de él.

Lola interrumpe el ensayo. Puede que haya fotos. De alguna fiesta. Ah, lo que daría por poder borrar su Instagram ahora mismo. Da igual, ya tendrán todas las fotos.

Ah, ese hombrecillo pequeño. Sí, alguna vez vino por casa. No, no se presentó, o no lo recuerdo.

Ésa es la clave. 412 «no sé», 82 «no lo recuerdo», 58 «lo desconozco» y 7 «no me consta». Con eso puede una librarse de cualquier cosa.

Y ella tiene la sangre de color normal, pero posee otra ventaja. Recuerda aquella película en blanco y negro tan horrible sobre los judíos en los campos de concentración. Cuando el malo pregunta quién ha robado un pollo a un grupo de prisioneros que esperan en fila. Nadie responde, y el malo le pega un tiro a uno, que se desploma y muere. Un niño sale entonces de la fila. El malo le pregunta si ha sido él quien ha robado el pollo. No. Entonces ¿sabes quién ha robado el pollo? Y el niño señala al muerto en el suelo. Anda, échale un galgo al puto crío.

Lola tiene su propio muerto al que señalar.

No hay constancia documental. El nombre de Lola no aparece por ninguna parte. Su padre la enseñó bien. Era un perdedor, pero sabía de contabilidad más que nadie. Y ella le echa de menos. Todas aquellas tardes que pasaron juntos en sus últimos años, mientras él le explicaba los trucos, los resquicios legales. Cómo desaparecer de la vista, creando pantalla tras pantalla, hasta volverte invisible.

No es la situación ideal. Pero podría ser mucho, mucho peor.

Es cuestión de resistir lo suficiente. O de hacer un trato con lo que sabe, si vienen mal dadas. Aunque sea una vía jodida.

Y también de dinero para un buen abogado, por lo de la tienda, que eso sí que pueden encalomárselo. Pero a ver de dónde lo saca.

A su madre no puede recurrir. Ésa es otra. Qué es lo que va a ser de ella ahora. De las dos.

Qué pasará después. *Si acabaré convirtiéndome en ella*, piensa, tocándose el vientre. En ese parásito conformista. Con una vida marcada por una quietud exánime, un leve pero persistente tufillo de putrefacción. Y un guion que representar en cada llamada de teléfono. Cuando las nimiedades del día a día se acaban, y Lola ve venir la Gran Pausa Cargada de Sentido, antes de la Pregunta Inevitable. *¿No crees que deberías encontrar algo mejor?* Como dos actrices condenadas a seguir representando la misma escena deprimente cada vez que se encuentran.

Y luego bien que cogía el dinero, no te creas.

Sus pensamientos se van volviendo más amargos e inconexos a medida que el cansancio gana la batalla.

Está quedándose dormida. A pesar de todo. A pesar del fracaso de sus planes, a pesar de los errores, a pesar de que viaja esposada hacia un futuro incierto taladrada por la mirada de un psicópata, se duerme.

Entonces, sucede.

12

Una palabra tamil

En algún momento, horas después, Antonia abandona el sueño profundo. Y los ronquidos, que ronca como un dragón. La luz familiar de las farolas de la avenida del Manzanares, con su patrón característico, la va despertando. Parpadea y se remueve, entrando y saliendo del duermevela, cuando atraviesan el puente de Praga. A menos de trescientos metros del lugar donde habían encontrado el cadáver sin identificar en el río, unos días atrás.

A la altura de Santa María de la Cabeza, Antonia levanta la ídem. Endereza el cuello, que cruje. Sacude con disgusto la bolsa —antes de hielo, ahora de agua—, que ha goteado en sus pantalones.

El efecto del Voltarén está desapareciendo. Cuando echa mano al agua para tragar otro par de comprimidos, se mira la cara hecha un cisco en el reflejo del cristal.

—Qué desastre —dice, con voz ronca de recién despertada.

—Peor quedó Voronin —dice Jon.

Antonia se detiene.

El mundo también.

El rostro de Voronin, destrozado. Un disparo de escopeta, a bocajarro, en línea recta.

Erupararkkiratu.

En idioma tamil, lengua drávida que se habla en la India y el noroeste de Sri Lanka: desviar al buey por mirar la mosca.

Frente a Antonia aparecen de pronto todas las piezas:

- Yuri Voronin, asesinado de un disparo de escopeta mientras estaba en bañador, en su casa, sin que hubiese signos de entrada forzada.
- Un disparo recto, a bocajarro. Le estaban apuntando a la cara.
- El perro, un pastor caucásico enormemente receloso de los extraños, estaba encerrado en el recinto de la piscina.
- Lola Moreno recibe un mensaje de su marido, avisándola de que iban a por ella.
- Alguien intenta asesinar a Lola Moreno, al mismo tiempo que a su marido.
- La lejía en la escena del crimen.
- Yuri Voronin era confidente de la policía.

Todo vuelve al mismo sitio. Todo vuelve a la muerte de Voronin. Antonia recuerda el desasosiego que sintió en la escena del crimen. Cómo los monos se agitaron, intentando hacerle entender algo que estaba ahí desde el principio. La posición del cuerpo. El ángulo del disparo.

Eruparakkiratu.

Desviar al buey por mirar la mosca.

—El perro. El perro, Jon.

—¿Qué le pasa al perro?

—Para el coche.

Jon pone los intermitentes, se pega a la derecha. Están en pleno paseo de Recoletos, camino del hotel, pero a esa hora no hay casi tráfico.

—Déjame conducir.

—Pero si estamos casi llegando.

—Tenemos que volver. Cuanto antes. Y tú no estás en condiciones.

Sin creerse del todo lo que está haciendo, Jon le cambia el asiento a Antonia. El frío del exterior —están tres grados bajo cero— le espabila un poco.

—¿Se puede saber qué mosca te ha picado?

Eruparakkiratu, piensa Antonia, que echa el asiento hacia delante para ajustarlo a su cuerpo. No es que Jon esté gordo. Se pone el cinturón, y arranca. Hace un giro bastante ilegal para torcer en plaza de España. Pisa la línea continua, se salta un semáforo, luego dos.

El inspector Gutiérrez, que ya podía oler la cama, se ajusta el cinturón, y maldice el agotamiento que le ha hecho bajar la guardia y cederle el volante a una conductora profundamente desequilibrada. Otra vez. Cuando había prometido que jamás volvería a ocurrir.

—Me estás asustando.

—Llama a Mentor.

—¿Para qué?

—Que le llames.

Jon marca. Contesta una voz adormilada.

—El furgón en el que va Lola Moreno —dice Antonia—. Necesito que lo localices. Hay dos agentes de la policía judicial a bordo. Se dirige ahora mismo hacia Madrid, según mis cálculos deben de estar entre Villaverde y Usera. Es cuestión de vida o muerte. ¿Has comprendido?

—Ahora mismo —dice Mentor, muy serio. No pide explicaciones. Ha reconocido el tono.

Jon cuelga. Él sí pide explicaciones.

—¿Se puede saber por qué nos estamos jugando un accidente?

Antonia no responde. Está demasiado ocupada en el manejo a noventa kilómetros por hora Cuesta de San Vicente abajo. Esquiva por los pelos a un taxi que salía de la calle Ariaza, que pega un frenazo. El sonido del claxon no llega a alcanzarles.

—El perro, Jon —dice, cuando alcanzan la M-30, y el camino más despejado le permite poner el coche a ciento ochenta.

—Ya, ya. El perro. Que se lo ha llevado la asistenta. ¿Por qué quieres ahora al perro?

—Ahora no. El día del asesinato de Voronin. ¿No lo entiendes? ¿Dónde estaba el perro?

—Encerrado en su piscina —dice Jon, sacudiéndose el cansancio. Que se le está pasando, gracias a la adrenalina que produce adelantar coches, aunque sean pocos, sesenta kilómetros por encima del límite. Y sujetarse bien fuerte a la manija.

—Voronin encerró al perro. ¿Por qué? Porque sabía que iba a recibir visita.

—Conocía a los que le mataron. Eso ya lo sabemos.

—Claro. Pero los que le mataron no iban a matarle. Sólo querían asustarle para que hablara. ¿Qué sentido tenía matarle y *luego* registrar la casa en busca de lo que querían?

—No es práctico, no. ¿Y por qué le mataron, entonces?

Eruparakkiratu.

—Por error, Jon. Le amenazaron con la escopeta, pero en ese momento el perro tuvo que revolverse, ponerse a ladrar. El recinto de la piscina está al lado de la barbacoa.

—El que sostenía la escopeta se asustó.

Y luego, los dos a la vez:

—Pum.

—Vale, pero sigo sin entender por qué estamos dando la vuelta —dice Jon, encogiéndose cuando adelantan a un camión que queda peligrosamente cerca.

—A Lola Moreno intentaron matarla varios minutos después. ¿Por qué?

—Porque había fallado lo del marido —dice Jon, que empieza a comprender.

—Lo hemos enfocado mal desde el principio. Siempre creímos que era un ajuste de cuentas y que iban a por los dos a la vez.

—Pero Orlov se empeñó en dejar clara la traición de Voronin en el funeral. Que era un chivato.

Antonia se muerde el labio inferior, cierra los ojos, intenta pensar. Sin darse cuenta de que, a esa velocidad, no es una buena idea. El volante se le desvía un milímetro. Pasan tan cerca de un monovolumen de color rojo que el retrovisor izquierdo del Audi desaparece. Dejando sólo un cable que se agita, frenético.

—¡Me cago en todos tus muertos, Scott!

—Perdón —dice Antonia, enderezando el volante—. Orlov no sabía lo del dinero entonces. De lo contrario no habrían matado a Ustyan y quemado los archivos de Voronin. Ése fue su gran error, porque encontramos el contenedor.

—¿Entonces?

—Piensa, Jon. Voronin era un negado. Tiraba peras con la punta del pene, según Orlov.

—¿Perdona?

—Luego te lo explico. Era un negado, conoce a Lola Moreno y se vuelve el Da Vinci del blanqueo y del contrabando.

Jon asiente, despacio. Es como uno de esos trampantojos que te muestran una imagen escondida dentro de otra. Una vez que has descubierto el secreto, no hay manera de dejar de verlo. Camuflada detrás de todos los estereotipos sociales, se había reído de todo el mundo durante años. Incluso ahora ellos la habían tratado como una víctima desesperada.

—Qué hija de puta.

—Ella ha sido el cerebro desde el principio. Manipulando a su marido, robando a Orlov. Y un día debieron de cometer un error, y alguien les apretó. ¿Cómo funcionan los confidentes, Jon?

—Tú miras para otro lado, y ellos te cuentan cosas a cambio. Sale más rentable para todos.

—Y a veces te manchas —dice Antonia, con voz suave.

Jon no responde. Bien sabe él qué ocurre, incluso con la

mejor de las intenciones. No se puede vadear un río de mierda vestido de novia.

—Ahora dime por qué huyó Lola Moreno y no acudió a la policía.

Jon ata cabos también. Con una claridad estremecedora. Sí, es sólo una chispa minúscula, y casi todo el trabajo lo ha hecho ella, mostrándole a Lola Moreno como quien realmente es. Una mujer manipuladora, con dinero, increíblemente inteligente. Sólo es una chispa minúscula. Pero, por un breve instante, Jon vislumbra lo que debe de ser estar dentro de la cabeza de Antonia Scott.

—Conocía a su atacante.

—Alguien que se había implicado con Voronin y con ella demasiado. Alguien que vertió luego lejía en la escena del crimen —dice Antonia, hablando cada vez más deprisa—. Alguien que había sido herido superficialmente. Alguien cargado de hombros, que apenas movía uno de los brazos cuando le conocimos.

Jon traga saliva, despacio.

—Joder, cielo. Jo. Der. Más te vale estar segura.

Antonia aprieta las manos sobre el volante con determinación. No, aún no lo comprende todo. Quedan cabos sueltos, muchos. Sobre todo los que tienen que ver con la Loba Negra. Hay más fuerzas actuando sobre este tablero de lo que ella es capaz de ver con la información de que dispone. Pero ha eliminado lo imposible hasta que sólo le ha quedado lo improbable.

—Estoy tan segura de que fue Belgrano, como de que no dejarán que Lola llegue a la sede de la UDYCO con vida.

Grabación 16

Hace dos semanas

Yuri Voronin: No quiero seguir con esto.

Comisaria Romero: Creo que hace tiempo les dejamos claro que sus preferencias no importan, Voronin.

Yuri Voronin: No lo entiende. Lola no sabe que estoy aquí. Por eso no la he traído.

Subinspector Belgrano: Mira que me extraña. Si es ella la que te lleva de la correa.

Yuri Voronin: Ella es la que piensa cosas. Yo soy el que tiene que rebuscar en basura, hablar con gente para enterarme de cosas que contarles. *Bratvá* y fuera de *Bratvá*.

Subinspector Belgrano: Eso es algo que haces muy bien. Y era el acuerdo. Nosotros te facilitamos las cosas, tú nos facilitas las nuestras.

Yuri Voronin: Bueno, pues se acabó.

Subinspector Belgrano: ¿Y esta ventolera que te ha dado?

Yuri Voronin: Lola está embarazada. Queremos dejarlo.

Comisaria Romero: Me temo que es imposible.

Yuri Voronin: ¡He hecho todo lo que me pidieron!

Subinspector Belgrano: Y vas a seguir haciéndolo.

(Pausa de ocho segundos.)

Yuri Voronin: No.

Subinspector Belgrano: ¿Cómo dices?

Yuri Voronin: He dicho no.

(Ruido de una silla cayendo al suelo.)

Subinspector Belgrano: Menuda hostia que te voy a dar, enano. Te vas a cagar.

Yuri Voronin: No va a tocarme. No va a tocarnos a ninguno de los dos.

Subinspector Belgrano: Te voy a borrar esa sonrisa a patadas.

Comisaria Romero: Subinspector. Me gustaría saber por qué el sospechoso está sonriendo, cuando sabe que le tenemos cogido.

Yuri Voronin: Usted lo ha dicho. Soy bueno enterándome de cosas. Sé cuánto dinero había en el coche que incautaron a los serbios.

Subinspector Belgrano: Tú qué vas a saber.

Yuri Voronin: Seiscientos mil euros. Ustedes declararon cuarenta mil.

Comisaria Romero: Es curioso que sepa eso, señor Voronin. Teniendo en cuenta que el conductor murió cuando se resistió al arresto.

Yuri Voronin: Porque yo mismo lo puse ahí.

Subinspector Belgrano: Dijiste que era un envío de los serbios.

Yuri Voronin: Mentí. El envío era de Orlov. Un pago por una deuda. Yo lo organicé para que fuera así. Ayudé al pobre Jovovic a estibar la carga. Antes de que saliera le pregunté si iba armado.

Subinspector Belgrano: Debió de armarse después.

Yuri Voronin: Perdimos el envío, perdimos al conductor. La vida sigue, Orlov no se enfada.

Subinspector Belgrano: Verás cómo se enfada cuando se entere de que eres una rata.

Yuri Voronin: No se lo dirán. Porque si no, yo lo cuento todo. He grabado todas nuestras conversaciones.

Subinspector Belgrano: Tienes que estar de puta coña.

Yuri Voronin: También camuflé una cámara en el coche. *Streaming* 4K. Todo grabado. Incluso el momento en el que sacan a pobre Jovovic de coche y le pegan dos tiros, subinspector.
(*Ruidos metálicos, golpes, gritos. Barullo indistinguible durante cuarenta y dos segundos.*)

Comisaria Romero: Vamos a calmarnos todos y discutimos cómo arreglamos esto.

Yuri Voronin: No hay nada que discutir. Ustedes dejan en paz a mi familia y a mí. Si no, habrá consecuencias.

13

Un silencio

Ocurre en sólo tres segundos. Pero qué tres segundos.

El furgón está recorriendo los últimos kilómetros del trayecto por la A-4, a la altura de la depuradora La China. La planta que limpia las aguas de casi millón y medio de madrileños.

Ella, la conductora, se llama Noelia Pardeza, tiene cuarenta y un años y un niño de seis. Hoy no le tocaba trabajar, pero su compañero, el agente Alonso, estaba con fiebre. Así que aquí está.

En el asiento del copiloto viaja Mateo Carmona, treinta y seis años, soltero, sin hijos. Tiene tres perros y vive con su padre, que es mayor, el hombre. Va medio amodorrado, y se ha quitado el cinturón porque con esta mierda no hay quien duerma, y total, quién nos va a multar a nosotros, que somos la policía. Ese sentimiento de invulnerabilidad estúpido e irracional es lo que le salva la vida.

El furgón cruza por encima del Manzanares un poco antes de llegar a la depuradora. Dejan las piscinas de decantación a la izquierda, y continúan el recorrido. Ahora paralelos a las vías del AVE, que transcurren a la derecha de su posición, y a unos cuatro metros de altura. La autovía pasa por encima de la prolongación de la calle Embajadores, del apéndice recóndito donde ésta viene a morir.

La calle desierta, la noche ideal.

La agente Pardeza mantiene la aguja del Citroën a un ritmo constante de cien kilómetros por hora. En una autopista de cuatro carriles, de madrugada, es una velocidad muy segura.

A no ser que te embistan de forma intencionada.

El todoterreno (sin luces) sale del espacio que queda bajo las vías del AVE, invade la autovía a setenta kilómetros por hora, el máximo que ha conseguido su conductor en tan poco espacio. El golpe (certero) alcanza al Citroën en el lateral de la puerta del copiloto y buena parte del motor, en trayectoria diagonal.

A esa velocidad, un vehículo de tonelada y media que recibe un impacto para el que no ha sido diseñado se convierte en una especie de Euromillones de la física. Cualquier cosa puede suceder, siempre que recordemos el principio de conservación de la energía. La energía cinética transferida es la misma que haría falta para parar en seco a un elefante cayendo desde un octavo piso.

¿Dónde va toda esa energía?

Para empezar, a la cabina de conducción. Que está construida como un módulo independiente del habitáculo trasero. El choque deforma la estructura que rodea al motor, absorbiendo parte de la fuerza del impacto. No la suficiente. La energía cinética de los cuerpos de los agentes Pardeza y Carmona, que siguen viajando a cien kilómetros por hora cuando el vehículo cambia de dirección, les envía en direcciones distintas. Carmona sale disparado hacia arriba y hacia delante, de forma que su pecho impacta contra el salpicadero con una fuerza equivalente a cincuenta veces la gravedad. Tonelada y media que absorben, en parte sus costillas, en parte el airbag frontal, que ha tardado en salir por culpa de la violencia del impacto. En el interior de su cavidad torácica, el corazón golpea el esternón, causando una contusión miocárdica grave, aunque no letal.

El resto de su cuerpo se sigue moviendo, sin las ataduras del cinturón de seguridad. Eso es lo que le salva la vida cuando la puerta se deforma y se rompe, invadiendo el espacio donde hasta hace poco había estado su cabeza. Dos dientes de aluminio y acero, que babean fragmentos de vidrio, pero que no alcanzan a rasgar su piel.

La suerte de Carmona, momentánea, no lo es tanto para la agente Pardeza. El cinturón retiene su cuerpo, limitándose a causarle dos costillas rotas, una contusión pulmonar y un bazo lacerado. El airbag salta, dispuesto a impedir que se golpee contra el volante, lo que a esa velocidad hubiera sido letal. Seis meses de recuperación dolorosa, un aumento en la paga por heridas en acto de servicio, y un niño que conservaría a su madre.

Pero no.

La suerte de Carmona le ha apartado de la zona de peligro, pero ha convertido sus ochenta kilos en un proyectil. El giro que ha imprimido la energía cinética a su cuerpo se transmite a su brazo, que impacta, a la altura de la muñeca, el hueso temporal de Pardeza, por encima de la oreja.

Es como golpear un muro de ladrillos. La muñeca de Carmona se parte con un crujido, doblándole la mano en sentido contrario al natural hasta que las uñas rozan el antebrazo. El cúbito fracturado asoma por la piel desgarrada.

Es como que te golpee un muro de ladrillos. El cráneo de Pardeza se ve lanzado contra la ventanilla, que frena en seco el desplazamiento. Pero en cada accidente de coche hay tres choques. El del vehículo hasta que se para, el de los cuerpos en su interior, y el de los órganos en el interior de los cuerpos. El cerebro de la agente se mueve dentro del cráneo, empujado por el líquido cefalorraquídeo. Que debe servir como colchón natural, aunque en una colisión a alta velocidad tiene la particularidad de moverse a una velocidad distinta que la masa cerebral, por su diferente densidad. Así que lo que hace es enviar el cerebro de la agente en dirección contraria al impacto. Haciendo que rebote dentro del cráneo como un juguete dentro de su caja en manos de un niño curioso al que no le dejan abrir los regalos de cumpleaños hasta que no sople las velas.

Está muerta antes de que acaben los tres segundos.

El habitáculo de los detenidos, mientras tanto, ha corrido mucha mejor suerte. La posición inhabitual de los asientos, que hubiera resultado fatal en un choque en distinto ángulo, redunda en beneficio de los prisioneros. La fuerza centrífuga del primer impacto ha hecho que el vehículo gire sobre sí mismo, en dirección contraria a la marcha, trasladando gran cantidad de energía a los neumáticos del lado izquierdo, que revientan por la fricción lateral contra el asfalto.

Dentro del habitáculo, Kiril y Lola gritan de terror, mientras la inercia les pega la espalda contra el asiento, y el cinturón de seguridad se asegura de que no se muevan.

Eso, mientras el Citroën gira, rodeando el todoterreno, que se ha quedado prácticamente en el sitio en el que impactó contra el furgón. Una tonelada más pesado, un centro de gravedad más alto. Mejores protecciones y estructura: sólo ha sufrido daños menores. Un lateral destrozado, el capó abollado como un cromo en el patio de un colegio. El faro izquierdo reventado, el motor probablemente no vuelva a arrancar una vez que se pare. Pero aún sigue bombeando gasolina al interior del motor, a razón de cincuenta y seis megajulios por litro. Mucha energía.

Cuando el Citroën detiene el giro que le ha llevado a rotar alrededor del todoterreno, la gravedad entra en juego. La diferencia de altura entre las ruedas que aún resisten y los neumáticos reventados hace que el furgón vuelque sobre el lado del conductor, derrumbándose sobre el quitamiedos y aplastándolo. Hierros azules retorcidos caen a la calle, cuatro metros más abajo. Media carrocería asoma al vacío, la otra media se ofrece, vulnerable, como un animal caído que muestra la panza.

Aquí acaban los tres segundos. Pero no acaba el drama.

El todoterreno da marcha atrás y embiste la carrocería. Tiene mucho menos recorrido y menos velocidad, así que esta vez no hay un impacto brusco. Es un empujón constante, con las ruedas del todoterreno produciendo humo mientras buscan el agarre necesario para avanzar. Poco a poco van empujando el furgón fuera de la carretera, hasta que la gravedad vuelve a tomar el control. El Citroën cae a plomo por el puente, aterrizando sobre un costado. El choque deforma la carrocería y revienta las pocas lunas que quedan intactas. También manda al agente Carmona —herido, pero vivo— contra los metales retorcidos de la puerta, de los que se había salvado antes. Uno de ellos le atraviesa la mandíbula, le lacera el cuello y la tráquea. Carmona se libera del mordisco y se desploma —herido, pero muerto— sobre su compañera.

El conductor y su acompañante se bajan del todoterreno. Los dos llevan cascos de moto. Se asoman por el agujero en el quitamiedos que ha dejado el furgón al caer, y contemplan el destrozo. El olor a goma y a revestimiento chamuscado de frenos impregna el ambiente.

—Ya está —dice Belgrano, subiéndose la visera. Su aliento forma nubes de vaho en el frío gélido y seco.

—Baja eso —le ordena Romero.

—No hay cámaras aquí.

—Por si acaso.

Vienen coches. Uno de ellos se para, el conductor saca su teléfono. Está llamando a la policía. La mujer que viaja con él apunta hacia ellos con el suyo. Está grabando un vídeo.

No queda tiempo.

Así que corren.

Han dejado la moto en la calle Embajadores, oculta debajo del puente. Descienden por el terraplén, suben a ella y desaparecen. Como aquella mañana en el centro comercial.

Sólo que esta vez han terminado el trabajo.

O eso creen ellos.

Lola

Lola ya no está de humor para cuentos.

El accidente ha sido una película de terror en pocos segundos. Primero, el choque brutal. Luego, el giro que la dejó pegada al asiento. El momento en el que el furgón volcó fue el peor de todos. Lola sintió cómo la tierra, el planeta entero, cambiaba de posición debajo de sus pies. Noventa grados completos. Se preguntó, por un instante, qué pasaría con los edificios, con la gente, con las casas. Todo arrasado.

Quedó suspendida por el pecho y la cintura, un brazo colgando hacia el suelo, el otro enganchado por las esposas, el pelo extendido delante de ella. Sólo el cinturón de seguridad la sostenía.

Después, el golpe por detrás. Lola notó la fuerza del impacto en el culo, transmitida a través del chasis hasta el asiento. Un golpe, seguido de la vibración y la tensión de la tonelada y media de aluminio y acero que se resistía a moverse, mientras era empujada por una fuerza superior, centímetro a centímetro.

El furgón se va moviendo hacia el vacío. Hay un instante de ingravidez, que Lola sintió en la boca del estómago, como cuando su padre pasaba a mucha velocidad por la cuesta de Arroyo de la Miel, cuando ella era una niña y se iban de vacaciones a Torremolinos. Torroles, que es como lo llaman en casa.

El furgón cayó a plomo al vacío, y Lola supo que iba a morir. Su último pensamiento consciente fue para el rostro de su padre, pisando el acelerador cuesta arriba, subiéndose las gafas que le resbalaban por el puente de la nariz. Con una sonrisa traviesa, sabiendo que va a hacerlas reír a las dos en cuanto el coche alcance el punto más alto y la gravedad les haga cosquillas en el estómago.

El furgón se estrelló. Hubo un crujido metálico cuando el chasis se deformó por el impacto. Ruido de cristales rotos. Y eso fue todo.

Lola no muere.

Ni siquiera queda inconsciente.

Tan sólo se queda allí, colgando.

No siente alivio por no haber muerto, solamente sorpresa. Un anticlímax perturbador. El universo había dispuesto las piezas para que se produjese un resultado, y luego ha entregado uno bien distinto. Es como una estafa en la que has salido beneficiada.

Lo cierto es que el habitáculo interior del Citroën ha resistido muy bien. Lola sólo tiene unas magulladuras. Algo de sangre le resbala por la punta de los dedos. El choque ha hecho que el borde de las esposas le lacere las muñecas. Las heridas son superficiales.

Hasta aquí las buenas noticias.

Las malas noticias: Kiril Rebo ha sobrevivido también.

La escasa luz que entra por una de las puertas traseras, que ha quedado abierta, le permite verle frente a ella. Está sentado, de espaldas, con las piernas en alto. Dando fuertes tirones a la abrazadera que le ata al vehículo. El choque ha debido de aflojar los tornillos, aunque Lola no puede verlo desde su posición.

Con un chasquido y un tintineo, Rebo se libera. Se quita el cinturón.

Lola se estremece de miedo. Aunque en la penumbra no puede ver los ojos de Rebo, aún recuerda la mirada fija y vacía que no ha cambiado desde que subieron al vehículo. Así que espera a que la ataque. Y Lola, atada, colgada bocabajo, esposada.

Indefensa.

Pero Rebo no se mueve.

Lola le observa durante largos segundos, hasta que comprende qué es lo que sucede. Y ve también su oportunidad.

—Han intentado matarte —dice, con voz suave.

Kiril Rebo se agita, suelta un gruñido ronco, pero no responde.

—A Orlov le ha dado igual que estuvieras aquí. Creías que era tu amigo, ¿verdad? Pues aquí tienes la prueba de su amistad.

El mafioso se arrastra fuera del asiento y gatea hacia ella. En la oscuridad, sus ojos vacíos han perdido el brillo azul pálido y se vuelven aún más amenazadores.

—Tú no hablas así —dice, agarrándola por el cuello.

Lola no se achanta. Ha escuchado muchas veces a Yuri hablando de Orlov y de Rebo. Cómo fueron los primeros en llegar aquí, cuando comenzó la invasión de la Costa del Sol. Inseparables, los dos. Uno el guante de seda, el otro el puño de hierro.

—¿Cuántos años llevas con él? —dice Lola, con la voz ahogada—. ¿Cuántos son suficientes para que te traicionen?

Rebo afloja la presión sobre su garganta.

—Suéltame. Sácame de aquí, y te prometo que haré que te compense.

—Tú lleva a dinero.

—Hazlo rápido, antes de que venga la policía.

El mafioso le dedica una mirada perturbadora.

Después se arrastra fuera de la furgoneta. Vuelve al cabo de medio minuto, con una barra de hierro azul en la mano. La introduce entre la abrazadera y el chasis, y hace palanca. La abrazadera salta de su soporte al tercer intento.

Lola se suelta, se quita el cinturón, y se deja caer.

Rebo la espera en el exterior. Está temblando, hace un frío insoportable. Se ha quitado la chaqueta y la ha arrojado al suelo, por alguna razón que Lola no alcanza a entender. Tiene tantos tatuajes en los antebrazos que parece como si se los hubiera tapizado.

—Me engañas, te mato —dice Rebo, mostrándole el trozo de hierro azul.

Lola asiente. Lo tiene claro.

—Necesitaremos un coche.

Se escuchan voces que vienen de lo alto del puente, por don-

de transcurre la autovía. Rebo y ella echan a correr por debajo del paso elevado de las vías de tren, y continúan por la calle
desierta. Es poco más que una carretera secundaria. A la derecha hay una nave solitaria, rodeada de altos muros. A la izquierda, un desvío en dirección a Madrid. Otra calle sin un solo
coche a la vista. Un letrero, pegado por un emprendedor optimista bajo una señal de ceda el paso, anuncia en letras negras
sobre fondo amarillo:

LOCAL DE ENSAYO CASTLE ROCK

A 300 M

Lola sigue a Rebo en esa dirección. Cuatro minutos después,
llegan a un polígono industrial. Hay un aparcamiento semi-
vacío a la entrada.

Rebo camina entre los coches, hasta que se detiene delante
de un Renault Clio.

—Éste muy fácil —dice—. Coches franceses, *puag*.

Se acerca a la ventanilla de la parte trasera e introduce el
extremo del hierro azul en el borde de la luna, entre la goma y
el punto donde ésta encaja en la carrocería. La goma se resiste
a ceder. Tras varios forcejeos, Rebo opta por la versión rusa
del acceso al interior: destrozar la luna a golpes. Se mete por
el agujero y caracolea hasta el asiento del conductor. Tira del
pasador de seguridad, abre la puerta. Arranca el plástico que
protege los cables de arranque.

Mira los cables durante un rato, tocando con sus dedos
cortos y nudosos, en forma de palillos de tambor. Tira de un
extremo, donde hay tres cables rojos.

Se pone en pie y se acerca a Lola, que contempla todo de pie, abrazándose para intentar conservar el calor. Sólo lleva una chaqueta negra. Suficiente para las temperaturas suaves de Málaga. Un chiste para las madrugadas de febrero madrileñas.

Rebo alza las manos hasta la cabeza de Lola, que se echa atrás, asustada.

—Tú quieta —dice—. Necesita esto.

Le hurga en el pelo, hasta que le arrebata dos horquillas con las que mantenía el pelo hacia atrás. Se las había puesto cuando se peinó en el hotelucho de Estepona, hace un millón de años, o veinticuatro horas.

Rebo las dobla, parte una de ellas, y tras cierto forcejeo consigue acoplar uno de los pedazos uniendo la fuente de doce voltios y la fuente auxiliar, otro entre la fuente de doce voltios y el panel de instrumentos, y finalmente uno más entre el motor de arranque y las otras dos. Con un ronroneo suave, el motor se pone en marcha.

—¿Dónde? —le pregunta a Lola.

—Yo conduzco —dice ella.

—Dime dónde.

—No es lejos.

—¿Cuánto?

—Una hora. Hora y cuarto, quizá. El coche es malo.

Rebo la mira con desconfianza.

—Está bien —dice, al cabo de un rato.

Le deja el hueco del conductor libre, y se coloca en el asiento de atrás.

Lola se pone detrás del volante, ajusta el espejo retrovisor.

Los ojos de Rebo están ahí. Tan amenazadores como siempre.

Mete la primera, saca el coche del parking, y se dirige al este, a través del puente de Vallecas y la avenida de La Paz, hacia la M-30. Sin el GPS es mucho más difícil orientarse. Siempre que venían a esta casa era Yuri quien conducía.

Qué difícil que es todo sin él. ¿Por qué tuvo que ser tan estúpido?

¿Por qué tuvo que ir a por Romero y Belgrano? Y, sobre todo, ¿por qué se le ocurrió pensar por sí mismo? ¿Qué le hizo pensar que era capaz?

Lola vuelve a evaluar su situación. Puede que lleve a un psicópata asesino en el asiento trasero, armado con un objeto contundente y punzante. Por ahora está controlado, aunque no se hace ilusiones.

Los hombres son fáciles de manipular. Unos más que otros. Para casi todos, el sexo es suficiente motivación. Algo que ella ha podido prometer con un guiño, una caída de ojos, un tirante de la camiseta que se resbala accidentalmente. Desde que era muy joven ha sabido que poseía un arma de destrucción masiva. Tan sólo porque sus rasgos estaban alineados de determinada forma, unas protuberancias de grasa tenían determinada otra. Y la ha usado, vaya si la ha usado. Yuri era idóneo para camuflarse, y se convirtió en una herramienta mucho más lucrativa de lo que nunca hubiera imaginado. Pero no todos los hombres son tan sencillos.

Si no responden al sexo, o al dinero, si responden sólo a un fuego interno que ella no puede encender a voluntad, son mucho más peligrosos. Si hay algo que le aterra más de Kiril

Rebo que la posibilidad de que le haga daño, es que parece inmune a sus habilidades.

Lola no se hace ilusiones, por tanto. Rebo sólo está fingiendo dejarse manipular.

Por ahora, tendrá que bastar, piensa, mirando al retrovisor. Los ojos fríos siguen clavados en ella. *Te espera una sorpresa cuando lleguemos. Te va a encantar.*

14

Un rastro

El potente Audi llega al lugar del siniestro ocho minutos tarde.

Antonia frena junto al todoterreno, que sigue atravesado en mitad de la calzada. Un par de coches han parado para ver lo que sucedía y si podían ayudar. Otros sólo frenan el tiempo suficiente como para asomar la cabeza y comprobar si hay sangre. Uno se para, se hace un selfie y se vuelve a subir a su vehículo a toda prisa, en busca de wifi.

Antonia y Jon bajan por el terraplén, esquivando botellas vacías y jeringuillas rotas. Los restos del Citroën siguen calientes, las últimas volutas de humo escapan por el amasijo retorcido donde una vez estuvo el frontal del vehículo. El radiador estrujado aún gotea sobre la raya divisoria de la calzada.

Los cadáveres de los agentes, unidos en un abrazo obsceno, son visibles a través del hueco del parabrisas. No hace falta comprobar si respiran. El atestado dirá «heridas incompatibles con la vida».

—Diecinueve —dice Jon, con la voz quebrada.

Antonia no responde. Va directa a la parte de atrás. Una puerta está deformada y hundida. La otra, unida a la carrocería sólo por un pernio, está en el suelo.

Dentro, nada.

—¿Han escapado, o se los han llevado? —pregunta Jon.

Antonia se toma su tiempo en contestar. Da una vuelta alrededor del coche, mirando con detenimiento. Coge la linterna de Jon, entra en el furgón, revisa las abrazaderas donde habían estado esposados. Una de ellas está arrancada. De la otra cuelgan unas esposas.

—Rebo se soltó. Y luego liberó a Lola Moreno —dice, aún acuclillada en el interior.

Sale, camina hasta la parte inferior del puente. Las manos vuelven a temblarle, pero no es como antes. No ha perdido ni un ápice de su fragilidad, de ese aire tenue que anuncia que está a punto de derrumbarse. Y, sin embargo...

Hay algo distinto en ella, piensa Jon. *Algo peligroso.*

Pasa un rato agachada debajo del puente.

—Se han ido en moto —dice, mostrándole a Jon las yemas de los dedos, en las que aún hay restos de goma.

—¿Cómo sabes que era de los sospechosos?

—Ha arrancado en este punto —dice Antonia, señalando al asfalto con la linterna—. No es un sitio lógico para aparcar, a no ser que quieras que sea tu vehículo de huida. Y los restos están limpios, no tienen polvo acumulado.

—Así que vinieron con la moto y el todoterreno. Adelantaron al Citroën, prepararon la emboscada y huyeron —dice Jon.

—Creyendo que los habían matado.

Con dos vehículos tan potentes, pudieron sacarle mucha ventaja al furgón en un trayecto tan largo. Sólo con apretar un poco...

De pronto cae en la cuenta.

—No sólo adelantaron al furgón.

Antonia le mira, en silencio, y asiente.

—Eran una moto y un coche en la carretera, Jon. No podías saberlo.

Jon le pone una mano en el hombro.

—Ni tú tampoco.

Antonia rehúye el contacto al principio, pero luego deja que la enorme manaza se quede ahí. Hace mucho frío, y el calor que desprende Jon es como un bálsamo.

—Lo creas o no —dice, con un hilo de voz—, estoy empezando a creer que no puedo salvar a todo el mundo.

Jon retira la mano, muy despacio.

Le embarga una oleada de tristeza. No es posible conocer a Antonia Scott, pero es posible entenderla. Y él entendía de dónde procedía la enorme energía que la mueve. Porque reconocía en ella la misma pureza con la que él empezó, el mismo deseo de justicia, la misma compasión por los que sufren. Pero ahora es capaz de ponerle nombre a algo que lleva días percibiendo. Que el epicentro de la energía de Antonia Scott se ha desplazado un tanto. La compasión ha cedido terreno al deseo de venganza.

Puede que eso la haga mejor aún. Más poderosa. La compasión es una niebla en la que perderse. La venganza procede del odio, y el odio es algo tangible, algo que se puede esgrimir como un arma.

Mirando a los cadáveres de sus compañeros en el furgón, recordando la pesadilla del contenedor del puerto de Málaga, Jon no es capaz de culparla.

Hay que hacer lo que toca. O, al menos, lo que se puede.

Si no puedes salvarlos, al menos podrás vengarlos.

Lo cual no quita para que se sienta muy triste.

Arriba se ven las luces de la Guardia Civil. Se asoman por el puente, comienzan a descender por el terraplén con sus chalecos amarillos.

El inspector Gutiérrez se encarga de las explicaciones, que se llevan valiosos minutos. Antonia le espera en el interior del coche, sentada en el asiento del copiloto, con los ojos cerrados.

Jon entra, frotándose las manos y echándose el aliento para calentarlas. Cada vez hace más frío.

—¿Te has dormido? —dice Jon.

Ella sacude la cabeza, con los labios apretados, sin abrir los ojos.

—Lo que daría por una cápsula roja —dice.

—Ya, y yo por un marido rico. Puedes hacerlo. Lo has hecho antes.

Antonia respira de forma entrecortada.

—Es mucho más difícil. Y más...

No añade más adjetivos. Jon, a cambio, añade un sustantivo. Miedo. Que es lo que tiene Antonia Scott. Ella, que parece no temer a nada, más que a sí misma.

—Voy a necesitar tu móvil —dice, al cabo de un rato.

Jon le pasa el aparato, y ve cómo lo apaga y lo vuelve a encender. Salvo que al encenderlo, deja apretado el botón de subir el volumen. En lugar de la pantalla de inicio, lo que aparece es una aplicación. Antonia introduce un número de muchos dígitos, y después la aplicación le hace un reconocimiento facial.

—¿Cómo has instalado eso en mi móvil?

—Éste no es tu móvil. Te lo cambiamos por otro hace meses. Éste es mejor. Y sin que Apple sepa lo que haces.

—¿Y vosotros sí lo sabéis?

—Estoy segura de que *Asier_29* terminará escribiéndote. Parece buena persona —dice Antonia, sin dejar de teclear en la aplicación.

Jon sabe muy bien las páginas que ha visitado, los mensajes que ha mandado, lo que ha fotografiado con ese teléfono. Y que no le gustaría que nadie más supiera. El rubor sube a sus mejillas, en forma de calor seco. Las protestas hacen cola tras sus dientes, pero luego recuerda no sé qué de quien juega con fuego, mojado se levanta. Así que se limita a abrazar al volante y mirar hacia otro lado. Hasta que se le pasa.

—Esto es interesante —dice Antonia.

—¿El qué?

—Lola Moreno fue a buscar a su perro. Iba a subir al coche con su asistenta, pero no llegó a hacerlo. La gente de Orlov apareció y se la llevó.

—El chófer ese me pone los pelos de punta —dice Jon, recordando a Kiril Rebo.

—Sospecho que fue esa mujer la que les avisó. Zenya Kuchma, ucraniana, con permiso de residencia. Quizá por miedo.

—Se fue antes de que llegáramos.

—Esa mujer vive a las afueras de Marbella. ¿Por qué su móvil me dice que está en movimiento, por una carretera de la sierra de Madrid?

Antonia le muestra en la pantalla la posición del teléfono de Zenya Kuchma. Noventa y nueve kilómetros de distancia.

—Esto es Heimdal, ¿verdad? —dice Jon, poniendo en marcha el motor.

Antonia asiente.

—Y ha localizado su teléfono vía satélite, ¿verdad?

Antonia asiente de nuevo.

—¿Ves como sí que tenía función de satélite fascista mágico?

Lola

Había una niña que se compró una casa en un bosque, no lejos de un pueblo de cuento de hadas.

Lola ama Rascafría.

Es un lugar increíblemente hermoso. El monasterio del Paular tiene más de seiscientos años. Los cartujos lo fundaron en torno a una chimenea y un molino de papel. Les llevó dos siglos edificarlo, y enormes esfuerzos conservarlo, en aquella zona salvaje, a los pies de Peñalara. En mitad de aquel paraje repleto de arroyos gélidos y pedregosos, de los bosques de álamos, abetos y abedules.

Lola nunca había estado antes allí. Pero sabía que Yuri y ella necesitarían un refugio para el día de mañana. Un lugar que nadie conociera, lejos de todo y de todos. Encontró la casa buscando en un portal inmobiliario. Una parcela de mil setecientos metros cuadrados, en un camino forestal en pleno Parque Nacional de la Sierra de Guadarrama. Una construcción de 1975 que hoy sería absolutamente ilegal.

—Cómprala —le dijo a Yuri.

Puso especial cuidado en la operación, de forma que no pudieran relacionarlos con su propiedad. Ni siquiera usaron a Ustyan como testaferro, sino los servicios de un maltés carísimo.

La casa costó trescientos mil euros. Adquirirla de forma anónima, otros tantos. Pero se convirtió en un escondite romántico. En varias ocasiones subieron hasta allí, con su coche, de forma discreta. Kot en el asiento de atrás, roncando paciente. Y cómo disfrutaba el perro de los largos paseos por el bosque interminable. Más aún cuando acudían en invierno, y la nieve alcanzaba a veces casi medio metro de altura.

Hoy parece que será uno de esos días.

Se encontraron con nieve a la altura del embalse de Pinilla. La carretera iba mutando poco a poco del negro al gris sucio. Y después, al blanco.

Las ruedas del Clio comenzaron a tener problemas de agarre a la altura de Alameda del Valle. Lola desvió el coche de la carretera y se metió en el pueblo.

—¿Es aquí? —dijo Kiril, repentinamente alerta.

—No. Necesitamos unas cadenas, o no podremos continuar.

Aparcaron detrás de un Mercedes que tenía las cadenas puestas, aparcado junto a un restaurante. *Imposible de forzar*, dijo Rebo. A falta de poder llevarse el coche, robaron las cadenas. Penaron durante casi media hora, para quitarlas e instalarlas en las ruedas traseras del Clio.

—Eres ruso, se supone que tendrías que haber hecho esto antes.

Kiril se encogió de hombros.

—Prejuicio, *da?* Como negros que bailan, *da?*

Ofender la sensibilidad política de un mafioso, lo que me faltaba, pensó Lola. Subieron de nuevo al coche, que ofrecía poco calor. Incluso con la calefacción al máximo, el método ruso que había usado Kiril para acceder al interior había convertido el Clio en una nevera.

Tiritando, alcanzaron Rascafría.

La hermosura del pueblo vuelve a sobrecoger a Lola. Incluso de noche, con el temporal rugiendo en la ventana, el pueblo parece una reliquia de otro siglo. Allí la gente es pacífica, tranquila. No hay discotecas, ni prostíbulos. Apenas mil quinientos habitantes, y sólo un coche de la policía municipal, que únicamente abandona el garaje del ayuntamiento el día de las fiestas patronales.

El paraíso.

Lola conduce hasta el final del pueblo, y toma el desvío en dirección al puerto de Cotos. Se encuentran con un cartel de la Guardia Civil, avisando de que la carretera está cortada por el temporal.

Lola lo aparta, se baja y sigue adelante. Cien metros más lejos está el desvío hacia el Arroyo del Cuco.

Son doce kilómetros más, por un camino de tierra en mitad del bosque. La nieve alcanza ya varios centímetros de alto. Lola baja la velocidad, conduce en tercera para evitar perder tracción, y toca el volante lo menos posible. Aun así, ese último tramo es un infierno, con las ruedas patinando peligrosamente cada pocos minutos.

De pronto, el coche se queda clavado en mitad de la carretera.

—Tendremos que seguir andando —dice Lola.

Rebo mira afuera, con la nieve arreciando cada vez más fuerte, y mira a sus exiguas ropas.

—Si nos quedamos aquí, moriremos —insiste Lola.

—¿Lejos? —pregunta Rebo.

—Cerca —responde ella, que no tiene ni la menor idea de dónde están.

Tan sólo un poste ocasional cada pocos metros les salva de perderse. Eso, y que apenas estaban a cien pasos de la casa. Porque no hubiera aguantado mucho más, con el viento arreciando a ochenta kilómetros por hora.

Media hora más y no lo hubiéramos conseguido, piensa Lola, viendo cómo la capa de blanco va creciendo.

Aun así, llegan a la puerta de la finca completamente ateridos. Con los labios azules y los músculos agotados. Lola aprieta el botón del interfono con fuerza. Si Zenya no le hizo caso y no acudió a la casa, tendrán que saltar el muro. Y no será nada fácil. El seto que rodea la finca es alto, espeso, tiene tres metros de alto.

Por favor. Por favor, dice Lola, sin dejar de apretar.

—¿Sí? —suena una voz por el telefonillo.

Lola pronuncia la contraseña que ha abierto cualquier portal de España, a cualquier hora, desde siempre.

—Soy yo.

El portón de acceso a la finca se abre con un zumbido áspero y petulante.

Una luz se enciende en el lado frontal de la casa. Apenas es visible en el manto de nieve. Lola se dirige hacia ella. Tiene que alzar los pies con fuerza para caminar entre la nieve, que ya alcanza los dos palmos. Tiene los vaqueros empapados hasta las rodillas, y apenas puede sentir los pies.

Cuando alcanzan el porche delantero, Lola está a punto de desfallecer. Kiril no está mucho mejor que ella. La piel enrojecida, la respiración tenue. Cuando entran en el zaguán, apenas pueden caminar. Cada paso es una tortura.

Zenya está esperando junto a la puerta con una manta. Lola va a cogerla, pero Kiril la agarra por detrás antes de que la alcance. La asistenta se echa hacia atrás, asustada, cuando ve aparecer al ruso.

—El perro —dice, obligando a Lola a darse la vuelta, y poniéndole el extremo retorcido de la barra de hierro en el cuello.

Lola le mira con un agotamiento infinito. En algún momento de un pasado lejano, su plan incluía ordenar a Kot que atacara a Kiril tan pronto entraran en la casa. Ese plan que había ya olvidado, pero que Kiril parece haber tenido en cuenta desde el principio.

Alza la mano, a la que todavía siguen unidas las esposas.

—Zenya. ¿Dónde está Kot?

—En la cocina, señora —responde Zenya.

Unos zarpazos en la puerta contigua.

—Ve a por él —ordena Kiril Rebo, en ruso—. Y átalo donde yo pueda verlo.

Zenya desaparece por la puerta de la cocina, y vuelve al cabo de un momento con el perro, atado con un arnés que le rodea el cuello y le sujeta a la altura del pecho. Kot va tirando de ella con tanta fuerza que Zenya apenas puede retenerlo.

—Controla —dice Rebo, apretando más el hierro contra la garganta de Lola.

—*Myeste*. Quieto —ordena Lola.

Kot se detiene, al instante. Pero su mirada no se aparta de Kiril Rebo. Hay fuego hambriento detrás de esos ojos color café.

—Átalo ahí —dice Rebo, señalando una columna de madera en mitad del salón.

Zenya obedece, rodeando la columna con la correa. Hace un nudo fuerte, y le da la vuelta al asa de la correa.

Sólo entonces Rebo suelta a Lola, que se aparta dando tumbos de él, y se deja caer de culo delante de la chimenea. Zenya ha encendido la calefacción eléctrica de la casa, pero no ha prendido la chimenea. Hay troncos preparados.

No usan pastillas de encendido. Lo único que tienen para iniciar el fuego es una enorme pila de periódicos viejos (intacta) y un ejemplar de *Cincuenta sombras de Grey* al que le faltan la mitad de las páginas. Con dedos casi insensibles, Lola arranca un capítulo y lo usa para arrancar la hoguera.

Cuando las llamas prenden, Lola se desprende de la ropa empapada. Desnuda, se arrebuja en la manta que le trae Zenya.

Rebo no se ha movido de la entrada, esperando a ver qué hacía Lola. No la ha perdido de vista mientras se quitaba la ropa, recreándose en las extrañas geometrías que las llamas dibujan sobre los pechos desnudos y el vientre de Lola. Sin la ropa, es imposible ocultar su estado.

—Yuri, *da?* —dice, acercándose a la chimenea.

Lola no responde. Tiene la vista clavada en el fuego, y la mente a un millón de kilómetros de distancia. O a ese mismo lugar, pero hace un millón de minutos. Sentada frente a esa misma chimenea, con su marido. Pasándole la mano por el pelo, negro, ensortijado en el flequillo cuando se lo dejaba más largo. Dios, qué guapo era. Con esos labios carnosos y esa nariz ancha y varonil. No era muy alto, pero sabía cómo hacerla feliz.

Pudimos haberlo tenido todo. Idiota.

—Nunca he matado embarazada —dice Rebo.

—Tampoco vas a hacerlo ahora. Tenemos un trato. Compartiremos el dinero.

Rebo se acerca a Zenya y le ordena que se siente en el sofá junto a la chimenea. Se saca las esposas del bolsillo y le ata las manos a la espalda. Lola se da cuenta de que en algún momento del viaje ha tenido que quitárselas.

Probablemente usando mis horquillas.

—Prefiero hablar en ruso. Tú me contestas en español. ¿Está bien? —dice Kiril Rebo en su idioma.

Lola asiente. Ya no tiene sentido fingir.

—¿El dinero está en esta casa?

—Está aquí, en este salón.

—Bien, pues muéstramelo.

No sólo no tiene sentido discutir, sino que tampoco tiene sentido pelear. No va a exigirle nada a Rebo, ni a discutir con él.

Se levanta, envuelta en la manta, y camina hacia la columna en la que está atado Kot.

—¿Adónde vas? —dice el mafioso, interponiéndose entre ella y el perro.

—Voy a por el dinero.

—Vas a soltarle, zorra.

—Si quieres el dinero, tendrás que confiar en mí.

Rebo, que nunca ha confiado en nadie, no va a empezar a hacerlo ahora. Le arranca la manta a Lola, le pone el hierro en la espalda y la obliga a caminar delante de él.

Kot se pone tenso según se acercan. Se incorpora un poco, aunque el arnés no le deja levantarse del todo. Emite un gruñido amenazador y constante.

—*Myeste*. Quieto —dice Lola, con la voz temblorosa.

Lleva horas sin pincharse la insulina. Vuelve a sentir la garganta seca y la visión algo borrosa. Pero no puede cometer errores ahora.

Se agacha, y acaricia al perro detrás de las orejas.

—Cuidado —le advierte Rebo. La punta del hierro le rasga la piel, y puede notar un hilillo de sangre descendiéndole por la zona lumbar.

Kot se revuelve, inquieto. El olor de la sangre le está volviendo loco.

—*Molodets*. Buen chico —dice Lola, palpando su cuello, hasta encontrar lo que busca debajo de la enorme pelambrera. Una zona de la piel algo más dura. Allí donde el adiestrador ruso le había hecho una pequeña incisión del tamaño de una uña con un bisturí, antes de insertarle una funda de plástico rígida bajo la epidermis.

Impermeable, invisible.

Como tener una caja fuerte con dientes.

Sin dejar de susurrarle palabras tranquilizadoras, Lola hurga con la uña hasta que consigue extraer la tarjeta micro SD. 512 GB. A prueba de golpes, de agua, de campos magnéticos. Capaz de aguantar hasta ochenta y cinco grados de temperatura.

Lola le muestra a Rebo la tarjeta, sin volverse. El mafioso se la arrebata de las manos y la agarra del pelo, haciendo que se aparte del perro.

Lola recoge la manta del suelo, sin inmutarse. Se envuelve en ella y regresa junto a la chimenea.

—¿Qué es esto?

—Lo que todo el mundo está buscando. La estructura de las empresas de la Tambovskaya. Pruebas contra la comisaria Romero y el subinspector Belgrano.

—¿Y el dinero? ¿Está aquí?

Lola asiente.

—Hay una carpeta. Dentro hay 74.568 bitcoins.

—Seiscientos millones de euros —dice Rebo, sin poderse creer que esa cantidad de dinero quepa en un trozo de plástico del tamaño de la uña de su dedo meñique.

—Cuando se los quitamos a Orlov era esa cantidad. Ahora valen más. Casi ochocientos millones, la última vez que comprobé la cotización —dice Lola, con una calma pasmosa—. Y antes de que se te ocurra nada extraño, cada una de las carpetas está protegida por una contraseña distinta. Sólo yo la sé.

—No me preocupa. Acabarás diciéndonosla —dice Rebo, con una sonrisa de suficiencia.

Lola se da la vuelta, alarmada, ante el uso del plural.

Rebo le muestra un teléfono móvil.

—La bolsa con nuestros objetos personales estaba en la cabina del furgón. Tuve que rebuscar un poco debajo de los policías. Pero a ellos ya no creo que les importe. De regalo, a uno le quité esto —dice, dejando caer la barra de hierro al suelo y sacando una pistola de la parte de atrás de los pantalones.

Zenya, que no se ha movido del sofá, ni ha abierto la boca, se echa a llorar.

Lola mira aquella pieza de metal negro y pesado, y comprende lo ingenua que ha sido. Rebo no sacó el arma antes para dejar que se confiara. Para hacerle pensar que podría vencerle de algún modo. Ha sido más astuto que ella.

—Teníamos un trato —dice, a la desesperada.

—Hay una función muy interesante en WhatsΛpp —pronunciado en ruso, el nombre de la aplicación suena cómico en labios de Rebo. *Guat-sa*—. Compartir ubicación en tiempo real. Aquí ya no hay cobertura, pero no creo que les cueste mucho encontrarnos.

—Estúpido hijo de puta —dice Lola, poniéndose en pie, enfurecida—. Orlov te hubiera matado sin dudarlo.

—Pero sobreviví —dice Rebo, encogiéndose de hombros—. La guerra es la guerra.

En ese momento se abre la puerta.

Seguirlos fue muy sencillo, al menos al principio.

El furgón iba despacio, así que tuvo que refrenar la Kawasaki en la autovía, volviendo el trayecto tedioso. Incluso se permitió parar a descansar unos minutos en una gasolinera. Comió algo, fue al baño, y luego no tardó en alcanzarlos. Dejó casi ochocientos metros de distancia entre ella y el Citroën, para evitar el riesgo de que la vieran.

Su plan no era tan sencillo. Necesitaba que se detuvieran antes de actuar, así que esperaba su oportunidad. El mejor momento sería una vez llegados a Madrid, aprovechando que los dos agentes estarían agotados del viaje. En un semáforo, o en un ceda el paso.

La oportunidad nunca llegó. Porque alguien se le había adelantado.

Cuando vio el todoterreno embistiendo al furgón, frenó en seco y se echó al arcén. Apagó las luces y continuó la marcha, muy despacio. Así fue testigo de cómo sucedió todo.

Cuando llegó al puente, los dos atacantes ya estaban marchándose en su moto. Otro coche se había detenido ya junto al todoterreno accidentado, y alguien llamaba por teléfono a la policía.

Reprimió una maldición dentro del casco. Todo aquel esfuerzo había sido inútil. La rabia y la frustración se apoderaron de ella.

Entonces vio salir a Rebo de la parte de atrás del furgón. Le vio hurgar entre los cadáveres, coger una barra de hierro. Y luego salir de nuevo junto a Lola Moreno.

Sonrió. Su plan se había vuelto mucho más sencillo, de repente.

Calculó los pros y los contras de actuar en ese momento. Y, finalmente, decidió que era mejor esperar y dejar actuar a Rebo.

Apagó el motor de la Kawasaki, se bajó y la guio, a pie, terraplén abajo. Después, a cierta distancia por la calle. Sólo encendió el motor cuando se subieron al Clio y continuaron la marcha.

Con las luces apagadas, la moto negra y ella solamente eran una sombra más densa en la oscuridad.

Media hora más tarde, notó vibrar su teléfono móvil. Se frenó a un lado de la carretera para consultarlo. Orlov le había enviado un mensaje con la ubicación de Lola Moreno. Al parecer Rebo había logrado comunicarse con él. Decía que un equipo iba para allá. Le ordenaba (¡le ordenaba!) que se uniera a ellos para capturarla de una vez por todas.

Soltó una carcajada ante la arrogancia del viejo insensato. Le esperaba una sorpresa, sin duda. Pero no antes de que ella cumpliera su misión.

Volvió a ponerse en marcha, y no tardó en alcanzar al Clio. Pero un poco más adelante, la situación se complicó. A medida que iba ganando altura, el clima empeoró. El temporal que afectaba a la sierra había llenado de nieve sucia las carreteras, que ya no eran perfectas y seguras autovías, sino reviradas, y de doble sentido.

Vio cómo se detenían a robar unas cadenas, pero ella no podía permitirse ese lujo. No encontraría cadenas que se adapten a la rueda de la Kawasaki ni tiene tiempo de buscarlas.

Así que seguirles de pronto se vuelve un juego muy peligroso. Incluso a la baja velocidad a la que circulan. La moto no ha sido diseñada para esto. Con unos neumáticos claveteados, o incluso con un compuesto en espray que mejorase la tracción, podría desempeñar mejor la tarea. Pero pensar en esas cosas es lo mismo que desear un helicóptero.

Continúa, como puede, intentando mantener la rueda delantera en la rodada del Clio. Eso ayuda, pero en dos ocasiones se va al suelo. Cuando el coche abandona la carretera principal y entra en un camino de tierra, la situación se vuelve insostenible.

Avanzan tan despacio que tiene que detener la moto en varias ocasiones, para evitar que la vean. Y el viento, cada vez más fuerte, le hace muy difícil permanecer encima de ella. El cuero de la ropa y la camiseta térmica que lleva debajo la aislan un tanto del frío, pero sumado al aire comienza a notar cómo pierde calor corporal demasiado deprisa.

Sin embargo, no cede.

Decide dejar la moto entre los árboles y continuar a pie.

Ellos no tardan en hacer lo propio. Contempla con estupor cómo se lanzan al temporal vestidos con ropa ligera. No durarán así ni diez minutos, *piensa*. Asnos estúpidos.

Por suerte para ellos, la casa estaba muy cerca.

Les sigue al interior de la finca con facilidad. Ni siquiera han cerrado la cancela tras ellos.

Así, escucha toda la conversación desde la entrada, protegida del viento por las columnas del porche.

Cuando ha oído todo lo que necesita saber, abre la puerta.

—La guerra es la guerra —está diciendo Kiril Rebo.

De pronto escucha la puerta abrirse y se vuelve hacia ella, apuntándole con la pistola.

—¿Quién coño eres?

—Chernaya Volchitsa —responde ella, quitándose el casco y acercándose a él.

Kiril Rebo ríe con crueldad, y se vuelve hacia Lola Moreno.

—La Loba Negra está aquí —canturrea, con tono burlón—. Ahora vas a saber lo que es el miedo.

Ella sonríe a su vez, y saca la pistola del interior de la chaqueta de cuero. Con mano firme, la pone en la sien de Rebo, que sigue riendo, y aprieta el gatillo. La bala le revienta la cabeza, cortando la risa a la mitad.

15

Un vuelco

—Hay que joderse con la nievecita —dice Jon.

—Creo que dices demasiados tacos.

—Creo que nos vamos a meter una hostia como un pan.

Jon conduce con sumo cuidado, atravesando Rascafría. No han parado a poner las cadenas, porque Antonia se niega.

—Tenemos prisa. Activa las ayudas electrónicas —le dice, apretando un botón del salpicadero.

El coche lleva un ordenador de a bordo —*por ese precio, podía conducirse solo*, piensa Jon— que corrige los desvíos bruscos de las ruedas. No hace magia, pero ya ha colaborado a evitar que el Audi patine en dos ocasiones.

Rebasado el pueblo, la señal se pierde.

—No hay cobertura —dice Antonia—. Este punto donde estamos es el último que registró el móvil de Zenya como activado.

Este punto donde están es ninguna parte. Hay dos caminos delante de ellos. Uno da la vuelta, en dirección a Rascafría. El otro lleva al puerto de Cotos. Altitud, 1.830 m. Hay un cartel de la Guardia Civil avisando que el paso está cortado.

Alguien lo ha echado a un lado.

Jon mira a Antonia, y ella asiente.

—Hay unas rodadas en el suelo —dice, cuando se adentran en la carretera.

Las rodadas son tenues, y a Jon le cuesta seguirlas. La nieve sigue cayendo con fuerza, y va cubriendo las huellas. Hay un punto en el que éstas desaparecen.

—No puede ser —dice Antonia, bajándose del coche. Se agacha en el cono de luz que iluminan los faros, y estudia el suelo con atención.

—Por aquí no ha pasado nadie —dice, cuando regresa al coche, con los dientes castañeteando y la voz trémula.

—Hemos debido de saltarnos el desvío —dice Jon, dando marcha atrás.

—Ve lo más despacio que puedas —avisa Antonia, abriendo la ventanilla. Saca la cabeza y apunta con la linterna al suelo, y entre los árboles. El bosque es espeso, y los troncos se levantan frente a ellos, como guardianes espectrales.

Un poco más atrás, hay un hueco entre los árboles. Apenas es distinguible en la oscuridad. Y en el suelo, una rodada apenas imperceptible.

—Es por aquí —indica, señalando a la derecha.

Jon maniobra para entrar en el camino forestal. El manto blanco ha cubierto el suelo, haciendo mucho más difícil seguir el trazado. La visibilidad frente a ellos es nula.

De pronto, al tomar una curva algo más cerrada, un coche parado surge de la nada. Jon pega un volantazo de forma instintiva. Las ayudas electrónicas se empeñan en contrarrestar el brusco giro, empujando las ruedas en dirección contraria. El Audi golpea de refilón al coche (es un Renault Clio, se fija Antonia al pasar junto a él), resbala en la nieve, se sale del camino, desciende tres metros entre los árboles, hasta que uno de ellos lo frena en seco.

—Otro —dice Jon, cuando el airbag se ha desinflado lo suficiente para permitirle hablar.

—Dos a uno —responde Antonia, manoteando para apartar de su cara el nailon blanco.

—Éste no cuenta como conducción temeraria. Íbamos a treinta por hora.

—Supongo que no —admite Antonia, saliendo del coche para inspeccionar los daños.

Al Audi le ha crecido un árbol en el capó. La carrocería se ha abombado y deformado, abrazando la mitad de la superficie del tronco del abedul. No irá a ninguna parte sin ayuda de una grúa y treinta horas de taller a doscientos euros la hora.

Jon va al maletero y abre la maleta. Un abrigo fino, es todo lo que puede usar para protegerse del frío. Antonia no está mucho mejor. Un tres cuartos de paño era todo lo que había empacado.

—Volvamos a la carretera.

—Espera un minuto —pide Jon.

Aparta las maletas, las pone en la nieve y retira la alfombrilla que protege el fondo del maletero, descubriendo la rueda de repuesto.

—Me temo que vamos a necesitar algo más que cambiar una rueda.

Jon alza la rueda, la arroja al suelo. Debajo hay un hueco con una bandeja alargada, de un metro de largo. Jon la desplaza hacia delante y extrae lo que hay dentro.

—Remington 870 Nighthawk con culata extensible, canana con cinco cartuchos extra, correa de neopreno —dice Antonia, con tono apreciativo—. Éste no es el equipamiento oficial.

—El bosque de noche es peligroso —responde Jon, colgándose la correa del hombro, con el cañón apuntando al suelo. Por último, recoge los dos chalecos antibalas, se pone el suyo y obliga a Antonia a hacer lo propio—. Anda, tira.

Regresan junto al Clio abandonado en la carretera con gran dificultad. Cuando llegan arriba tienen las piernas cargadas y el aliento escaso.

—Sigamos adelante.

Los árboles desaparecen de forma abrupta un poco más adelante. La nieve ahora cae más despacio, y el viento ha amainado bastante. Eso les permite andar un poco más erguidos cuando encuentran el muro que rodea la finca.

La cancela está abierta.

Están a mitad de camino de la casa, cuando escuchan el disparo.

—Quédate aquí —dice Jon, caminando hacia el porche.

Antonia, por supuesto, no hace caso. La puerta está abierta, y cuando entran ven un cuadro que no era el que esperaban.

El salón es amplio, rústico. Vigas vistas de madera en el

techo, y también en varios puntos del salón. Una chimenea encendida. Un sofá y dos sillones. Una mesa. Nada de toda la excentricidad y el horror de la casa de Marbella.

En el sofá, una mujer ucraniana esposada. De pie, junto a la chimenea, Lola Moreno envuelta en una manta. Atado a una columna, un pastor caucásico que gruñe amenazador. En el suelo, haciendo de alfombra, el cadáver de Kiril Rebo, al que le falta un buen trozo de cráneo. De pie, a dos pasos del cadáver, una mujer pelirroja, de tez tan blanca que devuelve cada reflejo de la chimenea, vestida con ropa de moto de color negro. En una mano tiene el casco, en la otra, una pistola.

Jon entra, con la escopeta por delante.

—Tire el arma. Ahora.

La mujer le mira, luego mira a Antonia.

—Les conozco. Policía.

En ese momento, Lola se adelanta y empuja a la mujer en el pecho. El ataque la pilla por sorpresa, se tropieza con el cadáver de Rebo, y cae hacia atrás.

—*Fas* —dice.

Kot se lanza, gruñendo, sobre la mujer derribada. No logra alcanzarle el brazo, pero sí le engancha en el muslo izquierdo con los dientes. La mujer suelta un grito ahogado. Alza la pistola contra la cara del perro, pero no llega a disparar.

—Ordene que la suelte —dice Antonia.

—¡Esa mujer está con Orlov!

—No se lo repetiré —dice Antonia.

Está desarmada, y es una cabeza más baja que ella, pero algo en su voz le dice a Lola Moreno que no le conviene discutir.

—*Myeste*.

El perro abre inmediatamente las mandíbulas. Cuando retira los colmillos, están teñidos de rojo.

—La pistola —dice Jon, acercándose a ella, sin dejar de apuntarla con la escopeta.

La mujer respira fuerte, intentando no gritar por el dolor. Tiene los dientes apretados, y aun así se resiste a entregarle el arma al inspector Gutiérrez.

Antonia se agacha y se la retira de los dedos crispados.

—Déjeme ver —pide.

La herida es profunda. Los enormes dientes del pastor caucásico han desgarrado un buen pedazo del músculo. Está perdiendo mucha sangre.

—Encárgate —dice Antonia a su compañero, señalando a las mujeres.

—Descuida.

Antonia vuelve al cabo de un rato con tijeras, toallas limpias, una botella de vodka y un rollo de cinta de carrocero, que ha encontrado en un cajón de la cocina. Corta los pantalones de cuero y comienza a remediar el desastre como puede.

—Necesita antibióticos.

—Y yo necesito insulina —dice Lola, que está agachada sobre el cadáver de Rebo.

—Échese atrás —dice Jon.

—No lo entiende. En esta tarjeta está lo que buscan —le dice, mostrándole la tarjeta—. El dinero. La información sobre Orlov. Las pruebas contra Romero.

—Yo me haré cargo de esto —dice Antonia, quitándole la tarjeta de la mano.

—Aquí hay más dinero del que ustedes ganarán en cien vidas. Si me salvan de ellos, podremos repartírnoslo.

—¿Cuánto?

Lola se lo dice.

Jon suelta un silbido.

—Ha dicho que hay pruebas contra Romero. ¿A qué se refiere?

—Mi marido era confidente de la policía. Teníamos un acuerdo. Él marcaba los objetivos, ellos hacían las redadas. Luego la cosa se complicó. Yuri les tendió una trampa. Un correo con dinero y droga. Ellos robaron parte del dinero y mataron al correo. Está todo ahí. Grabaciones en vídeo, audio. Todo.

Antonia y Jon se miran.

—Tenías razón —dice Jon.

—Eso me temo. Fue Belgrano quien intentó matarla, ¿verdad? —pregunta Antonia a Lola.

—Yuri les amenazó. Quería romper nuestro acuerdo.

—Y salió regular —dice Jon.

—Fue un estúpido. Había muchas formas de hacerlo bien. Si tan sólo me lo hubiera dicho —dice Lola, que vuelve a sentirse mareada, y tiene que sentarse junto a Zenya.

—Está bien. Ahora ya ha acabado todo. Incluso hemos capturado a la Loba Negra —se ufana Jon.

Antonia mira a la mujer tumbada en el suelo. Luego mira a la pistola que le ha quitado. Al cadáver de Kiril Rebo. Al perro, que no aparta sus ojos de ellos, mientras se relame la sangre del hocico.

—Ella no es la Loba Negra —dice Antonia.

Jon se vuelve hacia ella, con los ojos muy abiertos.

—Pero qué dices, cari. ¿Has enloquecido?

Antonia señala al perro, señala a Rebo.

—Dime por qué nuestra asesina profesional mata a sangre fría a Kiril Rebo y no mata al perro en defensa propia.

Definitivamente, Jon no tiene una respuesta para eso.

—¿Eres la Loba Negra? —dice, inclinándose sobre la mujer herida.

—No. Yo la seguí y la maté.

El inspector Gutiérrez suelta una carcajada de incredulidad.

—¿Tú mataste a la Loba Negra? ¿A la asesina que teme toda la mafia?

—Ella buena. Yo mejor —dice la mujer, encogiéndose de hombros.

Jon se rasca la cabeza.

—Vale. No eres la Loba Negra. Entonces ¿quién eres?

—Nombre no importante. Importante es que Orlov viene.

—Déjanos decidir eso a nosotros.

Ella reprime una mueca de dolor. Respira hondo. Lleva años sin pronunciar esas palabras. Tantos, que muchas veces ha llegado a dudar de quién es de verdad.

—Mi nombre es Irina Badia.

CUARTA PARTE

JON

La niña no sintió dolor
cuando el clavo le rasgó la cara
por debajo del ojo izquierdo.

1

Un relato

Éste es un relato que debería contarse en voz baja, cadenciosa, con un ritmo pausado, con todo el tiempo del mundo.

Había una niña

Vocales suaves, consonantes contundentes, fonemas con un acento de tierras lejanas.

que jugaba a colgarse

Frases cortas, muchos silencios, a veces largos.

de la rama del viejo roble

Hasta explicar el mismo cuento que ella se narra a sí misma sin cesar.

hasta que un día llegaron

Para calmarse el dolor, para aliviar su necesidad, para lograr conciliar el sueño.

unos hombres malvados.

Había una niña que jugaba a colgarse de la rama del viejo roble hasta que un día llegaron unos hombres malvados.

La niña se llamaba Irina Badia. Su hermana, Oksana. Vivían en una granja propiedad de sus padres en Chkalova, Ucrania.

Todo eso son sólo palabras.

¿Cuántas son necesarias para contar la historia de una persona? ¿Mil? ¿Cien mil?

Tampoco son suficientes.

Describir el horror que la niña sufrió cuando los hombres fueron a buscarla sería un intento inútil. Su familia murió, y ella escapó, eso es todo. Siguió viva, por difícil que fuera. Hasta que se hizo lo bastante fuerte como para recorrer dos mil kilómetros, en busca de alguien que la hizo aún más fuerte. Que la enseñó a elevarse por encima de sí misma.

—¿Cuánto debe durar una pelea?

—Cinco segundos.

—No eres la más fuerte, nunca lo serás. Si tu contrincante resiste tu asalto inicial, será un infierno. Ataca en los puntos débiles, sin piedad, y túmbale antes de que se entere siquiera de que hay una pelea.

Pasaron los años.

Viajó mucho más lejos, hasta el otro extremo del mundo, en busca de aquellos que se lo habían arrebatado todo.

Encontró el amor, o algo parecido.

Lo dejó atrás, porque descubrió que no era suficiente. Que lo único que podía llenar el inmenso vacío en el centro de su corazón era la sangre.

Regresó. Sola.

Cuanto más sola está una persona, más solitaria se vuelve. La soledad va creciendo a su alrededor, como el moho. Un escudo que inhibe aquello que podría destruirla, y que tanto desea. La soledad es acumulativa, se extiende y se perpetúa por sí sola. Una vez que ese moho se incrusta, cuesta una vida arrancarlo.

La niña siguió adelante. Volviéndose mucho más violenta, más expeditiva. Sus peleas eran breves, pero cada vez iban cobrándose un precio más alto. Su cuerpo se fue quebrando, su espalda era un universo propio, donde habitaba un dolor insoportable, que se adueñó de todo.

Cada vez le quedan menos peleas dentro. Y el corazón sigue sin haber comenzado a colmarse.

Un día, en San Petersburgo, descubrió el paradero del último de los hombres que habían ordenado la incursión en la granja de los Badia. Un proxeneta llamado Orlov. Que había progresado desde entonces. Ahora tenía su propio clan, allá abajo. En España.

Pero los jefes de la Tambovskaya no estaban contentos con Aslan Orlov. Habían enviado a una asesina para destruirlo y arreglar sus errores.

Todo esto se lo contó un hombre moribundo, al que Irina torturó durante horas. Un *shestiorka* de la organización, que quería vivir. No lo consiguió, pero su muerte no fue en vano. Puso a Irina sobre la pista de la Loba Negra.

Viajó a Madrid en el mismo avión que ella.

Se alojó en el mismo hotel que ella.

Cuando salió a dar un paseo aquella noche, por la orilla del río, Irina la siguió con un cuchillo y un alambre. La alcanzó en el puente. Iba tranquila, confiada. Como todos los depredadores que creen que la noche les pertenece. En el último instante, cuando estaba ya sobre ella, la Loba presintió el peligro. Logró parar sólo su primer golpe.

La pelea duró en total tres segundos.

Irina la desnudó, se deshizo del cuerpo. No sin antes usar su dedo pulgar para desbloquear su móvil por última vez.

A partir de ahí, se convirtió en ella. La información sobre su objetivo estaba totalmente a su disposición. Pero justo cuando iba a salir en su busca, se encontró con que Orlov también requería de sus servicios. El juego se volvió aún más interesante.

Este relato comienza de la misma forma que los cuentos de hadas siempre cambiantes que Lola se cuenta a sí misma. ¿Hay acaso alguna otra manera de comenzar un cuento? Pero hay una diferencia respecto a esas mentiras autocomplacientes con las que Lola intenta reescribirse a sí misma.

El relato de Irina Badia es real.

Todo lo real que pueda ser una historia, al fin y al cabo.

Ésto sería lo que Irina Badia tendría que haberle contado a Antonia Scott. Pero el mundo, en general, ofrece pocas oportunidades para escuchar el relato completo de una persona antes de emitir un juicio sobre ella. Cuáles son sus orígenes, sus aspiraciones, sus sueños. Qué anhelos alberga el corazón infinito de un ser humano. Qué piedras ha encontrado en el camino, qué le ha hecho cruzarse en el tuyo. Qué sonrisas de dientes afilados le impiden conciliar el sueño cuando trata de dormir. Quién plantó las zarzas que desgarran su alma y asfixian su juicio.

Cómo se hizo esa cicatriz debajo del ojo izquierdo.

El mundo ofrece pocas oportunidades para escuchar completo el relato de una persona. Estar atrapado en un chalet de montaña que está a punto de ser asaltado por asesinos armados hasta los dientes no es una de esas oportunidades. Y la vida no es como una película o una novela, donde justo antes de un momento decisivo, el narrador se permite hacer un largo *flashback* en tonos pastel.

Así que la conversación fue más bien de esta otra forma.

2

Un resumen

—Mi nombre es Irina Badia.

—Eres muy buena. ¿Fuerzas especiales rusas? *Spetsnaz?* ¿Grupo Alfa?

Irina menea la cabeza.

—Amigo enseña a mí.

—¿Por qué estás aquí, Irina?

—Orlov mata a mi familia. Yo mato Orlov.

Antonia se da cuenta de que el rudimentario español de Irina no les llevará demasiado lejos.

—¿Cómo murieron? —pregunta, cambiando al ruso.

Irina le contesta en ese idioma. Habla más despacio. Su voz se vuelve más suave.

—Teníamos una granja. Nos querían a mi hermana y a mí. Mataron a mis padres, se llevaron a mi hermana para la red de trata. Yo escapé.

Antonia mira a la mujer, tumbada en el suelo, indefensa. Cuando se mueve un poco, puede ver que le falta una oreja. La analiza, a la luz de los nuevos datos. Alza el brazo hasta la mejilla izquierda de Irina, hasta casi tocar la cicatriz. Esa fina, antigua, línea que llega hasta la mitad de la mejilla. Y que late en la misma frecuencia que la que ella oculta bajo la ropa.

—¿Cuántos años tenías?

—Ocho.

Hasta ahí, el preámbulo conteniendo las motivaciones.

—¿Y luego?

Los pensamientos fluyen bajo sus ojos, como peces bajo el hielo verde: inalcanzables. Irina toma aire y resume veinte años de entrega, de violencia y de sufrimiento, en veinte palabras.

—Luego crecí y los maté a todos. Los que lo hicieron y los que lo ordenaron. Uno por uno.

Una idea ilumina a Antonia como un relámpago en un cielo claro. Un súbito, empequeñecedor, entendimiento de que sus capacidades, por grandes que sean, nunca serán suficientes para comprender del todo.

Y sin comprender, ¿cómo puedo hacer lo correcto?

Vuelve la mirada a Jon, que no pierde detalle de la escena, a pesar de que no ha entendido nada.

—Tenéis que marcharos —dice Irina, agarrando la manga de Antonia para reclamar de nuevo su atención—. Orlov está a punto de llegar.

Antonia le aparta la mano con delicadeza.

—¿Cómo lo sabes?

—Tengo el móvil de la Loba Negra. Venían detrás de mí, siguiendo una señal que estaba enviando Rebo.

No son buenas noticias.

No son buenas noticias, en absoluto.

Tiene que tomar una decisión sobre ella. Pero antes necesita comprenderla.

—Has venido a por esto —dice Antonia, mostrando la tarjeta micro SD—. ¿Por qué?

—Orlov es el último de mi lista.

Antonia piensa en el contenido de la tarjeta. En todos los nombres, las conexiones, las cuentas bancarias. No sólo de la mafia rusa, sino de sus colaboradores, de sus socios en una docena de países. Gente a la que la justicia de los hombres no podrá tocar nunca.

—Se te ha acabado la lista. Y quieres hacerte otra.

Irina se aprieta fuerte la herida. Está sufriendo, sin duda.

—Por todas las niñas que no han tenido mi misma buena suerte.

Pronuncia la palabra con dulzura, con fatalismo.

Udachi.

En ruso, significa buena suerte.

Sin más.

La palabra azota a Antonia. Un látigo trenzado de envidia, burla y tristeza. A esa mujer se lo arrebataron todo cuando era una niña. ¿Cómo puede pensar que ha tenido suerte? Alguien irrumpió en su vida, la destrozó. La convirtió en una máquina de odio.

¿Cómo puede pensar que ha tenido suerte?

¿Cómo puede hacerme eso sentir tan culpable?

3

Un amanecer

Antonia termina de hablar con Irina y después tiene una breve conversación con Lola Moreno. Luego regresa junto a Jon, que se ha quitado el abrigo y se ha sentado a la mesa del comedor, desde donde puede vigilar a las tres mujeres.

—¿Y bien?

—La situación está complicada —dice, bajando la voz.

Y le explica.

—La madre que me hizo. Tenemos que salir corriendo, entonces.

—No es tan fácil, Jon.

—Tenemos el coche de la asistenta. Nos metemos los cinco ahí, y hasta luego.

—Es un Ford Fiesta sin cadenas, Jon. Ahí fuera hay medio metro de nieve. Si no se ahoga el tubo de escape, las ruedas patinarán. O nos encontraremos con Orlov a campo abierto.

—Podemos ir en dirección contraria.

—Montaña arriba las cosas estarán peor. Y el camino termina tres kilómetros más lejos, en un mirador. No hay nada en esa dirección. Sólo volver por donde hemos venido.

Jon se pasa la mano por la cara. Está muy cansado. Tiene los ojos hinchados, y está muerto de hambre.

—No puedo más.

—Espera aquí —dice Antonia.

Vuelve al cabo de un rato con dos tazas de café instantáneo calentado al microondas y un paquete de galletas rancias. De esas que viven para siempre en cualquier despensa, porque no hay nadie tan famélico como para atreverse con ellas. Jon coge la taza que le tiende su compañera. Después se mete las galletas en la boca de dos en dos.

—Andando no está lejos. Podríamos intentar escapar por el bosque, y bajar hasta el pueblo.

Antonia hace un gesto hacia las prisioneras.

—Una está herida, dudo que pueda caminar. Las otras dos no tienen ropa adecuada.

—Quizá guarden algo de abrigo en la habitación.

—No, ya he mirado. El armario está casi vacío. No hay más que un par de camisetas de marca. Y una caja llena de juguetes sexuales.

Jon apura el café, por llamarlo de alguna manera. Mira por la ventana. Una luz sucia y gastada anuncia el amanecer, iluminando el jardín. Es un recinto cuadrado, alfombrado por una espesa capa de nieve. Las copas de los árboles se intuyen, fantasmales, contra el cielo que muda de negro a gris. En contraste con los fuertes ventarrones de anoche, la brisa tenue que mece las ramas más bajas parece un delicado arrullo.

La nevada se ha detenido por completo.

—Eso no ayuda —dice Jon, señalando afuera—. Encontrarán antes la casa.

Antonia le mira, muy seria.

—Tú y yo podríamos conseguirlo. Dejarlas aquí, llevarnos la tarjeta. Llamar a la policía, cuando consigamos cobertura. Y quizá lleguen a tiempo.

El inspector Gutiérrez se sacude una miga de galleta de la barba, y sonríe.

—Eso no va a ocurrir.

—No —admite Antonia—. Pero era la última opción que quería que descartaras.

—Así que sólo queda una cosa por hacer.

Antonia asiente, despacio.

—Dos contra ni se sabe —dice Jon.

—Tres —le corrige Antonia, señalando a Irina.

—Creo que no te sigo.

—Está de nuestro lado.

—¿La loca del coño?

Antonia tuerce el gesto.

—No es el término que yo utilizaría.

—¿Y qué término utilizarías tú?

—¿Si tuviera que hacer un perfil psicológico? Estrés postraumático, egomanía, trastorno persistente del duelo, personalidad antisocial. Probables rasgos esquizoides, aunque no estoy segura.

Menudo diagnóstico, piensa Jon. *Para que la encierren.*

—¿Y qué vas a hacer con ella?

—Voy a devolverle la pistola.

—Estás de broma.

Antonia coge una galleta y la mastica despacio, negando con la cabeza.

—¿Cómo puedes confiar en una persona así?

—¿Cómo puedes tú?

Alguien aprieta el *pause* sobre la cara de Jon, que se detiene hasta comprender a quién se refiere Antonia.

—Ah. Todo eso, ¿eh?

Antonia se encoge de hombros. No es cuestión de presumir.

—Pero a ti no te ha dado por matar gente —dice Jon.

—Sabes que lo he intentado. Pero tengo una puntería bastante mala.

Jon suelta una carcajada, recordando lo que pasó en el túnel con Sandra Fajardo. Es una carcajada nerviosa, de esas que uno suelta en una oscuridad repleta de monstruos.

—Pues ya puedes ir mejorándola. Por cierto, este café estaba buenísimo. Me está quitando el cansancio de golpe.

Antonia saca del bolsillo una bolsita con píldoras blancas.

—Difenilmetilsulfinilacetamida.

Jon reconoce la bolsa enseguida. Se suponía que estaba en la guantera. Mira la taza vacía, y luego mira a Antonia, con los ojos entrecerrados.

—Qué bajeza, cari. Me has echado *droja* en el Nescafé.

—Ya me lo agradecerás.

Romero

No es esto para lo que me hice policía, piensa la comisaria.

Mira el reloj. Pasan de las ocho de la mañana, no queda mucho para el amanecer.

Está siendo una noche eterna. Y muy triste.

El cansancio ejerce sobre su ánimo un efecto melancólico. Nunca ha sido ella muy dada a reconocer en su interior las emociones. Mucho menos, a manifestarlas. Bien sabe Dios que lo último que puede traslucir una mujer que se dedica a su profesión son los sentimientos. Todo es interpretado como un signo de debilidad. Una gripe, el periodo, el más leve cambio de humor. Una queja sobre una situación empleando cualquier término valorativo. Cualquier peculiaridad o rasgo del carácter que en un hombre es aceptado sin un segundo vistazo, para una policía es un baldón. Cada día desde que empezó ha tenido que enfrentarse a palabras como *cuota, paridad, adorno*.

Así que elimina cualquier rasgo que la humanice. El color

en la ropa, descartado. También el maquillaje. Incluso ha aprendido, a lo largo de los años, a modificar su lenguaje corporal.

Un trabajo ingente. Que comenzaba a dar sus frutos.

Hasta que un día se obsesionó con Orlov. Y con Voronin, como medio de conseguir llegar a él. Se obsesionó tanto, se involucró tanto, que ha terminado aquí.

Aquí. Un cruce de carreteras, a la salida de un pueblo perdido de la sierra madrileña. Donde hace un frío de mil demonios.

Un lugar como cualquier otro para volver la vista atrás.

Todo empezó cuando pillaron a Voronin por el lío aquel del contenedor. Las pruebas eran endebles, siendo muy generosos. Pero Voronin picó el anzuelo. Y su mujer también. Menuda sinvergüenza. Iba de mosquita muerta, de no haber roto un plato en su vida. Pero a ella nunca la engañó. Voronin la miraba antes de abrir la boca. Aunque le preguntaras la hora. Cada puñetera vez, se volvía y la miraba.

Lola Moreno. Qué asco de tía.

Romero se enciende un cigarro. Sólo fuma en privado. Otra debilidad que evita mostrar. Pero qué más da ya. En este cruce de caminos, solamente está Belgrano. Y él lo sabe todo de ella.

El subinspector Belgrano. Leal hasta el final. Con su impulsividad y su mal genio. Se pregunta por qué nunca se ha acostado con él. Es lo único que les falta. Han compartido todo lo demás. Noches en vela, sangre. Broncas. Detenciones que no han prosperado, delincuentes que se han librado. Otros que han acabado donde deberían. Frustración, mucha. Victorias, menos. Pero la cama, nunca.

Está bien así, piensa, echándole un vistazo de reojo. Apoyado en la moto, sin decir palabra. Cansado, como ella. Pero sin protestar. Son hermanos. Comparten un código. Y eso une más que lo otro. Son familia.

La familia mancha. La vida pesa.

Ella sabía que usar a Voronin como confidente era un camino peligroso. Que iba a utilizarles para eliminar a la competencia. Es de primero de soplón, y Romero ya tiene sus años. Pero cómo iba a prever ella la trampa que les tendió, el muy cabrón.

Ella no había metido la mano demasiado. No más de lo normal, al menos. En una redada de las gordas siempre se perdían un par de tajos. Todo el mundo lo sabía, y todo el mundo miraba hacia otro lado. Y qué esperan, con la miseria que les pagan. Ella no llega a los tres mil brutos. Belgrano, un tercio. Lo que ellos ganan en un mes, un camello lo gana en una tarde tonta. Un gomero, diez veces eso, con un solo viaje. Pero ellos tienen que dejarse la vida y las horas, jugarse la piel y el pescuezo cada minuto, por unas migajas. Y vadear un río de mierda, con una sonrisa y la ropa impecable. Claro que sí.

Ella no había metido la mano demasiado. No más de lo normal. Las reglas estaban claras. Que no te pillen, no llames la atención. No lo tengas por costumbre. Todo lo que quede por debajo de esa línea es tu puñetero problema. Allá tú y tu conciencia. Nadie levantará una ceja.

Los inspectores que entrullaron hace ocho años en Marbella. Amigos suyos. Compañeros de la UDYCO. Sólo cometieron un error. Confundieron los términos. En lugar de dedicarse a hacer de policías y trincar lo que caía de la mesa, se subieron a la mesa y pusieron un plato.

Ella no era así. Nunca lo había sido.

Todo lo que ella quería era hacer bien su trabajo.

Pero aquel coche correo de los serbios. Seiscientos mil euros en billetes usados. Sólo un conductor. Escoria con antecedentes de violencia. Homicidio, robo, abusos. A Belgrano se le calentó la cabeza. Y a ella también, cómo no. Con esa pasta se tapaban muchos agujeros. Se apuntaban la detención, una más para el historial impecable de la comisaria Romero. Y aquí paz y después gloria.

Cuando algo parece demasiado bueno para ser verdad, adivina el resto.

Puto Voronin.

Siendo honesta, tampoco es que le quedase mucho que dar. El tipo estaba quemado. Ya iba siendo hora de que dejase de darles peces chicos, y les entregase el atún. Pero se les adelantó. Sólo porque no contó con ella. Su mujer nunca le hubiera dejado cometer esa estupidez. Amenazar a una comisaria de policía. Hay que ser...

Lo pagó. Caro. No era la idea. El puto perro asustó a Belgrano, que siempre ha sido más bien ansioso. Y todo se descontroló. Hubo que ir corriendo a por ella. Y fallaron.

Menudo desastre.

Llamó demasiado la atención. El propio Orlov la llamó por teléfono, para pedir explicaciones. Era la primera vez que hablaban. Y ella le dio media verdad. Lo justo para que todo el mundo salvara la cara.

Pero en Madrid alguien levantó una oreja. Y aparecieron aquellos dos en busca de Moreno.

Cuando la cogieron, Orlov volvió a llamar. Se suponía que tenía que morir, como fuera. Orlov facilitó el coche. Una segunda cagada. Y dos policías muertos. Dos inocentes. Otra raya cruzada.

Esa Lola Moreno es como una puñetera cucaracha. No termina de morirse nunca.

Orlov llamó una tercera vez. Para informarles del fracaso, y ordenarles qué hacer. Y Romero se dio cuenta de que las tornas habían cambiado. Que ahora sólo era una herramienta en sus manos.

No es esto para lo que me hice policía, piensa la comisaria, de nuevo.

Los dos coches llegan con las primeras luces del amanecer. El sol no va a romper hoy por encima de los montes. El cielo cuelga muy bajo, henchido de nubes grisáceas y malos presagios. Lo que hagan hoy, quedará oculto de la mirada de Dios.

Es un alivio miserable para una tarea miserable.

El primer todoterreno se detiene en el cruce. Romero echa un vistazo al interior. Sólo dos hombres, que no hacen gesto alguno al verlos.

—¿Esto es lo mejor que tiene Orlov?

—Lo mejor que tiene Orlov es Orlov —dice una voz tras ellos.

Romero se gira, y ve al viejo mafioso, acompañado de dos matones, bajarse del segundo todoterreno. La Fiera. Proxeneta, violador, narcotraficante. Asesino. Tiene que contenerse para no sacar el arma y esposarle contra el capó.

Una oleada de repugnancia la invade. Hacia él, hacia sí misma.

—¿Están solos? —dice Orlov.

—Sólo nosotros. ¿Esperaba a alguien más?

El viejo mira a lo lejos. A la línea donde comienza el bosque que se extiende montaña arriba, hasta desaparecer devorado por las nubes.

—No importa. ¿Han localizado la última posición que les envié?

—Es aquí —dice Belgrano, mostrando un mapa hecho por satélite en la pantalla de su móvil—. Hay una casa en el bosque, doce kilómetros más adelante, por este camino. Después, nada.

—Suban al coche. Acabemos con esto de una vez.

4

Un inventario

Lo ponen todo encima de la mesa. Cuatro piezas de metal y plástico encima de la madera.

No es gran cosa.

El arma de Jon tiene trece balas en el cargador insertado, otras trece en el de repuesto.

La pistola de Irina, diez balas. Sin cargador de repuesto.

La pistola que tenía Rebo. Doce balas. Sin cargador de repuesto.

La escopeta de Jon. Ocho cartuchos.

—Veinte metros de alcance. A partir de ahí, la dispersión de las postas disminuye las posibilidades de un disparo letal —dice Antonia, apoyando el índice en la culata.

Jon asiente, despacio.

—Así a ojo, ¿cuánto dirías que son veinte metros? —pregunta, señalando por la ventana.

—Hasta el abedul.

—Claro. Y sólo por clarificar...

Ella pone los ojos en blanco.

—El árbol de la derecha del Ford Fiesta.

—Ves como cuando te explicas...

Antonia se pone en pie, y recoge la pistola de Irina y la que Rebo había robado a los policías.

—Al final hemos acabado resolviendo el asesinato del Manzanares.

—Ése no te lo puedes apuntar. Se ha resuelto solo.

—¿Y quién ha cogido a la asesina?

—Técnicamente, la ha atrapado el perro —dice Jon, levantándose y yendo hacia las prisioneras.

El inspector Gutiérrez le pide a Zenya que se incorpore, y le quita las esposas.

—Necesito que lleves tu coche hasta la cancela y lo aparques de culo, lo más cerca que seas capaz. Después echas el freno de mano, y vuelves cuanto antes.

La asistenta obedece. Antonia se acerca a la entrada, y aprieta el botón que cierra la cancela. Por si a la mujer le entra una idea de última hora.

Cuando regresa, les explica el plan.

—Orlov tiene que estar a punto de llegar. No sabemos cuántos son, ni con qué armas cuentan. Así que tendremos que aguantar como podamos. Tenemos dos ventajas a nuestro favor. La casa es sólida, todas las ventanas tienen rejas. Así que el único punto de entrada posible es la puerta principal.

—¿Cuál es la segunda? —pregunta Lola.

—No esperan oposición. Ni que seamos tres —dice, alargándole su pistola a Irina, sosteniéndola por el cañón.

Hay un instante de silencio incómodo. Incluso la hoguera, casi apagada para entonces, cesa de crepitar.

Ella no hace ningún movimiento para coger el arma. Sus ojos verdes no se apartan de los de Antonia.

—¿Seguro?

—No. Pero tampoco tengo mucho que perder —responde Antonia.

Irina levanta el brazo. Sus dedos rodean el cañón del arma. Durante un instante, la energía que transmite su mano se comunica con Antonia a través de ochocientos gramos de acero.

—¿Y nosotras? —dice Lola.

—Usted la ha traicionado a ella —dice Antonia a Zenya, señalando a Lola.

—Y tú has traicionado... —Jon hace cuentas, pero sale más barato resumir—. Bueno, a todo el mundo. Así que tumbaos debajo del sofá, y no incordiéis.

Irina se incorpora un poco, y va con Jon hasta la ventana. Tiene que apoyarse en él a cada paso.

—Plan vuestro... mal.

—¿Ah, sí? ¿Cuántas veces has estado en una casa asaltada por mafiosos rusos?

Irina inclina la cabeza, intentando comprender. Luego alza dos dedos.

—¿Y qué tal la experiencia?

—Una mal. Una bien.

Antonia se une a ellos.

—¿Tienes una idea mejor? —pregunta, en ruso.

—Alguien tiene que estar en el tejado —responde ella en el mismo idioma—. Intentar que no se acerquen demasiado. No importa que las ventanas tengan rejas, si se acercan, moriremos todos.

—Iré yo —se ofrece Jon, cuando Antonia le traduce la respuesta al castellano.

—Con la escopeta, y desde arriba, cubrirás mucho terreno. Intentarán rodearte, así que tienes que estar atento a tu espalda.

—De acuerdo —dice Jon.

Irina coge a Antonia por el codo, la lleva hacia la ventana e inicia con ella una conversación en ruso.

—Tú, aquí —le dice, dando con los nudillos en el alféizar—. Rompe los cristales, sólo estorban. Espera hasta que estés segura de acertar.

—¿Y tú?

—Yo iré afuera, entre los árboles.

—Con esa pierna, ni hablar.

—¿Sabes usar eso? —dice Irina, señalando la pistola de Antonia.

—No muy bien —admite ella.

—Pues no discutas. Deprisa. Tienen que estar a punto de llegar.

5

Un tejado, un jardín y un salón

Jon es el primero en verlos.

Su trabajo le ha costado. En el dormitorio principal hay un velux que da al tejado, el único acceso a la casa que no tiene rejas. Salir por él ha sido una odisea. Primero, subirse a una silla para poder maniobrar. Después, abrirlo al máximo. El máximo resultan ser cuarenta centímetros. Las matemáticas le indican que por ahí no va a pasar. No es que esté gordo. Así que rompe las varillas que le impiden la salida. A culatazos.

Abajo, Antonia hace algo parecido, a juzgar por el ruido de cristales rotos.

El inspector Gutiérrez lleva once años sin subirse a un tejado. Y fue para arreglar una antena parabólica en casa de unos amigos. Así que toda su experiencia consiste en recordar que están inclinados, y que resbalan mucho, sobre todo cuando están cubiertos de nieve.

El tejado es a un agua, de teja árabe. A la izquierda del velux queda la chimenea. Es grande, y ofrece suficiente espacio para que Jon pueda parapetarse tras ella. Queda justo encima de la puerta de entrada.

Las malas noticias son que en esa posición ofrece un blanco perfecto a cualquiera que se acerque por detrás de la casa.

No pasa ni un minuto desde que Jon se coloca en su sitio y los todoterrenos doblan el recodo del camino. No lejos de donde el Audi se estrelló sin que Jon tuviera culpa alguna.

—Ya están aquí —grita Jon, a través del hueco de la chimenea.

En el salón, Antonia rompe los cristales con el atizador de la chimenea, y coloca una manta —robada en un vuelo de Iberia— sobre la jamba destrozada, para poder apoyarse sin miedo. Un muro de aire gélido le golpea en la cara.

La voz de Jon llega a través del hueco de la chimenea un minuto más tarde. A su derecha escucha cómo la puerta del salón se abre. Irina está saliendo.

Antonia se vuelve hacia Lola Moreno, que se está vistiendo, ahora que sus ropas se han secado.

—Esté pendiente de la puerta, por si le ordeno que la abran corriendo. Y usted —le dice a Zenya—, preste atención a la ventana de la cocina, por si alguien intentara algo desde ahí.

Irina desciende los escalones del porche y se interna en el jardín. La nieve le llega justo por debajo de la rodilla, dificultándole mucho los movimientos. Pero, por extraño que resulte, estar de nuevo en contacto con ese manto blanco le transmite una energía que hace mucho tiempo que creía perdida. No le quita el dolor, pero le devuelve algo. Del tiempo en Magnitogorsk, junto al Afgano. El hombre que la convirtió en un arma.

Está claro que la discreción no va a ser su aliada. Va dejando detrás de ella un rastro bastante claro. Huellas, arrastres, incluso pequeñas manchas rojas que se vuelven rosadas en cuanto se diluyen en la nieve removida.

Usa lo que tienes a tu disposición, resuena la voz del Afgano en su cabeza.

En lugar de ir directamente hacia la entrada, Irina se desvía hacia la pared, de la que ve colgar una manguera. Abre el grifo al máximo, confiando en que el agua no se haya helado dentro del tubo. Pero lleva demasiado tiempo sin usarse, así que fluye con fuerza al cabo de unos instantes. Irina coge la manguera y la arrastra tras ella hasta la zona junto al seto, y deja que el agua corra hacia la entrada de la finca. A la vuelta, necesitará un camino abierto para regresar deprisa. El agua ayudará a despejarlo.

En el tejado, Jon ve cómo se están preparando para entrar. Bajan de los coches. Cuatro del primero, tres del segundo. Reconoce a Orlov, a Romero y a Belgrano. El asco que le produce ver a dos compañeros —dos personas que gritaron a pleno pulmón el mismo juramento que él—, al lado de esa alimaña, no se puede reproducir.

—Son siete. Belgrano y Romero también —dice a la chimenea, confiando en que Antonia le escuche.

Puede ver a Irina, recorriendo el lateral de la finca, pegada al seto. Va muy despacio. Apenas puede moverse con esa pierna herida. Cojea ostensiblemente, y va dejando un rastro que cualquiera puede seguir. La pierde de vista a ratos, ya que la media docena de árboles que hay en el jardín le bloquean parte de la visión. De pronto es consciente de que esos árboles van a ser un problema, si cualquiera de los atacantes los usa como parapeto para avanzar hacia la casa.

Igual lo de poner el Ford Fiesta delante de la cancela no ha sido una buena idea. Va a dificultarles entrar, pero el truco les ha avisado de que venimos, piensa Jon.

Porque se están organizando. Alguien da una orden, seguramente Orlov, aunque Jon no puede verlo. El primero de los cuatro por cuatro da marcha atrás en el camino, se coloca con el morro hacia la cancela, y comienza a empujar. La cancela suelta un chirrido metálico, el todoterreno sigue empujando.

Y hay dos hombres que están rodeando la casa. Jon ve cómo doblan la esquina, luego pierde la perspectiva cuando el seto les oculta.

Mierda, mierda, mierda.

En el jardín, Irina ha conseguido llegar hasta el fondo del mismo. Hay una leñera, que forma un recodo en la pared.

Allí espera, con la pistola en la mano, intentando no pensar en lo difícil que es mantenerse en pie.

El todoterreno, un Range Rover de color negro, embiste la cancela con golpes secos, cortos. Marcha atrás, acelerador a fondo, marcha adelante. Las ruedas han conseguido abrirse un surco en la entrada. El parachoques está ya medio hundido, pero a la cancela no le queda mucho. Un golpe más y saltará del riel que la mantiene derecha. El aire huele a gasolina, a barro y a metal.

Clang.

El ruido, rasposo, resuena por encima del motor revolucionado. Eso es algo que nunca ha dejado de sorprender a Irina. Cómo la nieve es capaz de amortiguar unos sonidos y multiplicar otros. La nieve es caprichosa.

El todoterreno se echa hacia atrás, para permitir que los hombres pasen. El primero se cuela por el hueco entre la cancela y la pared. Irina ve asomar unas zapatillas de color azul, unos vaqueros, finalmente un cuerpo rechoncho, enfundado en una cazadora de cordura.

Irina lo deja pasar. Espera a que avance un poco sobre la nieve del jardín, que tire de la cancela para ayudar a que pase el siguiente. En el momento en el que las piernas del segundo están a mitad de camino, Irina da un paso hacia delante, abandonando la protección del reborde de la leñera. Pone la pistola en la cabeza del primero, y aprieta el gatillo. Ni siquiera mira a la cara del segundo, sólo se gira, le apoya la pistola en el estómago y dispara de nuevo. El primero aún está cayendo al suelo, de rodillas, con la cabeza destrozada, cuando el segundo comienza a gritar de dolor. La bala le ha atravesado las tripas, haciendo un agujero de salida del tamaño de una pelota de tenis.

Irina se arroja al suelo justo a tiempo. Los disparos atraviesan el aire que acaba de abandonar. Rueda, vuelve hacia atrás, se refugia en la leñera.

Ahora intentarán dispararme desde arriba, comprende, demasiado tarde.

En el tejado, Jon ve caer a los dos a los que ha disparado Irina, y cómo se arroja al suelo. De pronto, una cabeza se asoma por encima de la leñera.

Están intentando trepar por ahí. Jon deja a un lado la escopeta, se apoya en la piedra de la chimenea, tensa los hombros y relaja las manos. A esa distancia es imposible acertar a la cabeza y las manos que se asoman, pero no es necesario. Basta con lo que sucede. El tiro pega en el muro, arrancando un pedazo de revoco, y haciendo que la cabeza y las manos desaparezcan.

Eso da tiempo a que Irina se incorpore y se aleje un poco, renqueando, pero por desgracia también ha causado otro efecto.

Jon ha revelado su posición.

Los dos que estaban rodeando el muro de la finca han conseguido un ángulo de tiro, y han visto a Jon.

Por suerte sólo asoma parte de la cabeza y los hombros. Un tableteo resuena en sus oídos, al tiempo que una ráfaga se estrella en la cumbrera del tejado, haciendo estallar una lluvia de tejas y enviando una nube de arcilla y cemento encima de

Jon, que se agacha antes de que una segunda ráfaga desgaje una de las piedras de la chimenea.

Su puta madre. Eso es un arma automática.

—¡Tienen armas automáticas! —clama la voz de Jon, por la chimenea.

Antonia, para entonces, ha reconocido el tableteo característico del AK-74. La versión modernizada de su primo famoso y veintisiete años anterior. Fuego selectivo, treinta cartuchos fabricado en poliamida semitranslúcida, cerrojo rotativo

Mala cosa, piensa Antonia.

Por la dirección de los disparos, deduce dónde están los atacantes de Jon. Por detrás de la finca el seto mide tres metros y no hay acceso al interior de la casa. Pero si son capaces de retenerle en el tejado sin permitirle que dispare, sus posibilidades se reducen mucho. Irina se está replegando, en el exterior del jardín. Lo que deja sola a Antonia frente a los atacantes.

El hombre al que Irina hirió en el estómago está atascado en la cancela, se ha debido de enganchar la ropa en los hierros. Sigue gritando de dolor. *Aunque aún no lo sepa, está muerto*, evalúa Antonia desde la distancia. Una bala de 9 mm a bocajarro en el estómago requiere de asistencia urgente antes de treinta y dos minutos. A partir de ese momento, sólo queda poner morfina.

Al parecer, Orlov ha hecho la misma evaluación que ella. El todoterreno se echa hacia atrás, y vuelve a embestir la cancela, retorciendo los hierros contra la pared y aplastando el cuerpo del herido, que suelta unos alaridos desgarradores. Suena un disparo, uno solo. Los alaridos se detienen.

—Ejecuta a sus propios hombres. Ésa es la piedad que podemos esperar —dice Lola, detrás de ella.

Se ha levantado y mira por la ventana, con los ojos repletos de miedo.

—Vuelva a su sitio —le ordena Antonia—. Y haga el favor de no molestar.

Fuera, Irina ha conseguido retroceder hasta el lateral de la finca. Renqueando cada vez más. La pierna herida apenas tiene ya fuerza. Se parapeta detrás de uno de los árboles, buscando un lugar desde el que poder disparar. Pero no hay ángulo que le permita ver la puerta con claridad.

Mierda, piensa Irina.

En el tejado, Jon sigue atascado. No hay forma de regresar al interior sin ponerse de pie y convertirse en un blanco fácil. Levanta la mano para comprobar que sigan ahí, y la baja enseguida. Una nueva ráfaga de balas le clava en el sitio.

Mierda, piensa Jon.

Dentro, Antonia contempla cómo el todoterreno embiste la cancela de nuevo, empujando hacia delante el Ford Fiesta. Las ruedas resbalan en la nieve, desplazando el coche a pesar de tener clavado el freno de mano.

Con un último empujón, el Range Rover invade la finca, comienza a rodear el Ford Fiesta, el último obstáculo que se interpone entre el todoterreno y la casa. Detrás del parabrisas, el rostro de Orlov se va haciendo cada vez más grande.

Mierda, piensa Antonia.

6

Una mañana tranquila

El todoterreno irrumpe en la finca, al tiempo que Antonia comienza a disparar. Una bala pasa por encima del coche, otra se estrella en el capó. Una última da en el parabrisas, arrancando de cuajo el retrovisor.

Antonia sopesa los resultados con cierta distancia objetiva y concluye, que, para ser ella, no están mal del todo.

Pero no han servido para frenar a Orlov.

—Si pasan, estamos muertos —grita Antonia.

Desde el asiento trasero del todoterreno, que lleva las ventanas abiertas, alguien comienza a disparar.

Jon escucha, más que ver, el todoterreno entrando en la finca. Agazapado tras la chimenea, no tiene ángulo suficiente como para disparar con precisión. Pero la escopeta tiene una ventaja: no necesita mucha.

Asoma el cañón de la Remington, sosteniéndola con una sola mano. En alguien menos fuerte, el retroceso de aquella bestia la haría brincar como una cabra montesa en celo. Pero el brazo derecho del inspector Gutiérrez no es cualquier brazo. Cuando aprieta el gatillo, la escopeta se mantiene recta como si la hubieran soldado a esos cinco dedos. Jon siente el zurriagazo reverberar en los músculos del antebrazo y en la articulación del codo.

El primer tiro revienta un faro y una de las ruedas. Jon encoge el brazo, vuelve a cargar, lo asoma de nuevo. Dispara, haciendo saltar el capó del Range Rover. Recarga, con un chasquido doble.

El todoterreno está logrando rodear el Ford Fiesta. Medio metro más y tendrá vía libre hacia la casa. Parapetados por las tres toneladas del coche, no habrá manera de detener a los atacantes.

No.

Jon se pone en pie.

El tercer disparo envía veintisiete postas de seis milímetros de ancho a través del radiador, de la batería, del sensor de flujo de masa de aire. De todas esas heridas, sólo la última es mortal para el Range Rover. Privado de una información vital para su funcionamiento, el motor decide pararse.

A Jon le sale muy caro.

Al incorporarse, ha vuelto a ofrecer blanco.

Una nueva ráfaga resuena desde abajo. Las balas, en trayectoria ascendente, muerden la piedra de la chimenea, la espalda de Jon, rozan su brazo derecho.

Jon suelta un grito, se desploma sobre la chimenea, los

pies le resbalan. Eso es lo que le salva de la segunda ráfaga, que arranca esquirlas de la piedra.

En el último instante, cuando va a caerse del tejado, logra agarrarse a la chimenea. Apoya uno de los pies en el canalón, que cede bajo su peso.

Antonia ve bajar del todoterreno a Orlov y a dos *bojevik* que viajan con él. Orlov corre por detrás del coche hacia la izquierda del jardín, los otros dos se cubren tras los árboles del otro lado. Van en dirección a Irina, que sigue escondida tras uno de ellos, esperando su oportunidad.

Tres por el jardín delantero, dos muertos. Dos más acosando a Jon, calcula Antonia.

Entonces tiene una idea.

—Son Belgrano y Romero —grita Antonia en dirección a la chimenea—. Hazles hablar.

Jon está viendo una constelación flotar delante de sus ojos. El brazo derecho le sangra, pero apenas nota el dolor. Lo que le duele es la coz que le ha dado en la espalda el impacto de la bala. La placa de cerámica en combinación con el kevlar le ha ahorrado una operación a corazón abierto, pero le ha dejado un hematoma formándose, una costilla rota y un abrigo que tirar a la basura.

También le ha costado la escopeta, que le ha resbalado del brazo y ha caído por el tejado hasta hundirse en la nieve.

Escucha a Antonia como si le hablara desde dentro de un tanque de agua.

Algo de Belgrano y Romero. De que les haga hablar.

No estoy para respirar, voy a estar para hablar, piensa Jon.

—Romero, ¿me oye? —grita, con toda la fuerza de sus pulmones. Que después del golpe en la espalda, alcanza para que le oiga el cuello de su camisa.

Jon trata de darse la vuelta, pegarse más a la chimenea y volverse. Los pies le resbalan sobre las tejas. Unas pocas caen. Pero logra colocarse sobre los codos, e incorporarse un poco.

Repite la llamada, ahora con suficientes decibelios.

—¿Qué quieres? —responde Belgrano.

—Si se rinde ahora le prometo que no vamos a decir nada de que intentaban matarnos.

El subinspector suelta una carcajada.

—Pero, hombre, ¿tú eres gilipollas?

Pues más bien sí, piensa Jon, empuñando la pistola.

Entonces escucha cuatro palabras a través de la chimenea.

En el salón, Antonia dispara a uno de los hombres que se parapetan detrás de los árboles. La bala impacta en el tronco del árbol, de forma muy decepcionante. El único efecto que tiene es conseguir que se cubran un poco, y retrasarlos unos instantes.

No muy largos. El segundo *bojevik* se asoma detrás de uno de los árboles, y dispara. También tiene un AK-74. Y, contra eso, hay poco que hacer. Antonia se aparta de la ventana, mientras las balas rebotan en el alféizar y las rejas.

Entonces escucha la voz de Belgrano.

—Irina —llama, en ruso—. ¡La voz tras el seto!

Luego grita hacia la chimenea otras cuatro palabras.

Irina está intentando no aullar de dolor. Cuando rodó por el suelo para evitar los disparos junto a la leñera, algo en su espalda sonó como dados rodando sobre una mesa. L4 y L5, sus vértebras amistosas, empeñadas en juntarse. Al menos la tortura de la espalda le ha hecho olvidar momentáneamente la de la pierna.

Ha logrado recorrer quince metros en esas condiciones. Casi ha llegado a la casa, a la zona donde el agua de la manguera ha derretido parte de la nieve, pero ha tenido que detenerse tras el último de los árboles, agazapada. Su cuerpo se niega a dar un paso más. Apoya el rostro contra el tronco, sintiendo su rugosidad en la mejilla, permitiéndose cerrar los ojos un segundo. Sólo un segundo.

Arriba. No te detengas.

Alza la vista a tiempo de ver a Jon agarrarse para no caer del tejado. Una nueva punzada en su espalda le hace apretar los dientes, apoyarse contra el tronco, boquear en busca de aire.

Su nombre. Alguien grita su nombre.

La voz tras el seto.

Irina comprende.

Hace fuerza con los gemelos para incorporarse, deslizando la espalda contra el árbol, y aprieta el gatillo en dirección a la voz.

Una. Dos. Tres veces. Con un ángulo de quince grados entre cada uno de los disparos.

Las balas atraviesan el seto. Se escucha un grito al otro lado.

—Cuando dispare la rusa —escucha Jon, a través de la chimenea.

Suenan tres disparos. Y un grito.

Jon se incorpora un poco, hasta asomarse por encima de la cumbrera del tejado, y ve cómo Belgrano se agarra el costado y cae al suelo. Una bala le ha alcanzado por encima de la cadera.

De ésta no te mueres, piensa Jon. *Pero te va a doler, vaya si te va a doler.*

Romero le arrebata el fusil de las manos, levanta el cañón y vacía el cargador contra el seto. Un abanico de fuego abre varios boquetes irregulares en el follaje, enviando ramas de ciprés de Leyland por el aire, y revelando la valla metálica bajo la planta.

Clic, clic, clic.

—Ahí no quedan balas. Pero aquí sí, comisaria —dice Jon.

La ráfaga de balas que ha devuelto Romero a través del seto no es el mayor problema de Irina. Se ha dejado resbalar de vuelta, y la base del muro en el que está plantado el seto la protege de los disparos del otro lado, la mayor parte de los cuales pasan a más de medio metro de su cabeza.

El mayor problema de Irina es que los disparos han revelado su escondite.

Los dos *bojevik* que se cubrían tras los árboles la han detectado, y ahora están moviéndose hacia ella, en una maniobra envolvente. Uno de ellos la mantiene en el sitio con una ráfaga, el otro se va moviendo para rodearla.

No hay escapatoria.

Con la espalda hirviendo de dolor, la pierna negándose a sostenerla, Irina no tiene medio de salir de ésta.

Así que hace algo que nunca había hecho antes. Algo que el Afgano le prohibió hacer. Algo que nunca creyó que podría hacer.

Pedir ayuda.

Antonia ha perdido de vista a Orlov, pero puede ver a los dos mafiosos en el jardín. Uno de ellos se mueve hacia Irina, el otro, más lejos, está acribillando el árbol tras el que se esconde.

Su grito de socorro llega nítido a los oídos de Antonia.

Ha estado reservando las balas que le quedan para el momento en el que alguno de ellos se acercara más a la casa. Dos o tres metros. Sobre todo para tener una mínima posibilidad de acertar.

El que sostiene el AK-74 está a doce metros. Medio resguardado por el tronco, con una rodilla en tierra.

Antonia dispara.

Falla.

No deja de disparar, hasta quedarse sin munición.

Irina escucha el fuego de cobertura que Antonia le ofrece desde la casa, y siente cómo su esperanza renace. Ahora tiene una oportunidad. Se asoma por el lado izquierdo del tronco, justo un instante antes de que el hombre que corre llegue al árbol que está más cerca de ella. Dispara de forma instintiva, alcanzándole en la pantorrilla. La tela de sus pantalones de chándal —blancos, equipación oficial del Real Madrid— explota por dos sitios al mismo tiempo. Dejan de ser blancos.

El hombre cae de bruces sobre la nieve, e intenta devolver los disparos, pero Irina es más rápida. Le mete una bala en la garganta, otra en la mandíbula.

Queda el otro.

Queda una bala.

El *bojevik* del fusil de asalto se para a cambiar el cargador. Sigue intacto pese a la cantidad de disparos que ha hecho Antonia. Introduce el cargador nuevo, levanta el arma.

Irina se deja caer de espaldas sobre la nieve.

No falles ahora.

El disparo entra por el ojo derecho del mafioso y se aloja en el cerebro.

Irina se queda en el suelo, inmóvil.

El dolor se ha apoderado de ella por completo.

En lo alto del tejado, Jon tiene en el punto de mira a la comisaria Romero.

—Deje caer el fusil y levante los brazos —ordena Jon.

—Escuche, inspector. Estoy segura de que podemos encontrar una manera de arreglar esto.

—Seguro que sí. La van a encontrar usted y el juez.

A Romero la traiciona una vida entera dedicada a eliminar cualquier rasgo que la humanice. Incluyendo el lenguaje corporal. El movimiento que hace con la cabeza hubiera pasado desapercibido en otra persona. En ella es el equivalente de un anuncio de neón en plena Gran Vía.

Jon aparta el cañón del arma de ella, y lo dirige a Belgrano, que se ha incorporado sobre el codo y sacado su pistola, aprovechando la pantalla que le hacía la comisaria.

Dispara.

Jon también.

El disparo de Belgrano pasa rozando la oreja izquierda de Jon. Puede que el pulso tembloroso de Belgrano a causa de la herida haya tenido que ver. Puede que Jon se haya desplazado un poco en el último segundo. El caso es que él no muere.

Belgrano sí.

El disparo le alcanza en la frente.

Romero se lleva las manos a la cartuchera para sacar el arma. Sabe que no tiene ninguna oportunidad contra el inspector, que está ya preparado y en postura de disparo en posición elevada. Pero ha elegido su propio camino. Suicidio por policía. Un camino más corto, menos vergonzoso, infinitamente menos cansado.

Jon dice que nones.

En lugar de disparar, salta.

Es casi imposible que Jon haya podido ver con claridad el rostro de la comisaria Romero mientras caía hacia ella. Es más que probable que la imagen que atesore dentro de sí, que recuerde con viveza durante los próximos días, sea fruto de su imaginación. Un rostro con los ojos muy abiertos, la boca torcida en un rictus de miedo, una mano alzada como protección. Y un moño habitualmente perfecto, ligeramente despeinado.

Se oye un crujido seco, o quizá sean dos sonando al mismo tiempo. Un brazo y una pierna rotos, bastante rotos. Y es que ciento diez kilos de vasco cayendo desde cinco metros de altura son muchos kilos. Por mucho colchón de nieve que tengas para amortiguar.

7

Un resultado

Aslan Orlov pone un pie en el porche, preparado para devolver los disparos, en medio de una extraña quietud. El leve crujido de las maderas bajo las suelas de sus zapatillas de deporte subraya el silencio intranquilo.

No hay oposición.

Con precaución, cuidando mucho cada movimiento —es un hombre viejo, y en su profesión no se llega a serlo sin cautela—, se asoma a la ventana, con la pistola por delante.

Apenas reacciona ante el cadáver de Rebo. Ya le daba por muerto. Sólo busca amenazas, pero no las encuentra.

Sonríe, al ver lo que le espera dentro. Una sonrisa blanca y perfecta, de anuncio de pegamento de prótesis dental.

Antonia está de pie, con las manos alzadas, delante de Lola y de Zenya. No es que tape mucho, pero la intención la deja clara.

La puerta la han dejado abierta.

—Señor Orlov —saluda Antonia, en ruso, cuando el viejo aparece en el umbral.

—Tendrá que perdonarme, no recuerdo su nombre. Recuerdo habernos visto en otras circunstancias.

—No eran mucho mejores —dice Antonia.

—No lo eran. Espero que recuerde nuestra conversación.

Orlov da un paso hacia delante. Su pistola recorre el salón, de un extremo a otro, buscando amenazas.

Enfrente sólo hay tres mujeres.

Un trabajo sencillo.

—Recuerdo la conversación muy bien —dice Antonia, que quiere que siga centrando la atención en ella—. Hablamos sobre matemáticas.

—La ecuación de la fuerza —dice el mafioso, apuntando la pistola hacia Antonia.

—¿Qué le parecen dos mil kilos de presión por centímetro cuadrado?

La mirada de Orlov se enturbia, sin comprender.

Lola susurra una palabra.

Desde el sofá en el que estaba tumbado, esperando la orden, Kot salta al suelo, gruñendo. Sólo tres zancadas le separan de Orlov. El mafioso dispara cuatro veces sobre el enorme moloso. Acierta dos. Pero no es suficiente. Lanzado al ataque para proteger a su dueña, hace falta mucho más que una pistola para detenerle. Las enormes patas derriban a Orlov, los dientes se cierran sobre su garganta. El mafioso dispara dos veces más, a bocajarro, contra el lomo, contra la tripa del animal. Éste se sacude, pero no ceja.

Incluso cuando la vida abandona el cuerpo del leal perro, las mandíbulas no se separan. Siguen cerradas sobre Orlov. Lo último que éste ve antes de que los ojos se le llenen de oscuridad es la cara de Antonia, asegurándose de que el resultado de la ecuación es el esperado.

8

Una decisión

Cuando Antonia se asoma al borde del tejado —subir le ha costado mucho más que a Jon, por la diferencia de alturas—, el inspector Gutiérrez está volviendo en sí. En el choque, la comisaria Romero ha salido mucho peor parada. Tiene una pierna doblada en posición antinatural, un hombro dislocado y un dolor que va a tardar en pasar, a juzgar por los sollozos que emite. Pero las cabezas chocaron, y ahora Jon está frotándose la frente mientras intenta recordar cómo se llama.

—En tu ficha pone «falta de respeto a sus superiores» —dice Antonia—. Subrayado varias veces. Supongo que se referían a esto.

—Ya me conoces. A la mínima, salto.

Incluso Antonia tiene que sonreír.

—Vuelve adentro, anda. Te necesito.

Las palabras de Antonia resultan ser proféticas.

Cuando regresa al salón, encuentra a Irina amenazando a Lola con la pistola. La malagueña, de rodillas, con el cañón de Irina en la frente, suplica por su vida entre sollozos.

—¿Qué haces? —pregunta Antonia, en ruso.

—Tiene que pagar por lo que ha hecho —dice Irina.

Está hecha un desastre. La ropa empapada de nieve sucia, el muslo goteando sangre. Apenas logra tenerse en pie. Pero la ecuación de la fuerza que hay que hacer para apretar un gatillo a bocajarro da un resultado minúsculo.

—Ésa no es la manera.

—Vi las imágenes del contenedor. Nueve mujeres encerradas —dice Irina—. Como trozos de carne para el consumo de animales sin conciencia. ¿Cuántas más habrán traído así? ¿Cuántas más muertas? ¿Cuántas más como mi hermana?

—¡Fue un accidente! —protesta Lola, sorbiendo los mocos. Tiene el rostro encendido, las lágrimas rodándole por las mejillas coloradas.

Irina le da una bofetada seca, y vuelve a encañonarla.

—Cállese —ordena Antonia.

Un ruido junto a la puerta hace que las cuatro mujeres —Zenya sigue la escena pegada a la pared— se vuelvan hacia el sonido.

—Me gustaría saber qué es lo que está pasando aquí —pide Jon, que ha entrado con la pistola en la mano. Tiene el cañón fijo en la cabeza de Irina.

Antonia le hace un gesto para que baje el arma. Jon mira a su compañera de reojo. Acaba obedeciendo, muy despacio.

—Comprendo lo que te sucedió —continúa hablando

con Irina, de nuevo en ruso—. Yo también he perdido a alguien.

—¡No puedes comprenderlo! —protesta Irina. Su mirada se vuelve hacia Antonia, pero la boca de la pistola sigue posada sobre la frente de Lola, empujando su cuello hacia atrás.

—Comprendo la desesperanza. El sentimiento de culpa. El saber que el mundo está roto y no puede arreglarse.

—Entonces sabrás por qué tengo que hacerlo.

—Está embarazada.

—No me importa.

Antonia respira hondo y menea la cabeza.

—Entonces has perdido la poca razón que aún tenías.

Irina aprieta aún más fuerte el arma contra la frente de Lola. Parece a punto de echarse a llorar ella también.

A los ojos de Antonia, parece una niña pequeña.

—No vendes drogas —dice Irina, con voz muy suave—. No vendes mujeres. No te beneficias de la miseria de otras personas. Las reglas fueron escritas hace mucho tiempo. Y no cambian.

Antonia se lleva la mano al bolsillo y saca la tarjeta micro SD. Se la muestra a Irina, en la palma de la mano extendida.

—Viniste a por esto. Te lo daré. Pero tienes que dejarla ir.

Jon le pone una mano en el brazo a Antonia.

—No puedes darle el dinero y las pruebas —dice, muy serio.

Su compañera le mira. Hay tristeza en sus ojos, pero también convicción.

—No puedo dejar que la mate.

El inspector Gutiérrez le devuelve la mirada. Hay una batalla librándose bajo sus ojos pardos. Una batalla cruenta, que va a dejar víctimas. Su instinto de policía se debate contra su confianza en ella. Su deseo de justicia frente a la necesidad de proteger la vida de Lola y de su hijo nonato.

—Jon, no hay otro modo —dice Antonia.

Con un suspiro, Jon le suelta el brazo.

Antonia da un paso hacia Irina, ofreciéndole la tarjeta.

—Cógela —dice, en ruso.

—¿Cómo sé que no me disparará por la espalda en cuanto me haya dado la vuelta? —pregunta Irina, haciendo un gesto hacia Jon, con los ojos entornados.

—Tienes mi palabra. Si yo tengo la tuya.

Irina estudia a ambos.

El rostro de Jon, pétreo, con los dientes apretados y el brazo paralelo al cuerpo. Su arma apunta al suelo, pero la crispación de los dedos indica lo que querría hacer en realidad.

Antonia, serena. Sosteniendo la tarjeta entre el índice y el pulgar.

Irina hace sus propias cuentas. Que le llevan largos y angustiosos segundos.

Finalmente, aparta el arma. La cabeza de Lola se sacude hacia delante, liberada de la presión del acero. El cañón del arma ha dejado un rectángulo en su frente, con un círculo insertado en la parte superior.

Respira hondo, de alivio y de rabia, cuando ve cómo Irina coge la tarjeta de manos de Antonia y comienza a renquear hacia la puerta.

—¿Y mi hijo y yo, qué comeremos? —pregunta, agarran-

do a Irina por la bota, intentando retenerla—. Dime, qué comeremos.

Irina ha necesitado treinta y dos años —los treinta y dos
años de su vida, minuto a minuto— para llegar a ese instante.
Se siente pura, explícita, invencible, en el momento de responder:

—Mierda.

9

Una línea recta

Recoger y limpiar tras una fiesta nunca es divertido. Y contarlo, aún menos. Baste un resumen.

Antonia logró llegar andando hasta el cruce de caminos, donde consiguió cobertura de nuevo. La nieve estaba alta y espesa, pero ella aprovechó unas huellas recientes. La mujer que las dejaba cojeaba y sangraba. Antonia caminó despacio para no correr el riesgo de alcanzarla.

Una hora después, el tranquilo paraje estaba atestado de policías. Expertos de la científica, moviéndose entre los cadáveres y los impactos de bala, llenándolo todo de triángulos. Un fiscal y un juez de instrucción. Gente de Asuntos Internos, también. Incluso alguien del Ministerio de Interior. La participación de una comisaria y un subinspector corruptos en todo aquel asunto lo había vuelto un lío de descomunales proporciones. Que, como casi todos los embrollos escabrosos, acabó bajo la alfombra.

Cuando se llevan a Lola Moreno en la ambulancia —con los hombros caídos envueltos en una manta—, Jon se la queda mirando con desprecio.

—Lo que realmente me jode es que se va a librar de todo.

—Seguramente —dice Antonia, compartiendo su frustración—. Pero hemos hecho lo que debíamos.

Hace frío. Ellos también están arropados con mantas, que sirven de poco contra el aire gélido que baja desde la sierra. Es probable que vuelva a nevar muy pronto. Jon da una patada en el suelo, intentando entrar en calor.

—No estoy seguro de ello, cari. Hemos tomado demasiados desvíos.

—Caminando en línea recta no puede uno llegar muy lejos —dice Antonia.

Es mucho más sencillo perdonar a otros por estar equivocados que por estar en lo cierto, piensa Jon.

—Quizá. Lo que sé es que hasta aquí he llegado yo.

En condiciones normales, quizá Antonia tardaría un rato en comprender qué es lo que está intentando decirle Jon. Su compañero. Su único amigo. Su inquilino de tres pisos más abajo. Pero ha temido que este momento llegase durante varios meses. El momento en el que dijese *basta*.

—Así que ya no estamos juntos —dice.

—Eso parece.

Lo sucedido durante las últimas semanas ha sido más de lo que cualquiera hubiera soportado. Ha forzado su confianza, le ha mentido, le ha empujado hasta el límite y más allá.

No puede culparle, en realidad.

Pero tampoco va a ponérselo demasiado fácil.

—¿Y qué voy a hacer yo ahora sin ti?

Eso Jon lo tiene claro.

—Por encima de las mentiras, de la estupidez, seguirás indagando sin rendirte. Porque es lo que eres. Una detective. Quizá la mejor.

—¿Quizá? —dice Antonia.

—Tampoco las conozco a todas, cielo.

EPÍLOGO

—¿Cuánto tiempo es para
siempre? —preguntó Alicia.
—A veces sólo un segundo
—respondió el Conejo Blanco.

LEWIS CARROLL

Un adiós

La habitación ha cambiado mucho. Todas las cosas de Antonia están recogidas, guardadas en cajas.

Marcos no ha cambiado.

Sigue atado a la vida por las máquinas.

Su cuerpo se ha deteriorado todavía más en estos meses. Sus miembros se han encogido, su piel se ha vuelto opaca y flácida. Haciendo visible el diagnóstico. Los médicos le desahuciaron hace años. «Ninguna posibilidad», dijeron. Y Antonia no les creyó. Le dio la espalda a la razón, porque era demasiado orgullosa para admitir un error irreparable.

Luego conoció a Jon. Y lo cambió todo.

Llaman a la puerta. Abre, con cuidado.

Es un hombre alto, elegante. El hombre que necesita hoy a su lado.

—Hola, papá.

Sir Peter Scott está sorprendido de que su hija le haya llamado. Pero ha acudido, a pesar de todos los meses que llevan sin verse.

Ha venido, y es lo importante.

—¿Cómo está Jorge?

—Creciendo. Deseando verte.

—Mañana —promete Antonia.

—Le diré que prepare el ajedrez.

—Le echo de menos —dice. Y es verdad.

Antonia y Peter permanecen un rato junto a la cama de Marcos, mirando al cuerpo exánime. La carcasa vacía que una vez contuvo un amor increíble.

—Todas estas cosas que puedo hacer. Todas estas capacidades. Y no pude salvarle.

Su padre no dice nada. Tampoco la abraza. Año tras año de rechazos continuados le han enseñado a no acercarse a ella. Incluso en este momento en el que Antonia tanto lo necesita. En el que Antonia querría que lo hiciera.

No recibe consuelo, así que lo busca dentro de sí misma.

Desde que nacemos, sabemos cuál es nuestro destino. La cuna se mece sobre el abismo, dispuesto a tragarla. Nuestra vida no es más que un fogonazo entre dos negruras infinitas. El final que nos aguarda nos resulta más amenazador que la oscuridad anterior, ese instante en el que no sabíamos cuál era nuestro rostro antes de nacer. Quizá tenemos miedo a lo que viene después porque, en el fondo, una brizna de nuestro ser recuerda algo terrible. Algo que olvidamos cuando llenamos por primera vez de aire nuestros pulmones, y lloramos.

Y si nada nos libra de la muerte, al menos que el amor nos salve de la vida.

Antonia besa a Marcos en los labios por última vez. Después le hace un gesto al médico, que aguarda pacientemente junto al respirador.

Cuando las máquinas se apagan, Antonia se echa a llorar. Agradecida, por tanto amor.

Un paseo

Antonia Scott se permite pensar en el suicidio durante cincuenta y cuatro largos minutos.

Ha declinado la invitación de regresar a casa en el coche de su padre. Prefiere caminar, guardar ese tiempo para sí misma. Para recuperar el tiempo perdido.

Cincuenta y cuatro minutos puede parecer una gran cantidad de tiempo.

No para Antonia Scott. No cuando, en realidad, no es capaz de emplearse a fondo en la tarea.

En lo único en lo que es capaz de pensar es en el *ahora*.

En cómo seguir adelante sin Jon.

En el minuto cuarenta y ocho, decide que no puede.

Un cambio

En el número siete de la calle Melancolía, mientras, Jon está empaquetando sus cosas.

Tampoco está poniendo todo su empeño, para ser justos.

Su ropa es bastante cara, y requiere de un mimo especial a la hora de embalarla. Portatrajes, papel de seda, cajas de cartón altas con una barra central.

No ha comprado nada de eso, así que en realidad lo único que ha hecho ha sido meter en la maleta la ropa interior, unos cuantos pares de gemelos —no todos—, un neceser, dos toallas y tres botes de mermelada casera de higos. Parte del botín con el que el resto de los inquilinos paga el alquiler a Antonia, y que ella se había negado a comer, con el burdo pretexto de que los higos no le gustan y la mermelada engorda.

Mira el reloj.

A esta hora no va a encontrar nada abierto para comprar material de embalaje. Pero sí que estará abierto el *wok* de la calle del Olivar. Ideal para una cena tardía. Quizá un par de capítulos de la serie que dejó a medias antes de que empezara todo el lío. Quedarse dormido delante de la tele.

Y mañana, quién sabe. Quizá pensarse dos veces lo de volver a Bilbao.

Jon baja a la calle. Cuando está a punto de doblar la esquina, escucha unos pasos tras él. Pasos femeninos, pasos menudos. Se vuelve, con una sonrisa en la cara. Pero no es Antonia. Es una mujer delgada, bien vestida y sonriente. Tiene un rostro amable.

—Disculpe. ¿Podría indicarme por dónde se va a la calle Atocha?

—Es hacia allá, todo recto —dice Jon, enmascarando su decepción.

La mujer le sonríe a su vez. Después saca una jeringuilla del bolsillo, y se la clava en el cuello.

—Pero qué c... —dice Jon, apartándola de un manotazo.

El rostro amable es lo último que ve antes de que unos brazos fuertes le agarren por detrás, antes de que la oscuridad descienda sobre él.

Un saludo

El teléfono de Antonia suena cuando está subiendo por Lavapiés, a la altura de la calle de la Cabeza.

—No es buen momento.

—Escúchame, Scott —dice Mentor— Tenemos ya la prueba. Tu fantasma ha resultado ser muy real.

—No te entiendo.

—No puedo contarte más por teléfono. Pero ya sabemos lo que le pasó a Inglaterra y a Holanda.

Antonia por fin comprende a qué se refiere Mentor. Y disfruta de una amarga realidad. Lo único peor que clamar sola cuando tienes razón es que te la den cuando es demasiado tarde.

—Fue White.

—Estoy de nuevo en Madrid. Recoge al inspector cuanto antes, y venid aquí.

Antonia cuelga y aviva el paso.

Cuando tuerce en la calle del Olivar, a punto de llegar a casa, lo ve.

Dos hombres forcejean con un tercero para meterle dentro de una furgoneta. El hombre manotea, sin fuerzas. Una bolsa negra le cubre la cabeza, pero Antonia no necesita verle la cara para saber quién es.

Una mujer elegante, con una gabardina y un rostro amable, se da la vuelta y la ve. Está demasiado lejos para vislumbrar la sorpresa en sus ojos, el pequeño regalo que ha supuesto que ella contemple lo que está pasando. Pero Antonia no necesita verlo para saberlo.

Sandra Fajardo la saluda con la mano antes de subir a la furgoneta.

Antonia corre hacia ellos, sabiendo que está demasiado lejos. La furgoneta gana distancia, cuesta abajo, y deja atrás a Antonia enseguida. Pero ella no se rinde. Sigue corriendo, hasta que los pulmones le arden y el corazón le golpea en el pecho como un martillo neumático.

En el momento que se detiene, con las manos en las rodillas, luchando por respirar, es cuando le llega el mensaje.

Espero que no te hayas olvidado de mí.
¿Jugamos? W.

Nota del autor

La historia de Antonia Scott lleva diez años gestándose, y prometo que cuando llegue el momento te contaré cómo comenzó todo. Mientras tanto, te ruego que sigas guardándome el secreto de las novelas.

Ah, una cosa más.
Sí.
Antonia y Jon regresarán.

Agradecimientos

Quiero dar las gracias.

A Antonia Kerrigan y a todo su equipo: Hilde Gersen, Claudia Calva, Tonya Gates y las demás, sois las mejores.

A Carmen Romero, Berta Noy y Juan Díaz, que creyeron en Antonia Scott y Jon Gutiérrez. A todo el equipo de comerciales de Penguin Random House, que se deja la piel y el aliento en la carretera para llevar los libros hasta el último rincón. A Eva Armengol, Nuria Alonso e Irene Pérez, que me ayudaron a darlo a conocer. A Raffaella Coia, que maquetó y corrigió el libro.

A Juanjo Ginés, poeta que vive en la Cueva de los Locos y se recrea en el Jardín de los Turcos, que merece un agradecimiento largamente retrasado desde hace siete libros.

A Javier Cansado, Dani Rovira, Mónica Carrillo, Alex O'Dogherty, Agustín Jiménez, Berta Collado, Ángel Martín, María Gómez, Manel Loureiro, Clara Lago, Raquel Martos, Roberto Leal, Toni Garrido, Carme Chaparro, Ernesto Sevilla, Luis Piedrahita, Miguel Lago, Goyo Jiménez, Berto Romero y otros tantos represaliados muy justamente por Arturo González-Campos.

Al inspector jefe Antonio Rodríguez Puertas y a todos los valientes hombres y mujeres de la UDYCO que defienden cada día los ciento cincuenta kilómetros de costa de la provincia, un agradecimiento especial. Lo que ellos enfrentan podría llenar tres novelas con hechos reales que, de haberlos reflejado yo en este libro, se me hubiera acusado de inverosímil (que es una palabra que emplean las mentes pequeñas).

La Costa del Sol es un destino predilecto de mafias de muchas nacionalidades y de grupos de sicarios armados que hacen palidecer a los de *Loba Negra* (y que son, por desgracia, muy reales). En muy raras ocasiones los miembros de la UDYCO de Málaga salen en los telediarios, pese a que en 2018 realizaron más de quinientas detenciones, decomisaron cuarenta mil kilos de droga y cientos de millones de euros en efectivo. Una labor discreta y leal, llevada a cabo en mitad de mortales ajustes de cuentas entre bandas —con decenas de muertos—, amenazas y miedo. Lo que le explica Romero a Jon está basado en la realidad: sólo en 2018 hubo en Marbella ajustes de cuentas con bombas, asesinatos a tiros desde motos, desde bicicletas, con asalto a mansiones, con secuestro, con mutilaciones faciales a lo Joker, con Kalashnikov, en restaurantes... Y al salir de una comunión, que los malos también ven *El Padrino*.

El inspector jefe Rodríguez Puertas, por cierto, es el hombre que incautó en la vida real treinta y cuatro millones de euros en cocaína camuflada en Nutella. Esa parte también tengo que agradecérsela a él.

Sobre la corrupción: aunque es cierto que en el pasado ha habido manzanas podridas en el seno de la UDYCO, la encomiable labor policial y de la fiscalía han logrado arrinconarlas y que cumplan condena, y son casos aislados dentro de un enorme grupo humano que hace grandes sacrificios. Aun así, la realidad deja, como siempre, en ridículo a la ficción. Un inspector jefe y tres inspectores de la UDYCO en Marbella fueron detenidos en 2008 por cambiarse de bando y crear una red de protección a narcotraficantes. Valga como recordatorio a «nuestros amigos los verosímiles», parafraseando a Alfred Hitchcock.

Quiero agradecer también a Carol Reed y su inmortal película *El tercer hombre*, que ha servido de inspiración para la portada y los dibujos del gran Fran Ferriz que la ilustran.

A Rodrigo Cortés, una inspiración constante, un amigo leal que me ayudó a revisar el manuscrito.

A Manuel Soutiño, una más, y van ocho.

A Arturo González-Campos, dibujante profesional y director de podcast vocacional. Algún día espero que me invites a participar en alguno de tus programas.

A Alberto Chicote, que se dejó los ojos también sobre el manuscrito.

A Gorka Rojo, asesor de cosas vascas y de física teórica de paletillas.

Gracias a James Gunn, a Andrea Köhler, a Pablo Neruda, a Arturo Pérez-Reverte, a John Carpenter, a Gabriel García Márquez.

Gracias a Joaquín Sabina y Pancho Varona, mi banda sonora.

Gracias también a Cruz Morcillo y Pablo Muñoz, autores del libro *Palabra de Vor*, una investigación exhaustiva (y aterradora) sobre la mafia rusa en España.

A la más importante, Bárbara Montes. Mi esposa, mi amante, mi mejor amiga. El mundo es un lugar mejor sólo porque estás en él. Te quiero, y espero que vivamos lo suficiente para ver juntos la *Fase 24*.

Y a ti, lector, por haber convertido mis obras en un éxito en cuarenta países, gracias de corazón. Un último favor: no hables a nadie del final, ni me hagas comentarios en redes sociales acerca del final, ni especialmente de lo que te he confesado en la nota del autor. Si escribes una reseña en una librería online o en Goodreads (gracias, por cierto, eso ayuda mucho), no comentes nada, ni siquiera bajo la etiqueta *SPOILER*, pues todo el mundo podría verlos y se arruinaría la sorpresa.

Un abrazo enorme,

Juan Gómez-Jurado